Juliane Korelski
Die Bastardin

W0411138

PIPER

Zu diesem Buch

Man schreibt das Jahr 1147: Agnes, uneheliche Tochter des verstorbenen Herzogs von Schwaben und Halbschwester Barbarossas, wird von fremden Reitern aus dem Kloster Frauenchiemsee entführt und nach Regensburg gebracht. Dort soll sie gegen ihren Willen mit dem Grafen von Ortenburg verheiratet werden, um eine mächtige Allianz gegen die Welfen zu bilden. Doch ihr Herz gehört bereits dem Welfen Heinrich. Als der Graf von Ortenburg am Tag der Hochzeit ermordet aufgefunden wird, gerät sofort Heinrich unter Verdacht. Agnes und ihr Halbbruder Friedrich glauben jedoch an seine Unschuld. Gemeinsam beginnen sie, den wahren Mörder zu suchen ... Ein fesselnder historischer Roman um Macht, Mord und Liebe mit den fürstlichen Protagonisten Barbarossa, Heinrich der Löwe und der jungen Stauferin Agnes vor dem farbenprächtigen Bild des mittelalterlichen Regensburg.

Juliane Korelski, 1979 in Halle / Westfalen geboren, absolvierte nach dem Abitur eine Ausbildung zur Buchhändlerin und arbeitete bis zum Herbst 2006 in diesem Beruf. Aus Begeisterung für Geschichte entschied sie sich für das Studium der Geschichte und Antike Kulturen an der Universität Düsseldorf. Sie lebt und arbeitet in Düsseldorf.

Juliane Korelski

Die Bastardin

Historischer Roman

Piper München Zürich

Mehr über unsere Autoren und Bücher:
www.piper.de

für Alexander

FSC
Mix
Produktgruppe aus vorbildlich bewirtschafteten
Wäldern und anderen kontrollierten Herkünften
www.fsc.org Zert.-Nr. GFA-COC-001223
© 1996 Forest Stewardship Council

Originalausgabe
September 2009
© 2009 Piper Verlag GmbH, München
Umschlaggestaltung: semper smile, München
Umschlagabbildung: Alinari images
Autorenfoto: Thomas Hirsch
Satz: Filmsatz Schröter, München
Papier: Munken Print von Arctic Paper Munkedals AB, Schweden
Druck und Bindung: CPI – Clausen & Bosse, Leck
Printed in Germany ISBN 978-3-492-25454-0

Kapitel 1

Am Abend erreichten sie das Seeufer. Die Dämmerung senkte sich langsam auf den Chiemsee, seine Inseln und die Berge, die sich am Horizont erhoben. Winzige Wellen leckten am Strand, das Wasser schwappte über die blanken Kieselsteine. Vom Ufer aus wirkte die Insel klein und schmal, und hinter den Bäumen duckten sich die Gebäude des Klosters, auf die Entfernung kaum zu erkennen. Hermann stützte sich auf den Sattel und blickte angestrengt hinüber. Sein braunes Pferd schnaubte und tänzelte an der Wasserkante. Der Kies knirschte unter den Hufen. Sättel knarrten, Zaumzeug klirrte. Die Männer warteten auf Hermanns Befehl.

Er überlegte. Wäre es nicht besser, im Dorf zu übernachten und erst am nächsten Morgen zur Insel überzusetzen? Würde die Äbtissin nicht über eine so späte Störung verärgert sein? Am liebsten hätte er zwei oder drei seiner Männer hinübergeschickt, damit sie seinen Auftrag erledigten. Es drängte ihn, nach Regensburg zu kommen. Jene Botschaft, die man ihm vor wenigen Tagen von seinem Vater überbracht hatte, bedeutete nichts als Ärger, Scherereien und Zeitverlust.

Eine Frau sollte er aus dem Kloster holen – eine neue Gemahlin für seinen Vater. Ein junges Ding, das Graf Otto von Ortenburg den Kopf verdrehen und einen Sohn nach dem nächsten gebären würde – unnütze Bälger, die ihm und seinen Brüdern das Erbe streitig machten.

Wenn sie am Abend noch hinüberfuhren, konnten sie morgen in aller Frühe weiterreisen. Er kannte die Weiber. Sie brauchten viel Zeit, um ihre wenigen Habseligkeiten zusammenzuraffen. Und je eher sie diesen See hinter sich lassen und gen Regensburg reiten konnten, umso lieber war es ihm.

Zwei Knaben standen am Ufer und warfen mit lässigem

Schwung Kiesel hinaus auf den See, wo sie drei-, vier-, sechsmal auf der Oberfläche tanzten, ehe sie versanken.

»He!« Auf Hermanns Ruf hin blickten die Jungen auf. Sicher hatten sie die Reiter längst bemerkt. Aber es schien klüger, sich nichts anmerken zu lassen. Es waren unruhige Zeiten, und in den Bäuchen der Jungen ballte sich die Angst. Sie hatten nicht vergessen, wie es war, wenn fremde Reiter über ihr Dorf hinwegstürmten. Den Rittern waren die Bauern egal. Da schien es ratsam, nicht aufzufallen.

»Kommt mal her!« Hermann winkte hektisch. Dann ließ er den Arm sinken, zu albern wirkte sein Wedeln mit der Hand, die weibisch fett im Handschuh steckte. Die Handschuhe waren eine Sonderanfertigung, weil seine Finger kurz und dick waren. Er hatte die Angst des Handwerkers bemerkt, als dieser ihm eilig versprochen hatte, die richtigen Handschuhe für ihn herzustellen. Dieses Paar passte außerordentlich gut, und er war zufrieden.

Mit seinen Händen war er hingegen weiterhin unzufrieden.

Die Jungen trotteten mit gesenkten Köpfen näher. Wirres Haar fiel dem Größeren der beiden in die Stirn und verdeckte fast die hellen, grauen Augen, die schließlich zu Hermann aufblickten.

»Wir brauchen Boote, wir wollen hinüber zur Insel.«

»Mein Vater besitzt ein kleines Boot«, sagte der Junge. »Er wird Euch gerne hinüberbringen, wenn Ihr das wünscht.«

»Gut«, sagte Hermann knapp. »Gibt es auch ein zweites Boot in diesem unseligen Dorf?«

Der Kleinere meldete sich zu Wort. Schmutzigblondes Haar verdeckte kaum die abstehenden Ohren, und er hielt den Blick gesenkt, während er sprach. Die nackten Zehen grub er in den Kieselstrand.

»Mein Onkel hat auch ein Boot«, sagte er und nickte zum Steg hinüber. Ein Dutzend Boote lag auf dem Strand.

»Worauf wartet ihr noch?«

Sie blickten sich an, dann stoben die Burschen davon. Hermann stieg aus dem Sattel und zog sein Pferd vom Wasser fort. Er warf die Zügel seinem Knappen Georg zu. Der Junge war schon zuvor eilfertig von seiner kleinen Fuchsstute gesprungen.

In der Nähe von Wasser fühlte Hermann sich nicht wohl. Es erschien ihm bedrohlicher als die Berge seiner Heimat. Wie war all das Wasser bloß hierhergekommen und hatte sich am Fuß der Alpen angesammelt?

Sein Gefolge bestand aus einem halben Dutzend Männern. Sie sprangen nun aus den Sätteln, führten ihre Pferde ans Seeufer um sie zu tränken, und warfen einander Blicke zu. Niemandem behagte der Abstecher, den sie hatten machen müssen. Jeden trieb es nach Regensburg. Regensburg, die größte Stadt im Reich, dorthin wollten sie, um sich dem Kreuzfahrerheer des Königs anzuschließen. Es ging nach Jerusalem, zu den heiligen Stätten! Jeder von ihnen trug die Hoffnung, im Heiligen Land zu kämpfen und zu sterben, denn sie hatten es genau vernommen: Wer bei dieser heiligen Mission mit seinem Leben bezahlte, dem wären alle Sünden erlassen.

Es schien den Männern ein gerechter Handel. Zudem wussten sie von den zahlreichen Schätzen, die von den Muselmanen angehäuft worden waren. Diese zu rauben und untereinander aufzuteilen … Der Geringste unter ihnen konnte als reicher Mann heimkehren. Und wenn sie ihr Leben ließen im Kampf für die große, heilige Sache, so war ihnen das Himmelreich gewiss.

Aber jetzt wurden sie aufgehalten. Es war nicht nur der Umweg, der die Männer murren ließ. Mit einer Frau kamen sie langsamer voran und mussten ihre Reisegeschwindigkeit anpassen. Wie sollten sie da Regensburg noch rechtzeitig erreichen?

Und Hermann gab sich keine Mühe, seine Männer zu beschwichtigen. Er hatte ihnen nicht gesagt, wer die Frau war, die sie aus dem Kloster holen sollten. Er wusste nur, aus welcher Familie sie stammte und dass sie der Bastard eines

Herzogs war. Hermann leckte sich die Lippen. Ob sie hässlich war? Ein hässliches Mädchen, das wäre ein Grund, warum man es in ein Kloster sperrte und erst wieder hervorholte, wenn es verheiratet werden sollte.

Ja, das schien ihm die einzig vernünftige Erklärung. Vielleicht hatte sie einen Buckel oder einen Klumpfuß. Vielleicht schielte sie auch und blickte über Kreuz? Hermann war beruhigt. Sein Vater würde nicht viel Freude an einer solchen Kreatur haben. Weiber waren schwatzhaft. Er würde froh sein, auf den Kreuzzug zu gehen und sein junges Weib daheimlassen zu können.

Die Burschen kamen von den Häusern zurückgelaufen, brennende Fackeln in den Händen. Vier Männer folgten ihnen, jeder mit einem Ruder auf der Schulter. Sie machten sich an den Booten zu schaffen, schoben die beiden größten ins seichte Wasser. Hermann winkte zweien seiner Männer und Georg, ihm zu folgen, und trat zu den Bauern.

»Könnt ihr uns hinüber zur Insel bringen?«

»Natürlich, Herr«, sagte der Älteste.

»Wir brauchen Nachtlager für meine Männer, die hierbleiben, und Ställe für die Pferde.«

»Mein Sohn wird sich darum kümmern«, sagte der Mann und legte die Hand schwer auf die Schulter des dunkelhaarigen Jungen. »Wir werden die Pferde in den Ställen unterbringen, und Eure Männer können im Gasthaus ihr Nachtlager nehmen.«

Hermann nickte zufrieden. »Gut, dann kümmert euch darum. Wir werden morgen in der Früh wieder zurückkommen. Könnt ihr uns holen?«

Der Mann überlegte, blickte über den See zur Fraueninsel. »Wir sind Fischer, keine Fährleute.«

Hermann legte die Hand an den Geldbeutel, der schwer an seinem Gürtel wog. »Es soll dein Schaden nicht sein.«

Stumm nickte der Fischer.

Sie verteilten sich auf die Boote. Hermann legte den Arm auf die Wandung des Bootes. Die Ruder tauchten ins Wasser, und das ergab ein weiches Geräusch, das nicht zu der Kraft passte, mit der das Boot vorangetrieben wurde. Schon nach wenigen Ruderschlägen wurde Hermann beklommen zumute. Er blickte zurück zum Ufer, das in den abendlichen Schatten versank.

Dann schaute er nach vorne. Nur langsam näherten sie sich der Fraueninsel. Und je weiter sie sich vom Ufer entfernten, je mehr sich die Dunkelheit über den See senkte, umso unruhiger wurde Hermann. Seine Hand klammerte sich an die Bootswand. Er heftete den Blick auf die Gebäude der Insel. Kleine Lichtfunken tanzten zwischen den Bäumen.

Die Fischer riefen einander etwas zu. Hermann blickte starr zur Insel. Wenn sie doch endlich dort ankämen! Ihm wäre wohler, wenn er erst wieder festen Boden unter den Füßen hätte. Er zitterte, das musste die Kälte sein. Er zog den Mantel enger um die Schultern.

Kurz bevor sie das Ufer der Insel erreichten, hoben die Fischer die Ruder aus dem Wasser. Der Schwung trug sie an einen kleinen, sichelförmigen Strand. Sie sprangen aus den Booten und schoben sie an Land. Der Kies knirschte.

Hermann erhob sich als Erster, kaum dass das Boot zum Stillstand kam.

»Holt uns morgen früh wieder ab«, befahl er barsch. »Dann werde ich euch auch euren Lohn geben.«

»Wie Ihr wünscht, Herr.« Finster starrte der älteste Fischer ihn an und nickte knapp. Hermann ahnte, der Mann fürchtete um seinen gerechten Lohn. Er fischte eine Münze aus dem Beutel, warf sie durch die Dunkelheit an dem Mann vorbei ins Boot.

»Morgen gibt es noch mal so viel, für jeden von euch«, versprach er. Er winkte herrisch, und zögernd reichte ein Fischer seine Fackel an Georg weiter.

Dann wandte Hermann sich ab. Ein kleiner Hang ragte vor ihnen auf. Dahinter schlängelte sich ein Weg zu den Mauern der Abtei. Sie steuerten darauf zu. Dort warteten Licht, Wärme und hoffentlich ein reich gedeckter Tisch auf sie.

Äbtissin Walburga atmete tief durch. Sie tastete nach dem Schlüsselbund an ihrem Gürtel. Das leise Klappern gab ihr seit zwei Jahren das Gefühl von Sicherheit. Solange sie diesen silbrigen Klang hörte, war alles in Ordnung. Als Kind hatte sie ihre Mutter um die Schließgewalt beneidet. Nun besaß sie selbst Schlüssel, ebenso wie die Schwester *portaria*, die kurz vor dem Ende des Abendmahls in das Refektorium kam und Äbtissin Walburga ins Ohr flüsterte, da seien Männer vor dem Tor, die Einlass verlangten und ein Lager für die Nacht. Außerdem wünschten sie, die Äbtissin zu sprechen.

»Hast du die Fremden etwa schon eingelassen?«, fragte die Äbtissin verwundert.

»Ich habe sie ins Gästehaus gebracht und lasse ihnen Abendessen bringen.«

»Und wer sind die Männer?«, fragte Walburga sanft. Die Schwester Pförtnerin senkte verlegen den Blick – also hatte sie vergessen zu fragen.

»Also gut.« Walburga folgte der Mitschwester. Ihre Kopfhaut kribbelte, und sie widerstand dem Impuls, den Sitz des Schleiers mit den Händen zu überprüfen. Die Schwester Pförtnerin war noch jung, sie würde lernen, auf abendliche Besucher besonnener zu reagieren. Aber nicht jetzt.

Besucher kamen selten auf die Fraueninsel, schon gar nicht zu so später Stunde. Die Welt dort draußen schien an manchen Tagen zu vergessen, dass es sie überhaupt gab.

Die Äbtissin überlegte, dass die Männer einen guten Grund haben mussten, in der Abenddämmerung zur Insel überzusetzen, wenn sie genauso gut im Dorf am Seeufer Nachtlager nehmen konnten. Vielleicht waren sie auf der Flucht. Vielleicht aber, und das schien Walburga wahrscheinlicher, ging es um eine der Kanonissen – allesamt Frauen adeliger Abstammung.

Durch eine kleine Pforte gelangten sie vom inneren Bezirk in den Bereich des Klosters, der auch Gästen offen stand. Das Gästehaus war hell erleuchtet. Walburga mäßigte ihre Schritte. Eine atemlose Äbtissin würde keinen guten Eindruck machen. Walburga straffte die Schultern und betrat das Gebäude.

Zwei Laienschwestern hatten für das leibliche Wohl der Gäste gesorgt. Es gab Starkbier und Renkenfilet in Meerrettichsauce, dazu das dunkle Brot aus dem Backhaus des Klosters. Die Männer waren offensichtlich hungrig. Nur einer stand abseits am kalten Kamin und starrte finster in die Asche. Als Walburga eintrat, wandte er sich zu ihr um. Ein schmales Lächeln umspielte wulstige, fast weibische Lippen. Das schwarze Haar hing ihm fettig ins Gesicht. Mit den Handschuhen, die er in der Rechten hielt, schlug er in seine Linke.

»Äbtissin Walburga.« Er trat auf sie zu und nickte. Walburga erkannte das Wappen auf dem Waffenrock, aber wer war dieser Mann?

»Ihr müsst ein Ortenburger sein«, sagte sie vorsichtig.

»Ich bin Hermann von Ortenburg. Ich bringe Nachricht von meinem Vater. Er schickt mich in einer wichtigen Angelegenheit.«

Walburga nickte. »Folgt mir bitte, wir werden einen ruhigen Ort aufsuchen, wo wir Euer Anliegen besprechen können.«

Sie führte ihn in das Refektorium. Inzwischen war die Abendmahlzeit beendet, und außer den Laienschwestern, die eilig den Tisch abräumten, war niemand da. Walburga bot Hermann einen Platz an der langen Tafel an und schickte Schwester Ortrud nach Würzwein.

Hermanns dicke, kurze Finger trommelten auf die Tischplatte. Walburga beobachtete ihn. Es macht ihn wütend, dachte sie plötzlich. Was auch immer ihn hierhergeführt hatte, machte ihn wütend.

»Hattet Ihr eine gute Reise von der Ortenburg hierher?«

Er nickte knapp.

Schwester Ortrud betrat leise den Saal, servierte ihnen heißen Würzwein in silbernen Bechern und huschte wieder hinaus. Walburga lächelte. Die feinen Becher waren genau richtig, sie zeigten Hermann, wie sehr er als Gast geschätzt wurde. Sie hoffte, der Wein könnte ihn ein wenig versöhnen.

»Ich will es kurz machen«, begann Hermann. »Vor wenigen Tagen erreichte mich Nachricht von meinem Vater, der mich nach Regensburg rief. Ihr wisst, das Kreuzfahrerheer sammelt sich dort zurzeit. Wir werden das Heilige Land von den Ungläubigen säubern.«

»Eine löbliche Aufgabe«, sagte Walburga.

»Mein Vater bat mich, auf dem Weg nach Regensburg hier haltzumachen.« Er beugte sich vor. »Friedrich der Einäugige ist gestorben.«

Walburga ließ sich nichts anmerken. Sie nickte leicht, blickte über Hermanns linke Schulter hinweg und lächelte. Sollte er das Reden übernehmen, sie würde es ihm nicht abnehmen.

»Habt Ihr davon gehört?«

»Gott sei seiner Seele gnädig. Er war ein großer Mann.«

»König Konrad trauert sehr um seinen Bruder. Aber er hat nun beschlossen, die Kebstochter seines älteren Bruders Friedrich mit meinem Vater zu verheiraten.«

Walburga schloss für einen kurzen Moment die Augen. Das war es, was sie befürchtet hatte. Erneut würde man eine von ihnen aus ihrer Mitte reißen. Es passierte nicht oft, gehörte aber zum Leben in einem Kanonissenstift, wie Walburga es leitete. Die edlen Damen, die hier an der Seite von Laienschwestern lebten und arbeiteten, waren nicht so fest mit dem Orden verbunden wie in anderen Klöstern. Immer wieder kam es vor, dass ein männlicher Verwandter sich der Nützlichkeit einer Schwester, Tante oder auch der eigenen Tochter erinnerte und diese zurück in das weltliche Leben holte, um sie zu verheiraten und damit eine für ihn günstige Verbindung zu schaffen.

»Aber müsste nicht«, fragte sie herausfordernd, »nach dem Tod des einäugigen Friedrich sein Sohn die Munt über Agnes besitzen?«

»Konrad ist der König«, erwiderte Hermann knapp. »Das mag Euch passen oder nicht, aber als König kann er die Munt über alle Witwen und Waisen übernehmen, die es in diesem Reich gibt.«

Er tut es nur bei den wenigsten, dachte Walburga verbittert, aber ihr Lächeln blieb unverbindlich. Es war müßig, darüber zu spekulieren, welchen Nutzen sich der Ortenburger und der König von diesem Brauthandel versprachen. Es bedeutete Landbesitz für Otto von Ortenburg – nicht unbeträchtlichen übrigens – und vor allem würde er näher an die Staufer heranrücken.

»Erzählt Ihr mir, was zurzeit im Reich geschieht? Es dringen so wenige Neuigkeiten zu uns auf die Fraueninsel vor. Mancher glaubt, man dürfe unsere schlichten Gemüter nicht mit der großen Politik belasten.« Demütig senkte Äbtissin Walburga den Blick. Aus den Augenwinkeln beobachtete sie Hermann, der sich bequem zurücklehnte.

»König Konrad hat auf dem Hoftag zu Mainz im Februar seinen Sohn Berengar zum Mitkönig wählen und krönen lassen.«

»Der Kreuzzug trieb ihn wohl dazu?«, hakte Walburga nach.

Hermann zuckte mit den Schultern. »Vermutlich. Aber er konnte all die Reichsfürsten auf seine Seite bringen, selbst den Welfenherzog.«

»Das ist wirklich erstaunlich«, bemerkte Walburga leise. Es war ja kein Geheimnis, dass Welfen und Staufer sich seit Jahrzehnten um Herzogtümer und Königswürde stritten. »Wenn der Welfe Heinrich dem Stauferkind Berengar seine Stimme bei der Königswahl gab, bedeutete dies wohl, dass der König ihm etwas versprochen hat.«

»Das weiß ich nicht«, sagte Hermann unwirsch. Es widerstrebte ihm offenbar, mit einer Frau über Politik zu reden.

Doch Walburga dachte gar nicht daran, ihn in Ruhe zu lassen. Sie war froh, dass endlich jemand den Weg ins Kloster fand, der ihre Neugier befriedigen konnte.

»Erzählt mir mehr«, bat sie. »Friedrichs Sohn wird jetzt Herzog von Schwaben sein, nicht wahr?«

»Er ist es schon im letzten Sommer geworden«, gab Hermann Auskunft. »Zunächst hat er an der Seite seines Vaters regiert. Und viele sagen von ihm, dass er der perfekte Herrscher ist.«

»Ja, das denke ich mir«, sagte Walburga. »Es heißt, dass er das sonnige Gemüt der Staufer besitzt und dieses sich bei ihm auf wohltuende Art mit der herrschsüchtigen Wut der Welfen mischt.«

»Verständlich, schließlich war seine Mutter eine Welfin«, erwiderte Hermann von Ortenburg. Seine Finger trommelten auf die Tischplatte.

»Erlaubt mir nur eine Frage«, sagte Walburga. Sie atmete tief durch. Ach, könnte sie nur ihre Neugier bezähmen, aber diese Frage wollte sie noch beantwortet haben. »Warum will sich das Geschlecht der Ortenburger mit dem der Staufer durch diese Heirat auf so enge Weise verbinden? Bisher war Euer Vater einer der überzeugten Parteigänger des Welfenherzogs hier in Bayern, oder irre ich mich?«

Hermann von Ortenburg schüttelte den Kopf.

»Ihr irrt, Äbtissin, wenn Ihr glaubt, dass jede Verbindung in diesen Zeiten in Stein gemeißelt ist. Ein jeder muss sehen, wo er bleibt. Und mein Vater traf diese Entscheidung sicher mit Bedacht, weil sie ihm mehr Vorteile erbringen wird, als es die Parteinahme für den Welfen tun würde.«

»Dann glaubt Euer Vater also nicht, dass Heinrich je das Herzogtum Bayern wird zurückfordern können.« Walburga nickte. Das war durchaus einleuchtend.

»Immerhin hat der König sich bisher geweigert, ein zweites Herzogtum in die Hände dieses jungen Heißsporns zu legen. Es gibt kaum Gründe für König Konrad, seine Meinung zu ändern. Zumal Heinrich auch nicht an seiner Seite ins Heilige Land ziehen wird, um Jerusalem von den Ungläubigen zu befreien.«

»Warum nicht?«, fragte Walburga neugierig.

»Er will lieber gegen die Wenden im Osten vorgehen.« Hermann kreuzte die Arme vor der Brust.

»Ihr werdet Agnes von Waibling also nach Regensburg bringen?«

»Wir reiten morgen in aller Früh. In Regensburg wartet mein Vater auf seine Braut, und in wenigen Tagen schon werden wir aufbrechen.«

Interessant, dachte Walburga. Je länger sie Hermann und seine ruppigen Reaktionen beobachtete, umso mehr offenbarte sich ihr das Wesen des Grafensohns. Er wirkte ungeduldig, hochfahrend und fand offene Worte für die Zustände im Reich. Sicher sprach daraus auch ein wenig der Ärger, einen Abstecher nach Frauenchiemsee machen zu müssen. Er stürzte den Wein, an dem sie selbst nur genippt hatte, in einem Zug herunter und wischte sich mit dem Ärmel seines Hemdes über den Mund.

Hermann ließ den Blick durch den Raum huschen, den Tisch entlang, das Gesicht der Äbtissin meidend, an den Wänden entlang, die mit farbenprächtigen Teppichen geschmückt waren. Sicher hätte er gerne noch mehr Wein gehabt, aber er wagte nicht, darum zu bitten. Walburga faltete die Hände in den Ärmeln ihrer Kukulle.

»Ich werde morgen früh mit Schwester Agnes reden«, sagte Walburga. »Dann könnt Ihr im Laufe des Tages aufbrechen.«

Besser wäre es, so dachte Walburga, noch einen Tag mit der Abreise zu warten. Aber das würde Hermann kaum zulassen. Es zog ihn nach Regensburg.

Hermann starrte sie noch einen Moment mit zusammengekniffenen Lippen an, als könnte er sie so dazu bewegen, schon an diesem Abend zu handeln. Doch Walburga hielt seinem Blick mit einem weisen, unverbindlichen Lächeln stand. Sie erhob sich. Die Unterredung war beendet.

Hermann stand ebenfalls auf.

»Ich werde Euch zum Gästehaus begleiten«, sagte die Äbtissin. Sie ging voran und hörte die schweren Schritte des

Ritters neben sich. Auch wenn sie äußerlich Ruhe bewahrte, tobte in ihrem Innern ein Kampf. Es geschah nicht zum ersten Mal, dass eine der Ihren aus ihrer Mitte gerissen wurde, wenn es dem Machtstreben der Verwandten diente. Es passierte nicht das erste Mal, es würde nicht das letzte Mal sein. Aber Walburga würde sich nie daran gewöhnen, denn meist war es kein leichter Abschied. Und stets war es ein Abschied für immer.

Sie erreichten das Gästehaus, das im Außenbereich des Klosters lag – durch eine zweite Mauer vom inneren Bereich des Stifts abgeschirmt, in dem die Kanonissen lebten und arbeiteten.

»Eine Bitte habe ich noch.« Die Äbtissin verharrte an der Tür des Gästehauses. »In unserem Kloster sind wir es nicht gewohnt, dass Männer über Nacht bleiben. Es stellt für uns eine – nun – völlig neue Erfahrung dar. Es wäre gut, wenn Eure Männer ein Mindestmaß an Benehmen …« Sie machte eine unbestimmte Geste mit der Hand.

»Es wird nichts geschehen«, sagte Hermann. Mit knappem Nicken verabschiedete er sich für die Nacht. Die Tür schloss sich hinter ihm. Äbtissin Walburga wandte sich zur Klosterpforte. Sie wollte in die Kapelle gehen und ein Gebet sprechen, bevor sie sich zur Ruhe begab.

Inzwischen war der Mond aufgegangen, die schmale Sichel legte sich auf ein grau schimmerndes Wolkenband.

Walburga seufzte. Für Agnes von Waibling würde morgen ein neues Leben beginnen. Aber ob es auch ein glückliches Leben sein würde? Sie hoffte es, aber die Begegnung mit Hermann von Ortenburg hatte sie schmerzhaft daran erinnert, dass vor den Toren des Klosters, außerhalb der Insel eine Welt voller Kämpfe wartete. Sie würde ein ernstes Wort mit Agnes reden, bevor sie das Mädchen in diese Welt entließ.

Kapitel 2

»Frau Agnes, lasst mich das doch machen.« Ortrud betrat das Zimmer, das Agnes vor wenigen Stunden im Gästehaus des Klosters Niedermünster bezogen hatte.

Agnes fuhr zu ihrer Freundin herum. »Lass das«, sagte sie gereizt. Als sie sah, wie Ortrud unter ihren scharfen Worten zusammenzuckte, fügte sie versöhnlich hinzu: »Ich möchte, dass wenigstens du mich so behandelst wie bisher.«

Aus lauter Verlegenheit knickste Ortrud. »Aber die Frau Äbtissin hat gesagt, ich soll dich wie eine Frau Gräfin anreden, die du ja auch bald sein wirst.«

»Ja, ich weiß.« Agnes seufzte und legte den Kamm beiseite, mit dem sie vergeblich versucht hatte, ihre langen, rotbraunen Haare zu entwirren. Nach dem mehrtägigen Ritt vom Chiemsee nach Regensburg war sie froh gewesen, ein Bad zu nehmen und sich den Staub der Straße vom Leib waschen zu können. Doch ihr Haar ließ sich nicht bändigen.

»Und die Frau Äbtissin Kunigunde von Kirchberg lässt ausrichten, dass ein Besucher für dich da ist. Der Schneider wartet auch«, fügte Ortrud hinzu.

»Ein Besucher? Hat sie gesagt, wer der Besucher ist?«

Ortrud schüttelte stumm den Kopf. Agnes wandte sich ab, den Kamm im verknoteten Haar. Nur im Hemd stand sie im Raum. Sie spürte ihr Herz wieder in ihrer Brust rasen, wie es das in den letzten Tagen so häufig tat. So viel passierte, und sie kam gar nicht mehr zur Ruhe. Sie sehnte sich nach der kontemplativen Stille von Frauenchiemsee, in der sie aufgewachsen war.

»Such mir das grüne Kleid heraus«, sagte sie, wandte sich ab, trat ans Fenster und blickte in den stillen Innenhof.

Sie war in Regensburg. Sie würde schon bald heiraten. Vor wenigen Tagen hatte sie das ruhige Leben im Kloster noch als bedrückend empfunden, aber wie viel bedrückender war es nun, da jeder ständig etwas von ihr wollte?

Es waren nicht nur die Äbtissin des Klosters und ihre Ordensschwestern, die sie nicht länger wie ihresgleichen behandelten. Vor allem Äbtissin Kunigunde hatte Agnes bei ihrer ersten Begegnung vor wenigen Stunden verwirrt, weil sie der Jüngeren wie einer Adeligen begegnet war. Agnes hatte in der stillen Welt von Frauenchiemsee fast vergessen, dass sie die Tochter eines Herzogs war.

Es war auch nicht Hermann von Ortenburg, der auf dem Weg nach Regensburg durchaus galante Worte gewählt hatte, um sie für sich zu gewinnen. Fast war es ihr zu viel gewesen, was er ihr erzählt hatte von seinem Leben und von der Ortenburg. Seinen Vater hatte er nie erwähnt. Und brachte sie die Sprache auf Otto von Ortenburg, erntete sie nur Schweigen.

Es war vor allem die Tatsache, dass diese Veränderung so plötzlich kam. Bis vor wenigen Tagen hatte sie nur eine Ahnung von der Welt außerhalb der Klostermauern gehabt. Und nun war sie einem Grafen versprochen, dem sie noch nie begegnet war. Sie spürte, wie sich die Angst in ihrem Bauch zusammenballte. Bei aller Fürsorge, die sie von Fremden erfuhr, fühlte sie sich allein gelassen. Nur Ortrud, die sie von Frauenchiemsee hierherbegleitet hatte und in Zukunft ihre Zofe sein sollte, gab ihr ein Gefühl von Sicherheit und Heimat.

Man hatte entschieden, wie es mit ihr weitergehen sollte, und jeder Widerstand wurde belächelt. Es blieb ihr nichts anderes übrig, als sich in dieses neue Schicksal zu fügen.

Und nun wartete ein Besucher auf sie. Wer mochte es sein? Sicher nicht der König, der bereits einen Boten geschickt und sie auf diese Weise willkommen geheißen hatte. Aber wer mochte Interesse daran haben, die Braut des Ortenburgers zu sehen?

Vielleicht war ja dieser unbekannte Besucher ihr zukünftiger Ehemann? Angst und Aufregung erfassten erneut

Agnes. Sie legte die Handflächen zusammen wie zum Gebet, damit Ortrud nicht das Zittern ihrer Finger bemerkte.

Sie wählte ein weißes Unterkleid und zog darüber das grüne Kleid aus feiner Wolle. Sie strich über den weichen Stoff. Die Truhe, die am Fußende ihres Bettes stand, enthielt wenige Kleider – dies war auch der Grund, warum auf Geheiß ihres Onkels ein Schneider aus der Tändlergasse zu ihr geschickt worden war. Doch der Mann würde warten müssen. Jetzt wollte sie zunächst den Besucher empfangen.

»Aber dein Haar, das kannst du nicht offen tragen, es ist noch nass.« Ortrud hatte leise gesprochen, als Agnes schon an der Tür stand.

»Mein Haar lasse ich, wie es ist. Diese wenigen Tage zumindest noch.«

Sie warf die vom Bad noch nassen, schweren Haare auf den Rücken und marschierte hinaus. Ortrud folgte ihr.

»Ich halte das für keine gute Idee, die Frau Äbtissin hat gesagt, der Besucher sei …«

»Ich weiß ja nicht, wer der Besucher ist«, unterbrach Agnes sie. »Und solange ich es nicht weiß, kann ich mich kaum angemessen verhalten. Wo wartet er?«

Es begann ihr Spaß zu machen. Ein bisschen wollte sie die Frau Äbtissin ärgern, die sicher bei dem Gast auf sie warten würde. Zu streng wirkte die Ältere, obwohl das Gesicht noch von jugendlich strahlender Klarheit war. Kaum mehr als zehn Jahre trennten die beiden Frauen – zehn Jahre und Welten. Während Äbtissin Kunigunde kaum Aussicht auf ein anderes Leben hatte, war Agnes' Schicksal soeben auf den Kopf gestellt worden.

Aber Agnes behagte die Schnelligkeit dieses Wandels nicht.

»Im Hof«, stammelte Ortrud als Antwort. Agnes ging voran, Ortrud folgte beinahe im Laufschritt.

Der Hof war in das goldene Licht der spätnachmittäglichen Sonne getaucht. Vor den Stallungen standen zwei Pferde der Ortenburger. Ein Knappe kümmerte sich um die

Tiere, gab ihnen zu saufen und strich dem grauen Zelter, der nun Agnes gehören sollte, beruhigend über den Hals.

Ein Mann stand bei Äbtissin Kunigunde, die ihre Hände in den Ärmeln ihrer Kukulle verborgen hielt. Immer wieder zuckten die Finger unter dem rauen Stoff, als könnte sie sich nur mühsam zurückhalten, nicht in erregtes Gestikulieren zu verfallen. Der Mann nickte gnädig, doch als Agnes auftauchte, wandte er sich zu ihr um und lächelte.

Sie erkannte ihn sofort. Er hatte dieselbe blasse Haut wie sie. Sein Haar war nicht so kastanienbraun wie ihres, sondern heller, sicher hatte die Sonne es ausgebleicht. Seine Augen waren von einem klaren Blau. Ihre, das wusste sie, waren verwaschen blaugrün. Friedrich von Staufen war einen Kopf größer als sie. Auch wenn er längst ein erwachsener Mann war, erkannte sie in ihm immer noch den Elfjährigen, der sie geneckt und zugleich vor den Streichen der anderen Jungen auf Hohenstauf beschützt hatte.

Agnes verlangsamte ihre Schritte und blieb wenige Meter von dem Fremden und der Äbtissin entfernt stehen. Sein Lächeln hatte etwas Entwaffnendes, leicht Spöttisches. Er trat auf sie zu und streckte ihr beide Hände entgegen.

»Schwester«, sagte er. »Es ist lange her.«

Er nahm ihre Hände, betrachtete sie, lächelte, ließ sie los. Äbtissin Kunigunde beobachtete mit Argusaugen dieses erste Wiedersehen der Halbgeschwister.

»Du warst ein kleines Mädchen, als ich dich zuletzt gesehen habe.«

»Und Ihr ein frecher Junge, der mir Heckenrosensamen in den Nacken streute!«

»Ich war elf und wusste nicht, welche Schönheit aus dir werden würde.«

»Ihr schmeichelt mir.«

Herzog Friedrich wandte sich an die Äbtissin.

»Äbtissin Kunigunde, ich will Euch nicht länger von Euren Aufgaben abhalten. Darf ich meine Schwester nach all den Jahren wohl für eine kurze Weile allein sprechen?«

»Natürlich.«

Sie neigte den Kopf, zeigte wieder das schmale Lächeln. Agnes sah es, und auch Friedrich bemerkte es, als die Äbtissin davonrauschte.

»Komm.« Friedrich reichte Agnes die Hand, und sie legte die ihre darauf. Mit der Linken raffte sie ihre Röcke, blickte zurück zu Ortrud, die abwartend an der Tür des Gästehauses stand. Alles in Ordnung, sagte Agnes mit diesem Blick, und Ortrud verstand. Sie lächelte erleichtert.

Alles würde gut werden. Ihr Halbbruder war da, ihr Halbbruder, den sie als Vierjährige bewundert hatte. Er würde verhindern, was sie fürchtete. Er würde sie vor der Ehe mit einem fremden, alten Mann bewahren.

»Onkel Konrad hat mir erst heute früh erzählt, dass du gekommen bist, um den Ortenburger zu heiraten.«

Agnes atmete tief durch. Was sie nun sagen wollte, hatte sie sich auf dem Ritt nach Regensburg sorgfältig zurechtgelegt. »Ich bin nach dem Tod unseres Vaters in deiner Munt, Friedrich – wie kannst du zulassen, dass er mich verheiratet?«

Er blieb stehen und wandte sich zu ihr um. Er wirkte sehr ernst.

»Du bist eine Stauferin, Agnes. Es geht hier nicht allein um dich, es geht um unsere Vormachtstellung im Reich. Glaubst du, mir gefällt, was er tut? Aber er ist der König. Er hat Angst vor dem Welfenherzog, der uns nicht auf den Kreuzzug begleiten wird. Aus diesem Grund werde ich auch heiraten, du bist also nicht die Einzige, die den Staufern dient.«

Er lächelte. Traurig wirkte er. Agnes legte die Hand auf seinen Unterarm, suchte nach den richtigen Worten.

»Dann ist es nicht dein Wunsch, zu heiraten?«

»Du wirst meine Braut sicher bald kennenlernen. Und nein, ich hätte sie nicht erwählt, wenn es nicht der ausdrückliche Wunsch des Königs wäre.«

»Aber du bist Herzog von Schwaben, und ich bin lediglich ein Bastard deines Vaters.«

»Ja, siehst du«, sagte Friedrich sanft. »Und es ändert nichts. Auch der Schwabenherzog muss heiraten, wenn der König es wünscht.«

Darauf erwiderte Agnes nichts mehr.

»Komm«, sagte Friedrich leise.

Funkelnde Sonnenstrahlen tanzten auf der Donau. Heinrich parierte seinen Rappen durch und brachte das temperamentvolle Tier mühsam zum Stehen. Sie passten gut zueinander, Ross und Reiter. Stolz bog der Hengst den Hals und kaute auf der Kandare. Heinrich hielt die Zügel locker in der Linken, während die rechte Hand auf seinem Oberschenkel ruhte. Er blickte über Stadtamhof. Dahinter lag die Donau, und ja, dahinter … Regensburg. Sie hatten das Ziel ihrer Reise erreicht.

»Werden wir über Nacht in Stadtamhof bleiben?« Bischof Anselm von Havelberg trieb seinen knochigen, braunen Wallach neben Heinrichs Rappen.

Heinrich nickte. Er durfte nicht hier sein. Eigentlich war geplant, dass er sich in wenigen Wochen mit anderen Fürsten in Magdeburg traf, um einen eigenen Kreuzzug anzuführen – gen Osten, gegen die heidnischen Wenden.

Und doch hatte Regensburg ihn nicht losgelassen. Nicht nur Regensburg – Bayern war es, das ihn hierhertrieb. Seit dem letzten Reichstag waren erst wenige Wochen vergangen. Im März hatten sich die Fürsten des Reiches in Mainz zusammengefunden, einen König zu wählen. Ein Kind auf den Thron neben seinen Vater zu heben. Die Krone auf das Haupt eines Kindes zu setzen … Heinrich verlor sich in den wütenden Gedanken.

Der Bischof räusperte sich. Er hatte sich auf dem Ritt nach Regensburg erstaunlich ruhig verhalten, und insgeheim argwöhnte Heinrich, er könnte etwas im Schilde führen. Es würde ihn nicht wundern – Anselm von Havelberg war ein bekannter Parteigänger der Staufer. Und mit dem Stauferkönig Konrad hatte Heinrich sich nie gut verstanden.

Hatte Konrad doch seinem Vater – dem stolzen Heinrich – den Königstitel vor der Nase weggeschnappt und ihn im Handstreich entmachtet. Sachsen und Bayern – beide Herzogtümer hatte Konrad Heinrichs Vater genommen und hatte auch Heinrich lange zappeln lassen, bis er ihm zumindest Sachsen zurückgegeben hatte. Vier Jahre war das nun her, doch Bayern war immer noch in den falschen Händen.

Es war auf dem Reichstag zu Mainz vor wenigen Wochen gewesen, als Heinrich zuletzt vor dem König gestanden hatte. Beide hatten ihre Wünsche und Ziele gehabt – Bayern auf der einen Seite, die Königswahl Berengars auf der anderen Seite. Ohne Heinrichs Fürsprache, das hatte Konrad gewusst, hatte er wenig Aussicht auf Erfolg. Und er hatte in diesem Gespräch dem Welfenherzog versprochen, was ihm rechtmäßig zustand – Bayern.

»Aber nach dem Kreuzzug, nicht noch in diesem Jahr. Nach meiner Rückkehr werden wir es angehen.«

So hatten die Worte des Königs gelautet. Und Heinrich hatte sich auf diesen Handel eingelassen. Früher oder später würde Bayern wieder ihm gehören.

»Ja, wir bleiben in Stadtamhof.« Heinrich atmete tief durch. Er plante, wichtige Männer zu treffen, die in Bayern das Sagen hatten und gegen den Babenberger Heinrich Jasomirgott opponierten. Der Babenberger hatte einst Heinrichs Mutter geheiratet, und der König hatte ihn, als Kompromiss, mit dem Herzogtum Bayern belehnt. Doch es gab viele Edle, die sich die Herrschaft der Welfen zurückwünschten – und ihnen wollte Heinrich Mut machen, wollte sie über seine geheime Abmachung mit Konrad informieren, damit sie ihm weiterhin die Treue hielten. Viele waren der Meinung, dass der Babenberger das Herzogtum Bayern unrechtmäßig erworben hatte, denn nach dem Tod von Heinrichs Mutter im Jahre 1143, kein Jahr nach der prunkvollen Hochzeit, hatte er sich geweigert, das Lehen wieder herauszurücken, obwohl es an die Ehe mit Gertrud gebunden war.

»Wollt Ihr dann auch nach Regensburg?« Anselm von

Havelberg gab keine Ruhe. Die kleinen Äuglein blitzten Heinrich an, das bäuerliche Gesicht verzog sich zu einem maliziösen Lächeln.

»Morgen erst«, erwiderte Heinrich knapp. Er trieb den Rappen an und ließ den Bischof stehen. Seine Männer folgten ihm.

Er war es satt, von diesem Stauferbischof beobachtet zu werden. Jede Wette ging er ein, dass der Kirchenfürst noch am Abend nach Regensburg reiten würde, über die Steinerne Brücke, die Regensburg mit dem Norden des Reichs verband, um dort dem König Bericht zu erstatten.

Aber Heinrich hatte selbst noch einen Trumpf im Ärmel.

Darauf hoffte und darauf baute er. Bayern würde ihm gehören, ihm allein!

Im Hof des Klosters St. Mang drängten sich Pferde und Reiter. Heinrich warf die Zügel einem jungen Novizen zu. Ein Ordensbruder eilte herbei und griff danach, als der Rappe augenrollend den Kopf nach hinten warf. Der Novize wich bis zur äußeren Stallwand zurück und musterte das Tier ängstlich.

Heinrich lachte nur und ging zum Gästehaus des Klosters hinüber. Durch das Tor, das zum abgeschlossenen Bereich des Klosters führte, traten weitere Mönche, die in Heinrichs Richtung nickten und sich dann um die Neuankömmlinge kümmerten.

Plötzlich warf der Rappe erneut den Kopf, und der Mönch ließ die Zügel fahren. Ehe das Pferd die anderen Tiere mit seiner Unruhe anstecken konnte, trat eine hochgewachsene Gestalt durch den Torbogen zum inneren Bereich des Klosters. Golden flammte das rote Haar des Stauferherzogs in der Sonne auf. Mit wenigen Schritten war er heran, legte die Hand an die Mähne des Rappen. Das Pferd stand still, senkte den Kopf und schnoberte suchend an der Tunika Friedrichs.

»Ich habe nichts«, lachte Friedrich. Er führte den Rappen, der ihm lammfromm folgte, zu Heinrich hinüber.

»Nicht jeder kommt mit so viel Temperament zurecht.«

Das Lächeln, das Friedrichs Lippen umspielte, war spöttisch, ohne sein Gegenüber herauszufordern. »Du bist schon hier, Vetter? Ich habe erst heute Abend mit dir gerechnet. Aber mit so einem prächtigen Pferd ist der Ritt auch zweimal so schnell bewältigt, nicht wahr?«

»Es sei denn, man hat einen staufischen Pfaffen am Rockzipfel hängen.« Heinrich blickte zum Havelberger hinüber, doch der ignorierte ihn und erkundigte sich lautstark nach der Gaststube des Klosters, er habe Durst.

Friedrich griff dem Rappen in die volle Mähne. Das Tier schüttelte temperamentvoll den Kopf, ließ es sich aber gefallen. Wie sein Vetter Heinrich hatte auch Friedrich eine Schwäche für schöne Pferde. Es war nicht das Einzige, was die beiden jungen Herzöge verband – sie waren viele Jahre gemeinsam aufgewachsen, und diese Zeit hatte zwischen den ungleichen Männern eine tiefe Freundschaft wachsen lassen, die nicht einmal vom welfisch-staufischen Konflikt erschüttert werden konnte.

»Mich trieb die Neugier her. Ich wollte wissen, ob du es wirklich wagst, in die Höhle des Löwen zu kommen. Aber schau an, du bist hier, und das macht die Sache interessant.«

»Welche Sache?« Heinrich horchte auf. Wusste Friedrich schon von seinen Plänen? Es würde ihn nicht wundern, aber es war ihm nicht recht …

»Du wirst von der Reise hungrig und durstig sein. Die Mönche hier brauen ein feines Bier …« Friedrich ging voran in das Gästehaus. Linker Hand befand sich ein großer Raum, einer Schankstube ähnlich, mit Bänken und langen Tafeln. Nur wenige Tische waren besetzt. Laienbrüder brachten aus der Klosterküche Brot und Bier für die hungrigen Neuankömmlinge.

Friedrich setzte sich an einen Tisch nahe dem Kamin, in dem trotz der sommerlichen Wärme ein munteres Feuer flackerte. Sofort kam ein Bruder im dunkelbraunen Habit der

Laien und stellte Krüge mit frisch schäumendem Bier vor sie auf den Tisch.

Heinrich trank durstig, dann lehnte er sich zurück.

»Und welche Sache meinst du?«

»Nun, du weißt es noch nicht. Aber Graf Otto von Ortenburg wird schon in wenigen Tagen hier in Regensburg Hochzeit halten.«

Heinrichs Gesicht blieb unbewegt. Friedrich beugte sich vor.

»Das war dir nicht bekannt, stimmt's?«

»Graf Otto kann seine eigenen Entscheidungen treffen.«

»Dann ist es dir gleichgültig, dass er meine Halbschwester Agnes von Waibling heiraten wird?«

Heinrich biss die Zähne zusammen. Nein, damit hatte er wirklich nicht gerechnet. Ausgerechnet der Ortenburger wollte sich an die Staufer binden, einer seiner treusten Verbündeten. Er nahm sogar die uneheliche Tochter des einäugigen Friedrich, um dieses Bündnis zu besiegeln. Heinrich fühlte sich von König Konrad betrogen. Das war also die Taktik des Königs: er versprach Heinrich das Blaue vom Himmel und isolierte ihn zugleich in Bayern.

»Nun, er kann tun, was er will«, sagte er steif. Er zerkrümelte ein Stück Brot. Nur mühsam konnte er das Zittern seiner Finger verbergen. Wut ergriff von ihm Besitz, die altbekannte Welfenwut, die ihn schon so manches Mal übermannt hatte. Diese Wut, die ihn immer in Schwierigkeiten brachte. Am liebsten hätte er den Ortenburger sogleich zur Rede gestellt.

Friedrich lehnte sich zurück. Die Hand strich spielerisch über den Bierkrug. Er musterte Heinrich, sagte aber nichts.

»Und deine Hochzeit – wird sie auch noch vor der Abreise gefeiert?«

Friedrich blickte auf. Seine Miene verdüsterte sich, und er nickte. Es schien ihn nicht zu verwundern, dass Heinrich von dieser Sache schon erfahren hatte. Das Gerücht kreiste bereits seit letztem Winter, und nachdem sowohl Friedrichs

Vater als auch der seiner zukünftigen Gemahlin innerhalb weniger Tage vom Herrn abberufen worden waren, hatte der König eine schnelle Heirat gefordert.

»Es wird sich nicht vermeiden lassen. Meine Braut ist vor wenigen Tagen eingetroffen, an der Seite ihres Bruders.«

»Die Hochzeit wird dir durch das Egerland schon versüßt werden.«

»Du weißt nicht, wovon du sprichst. Du hast dieses unentwegt plappernde, dümmliche Kind, das sie mir ins Bett legen wollen, ja noch nicht gesehen. Sie klammert sich an ihre Schwestern und die Mutter, als wollte ich sie schänden. Nichts deutet darauf hin, dass sie je herzogliche Würde ausstrahlen wird.«

»Manche wachsen in ihre Aufgaben hinein.«

Heinrich winkte einem Laienbruder und bedeutete ihm, noch mehr Bier zu bringen.

»Das Egerland wird mich kaum darüber hinwegtrösten, dass sie mir ein Mädchen mit schlichtem Gemüt andienen.« Friedrich seufzte. »Wäre sie wenigstens hübsch! Meine kleine Schwester aus dem Kloster, ich durfte sie gestern wiedersehen, die wäre was für dich. Eine echte Schönheit ist sie geworden, klein und mit Rundungen an den richtigen Stellen. Sie ist nicht so groß und hager wie meine Adela. Ich würde sie dir ja zur Frau geben, wenn du nicht die Verbindung mit uns Staufern scheuen würdest. Außerdem hat der König die Hand auf sie gelegt, nachdem mein Vater starb, obwohl Agnes in meine Munt überging.«

»Und da wehrst du dich nicht?« Heinrich lachte rau.

»Soll ich mich gegen einen König auflehnen, der Witwen und Waisen in seine Obhut nimmt, solange es ihm dient? Es reicht, wenn ein Herzog sich mit ihm anlegt.« Friedrich zwinkerte Heinrich zu. »Du hast ihm ganz schön zugesetzt in Mainz. Geflucht hat er, und da kam ihm der Tod meines Vaters nur gelegen. Ich war abgelenkt, und er konnte meine Schwester dem Grafen zur Hand geben, der bisher unverbrüchlich an deiner Seite stand.«

»Dann läuft für euch ja alles bestens.« Heinrich stand auf und schwankte ein wenig – er schob es nicht aufs Bier, sondern auf seine Wut. Wann hatte der Ortenburger wohl geplant, ihm von dieser neuen Verbindung zu erzählen?

Er musste mit ihm sprechen, jetzt erst recht. Es war gut, dass Heinrich den Ritt nach Regensburg auf sich genommen hatte, obwohl auf ihn im Osten des Reiches andere Aufgaben warteten. Dies hier war wichtig. König Konrad hatte ihm auf der einen Seite Bayern versprochen und hatte auf der anderen Seite begonnen, ihm die Verbündeten abspenstig zu machen. Zuerst die Vohburger, indem er Adela mit Friedrich vermählen wollte, und jetzt auch die Ortenburger. Das änderte einiges. Heinrich stürzte das Bier hinunter und knallte den leeren Humpen auf den Tisch.

»Heute Abend findet in der Königspfalz ein Fest statt, um mein kleines Schwesterchen am Hof zu begrüßen und sie mit ihrem Gemahl bekannt zu machen.« Friedrichs Augen blitzten vergnügt. »Ich denke, als Neffe des Königs kann ich durchaus den einen oder anderen Freund einladen.«

Heinrich erwiderte das Lächeln. »Gilt das auch für Freunde aus dem Lager der Welfen?«, fragte er herausfordernd.

»Es gilt für die Freunde des Königs«, sagte Friedrich. »Wenn du dich ihm versöhnlich zeigst, wird das deine Chancen auf das bayerische Herzogtum nicht gerade verschlechtern.«

Er trank aus und stand auf. Ein letzter, stummer Blick zwischen den beiden Freunden, ein knappes Nicken, dann ging er. Heinrich schaute nachdenklich hinter Friedrich her. Schließlich winkte er dem Laienbruder, der sich als Schankjunge betätigte, dass er ihm endlich ein neues Bier brachte.

Er musste den Ortenburger sprechen, und zwar schnell, am besten noch heute.

Vielleicht ergab sich auf dem Fest am Abend ja eine Gelegenheit …

Kapitel 3

Ein Raunen und Summen ging durch die Stadt, schlich sich durch die Gänge und hohen Hallen der Königspfalz: Der König war da!

Und mit ihm waren alle Edlen des Reiches gekommen.

Sie hatten Quartier in Regensburg und den umliegenden Klöstern genommen. Wer dort nicht unterkam, hatte sein Zelt auf dem Feld vor der Stadt aufgeschlagen. Bunte Wimpel knatterten im Wind, und an den Feuerstellen saßen die Ritter beisammen und malten sich aus, wie es sein würde, in wenigen Monaten schon in die erste Schlacht gegen die Ungläubigen zu ziehen.

Und als die Nacht über Stadt, Fluss und Lager hereinbrach, da zündeten sie Fackeln an, und leise sirrten die Stimmen wie Bogensehnen, unterbrochen vom Donnerschlag aus Gelächter und Gebrüll.

Friedrich ritt mit Einbruch der Dämmerung zurück in die Stadt. Er hatte bei seinen Männern gesessen, hatte ihnen gelauscht und dabei die feinen Schwingungen aus Ungewissheit und Angst gespürt, die seine Ritter so tapfer hinter großen Geschichten von Schlachten verbargen, die sie gegen die Welfen geschlagen hatten. Davon hatte es in den letzten Jahren so manche gegeben. Friedrich lächelte müde.

Seine Männer glaubten wohl, die Kreuzfahrterei sei mit einem Grenzscharmützel gegen die welfische Partei zu vergleichen. Oder sie verbargen ihre Unruhe geschickt.

Sein Knappe folgte ihm. Der junge Arnulf war Friedrich im letzten Sommer als Knappe anvertraut worden, und er sprach nicht viel. Er wuchs schnell, war schlank wie eine Birkenrute. In vielen Dingen fehlten ihm noch die Kraft und das Durchsetzungsvermögen. Aber er lernte, und Friedrich mochte sein stilles, verschlossenes Wesen. Darunter brodelte es, in wenigen Jahren würde er einen guten und starken Ritter abgeben. Die großen und sehnigen Hände verrieten schon die Stärke, die den ganzen Körper auszeichnen würde, sobald Arnulf erwachsen war.

Friedrich trieb sein Pferd zu einem schnellen Trab.

»Hoooo! Wohin des Weges?«

Von rechts kamen sie, fünf, sechs Reiter im Galopp, über die leicht zum Ufer abfallende Wiese, und der erste rief es Friedrich zu. Dieser zügelte sein Pferd ebenso, wie es die Männer taten, und im Schein der Fackeln, die zwei der Reiter hielten, erkannte er, wer da des Weges kam. Es war Welf, der Onkel des Sachsenherzogs Heinrich. Er hatte die gedrungene Gestalt der Welfen, und mit seinen mittleren Jahren neigte er zudem schon zur Fettleibigkeit. Das Haar wurde ihm bereits grau, der Bart aber war noch immer pechschwarz.

»Habt Ihr nicht in Regensburg Quartier genommen wie all die anderen Fürsten?«, fragte Friedrich erstaunt.

Welf lachte trocken. »Glaubt Ihr denn, ich lasse mich mit einem Heinrich Jasomirgott in einer Stadt einpferchen, sei sie auch so groß und stolz wie Regensburg?« Er spie aus.

»Dann seid Ihr auch auf dem Weg zum Fest in der Pfalz des Königs?«

»Wir können gemeinsam reiten.« Welf lenkte sein Pferd neben Friedrichs, und seine Männer und Friedrichs Gefolgsleute schlossen sich ihnen an.

»Ich habe gehört, mein Neffe ist heute Nachmittag in St. Mang angekommen.« Welf kam ohne Umschweife zur Sache. Es schien ihm recht zu sein, Friedrich fern der Festlichkeit anzutreffen.

»Ihr wusstet nichts von Heinrichs Plan, nach Regensburg zu kommen?« Friedrich warf Welf einen knappen Seitenblick zu. Wenn nicht einmal Welf von Heinrichs Kommen gewusst hatte, war das mehr als merkwürdig. Friedrich beschloss, beim Festmahl Heinrich auf den Zahn zu fühlen. Was trieb ihn wirklich hierher? Ging es um etwas anderes als das bayerische Herzogtum? Denn wenn Heinrich nicht einmal Welf in seine Pläne einbezog, war das mehr als deutlich.

Doch falls es nicht um Bayern ging, was wollte Heinrich in Regensburg? Zumal er sich vor wenigen Wochen auf dem Hoftag zu Mainz verpflichtet hatte, das Kreuz gegen die heidnischen Wenden zu nehmen. Hatte er Besseres zu tun, als sich auf seinen Kreuzzug gen Osten vorzubereiten?

»Heinrich hatte schon immer seinen eigenen Kopf. Und nicht immer weiht er mich in seine Pläne ein«, sagte Welf nachdenklich.

»Man sollte doch meinen, er täte es. Immerhin verfolgt Ihr dasselbe Ziel wie er – Bayern den Welfen. Und Ihr seid der Bruder seines Vaters.«

»Ich werde ihn morgen aufsuchen und fragen, was ihn nach Regensburg treibt. Das wünscht Ihr doch, nicht wahr, Friedrich? Der König wird sich auch dafür interessieren.«

Friedrich lachte leise. »Der König wird ihn heute Abend selbst fragen, nehme ich an. Ich habe Heinrich zum Fest geladen.«

Einen Moment schwieg Welf verdutzt, dann lachte er laut. »Ihr seid mutig, Friedrich«, sagte er. »Mutig oder leichtsinnig, ich kann es nicht genau sagen. Ihr kennt das Temperament meines Neffen. Er wird das Fest mit seinem Auftritt zu einem … spannenden Abend machen.«

Friedrich zwinkerte ihm zu. »Wir wollen uns doch nicht langweilen.« Er trieb seinen Fuchs zum leichten Kanter. Er musste sich beeilen, wenn er rechtzeitig da sein wollte. Heinrichs Auftritt wollte er um keinen Preis verpassen.

Der Burggraf von Regensburg hielt Friedrich auf, als er im Hof der Königspfalz aus dem Sattel sprang und sein Knappe sogleich zur Stelle war, um stumm wie immer die Zügel des Pferdes zu übernehmen.

»Herr Friedrich, auf ein Wort.«

Er schien verlegen zu sein und zog Friedrich am Hemd in eine ruhige Ecke des Hofes. Nach und nach trafen bereits die ersten Gäste ein. Friedrich seufzte. Er hatte noch nicht einmal Gelegenheit gefunden, sich für diesen wichtigen Anlass umzuziehen, und nun wurde er auch noch aufgehalten!

»Wenn Ihr mich wegen der Anwesenheit von Herzog Heinrich sprechen wollt – ja, er hat angekündigt zu kommen.«

Fieberhaft überlegte Friedrich, wie der Mann vor ihm hieß. Burggraf war er, und damit diente er dem König während seiner Anwesenheit in der Königspfalz als Truchsess. Doch war er so unscheinbar und blass, dass man seinen Namen sogleich vergaß, wie man wohl auch ihn vergaß, während er still und unauffällig seine Arbeit verrichtete.

Babo, fiel es Friedrich ein. Der Mann hieß Babo.

»Er ist sogar schon da.« Der Vogt nickte zu der Vorhalle hinüber. »Aber er war nicht eingeladen, Herr Friedrich. Wo soll ich ihn an der Tafel platzieren? Alles war so schön geplant und ausgerichtet, ich kann doch einen Herzog nicht an den niederen Tisch setzen«, jammerte er.

»Das werdet Ihr schon hinbekommen«, sagte Friedrich. Er klopfte Burggraf Babo beruhigend auf die Schulter und schob sich an ihm vorbei. »Entschuldigt mich, aber ich habe dafür jetzt keine Zeit.«

In diesem Moment ritt Agnes auf einem grauen Zelter in den Hof. Ein halbes Dutzend Ritter folgten ihr dichtauf.

Wäre Friedrich ihr nicht bereits am Vormittag begegnet, so hätte ihn dieses Aufeinandertreffen nun vollends verwirrt. Agnes trug eine dunkelrote Samtrobe über einem senfgelben Unterkleid, und die weit geschlitzten Ärmel ließen die helle Haut ihrer Oberarme aufblitzen. Er trat zu ihr und hielt die Zügel des Zelters. In ihren Augen schimmerte der Fackelschein wie tanzende Sterne.

Sie raffte die Röcke ihres Kleides und glitt graziös aus dem Sattel, fast so, als hätte sie nie etwas anderes getan. Friedrich reichte ihr die Hand, und Agnes legte ihre Rechte darauf, während die Linke behutsam die edlen Stoffe ordnete. Dann lächelte sie Friedrich an.

»Wie schön, dass wir uns so bald schon wiedersehen,

Schwesterchen«, sagte er leise. Sie senkte den Kopf, ihre Finger fuhren zu ihrem Ausschnitt, der tiefe Einblicke gewährte und die hellen Rundungen ihrer Brüste erahnen ließ. Ihre Finger zupften an der zarten Stickerei. Das kastanienrote Haar hatte die Zofe zu dicken Zöpfen geflochten und aufgesteckt.

Friedrich schluckte. Selten hatte eine Frau auf ihn so betörend gewirkt, gerade weil sie sich nicht mit besonderem Zierrat und Schmuck herausputzte.

Aber sie ist deine Schwester, ermahnte er sich selbst. Und in wenigen Tagen würde sie einen alten, unbedeutenden Grafen heiraten. Friedrich kannte den Ortenburger und seine Söhne. Sie waren allesamt grobe, ungeschlachte Kerle, den Krieg gewohnt und nicht dem höfischen Leben zugetan. Agnes würde es schwer haben bei ihnen – oder aber die Männer würden ihr nach wenigen Wochen zu Füßen liegen.

»Wirst du mich zur Tafel geleiten, großer Bruder?« Sie neckte ihn. In ihren Augen blitzte der Schalk, und ihre Finger auf seiner Hand bewegten sich leicht.

Friedrich schüttelte den Kopf.

»Jetzt noch nicht. Ich war im Heerlager vor der Stadt bei meinen Männern. So kann ich kaum vor den König treten.«

Außerdem wird dein Bräutigam dich heute zur Tafel führen wollen, dachte Friedrich. Er ließ ihre Hand los, als sie die Tür zur Vorhalle erreichten. »Ich komme später nach.«

Er wandte sich nach links, die Treppe hinauf zu den oberen Gemächern. Sein Quartier bestand aus zwei großen Räumen, in die in wenigen Tagen auch seine Braut einziehen würde – so lange, bis er an der Seite des Königs ins Heilige Land aufbrach. Am heutigen Abend aber hatte man sie und ihre Familie nicht geladen, und Friedrich war froh, dass er sie nicht zur Tafel führen musste.

Er kleidete sich eilig um: weiche, enge Beinlinge in einem tiefen Rotton, dazu eine gelbe Tunika mit weiten Ärmeln. Zuletzt griff er nach dem Mantel, ebenfalls in Scharlachrot, das hervorragend zu ihm passte. Erst nachdem er sich fertig angekleidet hatte, fiel ihm auf, dass er somit dieselben Farben trug wie Agnes.

Nun, warum auch nicht – sie waren schließlich Geschwister.

Er betrat den Festsaal nur wenige Augenblicke nach dem feierlichen Einzug der Edlen durch eine Seitenpforte. Soeben eilten die Knappen – zwei Dutzend an der Zahl – in die Halle und trugen Wasserbecken und weiche Leintücher, die sie den Edlen und ihren Damen reichten, damit sie sich die Hände waschen konnten.

Friedrich schob sich neben den zehnjährigen Berengar auf die Bank an der hohen Tafel und neigte den Kopf zu Konrad, dem König, der auf der anderen Seite von Berengar saß und nur ein knappes Nicken für seinen Neffen erübrigen konnte. Zur Linken des Königs saß sein Halbbruder, der Bischof von Freising. Er bedachte Friedrich mit einem huldvollen, freundlichen Lächeln.

Friedrichs Blick glitt über die Köpfe der Anwesenden, über die Staufer und Zähringer, die Welfen und Babenberger, die im festlich beleuchteten Saal versammelt waren. Er sah Heinrich, der mit seiner Tischnachbarin ein munteres Gespräch führte – anscheinend hatte der Burggraf von Regensburg eine Lösung gefunden, die seinen Vetter zufriedenstellte. Heinrich lachte und spielte mit seinem reich verzierten Dolch, während seine Tischdame den Blick züchtig gesenkt hielt.

Es war seine Halbschwester Agnes, die man neben den Welfenherzog gesetzt hatte, und für einen winzigen Moment spürte Friedrich einen Stich der Eifersucht.

Wie zerbrechlich sie wirkte. Ob die Anwesenheit so vieler Adeliger sie verwirrte? Seit ihrem fünften Lebensjahr hatte sie nur das Leben in der klösterlichen Gemeinschaft von Frauenchiemsee gekannt. Wie schwer musste es ihr fallen, von einem Tag auf den nächsten am Hof zu erscheinen und die Rolle der edlen Dame einzunehmen. Sie wirkte still und zurückhaltend, als hätte sie Angst vor einem unbedachten Schritt. Agnes, die ihm am Vormittag so lebendig und munter erschienen war!

Heinrich machte eine Bemerkung, als der Edelknappe sich mit dem Wasserbecken zwischen sie stellte. Agnes hob den Blick, lächelte ihn zaghaft an und nahm aus seinen Händen das Leintuch, um ihre Finger abzutrocknen. Der Bann schien gebrochen, sie erwiderte etwas, und Heinrich lachte lauthals. Einige Köpfe fuhren zu ihnen herum, doch Heinrich schenkte dem offensichtlich keine Beachtung. Er redete bereits aufgeregt auf Agnes ein, die bereitwillig antwortete. Sie warf einen knappen Blick in die Runde, als sei ihr die Aufmerksamkeit unangenehm, die Heinrich und sie auf sich zogen. Friedrichs und ihr Blick trafen sich, und sie wurde schlagartig ernst. Das Leintuch legte sie gedankenverloren neben sich auf den Tisch. Der Knappe beugte sich vor und nahm es wieder an sich.

»Nimmst du mich morgen früh mit in das Heerlager?« Die helle Stimme des zehnjährigen Berengar, der seit wenigen Wochen neben seinem Vater zum König gekrönt war, riss Friedrich aus seinen Beobachtungen.

»Natürlich nehme ich dich mit.« Friedrich warf das Leintuch, mit dem er sich die Hände abgetrocknet hatte, auf die Waschschüssel und konzentrierte sich auf Berengar. Der Junge hatte in den vergangenen Wochen ein gesteigertes Interesse für Waffen und Pferde entwickelt und zudem für alles, was mit dem bevorstehenden Waffengang gegen die Heiden zu tun hatte. Dass Berengar aber, wie es Konrads Wille war, in der Heimat bleiben sollte, um unter Anleitung eines kirchlichen Fürsten die Regierungsgeschäfte zu führen, widerstrebte dem Jungen. Er war eifrig bemüht, seinen Vater von den neu erworbenen Fähigkeiten zu überzeugen.

»Wie viele Männer sammeln sich auf dem Heerfeld?« Die dunkle, tiefe Stimme des Königs brachte die Frage ruhig vor. Friedrich blickte zu Konrad hinüber, der gerade den Truchsess mit einem Nicken aufforderte, ihm von dem schweren Burgunder einzugießen. Babo kam dieser ehrenvollen Pflicht eifrig nach.

»Allein heute sind wieder Hunderte aus dem Westen und aus dem Norden gekommen«, sagte Friedrich. »Sie verlassen ihre Hofstellen und Familien, um in den Heiligen Krieg zu ziehen.«

Konrad verzog das Gesicht, doch er erwiderte nichts. Berengar blickte zwischen den beiden Erwachsenen hin und her, nahm jedes einzelne Wort der Männer begierig auf und schien zu versuchen, deren Bedeutung zu ergründen.

»Was heißt das?«, fragte er Friedrich.

Friedrich legte die Hand auf die Schulter des jungen Königs und versuchte, es mit einfachen Worten zu erklären.

»Die Bauern lassen Frau und Kinder im Stich, um mit uns nach Outremer zu ziehen«, sagte er. »Sie wollen uns im Kampf gegen die Heiden unterstützen.«

»Aber das ist doch eine gute und gerechte Sache«, sagte Berengar. »Nicht wahr, Vater, wir können jeden Kämpfer gegen die Ungläubigen gebrauchen.«

Konrad lächelte milde.

»Ganz so einfach ist es nicht«, sagte Friedrich. Er wählte seine Worte mit Bedacht. »Diese Männer haben Familien, und sie haben ein Stück Land gepachtet, das sie bewirtschaften müssen. Zwar haben sie im Frühling die Felder bestellt, aber sie werden nicht rechtzeitig im Sommer zurück sein, um die Ernte einzubringen. Und während das Getreide auf den Feldern verdorrt, weil niemand es erntet, werden sie uns aufhalten mit ihrem langsamen Marschtempo und ihrem Hunger nach Brot.«

»Sie tauschen den Hungertod ihrer Familien gegen den erhofften Reichtum aus Outremer.«

Konrad hatte leise gesprochen. Friedrich, der ihm einen kurzen Blick zuwarf, um ihn zu beschwichtigen, erstaunte die finstere Miene des Königs. Otto von Freising, der Halbbruder Konrads, hob seinen Kelch und prostete den anderen an der hohen Tafel zu, als hätte er die letzte Bemerkung überhört.

»Es ist ein gerechter Krieg, und wir können niemanden hindern, uns zu folgen«, sagte er salbungsvoll. »Über diesen Zug wird man sich in tausend Jahren noch Geschichten zu erzählen wissen.«

So kann man es natürlich auch machen, dachte Friedrich. Alle Bedenken beiseitewischen. Der Herr wird's schon richten. Er atmete tief durch. Die Zweifel durften ihn nicht erfassen. Hieße das denn nicht, dass er in seinem Glauben nachließ?

Zum Glück betraten in diesem Moment in einer langen Reihe die Knappen erneut die Halle. Sie trugen Schüsseln und Platten mit zahlreichen Köstlichkeiten: Barbe und Zander, Kapaun, Wildbret und Ente wurden in feinen, sämigen Saucen serviert, die von den Köchen mit ausgewählten Gewürzen verfeinert worden waren. Sobald die dampfenden Schüsseln auf den Tafeln standen, folgten weitere Knappen und brachten den Hungrigen das Tranchoir – ein tellerförmiges, aufgeschnittenes Brot, das sich jeweils die Tischnachbarn teilten.

»Wo ist eigentlich der Ortenburger?«, fragte Friedrich, bereute die Frage jedoch sofort.

»Er ist nicht da?« Unbekümmert blickte König Konrad über die Tischreihen. »Ach, ihm wird etwas dazwischengekommen sein. Wo hat der Truchsess denn meine Nichte platziert?«

Friedrich wies zögernd auf Agnes und Heinrich. Konrad lachte. »Ich wusste nicht, dass ich den Sachsenherzog eingeladen habe.«

»Nein – ich habe ihn eingeladen«, sagte Friedrich leise.

»Sei's drum.« Der König wandte sich seinem Tranchoir zu.

Friedrich warf einen letzten Blick auf Agnes und Heinrich.

Sie lachte – es war das erste Mal, dass er sie an Heinrichs Seite so fröhlich lachen sah.

Und es zerriss ihm beinahe das Herz.

Heinrich hatte sich gegen den schweren Burgunder entschieden und befahl dem Knappen, der mit hochrotem Kopf die Weinkanne heranschleppte, ihnen vom Baierwein zu holen. Dann widmete er sich wieder seiner bezaubernden Nachbarin.

Bisher hatte er Friedrichs Hang zur Übertreibung gern bespöttelt. Friedrich liebte eben die Frauen, und nicht immer hatte Heinrich die Meinung seines Vetters geteilt. Er erinnerte sich an die dickliche Magd, die Friedrich vor Jahren auf Hohenstauf verführt hatte. Keine Anmut, nicht mal ein hübsches Gesicht hatte sie besessen, und Friedrich hatte sich dennoch mit ihr im Heu vergnügt.

Und wenn sogar er sagte, dass seine Zukünftige nicht seinen Wünschen entsprach, erzählte das viel über diese fremde, tratschsüchtige Grafentochter. Aber in diesem einen Fall hatte er recht, denn Agnes war wirklich eine Wohltat. Es lag nicht nur an ihrem blassen Gesicht mit den hellen Augen, von denen Heinrich nicht sicher zu sagen wusste, ob sie blau oder grün waren oder irgendwas dazwischen. Als er die Hand auf ihren Arm legte und etwas sagte, blickte sie ihn erschrocken von der Seite an, als nähme er sich zu viel heraus, und kniff ihre vollen Lippen fest zusammen. Das hätte bei vielen Frauen abschreckend auf ihn gewirkt.

Nachdem sie ihre erste Schüchternheit abgelegt hatte, den Blick nicht mehr krampfhaft auf den Tisch vor sich gerichtet hielt, sondern auf ihn, ihren Tischherrn, da erkannte er ihr offenes, fröhliches Wesen, das von der anfänglichen Unsicherheit verdeckt worden war.

Er wollte alles über sie wissen.

Bereitwillig gab sie Auskunft über ihr bisheriges Leben, das wenig Spektakuläres bot. Bis zu ihrem fünften Lebensjahr hatte sie auf Burg Hohenstauf gelebt, besaß aber kaum Erinnerungen an diese Zeit.

»Nur an Friedrich kann ich mich erinnern«, sagte sie. Sie runzelte die Stirn, als Heinrich aus einer Schüssel Flusskrebse auf ihr gemeinsames Tranchoir schaufelte.

»An Friedrich könnt Ihr Euch noch erinnern?«, hakte Heinrich nach, als sie nicht weitersprach.

»Was ist das?«, fragte Agnes neugierig. Sie wies auf die Flusskrebse auf dem Tranchoir.

»Das müsst Ihr probieren. Es gibt kaum etwas Besseres aus der Donau.«

»Gut, wie Ihr meint.« Sie stupste einen der etwa eine Spanne langen Krebse an, als könnte sie nicht glauben, dass die rot angelaufenen Tiere mit ihren gefährlichen Greifscheren wirklich tot waren. Heinrich griff beherzt nach einer Schere und drehte sie aus dem Gelenk.

»Seht Ihr – Ihr müsst das Fleisch mit dem Messer aus dem Panzer holen. Und dann ...« Er machte es vor, löste geschickt das helle Krebsfleisch aus dem Panzer, Stück für Stück. Agnes beobachtete ihn aufmerksam und machte es dann nach: sie förderte das rote, helle Fleisch ebenso zutage wie er, tunkte es in die Sauce und biss zaghaft hinein. Sie kaute, schluckte und strahlte, weil der Geschmack sie verzückte, und beim nächsten Bissen schloss sie die Augen, um den Genuss ganz auszukosten.

Heinrich griff nach dem Kelch und trank hastig vom Baierwein, trank bis zur Neige aus und winkte den Knappen heran, ihm nachzuschenken. Dieses Mädchen war nicht nur hübsch, sondern mit jener Sinnlichkeit ausgestattet, die ihn kaum still sitzen ließ. Warum konnte sie nicht ein einfaches Schankmädchen sein, dann würde er einfach zu ihr hinüberrutschen und seinen Schenkel an ihrem reiben, als Auftakt zu einem langen Reigen, der sie durch die ganze Nacht geleiten würde ...

»Wie kam es, dass Ihr und Friedrich Freunde geworden seid?«, fragte Agnes unvermittelt. Sie brach winzige Stückchen vom Tranchoir ab, knabberte sie ohne Sauce und ohne das köstliche Krebsfleisch.

»Mein Vater verfügte, dass ich auf Hohenstauf erzogen werden sollte. So kam ich als kleiner Junge auf den Stammsitz der Staufer – und lernte Friedrich kennen. Zehn Jahre ist das nun schon her.«

Agnes warf einen verstohlenen Blick zur hohen Tafel hinüber, der Heinrich nicht verborgen blieb. Er bemerkte etwas Sehnsüchtiges in ihrem Blick, als säße sie lieber an Friedrichs Seite als an seiner.

»Dann habt Ihr bestimmt viel von ihm gelernt«, sagte sie, ohne den Blick von Friedrich zu lassen, der mit dem Kindkönig an der hohen Tafel anstieß und sich ungeniert aus den Schüsseln griff, wonach es ihn gelüstete.

Heinrich wusste, dass Friedrich genauso unbekümmert nach den Frauen griff, die ihn reizten. Er wandte sich ab.

»Friedrich war schon fünfzehn, und ich habe ihn gehasst. Er konnte alles, er war den Knappen das strahlende Vorbild. Und sein Vater war so stolz auf ihn.«

Er legte ihnen helles Hühnerfleisch in einer Sauce mit Pfefferkörnern vor und erzählte weiter.

»Im Jahr darauf wurde mein Vater von König Konrad geächtet, weil er in den Streitigkeiten um den Thron nicht auf eines seiner Herzogtümer verzichten wollte – in seiner Hand lagen Bayern und Sachsen. Nachdem Konrad ihm Bayern nahm, kämpfte mein Vater in Sachsen gegen die Askanier und gegen Konrads Staufer. Auch Friedrich zog gegen meinen Vater in den Krieg, an der Seite seines Vaters …«

»Da kämpften also jene gegen Euren Vater, die mit Euch zusammenlebten, bei denen Ihr gelernt hattet, was es hieß, ein Ritter zu sein.«

»Am Vorabend ihrer Abreise bat Friedrich mich um eine Unterredung. Er tat dies, als wären wir schon immer Freunde gewesen …« Mit dem Dolch stocherte Heinrich zwischen den Stückchen vom Huhn herum und versuchte, ein Pfefferkorn zu zerteilen.

»Er erzählte mir von seiner Mutter Judith, die er früh verloren hatte. Sie war eine wunderschöne Frau, so sagte man, eine Welfin mit schwarzem Haar und glühenden Augen, temperamentvoll und herzensgut. Sie war zudem meine Tante und starb im Jahr meiner Geburt. Friedrich hatte sich immer als Welfe gefühlt, auch wenn er als Staufer erzogen worden war. Er war gegen diesen Krieg, aber er war unvermeidlich, es ging um das Königreich. Und da verstand ich ihn. Plötzlich wusste ich, was Freundschaft bedeutete.«

Heinrich zuckte mit den Schultern. »Danach zog er in den Krieg gegen meinen Vater und meinen Onkel. Im Herbst darauf starb mein Vater im Kampf.«

Er gab es auf, das Pfefferkorn zerteilen zu wollen, und spießte ein Stück Hühnchen auf, das er von der Dolchspitze direkt aß.

»Also haben jene, bei denen Ihr aufgewachsen seid, Euch den Vater und die Herzogtümer genommen.«

Die Schüsseln wurden abgeräumt, und man servierte den nächsten Gang. Heinrich winkte einen Knappen herbei, dass er ihnen nachschenkte. Er spürte, wie ihm der Wein zu Kopfe stieg.

»Friedrich war immer der Bessere von uns beiden«, sagte er, und seine Stimme nahm gegen seinen Willen einen weinerlichen Ton an. Er hielt den Knappen mit der Weinkanne am Wams fest und machte eine hastige Bewegung.

»Lass den Wein gleich hier, Bursche, dann brauchst du nicht so oft zu laufen.«

Zögernd stellte der Knappe die Kanne auf den Tisch. Heinrich schenkte eigenhändig nach, doch bevor er nach dem Kelch greifen konnte, legte Agnes ihre Hand auf seine. Beider Hände verharrten knapp über dem Kelch in der Luft.

Er blickte sie an, und in ihren hellen Augen las er – Zuneigung? Er musste sich irren. Hatte der Wein ihn schon so sehr benebelt, dass er glaubte, sie würde aufrichtige Gefühle für ihn hegen? Sie war es doch, die kaum davon abließ, schmachtend zur hohen Tafel des Königs aufzublicken, hinauf zu ihrem Halbbruder. Wie konnte für ihn, Heinrich, Platz sein, wenn sie schon von Friedrichs Lichtgestalt geblendet war?

Er entzog Agnes die Hand und stürzte den Baierwein hinunter, knallte den silbernen Kelch zurück auf den Tisch und sah sie an. Er erwiderte ihren Blick, der noch immer so still und sanft wirkte, als suchte sie ihn damit zu beruhigen.

»Wo ist dein Bräutigam an diesem wunderbaren Abend? Solltest du nicht an seiner Seite sitzen, um ihn besser kennenzulernen?«

Diese Bemerkung hatte gesessen. Agnes zuckte zusammen, ihr Blick ging auf dem Tisch hin und her, glitt über Tranchoir, Silberkelch und die Platten mit feinem Braten, ehe sie Hilfe suchend hinauf zur hohen Tafel sah.

Doch Friedrich war nicht mehr an seinem Platz.

»Ich habe gehofft, dass er nicht kommt«, sagte Agnes leise und senkte den Blick. »Eure Gesellschaft ist mir angenehmer, als ich mir seine denken könnte. Ich habe seinen Sohn bereits kennengelernt, und …« Sie atmete tief durch, als wüsste sie in diesem Moment selbst nicht, was sie sagen sollte. Als entschlüpften ihr die Worte, kaum dass sie sie gedacht hatte.

»Nicht alle Söhne werden wie ihre Väter«, sagte Heinrich beschwichtigend. Er wusste nur zu gut, was Agnes bewegte, denn er kannte den jungen Ortenburger als ruppigen Hitzkopf, der stets auf seinen Vorteil bedacht war. Kein Wunder, dass Agnes Ähnliches von Hermanns Vater befürchtete.

Sie blickte ihn nachdenklich an. »Aber Ihr ähnelt Eurem Vater, nicht wahr? Obwohl Ihr nie an seiner Seite gekämpft habt, schläft in Euch derselbe Stolz. Und Ihr habt ja allen Grund, stolz zu sein, denn das Herzogtum Sachsen kann man Euch nun nicht mehr nehmen. Und dennoch eckt Ihr genauso oft an, wie es einst Euer Vater getan hat.«

Heinrich schwieg betroffen. Agnes hatte ihn durchschaut, mehr noch – sie hatte seinen wunden Punkt berührt, und anstatt einfach den Finger in diese schwärende Wunde zu legen, mit der er seit eh und je zu hadern und zu kämpfen hatte, verteidigte sie ihn. Obwohl er ohne seinen Vater aufgewachsen war, glich er ihm in vielen Dingen. Ein im doppelten Sinne schweres Erbe, das er da trug. Was anderen leichtfiel, vor allem Friedrich, das war für Heinrich eine Qual. Wie lange er gebraucht hatte, gehorsamer Knappe für seinen Ritter zu sein, und wie lange es gedauert hatte, sein Temperament zu zügeln, wenn es nur um kleine Dinge ging – Aufgaben, die man ihm aufgetragen hatte und die dem unbändigen Jungen widerstrebten.

Da wog es umso schwerer, dass ihn die großen Dinge aufwühlten und rührten und seiner Seele keine Ruhe ließen, ums Verrecken nicht. Bayern war sein Herzogtum, und um darum zu kämpfen war er nach Regensburg gekommen, obwohl seine Ritter sich in wenigen Wochen sammeln wollten, um dem Osten das Christentum zu bringen. In Sachsen brauchten sie ihn. Er aber saß im Festsaal des Königs, weil sein Stolz ihn trieb, alles zu tun, damit Bayern wieder in seine Hand gelangte.

Schließlich gehörte es ihm.

Der Ortenburger, dem Konrad nun Agnes zur Rechten geben würde, war Teil seines Plans gewesen – und wo war er an diesem Abend?

Heinrich verscheuchte all die finsteren Gedanken. Er sollte sich auf Agnes konzentrieren, die ihm geduldig Zeit ließ, schweigend vor sich hin zu brüten. Er griff nach der Weinkanne, die bereits bis zur Neige geleert war, und fast war er versucht, es dabei zu belassen. Er hatte ohnehin schon mehr als genug getrunken.

Agnes ließ das aber nicht gelten.

»Kommt«, sagte sie. »Wir lassen uns noch einmal nachschenken, und dann vergessen wir, worüber wir gesprochen haben.«

Sie war eine Stauferin, durch und durch. Eine mutige noch dazu, aber ihr bezauberndes Wesen glich dem ihres Halbbruders, und sie stand ihm an Taktgefühl in nichts nach. Er musste sein Gespräch mit dem Ortenburger auf den morgigen Tag verschieben.

Und eigentlich war es ohnedies hinfällig. Wenn Otto von Ortenburg Agnes heiratete, würde er nicht mehr auf der Seite der Welfen stehen. Und damit verlor Heinrich einen wertvollen Verbündeten im Süden.

Aber das hatte Zeit bis morgen …

Kapitel 4

»Wo gehen wir hin, Frau Agnes?«

»Zu den Schneidern und Tändlern, Ortrud.« Agnes ging mit weit ausgreifenden Schritten voran. Die frische Luft tat ihr gut, nur die grelle Sonne schmerzte in ihren Augen. Sie fühlte sich nicht wohl nach der letzten Nacht. Zu viel Baierwein hatte sie getrunken, zumal sie dieses Getränk nicht gewohnt war. Und es war spät geworden. Die Nacht wandte sich bereits dem neuen Tag zu, als Friedrich sie heimbrachte.

Und danach hatte sie lange keinen Schlaf gefunden … Zu viele neue Eindrücke waren an diesem Tag auf sie eingestürzt. Zuletzt, bevor sie endlich einschlief, dachte sie an Heinrich und sein finsteres Wesen. Sie mochte ihn. In ihrem Bauch kribbelte es, wenn sie an ihn dachte, und als sie am Morgen aufwachte, setzte das Kribbeln wieder ein.

Was war nur mit ihr los?

Es musste an der Veränderung liegen. Ihr Herz klopfte schneller, wenn sie daran dachte, in wenigen Tagen schon eine verheiratete Frau zu sein. Zumal sie immer noch nicht wusste, wer ihr Bräutigam war. Denn beim Fest des Königs am Vorabend war er nicht erschienen. Und je länger dieses erste Zusammentreffen sich verzögerte, umso mehr ängstigte sie sich. Sie stellte sich vor, wie er war. Sah die Männer auf der Gasse ganz anders an. Immerhin waren da viele Männer unterwegs – ganz anders als auf Frauenchiemsee. Dort hatten sie selten einen Mann zu Gesicht bekommen, und meist waren es die Bauern aus dem Dorf am Seeufer, ungeschlacht und ärmlich in ihrem Tun.

Hier war es anders.

»Aber was wollt Ihr dort? Der Schneider war gestern bei Euch und hat Maß genommen.«

»Das hat er wohl, aber er bat mich, heute zu ihm zu kommen. Ich heirate übermorgen und er hat mir das passende Kleid dafür versprochen …«

Agnes sprach immer leiser. Ortrud lief hinter ihr her, das Kleid gerafft, im Schlamm der Gasse ängstlich die neuen Lederschuhe aufsetzend.

»Aber Ihr dürft doch nicht in den Gassen der Stadt herumlaufen wie eine einfache Bürgersfrau. Die Frau Äbtissin Kunigunde hat mir mehr als einmal gesagt, ich solle auf Euch achtgeben. Ich werde Ärger bekommen, wenn sie Euer Verschwinden bemerkt.«

»Dann werde ich der Äbtissin eben sagen, dass es meine Schuld war. Sie wird dir schon nicht den Kopf abreißen.« Agnes lief unbeirrt weiter. Oh, es war so lebendig und munter in den Gassen der Stadt, davon wollte sie nichts verpassen. Spielleute waren da, Hunde und Kinder stolperten zwischen den Beinen der Bürger herum, die eilig ihren Geschäften nachgingen. Männer trugen stolz das Kreuz an ihren Waffenrock geheftet, das sie als Kreuzritter auswies.

»Frau Agnes, werdet Ihr …«

Agnes drehte sich so abrupt zu Ortrud um, dass diese erschrocken zurückprallte.

»Verdammt, lass das!«, rief Agnes gereizt aus. »Nenn mich nicht immer ›Frau Agnes‹, das hast du früher doch auch nie getan! Wir waren Freundinnen, oder nicht?«

»Verzeihung, Frau … Agnes«, stotterte Ortrud. »Die Äbtissin …«

Agnes atmete tief durch. Es tat ihr sogleich leid, wie sie Ortrud angefahren hatte, die jetzt mit hochrotem Kopf vor ihr stand.

»Die Äbtissin ist nicht hier, oder?« Als Ortrud den Kopf schüttelte, fuhr Agnes fort: »Für mich bist du die einzige Freundin, die ich habe. Und meine Freundin soll mich nicht behandeln, als wäre ich etwas Besseres.«

»Das bist du aber«, wandte Ortrud schüchtern ein.

»Du bist immer noch meine Freundin«, bekräftigte Agnes. »Und ich war vorher nicht anders. Nur weil ich in wenigen

Tagen einem Grafen zur Rechten gegeben werde, ändert sich zwischen uns nichts.«

Ortrud lächelte zaghaft. »Das ist schön.« Als könnte sie es nicht so recht glauben.

Sie erreichten die Tändlergasse. Die Türen der Häuser standen wie auch die Fensterläden weit offen, um die laue Frühlingsluft hereinzulassen. Stimmen, Gelächter und das Klappern von Werkzeug drangen auf die Gasse hinaus. Es war nicht schwer, den Schneider zu finden, der am Vortag bei Agnes Maß genommen hatte. Kaum erblickte er sie, da eilte er ihr auch schon entgegen und begrüßte sie ehrerbietig.

»Frau Agnes, es ist eine Freude, Euch zu sehen!« Überschwänglich winkte er Agnes und Ortrud in seinen Laden. »Kommt, ich habe die schönsten Stoffe in der ganzen Tändlergasse. Ihr werdet begeistert sein!«

Agnes betrat die Schneiderwerkstatt und blickte sich um. Stoffballen stapelten sich nach Farben sortiert in den Regalen. Auf der Theke in der Mitte des Raums waren verschiedene Ballen aufgeschlagen. Zwei Frauen standen dort und begutachteten die Ware – es handelte sich um dunkle Stoffe, grau und braun, einer war dunkelblau, aber alle aus einfacherem Material.

»Meinst du nicht, dass dieser Stoff zu dunkel ist?« Die Ältere der beiden strich über den braunen Stoff. Das Mädchen an ihrer Seite schüttelte den Kopf und reckte das Kinn.

»Ich will es so!«, sagte sie mit Nachdruck. »Was soll ich mit all dem Glanz, Bändern, Schmuck und Stickereien? Bin ich nicht auch hübsch genug ohne diesen Tand?«

»Aber du wirst den Herzog von Schwaben heiraten, mein Täubchen. Was soll er von dir denken, wenn du wie eine arme Bürgerstochter daherkommst?«

Der Schneidermeister winkte Agnes heran.

»Seht nur, dieser Stoff wäre genau richtig für einen Mantel.« Er warf einen Ballen gelben Stoffs über die dunklen Stoffe auf der Theke und strich prüfend darüber.

»Ich bin wegen des Kleides hier«, sagte Agnes. Sie kniff

die Augen zusammen. Diese Kopfschmerzen! Sie sollte beim nächsten Fest auf Wein verzichten, er tat ihr nicht gut.

Sie drehte sich um und musterte das Mädchen. Hatte sie gerade richtig verstanden? Dies also war die Braut ihres geschätzten Halbbruders?

Auf den ersten Blick konnte man Adela von Vohburg nicht gerade hübsch nennen. Sie war dünn, hoch gewachsen, und weder waren die Hüften breit noch der Busen üppig. Immerhin waren ihre Augen groß und taubengrau, der Mund hingegen klein und schmal. Die Nase etwas zu spitz, doch insgesamt wirkte das blasse Mädchengesicht gar nicht so hässlich, wie Friedrich es geschildert hatte.

Was störte ihn nur an ihr?

»Dieser feine Stoff ist erst vor wenigen Tagen aus Venedig geliefert worden.« Agnes wandte sich wieder dem Schneider zu. Er zog einen grünen Stoffballen aus dem Regal, schob die schlichten Stoffe von Adela beiseite und machte Platz, damit Agnes das Material begutachten konnte. Es fühlte sich kühl an und floss regelrecht über Agnes' Hand. Sie fröstelte.

»Ihr müsst den Stoff bei Tageslicht sehen!« Er bemerkte ihr Zögern, nahm den Ballen und eilte voraus zur Tür. Agnes folgte ihm, warf Ortrud einen Blick zu und rollte mit den Augen. Ortrud lachte, und ihr Lachen tat Agnes gut.

»Seht nur, dieser Glanz …« Aber sie hörte dem Schneider schon gar nicht mehr zu. Sie nickte, sagte leise »Ja« und strich erneut über den Stoff. »Seide«, sagte der Schneider erklärend, und führte sie zurück in sein Geschäft.

»Ein Kleid aus diesem Material und in dieser Farbe würde Euch wirklich gut stehen. Dieses silbrige Grün, fast wie Birkenblätter im Frühling …«

»Nein«, sagte Agnes bestimmt. »Ich bin nur hier, um mein Kleid abzuholen, das Ihr mir gestern versprochen habt.«

»Aber dafür hättet Ihr doch nicht selbst herkommen müssen, Frau Agnes!« Der Schneider warf den Ballen achtlos beiseite. »Warum habt Ihr nicht Eure Zofe geschickt?«

Agnes legte die Hand an die schmerzende Stirn.

»Holt mir einfach das Kleid«, flüsterte sie.

»Ja, natürlich.« Er drängte sich an Adela und ihrer Begleiterin vorbei und verschwand im Lagerraum. »Euer Gemahl wird Euch in der ersten Nacht gar nicht ausziehen wollen, so schön ist es«, rief er.

»Ihr seid Adela von Vohburg, nicht wahr?« All ihren Mut hatte Agnes für diese Frage zusammengenommen. Erstaunt blickte die andere sie an.

»Es tut mir leid, ich habe Euer Gespräch belauscht. Ich bin Agnes von Waibling. Die Schwester Eures zukünftigen Gemahls.«

Adela strahlte. »Ja, Friedrich hat mir von Euch erzählt!«, rief sie. Sie wandte sich an die ältere Dame. »Denk dir nur, Elisabeth, das ist Agnes, sie wird bald meine Schwägerin sein.«

Adela griff nach Agnes' Händen und drückte sie fest. »Das ist schön, jemanden kennenzulernen, der schon so bald zu meiner Familie gehören wird. Mein Vater ist zu Beginn des Jahres verstorben, und ich habe geglaubt, nie mehr glücklich zu sein, aber nun habe ich bald Friedrich, und du wirst meine Freundin sein, das weiß ich ganz bestimmt. Dein Vater ist auch gestorben, habe ich gehört, und das tut mir aufrichtig leid. Hast du ihn sehr geliebt?«

Agnes antwortete nicht. Was sollte sie über einen Mann sagen, den sie seit ihrem fünften Lebensjahr nicht mehr gesehen hatte?

»Ich wollte heute auch mein Kleid für die Hochzeit abholen, ist das nicht ein schöner Zufall? Welche Farbe wird deines haben? Es wird uns Glück bringen, dass wir am selben Tag unser Kleid abholen, ganz bestimmt wird es das. Oh, ich freue mich so! Du hast deinen Bräutigam noch nicht kennengelernt, nicht wahr?«

Ihr munteres Geplapper gefiel Agnes, weil es den Schneider daran hinderte, seinerseits auf sie einzureden, um ihr weitere Kleider und Stoffe aufzuschwatzen. Er wartete geduldig im Hintergrund, das Kleid für Agnes über den Arm drapiert. Nur die ältere Frau, die Adela begleitete, verzog das Gesicht, als wollte sie eingreifen. Doch Adela hakte sich bei Agnes unter, bewunderte Agnes' Kleid und strich behutsam mit den Fingern über die Silberfäden.

»Meines ist ganz schlicht, ich habe es mir so gewünscht. Keine Stickereien, kein Tand, und ich habe mir einen dunkelroten Stoff ausgesucht. Elisabeth sagt, das brächte kein Glück, und das Geld für ein üppiges Kleid haben wir doch auch, schließlich bringe ich das Egerland in die Ehe, und Friedrich, na ja, arm ist er auch nicht gerade, nicht wahr?« Sie kicherte albern. »Aber sei's drum, ich würde ihn auch arm nehmen, er ist ja so ein hübscher Kerl! Man könnte meinen, er habe kein Geld, so wie er herumläuft. Wusstest du, dass sie ihn hier in Regensburg den Bettelstaufer nennen, weil sein Besitz ihnen gegen den Reichtum der Stadt so mickrig erscheint? Der Babenberger hat's gut, dem gehört diese Stadt. Wäre doch schön, wenn Friedrich auch so eine hübsche Stadt hätte, meinst du nicht? Ich mag Städte, sie sind so bewohnt!«

So langsam verstand Agnes, was ihren Bruder störte. Die kleine Adela war ein Plappermaul. Sie redete munter wie ein kleiner, sprudelnder Bergbach und fand kein Ende.

Es war Ortrud, die Agnes schließlich erlöste. »Wir müssen noch zum Gürtler«, sagte sie, schob sich zwischen die beiden jungen Frauen und wies den Schneider mit knappen Worten an, das Kleid nach Niedermünster zu schicken. Sie bezahlte ihn, als hätte sie nie etwas anderes getan, und zog Agnes aus dem Laden.

»Vielleicht sehen wir uns ja bald«, rief Adela ihnen nach. »Spätestens auf deiner Hochzeit werde ich da sein und mich mit dir freuen!«

»Hoffentlich nicht«, murmelte Ortrud.

Agnes lachte. »Meine Güte, und ich dachte im ersten Moment, das kann nicht die Adela sein, die mein Friedrich verschmäht. Aber nun verstehe ich ihn schon besser. Und jetzt lass uns eilen.«

»Schund! Das nennst du Stiefel?« Er warf das Paar in die Ecke der Werkstatt. »Nur zwei Tage habe ich sie getragen, und schon löst sich die Naht!«

Der Schuster reckte sich. »Ich hab Euch gewarnt, sie sind zu schmal für Eure Füße.«

»Aber sie gefielen mir!« Graf Otto von Ortenburg verschränkte die Arme vor der Brust. »Ich brauche neues Schuhwerk, wenn ich auf den Kreuzzug gehe. Das wirst du verstehen!«

»Das sagt mir jeder. Ritter, Ministeriale, Bischöfe, sie alle wollen neue Stiefel haben. Aber so viele Stiefel kann ich gar nicht machen, wie ich dieser Tage verkaufen könnte.«

»Und darum schlampst du. Sieh doch die Nähte! Gib mir mein Geld zurück, ich gehe zu einem anderen Schuster in dieser unseligen Stadt.«

»Das könnt Ihr gerne tun, wenn Ihr einen findet.« Der Schuster legte Otto zwei Münzen in die Hand.

»Ich habe mehr für das Schuhwerk bezahlt.«

»Ihr habt die Schuhe auch getragen und ruiniert. So kann ich sie wohl kaum noch verkaufen.«

»Du bist ein Beutelschneider«, brummte Otto und steckte die Münzen in seinen Geldbeutel am Gürtel. Dann stampfte er ohne Gruß aus der Werkstatt.

Die Gassen der Stadt waren überfüllt. Bauernweiber und Ritter, Kinder mit nackten Füßen und schmutzigen Kitteln, zwei Spielleute in ihren bunten Kleidern und all jene unglückseligen Männer, die ihre kargen Äcker verlassen hatten, um ins Heilige Land zu ziehen. Sie bevölkerten Gassen und Plätze der Stadt, machten Lärm, waren hungrig und durstig und gierten nach Leben.

Die Preise für Gerste stiegen bereits. Die Menschen wurden unruhig. Es brodelte unter der Oberfläche aus Frömmigkeit. Allerhöchste Zeit, so dachte Otto, dass sie endlich die Stadt verließen. Ohnehin waren sie ihm ein Dorn im Auge, all die Männer und Frauen, Halbwüchsigen und Huren, die ihre Heimat verließen, um in Outremer ihr Glück zu suchen. Himmlischen Reichtum hatte man ihnen verheißen. Reichtum! Er schnaubte und stieß mit seinen alten Stiefeln einen Stein fort. Staub wirbelte auf und biss in seine Nase. Für diese Jahreszeit war es erstaunlich trocken, seit Wochen hatte es kaum Regen gegeben.

Obwohl ihm die Menschenmassen zuwider waren und er sich nichts mehr wünschte, als nach St. Emmeram zurückzukehren – das kühle Gästehaus lockte ihn und auch das gute Bier, das die Mönche dort brauten – verlangsamte er seine Schritte.

Wenn man sich Zeit ließ, das muntere Treiben zu beobachten, gab es so manch Schönes zu entdecken. Zum Beispiel das Mädchen mit den flachsblonden Haaren, das in einem dunkelblauen Kleid vor der Werkstatt eines Gürtlers stand und durch das Fenster hineinblickte. Es schien, als wartete sie auf etwas. Oder auf jemanden?

Eine hübsche Bürgerstochter, dachte Graf Otto bei sich – nicht so eine alte, hässliche Hübschlerin, von denen es doch einige in dieser Stadt gab und die ihm schon mehrfach ihre Dienste angeboten hatten. Vielleicht war sie ja aufgelegt, sich mit ihm für ein paar Stunden zu vergnügen. Er wollte nicht viel, ihm genügte es ja schon, die Hand auf einen festen, warmen Schenkel zu legen oder ihre üppigen Brüste zu berühren, ganz heimlich und zaghaft. Wenn sie allerdings zu mehr aufgelegt wäre, dann würde er auch nicht Nein sagen.

Er trat neben sie, lächelte sie von der Seite an. Sie blickte zu ihm auf, lächelte verhalten zurück und senkte sofort wieder den Blick.

»Seid Ihr aus Regensburg?«, fragte Graf Otto. »Ich habe Euch hier noch nie gesehen.«

Wieder ein flüchtiger Seitenblick, ein Kopfschütteln, dann schob sie sich an ihm vorbei zur Tür der Werkstatt. »Nein«, sagte sie knapp, dann betrat sie die Werkstatt und ließ ihn stehen.

Graf Otto blickte ihr nach. War es denn die Möglichkeit? Sie musste doch sehen, dass er ein reicher Mann war?

Er betrat kurzerhand hinter ihr die Werkstatt. Der kleine Raum war mit der Blonden, dem Gürtlermeister und einer weiteren jungen Frau schon fast überfüllt. Der Meister zeigte der anderen – die Graf Otto auf Anhieb sogar noch interessanter erschien – eine Auswahl seiner Gürtel aus geflochtenem Leder.

»Seht nur, ist dieser nicht hübsch?«

Doch die Frau wiegte nur den Kopf. Wählerisch auch noch, stellte Graf Otto verzückt fest. Und ihre kastanienfarbenen Locken luden förmlich dazu ein, die Hand in ihnen zu vergraben … Er schob sich näher an sie heran.

»Erlaubt Ihr, dass ich diesen Tand für Euch erstehe?« Schon hatte er die Hand am Geldbeutel.

Ihr Kopf fuhr herum. Die blauen Augen blitzten ihn feindselig an, und sie legte den Gürtel zurück, als hätte sie sich daran verbrannt.

»Das ist nicht nötig«, erwiderte sie kühl.

Er hob die Augenbrauen. Welche Frau verzichtete schon auf schöne Geschenke?

»Mein Onkel hat mich mit reichlich Geld ausgestattet, ich bin nicht auf die Gunst fremder Männer angewiesen.«

»Hoho, Ihr seid aber eine kühle Schönheit!« Sie gefiel ihm immer besser. Sie forderte ihn heraus, sie war es wert, erobert zu werden. Natürlich, er war mehr als doppelt so alt wie sie, aber er verstand sich durchaus darauf, eine Frau zu umschmeicheln.

Sie war nicht nur ausnehmend hübsch, sondern trug zudem ein Kleid aus weich fallendem tiefrotem Stoff, das einer Adeligen würdig war.

»Wer ist Euer Onkel, dass er Euch beim besten Gürtler von ganz Regensburg einkaufen lässt?«

»Agnes, lass uns lieber gehen.« Die Blonde zupfte am Ärmel der Rothaarigen, doch diese schüttelte den Kopf und lachte Otto fröhlich an.

»Mein Onkel ist der König«, sagte sie. Sie winkte den Gürtler heran und wies ihn an, ihr den Gürtel zu verpacken.

»Ich nehme ihn doch«, sagte sie, zückte ihre Geldbörse und zählte die Münzen ab.

»Dann seid Ihr …« Graf Otto schluckte. Konnte das sein? Sie war ihm bisher nicht begegnet, also gab es keinen Grund zu zweifeln. Mutig sprach er seinen Verdacht aus.

»Ihr seid Agnes von Waibling.«

Sie musterte ihn überrascht. »Ja, das stimmt. Und Ihr sei …?«

Er verneigte sich, soweit das in der Enge der Gürtlerwerkstatt möglich war. »Ich bin Graf Otto von Ortenburg«, sagte er würdevoll.

Agnes öffnete den Mund, als wollte sie etwas sagen. Doch außer einem »Oh!« brachte sie nichts hervor.

»Ihr müsst entschuldigen, wenn ich zu aufdringlich war«, sagte er eilig. »Wenn ich gewusst hätte …«

»Es ist in Ordnung, sorgt Euch nicht«, sagte sie hastig. Sie musterte ihn prüfend. Dann warf sie das Haar nach hinten.

»Ihr wart nicht auf dem Fest des Königs gestern Abend«, sagte sie.

»Nein, ich war verhindert«, erwiderte er knapp. Warum fragte sie ihn danach? »Aber morgen Abend gebe ich eine kleine Festlichkeit mit Spielleuten und einer reich gedeckten Tafel. Ich habe bereits einen Boten geschickt, um Euch einzuladen, aber er wird Euch wohl nicht angetroffen haben.«

Agnes senkte den Blick, sie hatte den Vorwurf wohl herausgehört.

»Ihr hättet im Kloster bleiben sollen. Man hätte nach dem Gürtler schicken können, wenn Euch danach gewesen wäre, etwas Geschmeide und Tand auszusuchen. Es schickt sich nicht, als künftige Gemahlin eines Grafen mit dem einfachen Volk in den Gassen der Stadt herumzulaufen.«

»Ja«, sagte Agnes leise. »Verzeiht mir, Graf Otto. Ich war nur so neugierig, und ich dachte, es würde schon nichts passieren. Überall laufen so viele Menschen herum. Da konnte ich einfach nicht im Kloster bleiben.«

Er sah, wie ihre Hände das Päckchen umklammerten, und

es tat ihm im selben Moment schon leid, so harsche Worte gewählt zu haben.

»Es ist ja nichts passiert«, beruhigte er sie. »Aber ich möchte, dass Ihr jetzt auf schnellstem Wege nach Niedermünster zurückkehrt.«

Sie nickte stumm.

Dann ging sie, dicht gefolgt von der Blonden. Graf Otto blickte den beiden eine Weile nach. Schließlich trat auch er auf die Gasse, die im Schatten lag, blickte links und rechts, aber von Agnes war nichts mehr zu sehen.

Übermorgen würde sie seine Frau werden. Er hatte sie sich nicht so schön vorgestellt. Das war schon ein großes Glück, das ihm da ins Haus stand, und er freute sich bereits auf den Augenblick, da er sie das erste Mal in ihrem gemeinsamen Bett liegen sehen würde. In zwei Tagen schon war es so weit.

Agnes saß auf der gepolsterten Fensterbank ihres Zimmers und hielt eines der kleinen Kissen an ihren Bauch gedrückt. Sie fühlte sich seltsam erschöpft. Seit sie am Vortag dem Grafen von Ortenburg beim Gürtler begegnet war, hatte sie es nicht mehr gewagt, das Kloster zu verlassen. Das Nichtstun aber hatte sie erstaunlich unruhig gemacht, sie war es nicht gewohnt. Auf Frauenchiemsee hatte sie stets viel zu tun gehabt, und hier fiel sie nun wegen des Ausgehverbots ihres Bräutigams in ein tiefes Loch. Ortrud versuchte sie aufzumuntern, indem sie vorschlug, ein paar Stickereien anzufertigen, aber nach wenigen Stichen schon ließ Agnes das Tuch sinken und starrte wieder aus dem Fenster.

Ortrud tat alles, um Agnes aus ihrer Lethargie zu reißen, aber nichts half. Wenn sie ehrlich war, wollte sie auch gar nicht, dass man ihr half, denn sie wünschte sich, dass die Zeit des Wartens endlich vorbei sei und sie ihr neues Leben beginnen konnte.

Als sie es gar nicht mehr ausgehalten hatte, war sie in die Kapelle gegangen und hatte gebetet.

Ortrud betrat auf Zehenspitzen das Zimmer. »Agnes, du musst dich fertig machen, es wird nicht mehr lange dauern, bis man dich zu dem Fest abholt.«

Agnes nickte. Ihre Finger spielten mit den Troddeln des Kissens. Ortrud trat an die Truhe und klappte den Deckel hoch. Sie legte ein paar Kleider aufs Bett und strich prüfend darüber.

»Welches möchtest du heute Abend tragen?«, fragte sie. Agnes, die sie stumm beobachtet hatte, stand auf und ging zu Ortrud hinüber. Die prächtigen, farbenfrohen Stoffe passten nicht zu ihrer Stimmung, die raffinierten Schnitte und filigranen Stickereien ermüdeten sie. »Ich weiß es nicht«, sagte sie.

Ortrud überlegte, dann wählte sie ein Kleid aus und legte das passende Unterkleid dazu. »Wenn du den neuen Gürtel dazu trägst, wird es bestimmt sehr hübsch aussehen.«

Agnes nickte stumm. Sie ließ sich von Ortrud beim Umziehen helfen. Ihre Freundin redete munter auf sie ein, als wollte sie damit Agnes' verbissenes Schweigen überspielen. Als Ortrud zum Schluss den neuen Gürtel brachte, legte Agnes ihn um ihre Taille. Er passte perfekt, und für einen kurzen Moment lächelte sie zaghaft.

»So gefällst du mir schon besser«, meinte Ortrud. »Und wer weiß, vielleicht kommt dein Bruder ja heute Abend, dann wird es nicht ganz so schlimm, und du brauchst dich nicht so einsam zu fühlen.«

Erstaunt musterte Agnes ihre Freundin. Ortrud hatte recht – am meisten Sorge bereitete es ihr wohl, dass sie außer ihrem zukünftigen Gemahl auf diesem Fest niemanden kennen würde. Aber Ortruds Worte gaben ihr Hoffnung, denn schließlich suchte der Ortenburger durch diese Heirat ja die Nähe der Staufer.

Rufe erschallten im Hof, Hufe klapperten. Agnes trat ans Fenster und blickte hinaus: ein halbes Dutzend Reiter sammelte sich im Innenhof, unter ihnen auch der Grafensohn

Hermann. Agnes seufzte. Der Vater war ihr um einiges sympathischer als der Sohn.

»Komm«, sagte sie, trat vom Fenster zurück und strich noch einmal über ihren Rock. Die Ärmel waren so weit geschnitten, dass sie die Hände darin verbergen konnte, wie in einer Kukulle. Aber Agnes widerstand dem Impuls. Sie hatte nichts zu verbergen.

Hermann von Ortenburg war aus dem Sattel gestiegen, als sie den Innenhof betrat. Er hatte die Lederhandschuhe abgestreift. Seine Hände waren zart, fast kindlich. Er verneigte sich vor Agnes, und sie machte einen Knicks. Neben ihm stand ein bulliger Mann in Hermanns Alter.

»Darf ich Euch Vitus von Wittelsbach vorstellen, Frau Agnes? Er ist ein guter Freund der Ortenburger und begierig, Euch kennenzulernen.«

Das Grinsen des Wittelsbachers war frech, aber nicht respektlos.

»Solch schöne Blume blüht am Chiemsee? Wir sollten uns dort auch einmal umschauen, mein Freund!«

Hermann reichte Agnes die Hand, und sie ließ sich von ihm zu ihrem Zelter führen und in den Sattel helfen. Agnes drehte sich zu Ortrud um, die sich nur mühsam in den Sattel des Braunen hievte, den man ihr vom Kloster zur Verfügung gestellt hatte. Ihre Freundin machte ein gequältes Gesicht. Sie ritt nicht gerne. Das hatte ihr schon auf dem Weg vom Chiemsee hierher missfallen.

Es war nicht weit, aber sie kamen nur langsam voran. Vitus von Wittelsbach blieb dicht hinter ihnen und unterhielt sie mit einigen munteren Scherzen. Agnes hörte Ortrud kichern, und als sie sich umdrehte, schlug ihre Freundin die Hand vor den Mund.

»Lach ruhig«, sagte Agnes und zwinkerte ihr zu. »Genieß den Abend.«

Sie wollte sich auch selbst darum bemühen.

Das Gästehaus von St. Emmeram verfügte über einen großen Saal, in dem die Festlichkeit stattfinden sollte.

Sie hatten gerade die breite Tür erreicht, als eine Gruppe Reiter in den Innenhof strömte. Agnes wandte sich um und erstarrte – Heinrich ritt auf einem Rappen ein, der stolz am Zügel tänzelte.

»Euer Vater hat den Welfenherzog eingeladen?«, fragte Agnes. Hermann nickte finster.

»Kommt«, sagte er und führte Agnes in das Gebäude. Sie fühlte sich plötzlich leicht und beschwingt. Heinrich war da! Sie spürte ihr heftig schlagendes Herz und wünschte, sie könnte auch an diesem Abend neben ihm an der Tafel Platz nehmen.

Doch heute war ihr Platz an der Seite von Otto von Ortenburg. Dieser erwartete Agnes schon ungeduldig an der Tür zum Festsaal, damit sie neben ihm den Einzug der Edlen anführen konnte. Er verneigte sich vor ihr, und seine kleinen, dunkelgrauen Augen musterten sie flink. Agnes lächelte zaghaft, und als sie an seiner Seite in den Saal schritt, beugte er sich zu ihr hinüber und flüsterte: »Ihr tragt einen hübschen Gürtel.«

Da lächelte sie. Er nahm ihr die Angst vor diesem Abend.

Inzwischen war Agnes mit den Gepflogenheiten an der hohen Tafel besser vertraut, und während sie sich die Hände im Wasserbecken wusch, riskierte sie den einen oder anderen schweifenden Blick. Heinrich saß nur wenige Plätze weiter neben einer grobknochigen, großen Frau, die ihn um einen halben Kopf überragte und laut lachte, als er ihr etwas zuflüsterte. Schräg gegenüber von diesem ungleichen Paar saß Friedrich, neben sich eine ältere Dame, die stumm auf ihr Tranchoir blickte. Friedrich bemerkte Agnes' Blick und schaute sie fragend an, doch sie schüttelte nur leicht den Kopf.

Von den meisten Tischgästen fühlte sie sich beobachtet. Immer wieder senkte sie den Blick auf den Tisch, trank aus dem gemeinsamen Kelch und antwortete mit leiser Stimme auf die Fragen des Grafen. Er gab sich äußerst aufgeräumt und zufrieden mit der festlichen Stimmung.

»Mögt Ihr Flusskrebse?«, fragte der Graf, als der dritte Gang serviert wurde. Agnes blickte auf die Platten mit den kunstvoll drapierten Krebsen und schüttelte stumm den Kopf.

»Entschuldigt mich«, sagte sie plötzlich. »Ich möchte ein wenig frische Luft schnappen, es ist so heiß hier drin.«

»Natürlich«, sagte Graf Otto. »Möchtet Ihr, dass ich Euch begleite?«

Agnes schüttelte erneut den Kopf. Sie stand auf und verließ den Saal. Es fiel niemandem auf, dass sie ging, denn Graf Otto hatte mit dem dritten Gang auch die Spielleute hereingerufen, die mit ihrer Musik die Gäste unterhielten und ablenkten.

Agnes erreichte durch einen hohen Gang und eine kleine Pforte einen Garten. Sie setzte sich auf die Steinbank und atmete tief durch. Plötzlich war ihr im Festsaal heiß und kalt geworden, und sie hatte das Gefühl zu zittern. Sie versuchte, sich zu beruhigen.

»Warum seid Ihr fortgelaufen?«

Agnes fuhr herum. Aus dem Schatten der kleinen Pforte löste sich eine Gestalt und kam langsam auf sie zu. Die Stimme rührte tief in ihr an etwas, brachte ihr Inneres zum Schwingen.

»Mir war nicht wohl. Die Flusskrebse …«

»Auf dem Fest des Königs habt Ihr sie gerne gemocht.«

Heinrich von Sachsen schob sich in das fahle Licht des Mondes. Er trat zu ihr, setzte sich neben sie auf die Steinbank und legte den Kopf in den Nacken, um den Mond zu betrachten.

Agnes fröstelte.

»Warum seid Ihr mir gefolgt?«, fragte sie leise.

»Ich weiß es nicht.« Er wandte sich zu ihr um. »Ich hatte wohl das Gefühl, dass Ihr nicht allein sein wollt.«

Agnes atmete tief durch. Das stimmte wohl, und doch wieder nicht. Denn einerseits hatte sie sich nach Einsamkeit, Ruhe und Stille gesehnt, als sie überstürzt die Festtafel verließ, doch andererseits hatte sie zugleich gehofft, dass ihr jemand folgen würde. Sie hatte tatsächlich gehofft, dass Heinrich ihr folgen würde.

Und nun war er hier, neben ihr.

War es seinetwegen, dass sie dieses Ziehen im Bauch verspürte? War sie seinetwegen von dem Fest fortgelaufen, als man Flusskrebse serviert hatte? Dieser Gedanke verwirrte sie nur noch mehr und sie schloss die Augen, als wollte sie ihn damit aus ihrem Kopf verbannen.

»Wolltet Ihr allein sein, Agnes?«, fragte Heinrich leise.

Agnes öffnete die Augen. Alleinsein war wohl das Letzte, was sie sich in diesem Moment wünschte. Es genügte ihr, neben Heinrich auf der Steinbank zu sitzen und sich mit ihm zu unterhalten. Wenn sie nur wüsste, worüber sie reden konnten! Aber alles, was in ihrem Kopf war – Heinrich, Flusskrebse, Heinrich, Graf Otto, Heinrich – schien ihr nicht geeignet, um eine leichte Plauderei in Gang zu bringen.

»Ich habe an Euch gedacht in den letzten Tagen«, gestand Heinrich. Sie warf ihm einen schnellen Seitenblick zu, und er grinste verlegen. »Ihr müsst mir verzeihen, wenn ich das so offen ausspreche, aber es scheint keinen günstigen Zeitpunkt dafür zu geben. Morgen schon werdet Ihr mit einem anderen verheiratet.«

Seine Worte stürzten Agnes in völlige Verwirrung. »Aber warum … Was könnt Ihr denn dagegen haben, wenn ich einen anderen Mann heirate? Ist es, weil er dann zu den Staufern gehört?«

Heinrich schnaubte. »Wohl kaum«, sagte er traurig. »Aber ich verstehe schon, Ihr seid da nicht meiner Auffassung. Verzeiht, wenn ich Euch zu nahe getreten bin. Ich wünsche Euch für Eure Vermählung und Eure Zukunft alles Gute.«

Er stand auf. Agnes sah ihm nach, während er zur Pforte ging. In ihr wehrte sich etwas dagegen, dass sie ihn so ziehen ließ.

»Wartet!«, rief sie.

Er wandte sich um. Agnes stand auf und trat zu ihm. »Wie

meint Ihr das? Was soll das bedeuten? Ich meine, verzeiht mir, wenn ich so ungeschickt bin in dieser Sache, aber ich kenne mich kaum aus in diesem Leben.«

Heinrich blickte sie ernst an. »Ihr wart lange im Kloster, das stimmt«, sagte er langsam. »Aber die Gefühle werden Euch im Gebet sicher nicht abhandengekommen sein, oder?«

Agnes zitterte. Sie stand so dicht vor ihm, dass sie nur die Hand nach ihm hätte ausstrecken müssen. Aber das war ganz unmöglich. Es war schon unmöglich, dass sie sich allein mit ihm an diesem einsamen Ort getroffen hatte, auch wenn sie die leise Musik der Spielleute und das Gelächter und Grölen der Feiernden hören konnten.

Heinrich wagte das Unmögliche: Er streckte eine Hand nach ihr aus, strich sanft über ihr Haar. Seine Finger glitten über ihre Wange. Agnes erzitterte unter seiner Berührung. Sie schloss die Augen, legte die Wange in seine Hand. Ja, sie wagte es sogar, nach seiner Hand zu greifen und ihn festzuhalten, als er die Hand fortziehen wollte.

Er trat einen Schritt zurück, musterte sie nachdenklich. Schüttelte den Kopf.

»Wir dürfen das nicht«, sagte er zärtlich.

Agnes schluckte. Sie spürte, wie ihr Herz raste und ihr Körper mehr von diesen Berührungen ersehnte. Ob es mit ihrem Ehemann auch so sein würde? Würden seine Berührungen sie auch entflammen? Aber diesen Gedanken schob sie schnell beiseite. Graf Otto von Ortenburg war für sie nicht mehr als ein älterer Mann, der sie heiraten würde, ein Fremder, der sie nicht interessierte. Im Moment wollte sie bei Heinrich sein, ihn auf Schritt und Tritt begleiten und jedem seiner Worte lauschen.

»Hör zu«, sagte Heinrich hastig. »Kennst du den Weg von Niedermünster zum kleinen Stadttor am hölzernen Steg?«

Sie nickte, obwohl sie sich nicht sicher war. Aber sie wollte den Weg finden, unbedingt!

»Komm dorthin, nach dem Fest. Kannst du dich fortschleichen?«

Wieder nickte Agnes. Heinrich schien zufrieden. »Der Wächter wird Bescheid wissen und dich aus der Stadt lassen, dafür sorge ich. Ich werde dort auf dich warten und …«

Er sprach nicht weiter. Schritte näherten sich auf dem Gang, die schweren Stiefel eines Ritters. Heinrich griff nach Agnes' Hand, drückte sie fest und blickte ihr tief in die Augen. ›Vertrau mir!‹ schien er zu sagen, dann schlüpfte er durch die Pforte und zog sie hinter sich zu.

Agnes blieb in dem Gärtchen zurück. Sie trat zu der Tür und legte die Stirn an das raue Holz. Die Stimmen im Gang konnte sie gut verstehen.

»Wohin des Weges, Vetter?« Das war Friedrich, keine Frage. Agnes atmete tief durch und schloss die Augen. Gott sei's gedankt, dass sich nicht Hermann von Ortenburg auf die Suche nach ihr begeben hatte.

»Ich habe nur frische Luft geschnappt«, erwiderte Heinrich munter. »Habe ich etwas verpasst?«

»Nur das Verschwinden der Braut«, sagte Friedrich. »Du hast sie nicht zufällig gesehen?«

»Dein kleines Schwesterchen? Nein, ich habe sie nicht gesehen.«

»Sie hat wohl beim Anblick der Flusskrebse Reißaus genommen, weil ihr nicht wohl war. Und du bist kurz darauf auch verschwunden, da dachte ich, du wüsstest etwas.«

Heinrich antwortete nicht. Agnes biss sich auf die Unterlippe. Was würde Friedrich tun, wenn er sie hier fand? Würde er nicht zwei und zwei zusammenzählen? Er würde sie zur Rede stellen, würde wissen wollen, was hier vor sich ging. Ihr war übel vor Angst.

»Komm, lass uns zurück zum Fest gehen«, sagte Heinrich. »Agnes ist nicht hier, und bestimmt hat man sie in der Zwischenzeit gefunden.«

»Also gut.« Die Schritte der beiden Männer entfernten sich, und Agnes atmete auf. Sie wartete. Friedrich und Heinrich sollten Gelegenheit haben, zum Fest zurückzukehren, bevor sie auftauchte.

Dann straffte sie sich, öffnete die Tür und lief eilig den Gang entlang.

Hinter der nächsten Ecke erlebte sie eine Überraschung. Plötzlich stand Friedrich vor ihr, mitten auf dem Gang. Er hatte die Arme vor der Brust gekreuzt und musterte Agnes. Sie senkte den Blick, ihre Hände krampften sich ineinander. Sie wich einen Schritt zurück und zog den Kopf zwischen die Schultern. Erwartete sein Donnerwetter.

Erstaunlich sanft klang seine Stimme.

»Wenn es eines gibt, das Heinrich und dich verbindet, dann ist es die Unfähigkeit zur geschickten Lüge«, sagte Friedrich. »Und bitte sag mir jetzt, dass er dich nicht angerührt hat.«

Agnes konnte Friedrich nicht in die Augen blicken. Am liebsten hätte sie sich umgedreht und wäre weggelaufen. Die zarte Berührung Heinrichs brannte jetzt in ihrem Haar, loderte auf ihrer Wange, die seine Finger so sanft gestreichelt hatten.

»Das glaub ich einfach nicht!« Friedrichs Augen blitzten vor Wut. Agnes zuckte unter seinem lauten Ausruf wie unter einem Hieb zusammen. Er griff nach ihr, packte sie grob am Arm. »Agnes, hör mir zu. Du wirst morgen mit dem Ortenburger vermählt, ob es dir passt oder nicht. Und ich will nicht, dass wir am Morgen nach der Hochzeit eine unangenehme Diskussion mit ihm führen müssen, weil du nicht unberührt in die Ehe gegangen bist, ist das klar?«

Agnes nickte stumm. Aber Friedrich war noch nicht fertig.

»Du bist eine Stauferin, Agnes! Ich habe geglaubt, du hättest auch den Verstand der Staufer geerbt, ich habe gehofft, du wüsstest, was diese Heirat für uns bedeutet! Aber du bist wie eine läufige Hündin und lässt dich vom ersten Mann, der deinen Weg kreuzt, verführen!«

»Er hat mich nicht verführt!«, begehrte Agnes auf.

»Einerlei – du warst mit ihm allein, und das darf niemand erfahren, hörst du?«

Sie wandte den Kopf ab. Wem sollte sie es auch erzählen? Sie hatte ja niemanden außer Ortrud, und bei Ortrud, das wusste Agnes, wäre ihr Geheimnis sicher.

»Auch nicht Ortrud«, sagte Friedrich eindringlich, als hätte er ihren Gedanken erraten. Seine Stimme wurde sanfter. »Ich mache dir keine Vorwürfe. Die werde ich eher Heinrich machen, zur rechten Zeit. Und jetzt müssen wir zum Fest zurückkehren. Versprichst du mir, dass du nichts Unrechtes tun wirst?«

Sie nickte. Sie würde nichts Unrechtes tun. Sie würde nur in der Nacht fortlaufen und zum Stadttor gehen, weil sie wusste, dass Heinrich dort auf sie wartete.

Dieser Gedanke beseelte sie und gab ihr die Kraft, das Fest bis zum Ende mit hoch erhobenem Kopf und einem strahlenden Lächeln über sich ergehen zu lassen.

Friedrich bestand darauf, sie und Ortrud nach Niedermünster zu begleiten. Sie ritten schweigend nebeneinander her, drei seiner Männer hielten Abstand zu ihnen. Im Hof von Niedermünster half Friedrich ihr aus dem Sattel, und sie lehnte sich einen kurzen Moment an die starke Schulter des Bruders.

»Ich wünschte, ich hätte dort bleiben dürfen, auf Frauenwörth«, wisperte sie. »Dort war ich glücklich, dort wusste ich, wohin ich gehöre.«

»So darfst du nicht reden.«

Sie löste sich von ihm. »Ich darf so reden. Ich durfte ja nie wählen.«

Danach ließ sie ihn ohne Gruß stehen, ging auf das Gästehaus zu und hämmerte gegen die Tür. Tränen strömten über ihr Gesicht, und sie wollte mit niemandem reden, nicht einmal mit Ortrud, die wie ein Schatten aus der Dunkelheit hinter ihr wuchs.

Sie legte sich ins Bett, beantwortete keine von Ortruds Fragen und wartete, bis diese eingeschlafen war.

Als sie durch die stillen Gassen von Regensburg eilte, fiel es ihr auf: Jedes Geräusch, das sie verursachte, jedes Klappern ihrer Schuhe wurde von den hohen Wänden hallend zurückgeworfen. Sie blickte sich um, aber sie war ganz allein in der Nacht unterwegs. Am Tor grinste sie der Wächter an und entblößte ein paar dunkle Zahnstummel, die im Schein der Fackel, die er in der Hand hielt, noch gespenstischer wirkten. Er entriegelte wortlos das Tor, als er sie sah.

Agnes schlüpfte ins Freie und blickte sich suchend um. Wo war Heinrich?

»Ich bin hier.« Seine Gestalt löste sich aus dem Schatten der Mauer. Er trat zu ihr. »Ich habe schon befürchtet, du würdest nicht kommen. Es hat so lange gedauert.«

Agnes umklammerte ihre Oberarme mit den Händen. Trotz des dicken Umhangs fror sie erbärmlich. Oder rührte das Zittern von ihrer Aufregung her? Es musste eine Mischung aus beidem sein, denn so kalt war es eigentlich nicht. Sie spürte ihre Zähne aufeinanderschlagen und biss sie fest zusammen.

»Ist dir kalt?« Fürsorglich legte er den Arm um ihre Schulter. Agnes erstarrte unter seiner Berührung und wagte nicht, sich zu bewegen. Heinrich spürte wohl ihr Unbehagen, denn nach einem kurzen Moment zog er den Arm zurück. »Komm, lass uns von hier verschwinden, das ist nicht der richtige Ort.«

Sie überquerten den Steg und betraten die Insel, die sich zwischen Stadtamhof im Norden und Regensburg im Süden in die Donau schob. Hier hatten im letzten Sommer noch die Handwerker in ihren Bauhütten gehaust, während sie die Steinerne Brücke bauten, die nun Regensburgs ganzer Stolz war. Geblieben waren Baracken, die in sich zusammensanken und sich im Mondlicht wie betrunkene Gestalten aneinanderlehnten. In der Dunkelheit stolperte Agnes. Heinrich hatte keine Fackel mitgebracht, es würde schon seinen Grund haben, warum sie im Finstern herumliefen. Ob man sie von den Mauern der Stadt herab hätte sehen können?

Aber ihr wäre wohler gewesen, wenn sie zumindest ihn hätte sehen können. So war es nur seine Stimme, die sie führte. Das Donauwasser war schwarz und rauschte, als wollte es sie locken.

Heinrichs Hand umklammerte Agnes' Arm, als sie das nächste Mal stolperte.

»Es ist nicht mehr weit«, sagte er leise und drehte sich zu ihr um, als wollte er sich versichern, dass sie noch da war. Die dunklen Schatten der Steinernen Brücke ragten vor ihnen auf. »Schau, hier.«

Er breitete seinen Mantel direkt am steil abfallenden Ufer aus und machte eine einladende Handbewegung.

»Mehr kann ich uns leider nicht bieten«, sagte er leise. Sie setzten sich nebeneinander. Agnes, die bis zu diesem Zeitpunkt geschwiegen hatte, versuchte einen Anfang zu finden, der nicht zu albern klang und zugleich nicht zu sehr nach ihrem Bruder Friedrich. Der hatte so ernst gewirkt und auch so besorgt, als er sie ermahnte, nichts Unrechtes zu tun.

»Du musst keine Angst haben«, brach Heinrich ihr Schweigen.

Sie blickte ihn an. Der Mond beschien sein Gesicht. Wie gerne sie die Hand gehoben hätte, ihm die zerzausten Locken aus der Stirn zu streichen. Aber das ging nicht, das durfte sie nicht. Woher kam nur dieses Verlangen? Warum wollte sie sich an ihn lehnen, warum gefiel es ihr, wenn sein Arm um ihre Schulter lag, wenn er sie festhielt? Das durfte nicht sein, und sie dachte an Friedrichs ernste Worte. Sie hatte ihren Halbbruder noch nie so wütend erlebt.

Agnes seufzte und blickte über die Donau. Da drüben lag Regensburg. Dort würde man sie morgen früh ihrem zukünftigen Gemahl vor der Morgenmesse an der Seitenpforte des Doms zur Frau geben. Ihr Onkel hatte große Festlichkeiten angekündigt.

»Ich will ihn nicht heiraten!« Unüberlegt stieß sie die Worte hervor. Heinrich, der sich näher an sie herangeschoben hatte, legte fürsorglich den Arm um ihre Schulter. Und diesmal ließ sie es geschehen und schmiegte sich in seine Umarmung. Sie lehnte den Kopf an seine Schulter, und seine Finger strichen über ihr offenes Haar.

»Ich glaub ja nicht, dass er ein schlechter Mann ist«, flüsterte sie. »Aber er ist nicht der, den ich an meiner Seite ertragen könnte. Er wird mich glücklich machen, so hat man es mir versprochen. Aber ich glaube nicht daran. Als ich ihm das erste Mal begegnet bin, da hat er mich angesehen wie …«

Agnes brach ab. Was redete sie da? Sie schloss die Augen und ließ sich treiben. Wenn sie nur lange genug schwieg, würde Heinrich ihre Worte dann vergessen? Würden sie einfach in der Schwärze der Donau versinken?

»Wir könnten fortlaufen«, sagte Heinrich bedächtig. »Ich habe Pferde, ich habe Geld, wir könnten uns nach Sachsen durchschlagen, und dort bin ich der Herr. Da soll ein König Konrad mal kommen und versuchen, dich mir zu nehmen!«

Sie blickte ihn überrascht von der Seite an. Oh, er war ein Kindskopf! Ein stolzer Mann und zugleich ein Kindskopf! Sie seufzte, zog die Knie an und legte das Kinn auf die verschränkten Arme. Sie wussten ja beide, dass ihre Träume nicht zu erfüllen waren.

»Das würde weder Friedrich zulassen noch der König.«

»Und was sollen sie machen? Sollen sie das Kreuzfahrerheer hinter uns herjagen? Du wirst nicht glücklich sein beim Ortenburger, er ist grob und ohne Manieren. Ich könnte ihn …« Er brach ab, starrte auf das dunkle Wasser hinaus. Ein Platschen war zu hören, die Fische hoben sich aus dem Wasser, als fehlte ihnen in der Strömung lebenswichtige Luft. Aber Agnes wusste, dass es anders war. Zu oft hatte sie Renken vergebens nach Luft schnappen sehen, bevor ihre Mitschwester mit einem Stein ihr Leben beendete.

»Was könntest du ihn?« Agnes berührte ihn am Arm, doch Heinrich schüttelte den Kopf. Er zog sie in seine Arme, sie schlossen sich um ihren Oberkörper wie ein wärmender Mantel. So saßen sie da. Und die Zeit versickerte. Langsam, nur langsam. Agnes atmete tief durch. Und mit jedem Atemzug machte die Leere in ihr dem anderen Gefühl Platz, das sie nicht begreifen konnte. Aber sie mochte es. Sie fühlte sich bei Heinrich sicher.

Sie blieben sitzen, bis sich der Himmel im Osten blassblau färbte. Sie redeten nicht mehr viel, auch nicht, als sie an der Pforte zur Stadt Abschied nahmen. Agnes hielt Heinrichs Hände, seine warmen, kräftigen Hände. Es war der schönste und traurigste Morgen ihres bisherigen Lebens.

Heute war ihr Hochzeitstag.

Kapitel 5

Die Stille über Stadt und Fluss wurde nur unterbrochen von den Männern am Hafen, die zu dieser frühen Stunde die Flöße beluden, um die Fahrt stromabwärts anzutreten. Rufe schallten hin und her, das raue Lachen und das Poltern der Fässer trugen weit über das Wasser. Friedrich blieb auf dem Steg stehen, und mit der aufgehenden Sonne im Rücken blickte er hinüber zur Steinernen Brücke.

Zwischen Regensburg im Süden und Stadtamhof im Norden lag eine schmale Insel im Fluss, von zwei Donauarmen umfangen, der schmalere vereinigte sich hier mit der Naab, die von Norden kam. Auf der Insel standen nur wenige Häuser, Überbleibsel der Bauhütten vom letzten Sommer, als die Brücke fertiggestellt worden war. Friedrich ging weiter, verließ den Steg und betrat die Insel. Er wandte sich nach links und strebte zur Brücke. Jemand hatte ihm erzählt, die Strömung wäre an dieser Stelle reißend, und das war eine Herausforderung, der er sich als geübter Schwimmer stellen wollte.

Während er auf die Brücke zulief, bewunderte er die erhabene Schönheit des Bauwerks. Die Brücke erhob sich, von Stadtamhof kommend, in gerader Linie zu ihrem Scheitelpunkt, um zur Regensburger Seite hin ebenso sanft wieder abzufallen. Die Fundamente der Brückenbögen lagen in den Beschlächten verborgen, und je näher Friedrich der Brücke kam, umso aufmerksamer beobachtete er die Wasser der Donau, die sich in wilden Strudeln hinter diesen fest gefügten Blöcken vereinigten.

Es war ein einsamer Ort, direkt am Fuß der Brücke. Ob sich überhaupt jemand hierher verirrte, fragte sich Friedrich, bis er die Gestalt bemerkte, die am Ufer hockte und immer wieder Kieselsteine in die Fluten warf.

Friedrich trat zu dem Mann, der verbissen Stein um Stein

fortschleuderte. Er sagte nichts, und der andere wandte sich auch nicht zu ihm um. Der Wind spielte mit dem dunklen Haar, strich sanft darüber, als wollte er den Unglücklichen trösten.

»Ich habe geglaubt, wenigstens hier hätte ich meine Ruhe, Vetter«, sagte Heinrich, ohne sich zu Friedrich umzudrehen.

Friedrich lächelte. Seinen Vetter zu täuschen, gelang ihm nie. Wie ein Luchs spitzte der die Ohren, hörte aus vielen Schritten den seines besten Freundes heraus.

»Warum willst ausgerechnet du deine Ruhe haben?«, fragte Friedrich. Er setzte sich neben Heinrich, der ihn aus blutunterlaufenen Augen anblickte. Es schien Friedrich, als habe Heinrich, der so bleich und verbissen am Donauufer saß, in der vergangenen Nacht keinen Moment geschlafen.

»Was hat dir die Nacht verdorben?«

»Du wirst es ohnehin erfahren, also sag ich's dir. Aber sei ihr nicht böse, es war meine Idee. Dein Schwesterchen habe ich heute Nacht getroffen, hier am Donauufer haben wir gesessen.« Ein weiterer Kiesel flog in die Fluten. »Danach fand ich keinen Schlaf.«

»Sie hat dir den Kopf verdreht.« Es war mehr Feststellung als Frage. Friedrich konnte es sich ausrechnen, schließlich hatte er die beiden vor drei Tagen bei dem Fest des Königs beobachtet, bis er nicht mehr aushielt, in welch trauter Zuneigung Heinrich und Agnes beisammensaßen. Als er gesehen hatte, wie Agnes ihre Hand auf Heinrichs legte, um seinen Weingenuss zu bremsen, hatte er das Gefühl gehabt, keine Luft mehr zu bekommen. Er hatte sich bei Berengar und dessen Vater entschuldigt, er wolle sehen, wo der Ortenburger bliebe, dem doch Agnes an diesem Abend hätte vorgestellt werden sollen.

Aber weder fand er Otto von Ortenburg noch beruhigte sich sein Gemüt.

Er war, müde von der vergeblichen Suche nach dem Grafen und vom Burgunderwein, schließlich nicht zum Bankett zurückgekehrt, sondern hatte sich früh zu Bett gelegt, ohne Schlaf zu finden.

Und genauso war es am Vorabend gewesen, nein, es schien Friedrich noch viel schlimmer zu sein. Was hätte er noch tun können, um das Schlimmste zu verhindern? Nichts – Agnes hatte ihren eigenen Kopf, und Heinrich sowieso.

Nun war es also zu spät. Blieb ihm nur zu hoffen, dass Heinrich Agnes' weibliche Schwäche nicht ausgenutzt hatte.

»Hast du …?«

»Nein, natürlich nicht!« Heinrich schien ob dieser Frage sichtlich schockiert.

Friedrich hatte gehofft, auf der Insel an diesem Morgen Ruhe zu finden. In wenigen Tagen sollte auch seine Hochzeit stattfinden, und heute würde Agnes dem Ortenburger gegeben werden. Ihm war danach, seine Fäuste im Streit zu erproben.

Und nun saß Heinrich hier, verkatert und bissig, unglücklich verliebt und wütend, ohne so recht mit der Sprache herauszurücken.

Plock – der nächste Kiesel versank im Wasser. Heinrich blickte Friedrich von der Seite an.

»Sie hat mir nicht den Kopf verdreht.«

Friedrich lachte leise. Auch seine Finger glitten durch den Donausand und tasteten nach den verführerisch blanken Kieseln.

»Das kannst du mir nicht erzählen. So wie sie dich angesehen hat … Kein Mann kann da ruhig bleiben. Sie hat dir den Kopf verdreht, und du bist die Nacht über liebestoll wach geblieben. Vielleicht hast du dich auch gefragt, wie du den König davon überzeugen kannst, sie dir zur Ehefrau zu geben.«

Heinrich schwieg verbissen. Er warf eine ganze Handvoll Steinchen in den Fluss. Das Prasseln wurde vom Wirbeln der Strudel verschluckt. Ein Fisch sprang aus dem Wasser, seine Flanke glänzte silbern im Morgenlicht.

»Wenn sie in meiner Munt wäre, würde ich nichts lieber

tun, glaub mir.« Verträumt lächelnd lehnte Friedrich sich zurück, stützte sich auf die Hände und wandte sein Gesicht der Morgensonne zu. »Sie ist ein bezauberndes Geschöpf, einerseits so unschuldig und lieb, andererseits aber von feinem Humor und großer Weitsicht. An deiner Seite könnte sie so manchen Fürsten um den Finger wickeln, der gegen dich eingestellt ist. Ja, ihr wärt ein schönes Paar …«

»Warum ist sie nicht in deine Munt übergegangen, als dein Vater starb?«, fragte Heinrich unvermittelt heftig. »Wie konntest du zulassen, dass der König sie für seine Pläne missbraucht?«

Friedrich seufzte. Da war er, sein wunder Punkt, den er so tunlichst hatte verbergen wollen. Und Heinrich hieb darauf ein – mit Recht.

»Es war mir gleichgültig«, sagte er. »Mein Vater starb, und ich musste von diesem Tag an ein Herzogtum regieren. Ich weiß, du tust dies schon viel länger und mit großem Erfolg, das ist keine Entschuldigung. Der König fragte, was mit Agnes geschehen solle, und ich sagte, er solle einen Vorschlag machen. Ich konnte mich kaum an sie erinnern. Das Einzige, was ich wusste, war, dass sie auf Frauenchiemsee lebte.«

»Dir war es also egal.«

»Als mir Onkel Konrad sagte, dass sie verheiratet wird, habe ich darüber nachgedacht. Es nützt der Dynastie, es hilft uns in Bayern weiter, auch wenn du das nicht gerne hörst. Aber was nützt es letztlich, Heinrich? Ich habe einen Fehler gemacht, ja. Ich habe nicht nachgedacht, was es für sie bedeuten könnte. Andererseits gehört sie zu meiner Familie. Und sie ist eine Frau.«

»Du meinst also, es ist ihre Pflicht, sich verheiraten zu lassen. Und wenn es noch dazu dem König dient, weil er mir damit einen wichtigen Verbündeten nehmen kann …«

Heinrich wischte sich die Hände ab und stand auf. Er trug noch immer das feine Festgewand vom Vorabend, blaue Hosen und eine rote, zartgewebte Tunika, mit Silberfäden bestickt – und mit Saucenflecken verunziert. Er hatte in der Nacht wohl nicht mal versucht, zu schlafen. Den Mantel hatte er achtlos hinter sich geworfen.

»Wie kann man sie an einen Mann verheiraten, der sich nicht einmal für sie interessiert?«

»Das weißt du nicht. Mir schien der Ortenburger durchaus angetan.«

Gedankenverloren trat Heinrich mit dem weichen, roten Lederschuh, dessen Spitze hochgebunden war, nach einem größeren Kiesel. Er verzog das Gesicht, und der Stein kullerte nur wenige Schritt weit.

»Ja, aber er will sie nur, weil sie jung ist und ein schönes Geschöpf, das ihn schmückt. Er erhofft sich etwas von ihr.«

»Und? Ist das nicht legitim?«

Friedrich stand auf. Er war es leid. Heinrich bejammerte sein eigenes Elend, und es war ihm gleichgültig, dass Friedrich in wenigen Tagen ebenso vor den Priester treten und ein Ehegelöbnis ablegen sollte, das er nicht angestrebt hatte.

Adela von Vohburg ... Er seufzte, streifte das Hemd und die Hosen ab, legte sie nachlässig zusammen und warf seine Stiefel dazu. Nackt stand er vor Heinrich, der ihn finster mit Blicken maß, als wollte er ihn zum Ringkampf fordern. So, wie er es als Zehnjähriger getan hatte, schon damals von gedrungener und stämmiger Statur, als er den siebzehnjährigen Friedrich herausgefordert hatte und ihm Mal um Mal unterlegen war.

Heinrich wurde in allem, was er tat, von einer heftigen Leidenschaft gepackt, von einem Feuer, das lichterloh entfacht lange in ihm brannte. Nur so hatte er Sachsen für sich zurückfordern können, nur so hatte er Männer um sich zu scharen vermocht, die um ein Vielfaches älter waren als er und ihm dennoch gehorchten und vertrauten, weil er ihr Herzog war.

Heinrich fesselte jeden Einzelnen, forderte von jedem Mann eine Entscheidung für oder gegen ihn. Und Verrat ertrug er nicht – der Ortenburger aber hatte doppelten Verrat begangen, er nahm Agnes zur Frau, zu der Heinrich in erster, heftiger Verliebtheit entbrannt war, und er schlug sich damit zudem auf die Seite der Staufer.

Kein Zweifel. Otto von Ortenburg hatte sich Heinrich zum Feind gemacht.

»Kommst du mit schwimmen?«

Heinrichs finsterer Blick wich der Überraschung. Er schaute von Friedrich, der am steil abfallenden Ufer bereit stand, sich in die Fluten zu stürzen, hinab zu dem wild wirbelnden Wasser.

»Gib dein Leben ruhig in Gottes Hand, Vetter, ich bleibe lieber hier und verwahre deine Kleidung.«

»Wie du willst.«

Kopfüber sprang Friedrich in den Fluss, elegant und in flachem Bogen, weil er nicht wusste, wie tief der Fluss an dieser Stelle war. Seine Befürchtung bestätigte sich. Nicht nur die Strömung griff sogleich nach ihm, seine Finger berührten den sandigen Grund, ehe er sich mit kräftigen Schwimmzügen vom Ufer fortbrachte.

Eisig umschloss das Wasser ihn und erfrischte ihn. Friedrich tauchte auf, atmete und widerstand der Versuchung, sich treiben zu lassen. Zu arg zerrte die Strömung an ihm, selbst für einen geübten Schwimmer war die Donau nicht ungefährlich.

Er schwamm mit dem Strom. Mühsam war es, und er spürte, wie er nach unten gezogen wurde, sobald er in die Nähe der gefährlichen Unterströmungen kam, die nach ihm griffen und zärtlich lockten, ihn in die Tiefe zu ziehen.

Friedrich schwamm der Sonne entgegen, ließ sich von der Strömung tragen und steuerte das östliche Ende der Insel an. Er stieg aus dem Fluss, schüttelte den Kopf und befreite die Ohren vom Wasser. Die Tropfen funkelten in der Morgensonne. Dann trabte er das Stück zurück, vorbei am Steg direkt auf Heinrich zu, der weiter am Ufer hockte und missmutig hinüber nach Regensburg starrte.

»Das Wasser ist herrlich!« Friedrich strich mit beiden

Händen seine Locken zurück, die nass von einem satten Rot waren. »Warum bist du nicht mitgekommen? Gegen den Kater hätte es bestimmt geholfen.«

Spielerisch schubste er Heinrich gegen die Schulter, doch dieser hockte nur starr neben dem Kleiderhaufen, die Arme um die Knie verschränkt.

Friedrich streifte sich Hemd und Hose über, schlüpfte in die Stiefel und stand neben Heinrich. Der blieb unbewegt von Friedrichs Tun und seinem munteren Geplauder.

»Da hast du dir einen schönen Platz für deine Grübeleien ausgeguckt, direkt mit Blick auf die große Stadt deines geliebten Bayern. Du wirst das Herzogtum eines Tages zurückgewinnen. Aber Agnes ...«

Er wedelte mit der Hand vor Heinrichs Gesicht. »Träumst du, Sachsenherzog?«

»Lass mich in Ruhe.« Heinrich sprang auf, wütend funkelten die dunklen Augen. Er wandte sich von Friedrich ab. Mit hochgezogenen Schultern und gesenktem Kopf stapfte er zur Brücke. Beiderseits des Brückenpfeilers, zu dessen Breite hin sich die Insel verjüngte, verliefen schmale Pfade. Heinrich hielt sich auf dem linken und balancierte zur anderen Seite. Friedrich wusste, die Insel endete im Nirgendwo, kein Steg führte hinüber nach Stadtamhof, so schmal der Donauarm an dieser Stelle auch war. Er folgte Heinrich.

Steinig und karg war die Insel auf der anderen Seite, ein langes Elend bis zu ihrem Ende. Nichts außer Grasbüscheln und Kies, Stein und Wegerich. Friedrich seufzte und setzte Heinrich nach, der seine Schritte beschleunigte.

»Du kannst nicht weglaufen!«, rief Friedrich ihm nach. Heinrich schüttelte wild den Kopf, seine Schritte lenkten ihn nach rechts, als mäanderte er suchend über dieses langgestreckte Stück Land. Doch dann kniete er plötzlich nieder. Und im selben Moment sah auch Friedrich das Bündel, das am Ufer lag, ein Menschenkörper unter einem dunkelgrünen Stoff. Im Näherkommen sah er eine blasse Hand hervorragen, wie im Schmerz gekrümmt.

Der grüne Stoff entpuppte sich als ein Mantel aus feiner, dicker Wolle mit Hermelinbesatz. Der Körper darunter war starr. Heinrich, der ihn vorsichtig an der Schulter berührte, sprang zurück und starrte mit weit aufgerissenen Augen auf den Leblosen.

»Ist er tot?«, fragte er. Aus dem trunkenen Sachsenherzog wurde plötzlich wieder der kleine Junge, der er einst gewesen war. Friedrich trat hinzu, beugte sich zu dem Leblosen hinab und legte die Hand auf dessen Schulter, schüttelte ihn, und da keine Reaktion kam, drehte er den Mann um. Der Körper kam auf dem abschüssigen Hang ins Rutschen und wäre beinahe zur Wasserlinie hinabgerollt, wenn Friedrich nicht beherzt nach dem festen Stoff des Mantels gegriffen hätte.

Die starren Augen und das verkrustete, mit Sand vermengte Blut auf dem Hemd des Leblosen erzählten von seinem Tod. Einem gewaltsamen Tod. Friedrich schluckte, dann strich er behutsam die dunklen, feuchten Haare aus der Stirn des Leichnams.

»Bleib hier!«, rief Friedrich, doch es war zu spät. Heinrich rannte davon, als gelte es, sein Leben zu retten. Er schlängelte sich behände am Brückenpfeiler vorbei und lief, so schnell ihn seine Beine trugen. Friedrich starrte hinter ihm her.

War es nicht das, was Heinrich sich insgeheim gewünscht hatte?

Friedrich seufzte und wandte sich wieder dem Leichnam zu. Die dicke, gerötete Nase stach aus dem bleichen Gesicht hervor, die Augen waren im schmerzhaften Moment des Todes weit aufgerissen. Er legte die Finger auf die Lider des Toten und schloss seine Augen.

Der Ortenburger Graf war tot. Friedrich schob behutsam den Mantel beiseite, begutachtete das blutgetränkte, feine Hemd und sah die Stichwunde dicht am Herzen des Grafen.

Friedrich schloss für einen Moment die Augen. Ein Toter

war ihm kein seltener Anblick, und doch – an diesem stillen Morgen hatte er kaum damit gerechnet. Durch wessen Hand hatte Graf Otto von Ortenburg sein Leben gelassen? Es gab wohl genug Männer, die ihm nach dem Leben getrachtet hatten.

Die Sonne verschwand hinter ersten Dunstwolken, und Friedrich fröstelte plötzlich. Er musste Männer herbeiholen, die ihm halfen, den Leichnam des Grafen zu bergen. Und er musste seinem Onkel melden, was passiert war.

Aber vor allem trieb der Gedanke, zum Kloster Niedermünster zu eilen, um Agnes zu berichten, dass ihr Bräutigam tot am Ufer der Donau gefunden worden war.

Ortrud war in der Nacht so lange es ging wach geblieben, um auf ihre Herrin zu warten.

Es war auch für sie ein neues Leben, und es fühlte sich nicht einmal schlechter an als ihr altes Leben, das sie aufgegeben hatte. Im Kloster war sie nur eine Laienschwester unter vielen gewesen. Sie hatte mit den anderen, zumeist Waisenmädchen aus den umliegenden Dörfern, für die Edleren unter ihnen gesorgt. Dienst in der Küche gehörte ebenso dazu wie das Füttern der Schweine. Im Herbst ernteten sie mit klammen Fingern den Kohl. Sie schlachteten die Schweine und wärmten sich die blau gefrorenen Hände im warmen Blut.

Und auch wenn sie mit den Edelfrauen gemeinsam in der Kirche saßen, sobald die Zeit fürs Stundengebet kam – ihre Mitschwestern und sie, die allesamt aus dem kleinen Dorf am Seeufer stammten oder aus einem der anderen Weiler ringsum, sie hatten es nicht schlecht getroffen, aber kaum so gut wie die edlen Damen unter ihnen.

Äbtissin Walburga hatte ein ernstes Wort mit Ortrud geredet, bevor sie das Mädchen an der Seite von Agnes ziehen ließ. Sie sprach lange davon, dass ein jeder in dieser Welt seinen Platz finden musste. So auch Ortrud. Als dreijähriges Waisenkind war sie einst auf die Insel gekommen, zwanzig

Jahre war das nun schon her, und Ortrud hatte seither ein gutes Leben gehabt. Sie kannte nichts anderes.

»Deine Aufgabe wird es auch sein, auf Frau Agnes achtzugeben«, hatte die Äbtissin zum Schluss gesagt an diesem frühen Morgen, als sie Ortrud nach der Prim beiseitegenommen und von der bevorstehenden Abreise in Kenntnis gesetzt hatte. Schnell, schnell, schon in wenigen Minuten sollte das Boot ablegen, das Agnes ans Ufer und fort aus der kleinen, stillen Welt von Frauenchiemsee brachte. Ortrud war ihre letzte Verbindung dorthin. Dieser Faden sollte nicht zerschnitten werden.

Aber was hieß das, auf eine Edelfrau achtzugeben, wie die Äbtissin es ihr aufgetragen hatte? Nicht nur das Warten auf Agnes raubte Ortrud den Schlaf. Sie richtete sich immer wieder auf ihrem schmalen Nachtlager auf, das man ihr am Fußende des wuchtigen Bettes bereitet hatte – Agnes war nun etwas Besseres, sie schlief in einem breiten Bett unter einer Daunendecke. In der ersten Nacht hatte Agnes gefroren und Ortrud gebeten, sich zu ihr zu legen. Sie hatten einander nicht berührt, doch war es tröstlich gewesen, den Atem der anderen dicht neben sich zu spüren.

Agnes war gut zu ihr. Ortrud mochte sie. Waren sie Freundinnen? Agnes hatte es so gesagt, als ihr Ortrud, bevor sie zum Fest ging, am Abend das Haar geflochten hatte.

»Wir bleiben Freundinnen, nicht wahr, Ortrud? Du wirst immer bei mir sein.« Ängstlich hatte Agnes nach Ortruds Hand getastet, die auf ihrem Haar ruhte. Und Ortrud hatte es ihr versichert, natürlich waren sie Freundinnen und würden es immer bleiben. Sie hatte die Hand weggezogen und behutsam die letzten Knoten im Haar gelöst.

Es war tröstlich gewesen, auch bei Agnes diese Unruhe zu beobachten. Agnes hatte Angst vor dem Mann, dem sie in der Stadt begegnet waren und mit dem sie nun verheiratet werden sollte. Ortrud hatte sich insgeheim Vorwürfe gemacht, weil Graf Otto sie zuerst bemerkt hatte. Ihretwegen hatte er Agnes Vorhaltungen gemacht, weil sie nicht im

Kloster geblieben war und stattdessen durch die Straßen dieser hoch gefährlichen Stadt lief.

Wo blieb Agnes jetzt nur? Sie hatte wohl bemerkt, dass ihre Freundin sich fortgeschlichen hatte, Ortruds Schlaf war zu leicht, und ihre Aufmerksamkeit geweckt durch die Stunden des Tages, da Agnes still am Fenster saß und sogar die Stickerei ruhen ließ. Am Abend aber war sie unruhig und flatterig wie ein Vögelchen gewesen, als sie vom Fest beim Ortenburger Grafen heimgekehrt waren, und sie hatte darauf bestanden, dass ihr Kleid nicht ausgebürstet und in die Truhe gelegt wurde. Es war keine Überraschung für Ortrud gewesen, als Agnes mitten in der Nacht aufstand, sich allein ankleidete und fortging.

Sie musste wohl eingeschlafen sein. Das Knarren der Tür weckte Ortrud, sie saß aufrecht im Bett und sprach schon mit Agnes, ehe ihr überhaupt bewusst wurde, dass sie wach war. Der Himmel wurde im Osten bereits heller. Ein neuer Tag brach an, und es war der Tag von Agnes' Hochzeit.

»Du musst müde sein.«

»Ja«, sagte Agnes nur. Sie hatte ein winziges Talglicht in der Hand, und in seinem flackernden Schein schien es, als leuchte sie selbst.

»Wo warst du?«

»Ich konnte nicht schlafen.« Sie seufzte. Ortrud stand auf und nahm das Talglicht. Sie ließ sich nicht täuschen, schon gar nicht von Agnes, die sie ihr Leben lang kannte.

»Warst du vor den Toren der Stadt?«

»Ach, Ortrud, stell doch nicht so viele Fragen!« Es sollte ungeduldig klingen. Doch in ihrer Stimme lag noch mehr. Wärme und Zärtlichkeit schwangen darin mit. Sie bemerkte den skeptischen Blick, den Ortrud ihr zuwarf, und fügte hinzu: »Ich bin ein wenig durch die Gassen gelaufen. Ja, ich weiß schon, was du sagen willst. Das war unvernünftig, aber ich bin nicht weit gegangen. Die Schwester Pförtnerin hat mich eingelassen.«

»Dann werden wir dich jetzt für die Hochzeit bereitmachen.« Ortrud trug das Talglicht zum Tisch und wandte sich zu Agnes um. Diese sank auf ihr Bett, zog die Decke hoch und das weiche Kissen zu sich, vergrub den Kopf darin und schloss die Augen, als wäre sie nicht in ihr bestes Gewand und das feinste Schuhwerk gekleidet. Leise seufzte Agnes, dann war sie eingeschlafen.

Ortrud löschte das Talglicht. Es war inzwischen hell genug. Sie legte sich auf ihr Lager und lauschte in die Stille, bis die tiefen Atemzüge ihr verrieten, dass ihre Herrin schlief. Sie blieb mit offenen Augen liegen und wachte über dem Schlaf ihrer Freundin. Es würde ohnehin nicht mehr lange dauern, bis sie beide aufstehen mussten, da war es nur recht und billig, wenn Agnes sich noch ein paar Augenblicke Schlaf gönnte.

Das Poltern an der Tür riss sie aus dem Dämmerzustand. Ortrud blinzelte. Hatte sie doch geschlafen? Die Morgensonne fiel schräg ins Zimmer und malte aus fliegenden Staubkörnchen goldene Figuren in die Luft. Ortrud legte den Kopf wieder aufs Kissen. Erneut hämmerte jemand an die Tür.

Ortrud stand auf, warf sich die Decke um die Schultern und lief barfuß zur Tür.

»Wer ist da?«

»Öffne die Tür, ich muss Agnes sprechen!«

Ortrud erkannte die Stimme. Es war der Schwabenherzog, dem das rote Haar golden in der Sonne leuchtete. Sie öffnete die Tür einen Spalt, und tatsächlich, da stand der Herzog, in einfachen, aber feinen Kleidern, sein Haar war nass, und er drängte an ihr vorbei in den Raum. Ortrud verwehrte ihm den Zutritt.

»Wer ist es denn, Ortrud?« Die Stimme vom Bett klang müde und klein.

»Herrin, es ist der Herzog von Schwaben, er bittet, Euch sprechen zu dürfen.« Ortrud neigte den Kopf. Sie war wieder ganz die Dienerin, solange Agnes und sie nicht allein waren.

Agnes stand auf. Sie kniff die Augen zusammen. Ihre

Hände strichen über die Falten ihres Kleides, die sie im Schlaf in den schweren Stoff gelegen hatte.

»Lass ihn ein und hol mir Wasser«, sagte sie und stand vorsichtig auf, als wäre alles an ihr zerbrechlich. Das Strahlen der letzten Nacht war einem stillen Leuchten gewichen, das ihr Gesicht erhellte.

Als Ortrud die Tür freigab, trat der Herzog an ihr vorbei und schob sie nach draußen. Er warf die Tür vor Ortrud zu, und sie hörte den Riegel schnappen.

Ortrud war ratlos. Was sollte sie tun?

Die Worte von Agnes waren unmissverständlich gewesen. Ortrud beeilte sich. Ihre Neugier war geweckt. Was veranlasste den Herzog, zu dieser frühen Stunde mit großem Lärm nach seiner Schwester zu verlangen?

Als sie mit einem Krug Wasser und einem Becher zurückkehrte, stand die Tür einen Spaltbreit offen. Ortrud schob sich herein, in der Hoffnung, ein paar Worte oder einen ganzen Satz aufzuschnappen, aber sie wurde enttäuscht. Agnes saß auf der breiten, mit Kissen gepolsterten Fensterbank und blickte hinaus, während Herr Friedrich auf dem Schemel am Tisch hockte. Beide schwiegen, bis Ortrud das Zimmer auf einen Wink von Agnes hin wieder verließ.

»Wünscht Ihr Frühstück?«, fragte Ortrud noch, bevor sie ging.

»Lass uns einfach für eine Weile allein«, antwortete Agnes. Sie klang müde, und Ortrud zog sich zurück.

Die Nachrichten, die der Schwabenherzog selbst überbrachte, schienen nicht die besten zu sein. Ortrud ging in die Küche, um sich dort nützlich zu machen und ein Frühstück für sich zu ergattern. Dort flüsterten die Schwestern eifrig und erzählten von einem grausamen Mord auf der Donauinsel.

Erst nachdem Ortrud die Tür hinter sich geschlossen hatte, stand Agnes auf und trat an den Tisch heran. In ihr herrschte Aufruhr. Ihre Hände zitterten, als sie vom frischen Wasser in den Becher goss, es schwappte auf den Tisch. Friedrich nahm ihr Becher und Krug behutsam aus den Händen und stellte beides zurück auf den Tisch.

»Wie –? Wie ist es passiert?«

»Ich weiß auch nicht viel.«

»Aber du hast ihn doch gefunden!« Agnes schrie. Ihr Bräutigam, der Fremde, ihre Zukunft, er war tot. Nie würde sie erfahren, ob er wirklich so schlimm war, wie Heinrich es ihr erzählt hatte. Ihr blieb nur jene Begegnung beim Gürtler, der Abend in seinem Festsaal. Das war alles.

Und nun? Was würde man mit ihr tun? Sie war die Nichte des Königs, ein Kebskind zwar, aber trotzdem des Königs Nichte. Würde er sie einem anderen Vasallen zur Frau geben? Das Schicksal des toten Ortenburgers berührte sie wenig. Ihr Schicksal aber schien plötzlich ein anderes zu sein. Und ganz tief in ihr jubelte es. Denn war sie jetzt nicht frei? Der Gedanke verbot sich und drängte sich ihr zugleich auf. Sie war doch jetzt frei – für Heinrich.

»Man hat ihn wohl erstochen, doch es lag kein Dolch bei ihm, soweit ich es gesehen habe. Und Heinrich …«

»Heinrich?« Agnes' Herz setzte aus. Sie griff nach dem Becher, brachte ihn mühsam an die Lippen. Das Wasser rann an ihrem Hals herab, weil sie kaum schlucken konnte, so sehr raubte ihr der Name den Atem. Das Wasser versickerte an ihrer Brust, perlte über die blasse Haut und jagte ihr ein Schaudern bis zum Bauchnabel.

»Er ist fortgelaufen. Ich weiß nicht, wo er jetzt steckt.«

»Du meinst …« Sie konnte nichts sagen, trat wieder ans Fenster und sank auf die Polster. »Nein«, flüsterte sie.

»Ich halte ihn auch nicht für einen Mörder. Und er war mindestens so überrascht wie ich, den Leichnam zu sehen. Er wird sich verkrochen haben, ich weiß ja, wie unser Vetter ist. Aber du musst mir erzählen, was gestern zwischen euch vorgefallen ist, Schwesterchen!«

Friedrich trat zu ihr, Agnes spürte ihn hinter sich. Sanft legte er die Hand auf ihre Schulter, und sie bebte innerlich.

Oh, Heinrich! Was hast du getan?

»Es war nichts«, sagte sie leise. Sie schluckte. Nichts! Was konnte denn mehr einer Lüge gleichen?

Ihr Herz klopfte und sprang wild, als sie sich an die vergangene Nacht erinnerte. Heinrich war kein Mörder! Er war zornig und jung, manchmal ungestüm, aber konnte er morden?

»Was passiert nun mit mir?« Agnes suchte Friedrichs Blick. Er wich ihr aus.

»Ich weiß es nicht«, gestand er. »Du bist in der Munt des Königs. Er wird entscheiden, was geschieht. Vermutlich wird man dich nach Frauenchiemsee zurückbringen.«

»Nun, da ich nicht mehr gebraucht werde ...« Sie konnte den bitteren Unterton nicht verhehlen.

Friedrich schwieg. Er blieb neben ihr stehen. Sie spürte, wie er nach den richtigen Worten suchte, sich zu verteidigen. Erneut blickte sie ihn an, offen und beinahe schon herausfordernd.

»Ich wurde aus meinem Leben herausgerissen, und es hat mich beunruhigt und auch geängstigt. Aber nach den ersten Tagen begann ich, diese von Gott gewollte Rolle zu begreifen. Ich habe mich nicht gewehrt, von mir kam kein Wort der Klage. Aber wenn ihr mich jetzt nach Frauenchiemsee zurückbringt ... Dann hättet ihr mich lieber gelassen, wo ich war, denn dort war ich glücklich.«

»Du kannst es doch wieder sein.«

Friedrich sank neben Agnes auf die Polster, und sie rückte ein Stück von ihm ab.

»Das kann ich wohl. Aber ich habe das Leben für wenige Tage gekostet, das Leben, das auch mir zusteht. Immerhin bin auch ich die Tochter eines Herzogs.«

»Darum geht es hier doch gar nicht.« Friedrich wirkte ärgerlich. Er stand auf. »Ich will wissen, was mit dir und Heinrich ist. Ich will wissen, ob ich befürchten muss, dass mein Freund für dich zum Mörder wurde.«

»Du meinst, er hat ihn erstochen, nachdem er neben mir

gespeist und mit mir den Weinkelch geteilt hat? Nachdem wir die ganze Nacht am Ufer der Donau gesessen und geschwiegen haben?« Agnes schüttelte den Kopf. »Du kennst ihn, sag du es mir. Glaubst du wirklich, dein Vetter Heinrich ist ein Mörder?«

Sie sah, dass es in Friedrich arbeitete. Dann schüttelte er den Kopf.

»Ich muss zum König«, sagte er. Einen knappen Blick warf er Agnes noch zu, als er schon an der Tür stand. »Halte dich bereit, falls er nach dir schicken lässt. Mehr weiß ich im Moment selbst nicht.«

Die Tür schlug hinter ihm zu, seine Schritte verhallten. Agnes wandte den Kopf und legte die Wange an den kühlen Stein des Fensterbogens. Die Tränen kamen ganz von allein.

Kapitel 6

Sie brachten den Leichnam zum Kloster St. Emmeram. Auf einer Bahre trugen ihn die Mönche in das Gästehaus, von dem er am Vorabend nach dem Fest mit unbekanntem Ziel aufgebrochen war. Gerüchte machten die Runde, sie schlichen von Mund zu Ohr und sprangen über auf jene, die mit ein wenig Phantasie gesegnet waren. Schon bald summten die Stimmen in den Gasthäusern der Stadt, im Heerlager vor den Stadttoren und in den Klöstern, die so manchen Adeligen beherbergten, und jeder wusste zu berichten, wie grausam das Opfer von seinem Mörder zugerichtet worden sei.

Zur selben Zeit stand Friedrich vor seinem Onkel und wählte behutsam die passenden Worte, um ihn vom Tod des Ortenburgers in Kenntnis zu setzen.

Konrad III. fühlte sich nicht wohl – und die Dinge, von denen Friedrich berichtete, trugen nicht gerade zur Besserung seines Zustands bei. Der Burgunder, den er sich üppig gewürzt jeden Abend reichen ließ, bereitete ihm Kopfschmerzen – jedes laute Wort und das grelle Sonnenlicht waren ihm zu viel. Er legte die Hand auf die Augen, stützte den Arm auf die Lehne seines Stuhls und hörte Friedrich gar nicht richtig zu. Die andere Hand umklammerte einen Becher mit einem Sud aus Kräutern, den ihm ein wohlmeinender Mönch zugeschoben hatte, der mit den Folgen übermäßigen Weingenusses gut vertraut war.

»Der Leichnam wird nach St. Emmeram gebracht und dort untersucht«, schloss Friedrich seinen Bericht. »Ich habe den Abt informiert und werde gleich hinüberreiten und mich selbst darum kümmern.«

Konrad seufzte. Das war eine Katastrophe – der Graf tot, und mit ihm seine Pläne, für die Zeit der Kreuzfahrt die Machtverhältnisse im bayerischen Herzogtum zugunsten der Staufer zu verschieben. Und nun?

»Kümmer dich nur darum, du machst das gut. Man wird nicht umhinkommen, die Besucher des gestrigen Fests zu befragen.«

»Ich werde dafür sorgen. Der Burggraf scheint begierig, uns zu helfen, auf dem Weg hierher kam er mir entgegengeritten, um auf der Insel die Stelle zu sichten, wo man die Leiche fand.«

»Gut.« Konrad kniff die Augen zusammen. Nein, nichts war gut. Dies war keine Regensburger Angelegenheit, und wenn es nach ihm ginge, hatte der Burggraf nichts damit zu schaffen.

»Was wird aus der Tochter meines Vaters?«, fragte Friedrich zum Schluss.

»Du meinst das hübsche Kebsmädchen, das deinem Vetter den Kopf verdreht hat?« Konrad lachte rau. »Meine Güte, wärst du nur auf meinem Fest geblieben und hättest es dir angesehen. Vernarrt war Heinrich in deine Schwester, und wären die beiden allein gewesen, so hätten wir sie nicht unbefleckt in die Ehe mit dem Ortenburger geben können.«

Konrad dachte nach. Der Welfe hatte sich in sein Cousinchen verliebt – zu Recht, übrigens, sie war wirklich eine hübsche Erscheinung, und gerne hätte er zwischenzeitlich selbst Gelegenheit gefunden, mit ihr zu reden. Doch er hatte beschlossen, sie lieber zu sich zu bestellen, wenn sich nächstens die Gelegenheit ergab. Als Ortenburger Gräfin, so hatte er gedacht, würde sich schon ein Anlass finden. Zumal ja heute ursprünglich die Hochzeit hatte stattfinden sollen.

»Also, was wird aus ihr?« Ungeduldig stieß Friedrich die Frage hervor, als läge auch ihm etwas daran, schnell die Antwort zu erfahren.

»Was sollte mit ihr schon sein? Wir werden sie nach Frauenchiemsee zurückschicken, woher sie ja auch gekommen ist. Oder hast du andere Pläne mit ihr?«

Konrad grinste. Friedrich erwiderte seinen Blick offen.

»Wisst Ihr, Onkel«, sagte er. »Ich habe darüber nachgedacht. Sie ist meine Schwester. Und damit ist sie doch nach dem Tod unseres Vaters in meine Munt übergegangen.«

Konrad seufzte. Sein Neffe war ihm sympathisch, weil er selten Ruhe gab. Friedrich besaß das Durchsetzungsvermögen, das ihm selbst manches Mal fehlte. Und nun hatte er sich ein einziges Mal recht mühelos durchgesetzt und bestimmt, dass Agnes von Waibling mit dem Ortenburger vermählt wurde. Schon wurde nichts daraus. Als habe der Herr etwas dagegen, dass er sich Friedrich widersetzte. Ein lästerlicher Gedanke, den Konrad schnell beiseiteschob.

»Du willst also selbst bestimmen, was aus ihr wird?«, fragte Konrad. Friedrich wand sich sichtlich.

»Es ist meine Pflicht als ihr Bruder, da unser Vater nun einmal gestorben ist. Ich bin der Herzog von Schwaben.«

»Und was würdest du tun? Sie zurück nach Frauenwörth schicken, wie ich es geplant habe? Oder willst du sie anderweitig verheiraten?«

Konrad sah mit Befriedigung, dass Friedrich schluckte.

»Ach, ich erinnere mich gerne an jene Sommer vor sieben oder acht Jahren, in denen ich an den Hof deines Vaters kam. Wie eine Klette hing der Welfenbursche an dir, und du warst dieser ungleichen Freundschaft nie abgeneigt.«

»Heinrich von Sachsen war schon früh sehr erwachsen«, verteidigte Friedrich den Welfen.

»Ja, aber ist er reif genug, um eine Stauferin zu ehelichen?« Konrad sah mit Befriedigung, wie Friedrich zusammenzuckte. Er nahm einen Schluck von dem lauwarmen Kräutersud. Bitter schmeckte das Zeug, und allein der Geschmack verschlimmerte das Hämmern in seinem Schädel. Er stöhnte leise und schloss die Augen.

»Genug, genug«, sagte er. »Wir haben Wichtigeres im Sinn, als über ein uneheliches Kind meines Bruders zu befinden. Es mag Zeit haben, bis wir aufbrechen. Jetzt gilt es erst einmal, einen Mörder zu finden.«

»Ich werde den Burggrafen verständigen. Er soll sich der Sache annehmen.« Friedrich wollte sich abwenden.

Konrad schüttelte heftig den Kopf. Den Schmerz ignorierte er. »Nein, nein«, sagte er gedehnt. »Wir können nicht den Regensburgern diesen Mord überlassen, zumal die Insel ihnen doch gar nicht gehört.«

Friedrich schien irritiert.

»Wir haben wohl kaum die Zeit, uns selbst darum zu kümmern. In wenigen Tagen werden wir ins Heilige Land aufbrechen, Onkel! Wie sollen wir den Mörder in der kurzen Zeit finden?«

Konrad lächelte. Ihm kam eine Idee.

»Machen wir es doch so. Such du den Mörder, und wenn du ihn gefunden hast, dann …« Er machte eine Pause, die er bewusst nutzte, um noch einmal von dem widerlichen Gebräu zu trinken. »… dann wird Agnes in deine Munt übergehen, und du kannst sie gerne verheiraten, mit wem du willst. Du kannst dir sogar die Peinlichkeit erlauben, sie dem Welschen zur Rechten zu geben.«

Friedrich verschränkte die Arme vor der Brust. »Ich soll also den Mörder finden«, sagte er bedächtig.

»Such beim Welschen, da wirst du schnell fündig. Warum ist er überhaupt hier in Regensburg? In wenigen Wochen geht sein eigener Kreuzzug von Magdeburg gen Osten. Ist er hergekommen, weil er von der Ortenburger Hochzeit erfahren hat? Wollte er sie verhindern? Und dann ist da auch noch die hübsche Base, die ihm den Kopf verdreht hat …«

»Unsinn!«, entfuhr es Friedrich, dann seufzte er. »Also gut. Ich suche Euch den Mörder, Oheim. Ich tue das, weil ich weiß, dass Heinrich es nicht ist. Ihr scheint ja gegenteiliger Meinung zu sein.«

Konrad neigte den Kopf.

»Such beim Welschen«, wiederholte er. Damit war die Unterredung beendet, und Friedrich stapfte aus dem Saal. Der hohe Türflügel knallte hinter ihm zu. Konrad verzog das Gesicht.

Immer, immer musste sein Neffe das letzte Wort haben!

Nachdem Friedrich gegangen war, warf sich Agnes rücklings aufs Bett. Mit offenen Augen starrte sie nach oben. Ein alter, etwas staubiger Betthimmel aus dunkelgrünem Stoff spannte sich über ihrem Lager.

Was sollte sie jetzt tun?

Ginge es nach Friedrich, hielte sie sich lediglich bereit. Aber das widerstrebte ihr. Sie sollte tatenlos mit ansehen, wie andere über ihr Schicksal entschieden?

Wenn sie auch wenig wusste, einer Sache war sie tief im Herzen gewiss. Heinrich war nicht der Mörder. Es schien ihr unvorstellbar, dass der Welfe den Dolch gegen den Ortenburger hob oder seine Hände sich würgend um den Hals des Grafen legten. Nein, das glaubte sie nicht!

Sie richtete sich auf. Ortrud hatte vorher schon ihr Kleid aufs Bett gelegt. Das Hochzeitskleid, das sie an diesem besonderen Tag hatte tragen sollen.

Es war von einem besonders dunklen, beinahe blutigen Rot. Zarte Stickereien wirkten wie Tropfen. Agnes wandte das Gesicht ab. Als hätte sie es heraufbeschworen.

Dieses Kleid brauchte sie nun nicht mehr.

»Ortrud?«, rief sie leise.

Sie hoffte, dass ihre Freundin in der Nähe war und nur auf ein Zeichen von ihr wartete. Aber als Agnes aufstand und zur Tür ihrer Kammer ging, wurde sie enttäuscht. Auf dem langen Gang war niemand.

»Ortrud?«, flüsterte sie noch einmal. Dann schloss sie die Tür, wandte sich um, schritt zu ihrer Truhe und öffnete den schweren Deckel.

Das blaue Unterkleid, darüber das grüne – mit fliegenden Fingern kleidete sie sich um, löste die Bänder aus ihrem Haar, griff zum Kamm und entwirrte die langen Strähnen, kämmte sich mit festen Strichen und ignorierte den Schmerz auf der Kopfhaut, weil sie zu ungeduldig an ihren Haaren riss. Das festliche Kleid warf sie achtlos auf die zerwühlten Decken ihrer Bettstatt, neben das nun wertlose Brautkleid. Sie ließ die Truhe offen stehen und verließ eilig ihre Kammer.

»Frau Agnes?«

Ortrud stieg die Treppe hinauf, als Agnes gerade hinunterlaufen wollte. Agnes biss sich auf die Unterlippe. Die Flucht war missglückt. Da sie kein Ziel hatte, erschien ihr die Idee ohnehin plötzlich töricht und dumm. Sie spürte heiße Tränen auf den Wangen.

»Frau Agnes, du solltest in deiner Kammer bleiben.« Ortrud trat neben sie, ein Tablett in den Händen, auf dem ein paar Speisen angerichtet waren: Brot, ein Becher, ein wenig Käse.

»Herr Friedrich hat mir gesagt, ich solle auf dich aufpassen.«

Ortrud geleitete Agnes zurück in die Kammer. Sie stellte das Tablett auf den Tisch. Agnes blieb in der Mitte des Raumes stehen, ließ die Arme hängen und beobachtete Ortrud.

»Wohin wolltest du denn gerade?«

Ortrud führte Agnes, die sich nicht rühren mochte, zum Tisch. Sie schob ihre Freundin auf einen Stuhl, hielt ihr den Weinbecher und den Teller hin.

»Iss«, befahl sie, als erwarte sie gar keine Antwort auf ihre Frage.

Agnes griff zögernd nach dem Brot.

»Ich wollte zu Heinrich«, sagte sie leise. »Friedrich hat mir erzählt, dass …« Sie verstummte, biss vom Brot ab, kaute. Das Brot war wie Staub in ihrem Mund.

Ortrud nickte verständnisvoll. »Ich habe es gehört. Sie kennen kein anderes Thema in der Küche, und überall, wo ich hinkomme, reden sie nur von einer Sache, vom Tod des Ortenburgers.«

»Friedrich verdächtigt Heinrich …«

Aber tat er das wirklich? Agnes nippte am heißen Würzwein, knabberte am Brot und brach winzige Stückchen vom Käse ab. Sie überlegte, versuchte, das Chaos in ihrem Kopf zu besänftigen. Nein, Friedrich hatte es so nicht gesagt, er traute seinem Vetter nicht zu, den Ortenburger zu ermorden.

Trotzdem – er hatte gezögert, und das beunruhigte Agnes. Sie wollte zu Heinrich. Sie wusste, er war in St. Mang, auf der anderen Seite der Donau.

»Ach, das glaube ich nicht«, sagte Ortrud sorglos. »Welchen Vorteil sollte denn der Welfenherzog davon haben?«

Agnes blickte beiseite.

Die Vorstellung war so verrückt, so eitel, und sie hätte sie gerne von sich gewiesen. Aber sie konnte nicht vergessen, wie brennend seine Hand an ihrer Wange gelegen hatte. War dies der Moment gewesen, in dem Heinrich beschloss, dass der Ortenburger sterben musste?

»Nein!«, rief sie laut aus, um diese wilden, eitlen Gedanken zu vertreiben.

»Nein?« Ortruds Blick war Erstaunen.

»Es ist schon gut«, flüsterte Agnes. Ach, wie gerne wäre sie jetzt hinüber nach St. Mang geritten, allein um Heinrich wiederzusehen. Sie brauchte ihn nicht zu fragen, ob er es gewesen war. Sie wusste, er hatte damit nichts zu schaffen.

Der Befehl Friedrichs aber – und dazu Ortruds wachsamer Blick – hielt sie in ihrer Kammer. Sie setzte sich ans Fenster, nahm eine Stickerei zur Hand. Das wenigstens hatte sie im Kloster gelernt, wenn sie auch in vielen anderen Dingen so unbegabt war. Die Menschen waren ihr zu laut und fremd, und sie fand sich in dieser Welt kaum zurecht. Sie verstand nichts vom Leben außerhalb des Klosters.

Und wenn sie etwas daran änderte? Sie wusste nicht, wen sie hätte fragen können.

Ortrud räumte derweil die Kammer auf, bürstete das Festkleid aus, legte es in die Truhe und richtete die Decken und Kissen. Sie hielt inne und strich über das Brautkleid.

»Leg es weg«, sagte Agnes. Da klang ihre Stimme schon wieder ganz ruhig.

»Was werden wir nun tun?«, fragte Ortrud und räumte das Kleid sorgsam in die Truhe.

Jemand klopfte an die Tür. Agnes war dankbar für die Störung. Sie ließ die Stickerei sinken und lauschte, während

Ortrud zur Tür ging und flüsternd mit einer Schwester des Klosters sprach. Gerade so, als wäre Agnes krank, so behutsam waren sie alle.

»Ein Bote ist gekommen, Frau Agnes. Der König schickt nach Euch.«

Der König. Agnes straffte sich und stand auf. Nun, Friedrich hatte es angedeutet, und sie ahnte, was der König von ihr wollte. Sie war seine Nichte. Ihr Bräutigam war tot, und nun suchte er sicher nach einer anderen, schnellen Möglichkeit, ein Bündnis mit ihrer Hand zu knüpfen, ehe er auf den Kreuzzug ging.

Doch sie wollte sich nicht kampflos ergeben. Nein, er sollte nicht glauben, dass sie sich klaglos seinem Willen fügte. Und wenn er verlangte, dass sie nach Frauenwörth zurückkehrte. War nicht alles besser, als mit einem Wildfremden vermählt zu werden, den sie nicht hatte wählen dürfen?

»Ortrud, hol meinen Mantel.«

Der Bote wartete im Kreuzgang auf sie. Er war klein und fett, und alles an ihm wirkte wie festgezurrt. Steif waren seine Bewegungen, als er Agnes zunickte und ihr voran zu den Ställen ging. Er sprach nicht.

Agnes bestand darauf, dass Ortrud sie begleitete. Sie wollte nicht allein sein mit diesem grimmig blickenden Boten und den Berittenen, die im Hof von Niedermünster warteten. Man brachte ihren Zelter und ein Pferd aus dem Besitz des Klosters, das für Ortrud gesattelt war.

Ortrud jammerte.

»Bitte nicht, Frau Agnes, ich kann doch auch zu Fuß gehen.«

Auf dem Weg nach Regensburg hatten die Pferde Ortrud Respekt eingeflößt, das wusste Agnes. Jeden Abend war Ortrud froh gewesen, nicht länger im Sattel sitzen zu müssen, und sie hielt stets respektvollen Abstand zu jedem Pferd.

»Wir haben keine Zeit zu verlieren.«

Wenn sie den König davon überzeugen wollte, dass er sie nach Frauenwörth zurückgehen ließ, so musste sie schnell sein. Sie musste bei ihm sein, bevor er eine andere Entscheidung fällte.

Der König residierte in der Pfalz, die nahe dem Kloster St. Emmeram schon zur Zeit der Karolinger erbaut worden war. Von Niedermünster aus war es kein weiter Weg dorthin. Aber die Straßen und Gassen waren überfüllt. Und nun hatten all die Glücksritter und Tagediebe, Huren und Gaukler ein vortreffliches Thema, über das sie die Köpfe zusammen stecken konnten.

Wer hatte den Grafen ermordet?

Jemand hatte einen Groll gegen ihn gehegt und hatte ihm aufgelauert. Aber warum? Hatte der Graf etwas getan, das diese Bluttat rechtfertigte?

Agnes hielt sich dicht neben Ortrud, die ihr als letzter Anker erschien. Sie atmete erleichtert auf, als sie in den Hof der Königspfalz einritten. Sogleich sprang sie ohne Hilfe aus dem Sattel, und der Bote wies ihr den Weg. Ortrud folgte ihr.

Im Vorraum des Thronsaals herrschte Gedränge, doch niemand sprach. Hier war es anders als in den Straßen, hier hatte jedes Wort Gewicht und konnte dem, der es ausgesprochen hatte, zum Verhängnis werden. Grafensöhne und Boten standen da, an die Wand gelehnt und betont lässig oder am Fenster mit Blick über den stillen Innenhof.

Man führte Agnes vorbei an diesen Männern, die sie neugierig aus den Augenwinkeln musterten, direkt in den Thronsaal.

Sie verneigte sich tief, als sie den Saal betrat. Wie begegnete man einem König, der zugleich der eigene Onkel war?

»Sie haben nicht übertrieben, als sie deine Schönheit besangen.« Seine Stimme war rau und tief. »Sieh mich an, Agnes von Waibling.«

Langsam hob sie den Blick und richtete sich auf. Der König blickte sie prüfend an.

Natürlich hatte sie ihn schon bei seinem Fest vor wenigen Tagen gesehen. Aber hatte sie das wirklich? Das Fest war plötzlich nur noch eine ferne Erinnerung, wie verwischt in ihren Gedanken, einem Traum gleich.

Er hatte die besten Jahre bereits hinter sich, sein blondes Haar wurde weiß. Die Nase stand dick und rot im Gesicht, und die Augen waren wässrig und sahen Agnes dennoch so stechend an, dass sie den Blick am liebsten abwenden wollte.

Auch Könige altern. Plötzlich verlor sie ihre Scheu.

»Es tut mir leid, dass wir uns unter diesen düsteren Vorzeichen kennenlernen. Ich hatte gehofft, am Tag ihrer Hochzeit eine strahlende Braut zu treffen.«

»Das habe ich auch gehofft, Onkel.«

Er trat zu ihr und reichte ihr die Hand.

»Umso mehr freut es mich, dass du so schnell meiner Bitte nachgekommen bist, dich hier einzufinden.«

»Wie könnte ich es wagen, der Bitte eines Königs nicht zu entsprechen?«

Konrad runzelte die Stirn, und unwillkürlich biss sich Agnes auf die Unterlippe. Dass sie ihr Temperament auch nicht zügeln konnte. Aber in ihr loderte nicht nur die Unruhe der vergangenen Nacht, sondern auch die Ungewissheit ihrer Zukunft fraß sich in ihren Bauch wie unstillbarer Hunger.

»Verzeiht«, flüsterte sie und senkte den Blick.

Er lächelte, aber es war ein falsches Lächeln, das nur seine Lippen vollzogen und das seine Augen nicht erreichte.

»Nun, ich habe einiges mit dir zu besprechen, während dein Bruder Friedrich sich auf die Suche nach dem Mörder macht.«

»Friedrich sucht den Mörder?«

»Ich habe ihm den Auftrag erteilt.« Der Auftrag eines Königs ließ wenig Raum.

»Komm, wir setzen uns. Hast du Hunger?«

Sie wollte schon stumm den Kopf schütteln, als er sie bereits zu der Tafel führte. Abseits vom Thron und von seinem Gefolge, das sie jetzt erst wahrnahm. Sie nickte tapfer, reckte den Kopf und blickte hinüber zu den Höflingen, die sich um den Thron scharten und jede ihrer Bewegungen beobachteten.

Sie prüften Agnes. Sie alle wollten wissen, ob sie würdig war, die Nichte eines Königs zu sein. Und dann, so dachte sie still bei sich, tat sie das hier schließlich nicht nur um ihrer selbst willen, sondern auch, weil sie an Heinrich glaubte.

Er war unschuldig. Mehr hatte sie dem König nicht zu sagen.

Zunächst ließ der König auftischen und aß selbst mit großem Appetit. Agnes saß neben ihm, ihre Hand berührte den Becher, ohne dass sie trank, sie drehte ihn nur. Leise schrappte das Metall auf dem Holz, bis der König aufblickte.

»Hast du keinen Hunger?«

Sie schüttelte den Kopf. Suchte nach den richtigen Worten.

»Ihr sagt, dass Friedrich den Mörder sucht. Gibt es einen besonderen Grund, dass er …?« Sie verstummte. So ungehörig war es, einem König zu widersprechen, seinem Auftrag zu misstrauen.

Konrad kaute, schluckte, spülte mit reichlich Wein nach und winkte einem Knappen, ihm mehr Wein zu bringen. Der Junge sprang eilig herbei.

»Ganz einfach, weil wir einen Handel eingegangen sind, den er nicht ausschlagen mochte. Nun, vielleicht konnte er auch nicht, wer weiß das schon so genau.«

»Einen Handel?«

Kurz streifte der Blick des Königs sie, ehe er weiteraß.

»Wenn Friedrich den Mörder findet, wirst du in seine Munt übergehen.«

Agnes' Hand krampfte sich um den Becher, sie stürzte den Wein nun doch herunter, weil ihr schwindelig wurde bei dem Gedanken, dass sie der Preis im Machtspiel zwischen Herzog und König sein sollte. Der Wein war heiß und brannte scharf, weil er so stark gewürzt war, und sie musste husten.

Der König wartete, bis sie sich von ihrem Hustenanfall erholt hatte.

»Und wenn Friedrich den Mörder nicht findet?«, fragte Agnes.

Der König zuckte mit den Schultern.

»Dann wirst du in meiner Munt bleiben. Aber Friedrich wird es leicht haben«, fuhr König Konrad unbekümmert fort. »Ich habe ihm geraten, beim Welfen zu suchen, dort wird er schnell fündig werden. Ich habe gesehen, wie zugetan er dir bei meinem Fest war. Und bei seinem Temperament …«

Er sprach nicht weiter. Agnes erstarrte. Sie blickte auf, aber anstatt in die Richtung des Königs zu schauen, wandte sie den Kopf und sah zu den Höflingen hinüber, die so eifrig bemüht waren, beschäftigt zu erscheinen. Jeder von ihnen ein Lauscher. Sie wusste, jeder von ihnen würde auf seine Art das hier Vernommene nutzen.

Und sie konnte nichts, aber auch gar nichts dagegen tun.

Konrad hatte den Welfenherzog bereits verurteilt, und alle hatten es gehört. Er spielte mit ihnen, mit Heinrich, mit Friedrich und auch mit ihr.

»Er ist unschuldig«, sagte sie und wandte das Gesicht wieder dem König zu. Konrad griff beherzt zu, spießte ein Stück zartes Fleisch auf, steckte es in den Mund, kaute. Seine Lippen glänzten fettig, er griff zum Weinbecher und trank ihr zu.

»Das ist deine Meinung. Für mich hat der Welfe Grund genug, eine solche Tat zu begehen. Und wenn er es nicht selbst war, so hat er einen Mörder gedungen, der es für ihn erledigt hat. Im Grunde macht es keinen Unterschied.«

Agnes starrte ihn sprachlos an. Er ist der König, dachte sie, sie dachte auch daran, wo sie sich gerade befand, aber all das half nichts. Sie konnte es nicht auf sich beruhen lassen.

»Heinrich ist unschuldig«, sagte sie leise. »Er war die ganze Nacht bei mir.«

Konrad hob die Augenbrauen. Erstaunt schien er von dieser Eröffnung nicht zu sein, er spielte ja nur mit ihr.

»War er das, ja? Nun, das macht es natürlich besonders delikat.« Er schob den Teller mit dem kalten Fleisch in ihre Richtung.

»Und du hast wirklich keinen Hunger?«

Selbst wenn sie vorher Appetit gehabt hätte … jetzt wäre er ihr vergangen. Ihr Bauch verkrampfte sich zu einem schmerzenden Knoten.

»Was wisst Ihr schon von Heinrich?«

»Und du? Was weißt du schon von dieser Welt, was hast du schon mitbekommen hinter den schützenden Mauern deines Klosters?«

Es genügte. Sie wollte fort, aber durfte sie einfach aufspringen und gehen? Der König sah wohl ihre Not, er winkte nur nachlässig. Geh schon, ich brauch dich nicht mehr.

Agnes sprang erleichtert auf. Sie ignorierte das Wispern der Höflinge, der Bischöfe, Grafen und Edlen, die sich hier Tag um Tag versammelten, um dem König ihr eigenes Gift in die Ohren zu träufeln. Wenn Konrad sich wenigstens die Mühe machte, alle Seiten anzuhören! Aber er scharte Staufer und Babenberger um sich, sein Halbbruder und sein Neffe waren ihm die tägliche Bestätigung seiner schwachen Macht.

Die hohe Tür schlug hinter Agnes zu.

So viel zumindest hatte sie verstanden, dass es dem König widerstrebte, sich mit den Welfen auseinanderzusetzen. Da schickte er lieber Friedrich, den halben Welfen, der doch mehr von den Staufern hatte als alle anderen.

Kapitel 7

»Such beim Welschen …«

Nein, dachte Friedrich entschieden. Das Wichtigste war wohl zunächst, dass man den Leichnam untersuchte. Er hatte Burggraf Babo und seinen Männern aufgetragen, den Ortenburger nach St. Emmeram zu bringen. Seine Söhne waren sicher zwischenzeitlich benachrichtigt und auf dem Weg zum Kloster.

Sie hatten den Leichnam von Graf Otto auf dem Bett in seiner Kammer aufgebahrt. Zwei Schwestern vom Kanonissenstift Obermünster wuschen ihn und legten ihm ein weißes Totenhemd an. Als Friedrich eintrat, hielt er einen Moment inne.

Außer den beiden Kanonissen war nur der Burggraf anwesend. Als er Friedrich sah, eilte er zu ihm. Er war noch aufgeregter als vor wenigen Tagen beim Fest des Königs. Sein linkes Augenlid zuckte beständig, während er Friedrich Bericht erstattete. Immer wieder drehte er den Kopf und blickte nervös zur Bettstatt hinüber.

»Ich ließ ihn herbringen, ich wusste nicht, wohin sonst mit ihm, denn in die Spitäler bringen sie nur die Lebenden, und hier hat er schließlich die letzten Tage gelebt.«

»Ihr habt recht gehandelt, Burggraf. Wart Ihr auch dort und habt die Örtlichkeiten der Tat untersucht?«

Babo von Regensburg schüttelte heftig den Kopf. »Ich habe nichts angerührt, sondern lediglich dafür gesorgt, dass der Graf hierhergebracht wurde.«

Friedrich zog Babo beiseite.

»Der König hat mich beauftragt, nach dem Mörder zu suchen.«

Der Burggraf riss die Augen auf. »Euch? Aber das ist meine Stadt!«

»Sie ist zuallererst Stadt des Reiches«, gab Friedrich zurück. Abgesehen davon bezweifelte er, dass Babo dem Mord so viel Aufmerksamkeit schenkte und wirklich gewillt war, dieses feige Verbrechen aufzuklären.

»Habt Ihr den Leichnam untersucht?«

Burggraf Babo schüttelte den Kopf. »Was soll ich den Leichnam eines Ermordeten anrühren?«

Er war regelrecht empört. Nicht nur, weil Friedrich es war, der in seiner Stadt den Mörder suchte, sondern wohl auch, weil Friedrich ihn als dummen Jungen dastehen ließ. Friedrich merkte, wie unangenehm Babo diese Situation war, und er verkniff sich die Frage nach der Familie des Toten.

Die sich ohnehin im nächsten Moment erübrigte.

»Wo ist er?«

Der jüngere der Ortenburg-Söhne stürmte in die Kammer. Wild hing ihm das blonde Haar ins verschwitzte Gesicht, die Augen waren groß, die Haut von der Aufregung blass, aber mit roten, hektischen Flecken übersät. Otto hieß er, das wusste Friedrich, der junge Mann trug denselben Namen wie sein Vater. Wie ein Kind wirkte er, zählte gerade erst fünfzehn Sommer und sollte doch mit Vater und Bruder auf den Kreuzzug gehen.

Otto trat an das Bett, kniete nieder und griff nach der Hand seines Vaters, die schlaff und kalt auf dem Laken lag.

»Vater«, flüsterte er ergriffen.

Friedrich zog Burggraf Babo beiseite. »Sorgt dafür, dass die Edlen über die Umstände von Graf Ottos Tod in Kenntnis gesetzt werden. Es sind schon jetzt zu viele Gerüchte im Umlauf, und ich möchte nicht, dass sich in der Stadt Panik und Unruhe ausbreiten. Und sorgt auch dafür, dass jene, die den Grafen zuletzt gesehen haben, sich hier einfinden. Ich möchte jeden Einzelnen befragen.«

Burggraf Babo nickte knapp und ging. Er schien froh, diesen unseligen Ort schnellstmöglich verlassen zu dürfen.

Bei sich dachte Friedrich, dass es vergebens war. Die Stadt war zu voll, zu viele Menschen schoben sich durch die Gassen und kauften die Märkte leer. Wie sollte man da einen

Mörder finden? Zu viele Beutelschneider, Tagediebe, Glücksritter und Verbrecher trieben sich in der Stadt herum. Jeder von ihnen konnte es gewesen sein.

Er trat an die Bettstatt. Nun trug Graf Otto sein Totenhemd, und die Kanonissen hatten ihn gewaschen und sein Haar geordnet. Zuletzt legte die Ältere der beiden seine Hände über der Brust wie zum Gebet zusammen. Sie warf Friedrich einen scheuen Blick zu, und er bat sie leise um ein kurzes Gespräch.

»Ich bin Friedrich von Staufen. Der König schickt mich, um die Umstände des Todes zu erforschen.«

Sie neigte den Kopf leicht. »Man nennt mich Irmgard.«

»Ihr habt der Ortenburger Familie einen großen Dienst erwiesen.« Sie traten ans Fenster, das einen hübschen Blick auf den Klostergarten gewährte. »Sagt, ist dies Teil Eurer Arbeit?«

Sie faltete die Hände.

»Ich arbeite manchen Tag im Katharinenstift am Fuß der Brücke. Dort werden nicht nur die Siechen gepflegt, sondern auch die Toten ein letztes Mal versorgt, bevor in der Nacht ihre Totenwache gehalten wird.«

»Dann wisst Ihr um die Zeichen des Todes.«

Irmgard nickte leicht. »Was wollt Ihr wissen, Herr Friedrich?«

»Wenn ein Mensch stirbt – wie verändert sich sein Körper?«

»Er wird steif und starr in den Stunden nach dem Tod. Zuerst im Gesicht, dann an den Armen, zum Schluss auch die Beine.«

Friedrich hörte erstaunt zu. Das hatte er bisher nicht gewusst, obwohl er in seinem Leben so manchen Toten gesehen hatte. Es gehörte zum Kriegshandwerk, dem Tod zu begegnen. Jedoch gehörte es nicht zu seinen Aufgaben, einen Toten zu versorgen.

»Und wie weit ist diese Starre beim Grafen vorangeschritten?«, fragte er behutsam.

Irmgard überlegte. »Das ist bei jedem Menschen anders«, sagte sie vorsichtig. »Und es kommt auch darauf an, ob Sommer ist oder Winter. Aber beim Grafen denke ich, es war nicht heute früh, und es war auch nicht in der Nacht. Gestern würde ich sagen, im Laufe des Abends.«

»Ihr wart mir eine große Hilfe, vielen Dank.«

Irmgard neigte den Kopf.

»Wenn Ihr uns hier nicht mehr braucht, würde wir gerne in unser Kloster zurückkehren.«

Da sie ihre Aufgabe erfüllt hatten, ließ Friedrich die beiden Frauen gehen. Leise schloss sich hinter ihnen die Tür.

Friedrich blickte hinüber zum Bett. Der junge Otto kniete, die Ellbogen auf die Matratze gestützt, neben dem Lager seines toten Vaters. Ungehindert liefen die Tränen über das Gesicht des Jungen. Es widerstrebte Friedrich, ihn aufzuschrecken, aber er näherte sich ihm trotzdem. Der Junge blickte auf. Tränennass war sein Gesicht, und er schniefte laut.

»Wer hat das nur getan?«, fragte er mit einer Heftigkeit, die Friedrich überraschte. Der junge Ortenburger stand auf, senkte nicht den Blick vor dem Schwabenherzog, sondern reckte nur das Kinn. »Bei Gott, ich werde den Mörder finden und für diese ruchlose Tat bestrafen!«

Friedrich hob beschwichtigend die Hand.

»Der König hat bereits mich mit dieser Aufgabe betraut.« Wenn auch gegen Friedrichs Willen. Aber was blieb ihm anderes übrig? Es schien seine einzige Chance, das an seiner Schwester begangene Unrecht wiedergutzumachen.

»Dann findet ihn. Findet ihn, oder ich werde ihn selbst suchen.«

Der junge Grafensohn stapfte aus der Kammer. Friedrich blickte ihm nachdenklich hinterher. So viel Zorn, das hätte Friedrich bei einem Welfen erwartet. Später würde er so manchen Zornigen erleben, das ahnte Friedrich – später, wenn er all die Gäste des gestrigen Fests befragen musste.

Zunächst aber wartete die wohl undankbarste Aufgabe auf ihn.

Das Leichenhemd des Ortenburgers war aus grobem Leinen – vielleicht hatte man auf die Schnelle nichts Besseres auftreiben können. Außerdem war es viel zu groß für den kleinen, dicken Mann. Als Friedrich den Stoff am Ausschnitt beiseiteschob, sah er die Wunde, die sorgfältig ausgewaschen worden war.

Er wusste zwar einiges über Waffen und ihre verheerende Wirkung – aber aus dem, was er hier sah, konnte er nur wenig schließen. Der Mörder hatte offenbar lediglich einen einzigen Stoß gegen den Ortenburger geführt, der zwischen den Rippen in den Brustkorb eingedrungen war und vermutlich direkt das Herz getroffen hatte. Der Ortenburger hatte keine Chance gehabt.

Die Wunde war nicht sonderlich groß. Vermutlich ein Dolch, dachte Friedrich. Für einen Schwertstreich war der Schnitt zu klein, und ihm fiel keine andere Waffe ein, die solche Wunden verursachte.

Behutsam legte er den Stoff wieder über die Wunde.

Neben dem Bett hatten die Kanonissen die Habseligkeiten des Ortenburgers fein zusammengelegt. Das Wams zerstochen und blutig, die Beinlinge und der Mantel verdreckt vom Donaustrand. Daneben die Dinge, die der Ortenburger bei sich getragen hatte: ein Geldbeutel, ein Dolch und ein weiterer Beutel, in dem der Graf allerhand aufbewahrt hatte.

Friedrich öffnete den Geldbeutel. Reichlich glänzende Münzen klimperten darin. Auch aus dem anderen Beutel schien, soweit er dies sehen konnte, nichts zu fehlen. Ein Schriftstück war darin, mehrmals gefaltet, bis es nur noch ein kleiner Klumpen Pergament war. Friedrich nahm es an sich und steckte es in den Beutel an seinem Gürtel.

Hier hatte er alles gesehen. Nun musste er wohl noch einmal zum Donauufer, hinüber zur Insel. Vermutlich hatte man Otto von Ortenburg dort aufgelauert und ihn ermordet. Aber warum war der Ortenburger überhaupt dort gewesen – und warum hatte jemand ihn ausgerechnet an jenem verlassenen Ort abgestochen wie Schlachtvieh?

»Du hast es natürlich schon gehört.«

Es war eine Feststellung, die Heinrich aus seinen Grübeleien riss. Er blickte von dem Weinbecher auf, den er mit beiden Händen krampfhaft umklammert hielt. Welf stand vor ihm, das grobe Hemd verschwitzt von der morgendlichen Schwertübung mit den Knappen. Er ließ es sich nicht nehmen, den Unterricht der Jungen persönlich zu überwachen und sie immer wieder im Zweikampf auf die Probe zu stellen.

»Was habe ich gehört?«

»Sie haben den Ortenburger aus der Donau gefischt. Jemand hat ihm übel mitgespielt. Jetzt liegt er tot und kalt in St. Emmeram und wartet auf seine letzte Ruhestätte.«

Heinrich korrigierte seinen Onkel nicht.

So schnell also reisten die Gerüchte, so schnell wurde eine Geschichte ausgeschmückt und mit allerlei Falschheit verziert, bis die Wahrheit darunter lag wie unter einem warmen Pelz. Heinrich fröstelte. Er hatte darum gebeten, den Kamin in der Stube anzufeuern, und ein Laienbruder des Klosters kümmerte sich darum. Doch das Holz war feucht, und dem Bruder gelang es nur, ein qualmendes Feuerchen zustande zu bringen, das immer wieder zu erlöschen drohte.

»Und, bist du jetzt zufrieden?« Welf setzte sich ihm gegenüber auf die Bank und winkte den Laienbruder heran, weil er durstig war. »Warum lässt du einheizen?«

»Mir war kalt.«

Heinrichs Finger schlossen sich um den Becher. Der heiße Würzwein wärmte ihn ebenso wenig, wie es das qualmende Feuer vermochte. Es war eine andere Kälte, die tief in ihm steckte.

Eine Kälte, deren Ursprung er kannte und zugleich fürchtete.

Es war der prüfende Blick Friedrichs gewesen, der ihn schaudern ließ. Am Donauufer, als sie beide neben der Leiche standen, da hatte Friedrich ihn angesehen, als wüsste er mehr. Als verheimlichte Heinrich ihm etwas. Ja, es schien, als wäre ihre Freundschaft in diesem Moment in sich zusammengefallen, reduziert auf die Tatsache, dass sie Vettern waren, die gemeinsam aufgewachsen waren. Mehr verband sie nicht mehr – nun, da der Ortenburger Graf tot und bleich zu ihren Füßen lag.

Friedrich verdächtigte ihn. Er sprach es nicht aus, aber tief im Herzen des Staufers war das Misstrauen gegen den Welfen erwacht.

Heinrich wagte nicht einmal, ein kleines, leises Gefühl von Freude zuzulassen. Ein Mensch war gestorben, ausgerechnet jener Mensch, der ihm in den letzten Tagen die meisten Steine in den Weg gelegt hatte. Nun war das Bündnis zwischen Ortenburgern und Staufern hinfällig und Agnes frei. Beides hätte ihn freudig stimmen können, und wäre nicht Friedrichs nachdenklicher Blick gewesen, vielleicht wäre es Heinrich möglich gewesen, sich ein wenig zu freuen. Oder zumindest hätte er Erleichterung verspüren können. Wie es Agnes wohl ging?

»Was wirst du jetzt tun?«

Heinrich wollte seine Ruhe haben. Aber Welf lehnte sich entspannt zurück, legte den Kopf an die Wand hinter sich und sah hinüber zum Kamin. Noch immer kämpfte der Laienbruder mit dem Feuer.

»Ich weiß nicht«, sagte Heinrich. Er trank den Würzwein zu schnell, sodass er ihm zu Kopf stieg, zumal er nichts gegessen hatte am Morgen. Es war vermutlich eine dumme Idee, in diesem Zustand einen Entschluss zu fassen.

»Du könntest dich an den neuen Ortenburger Grafen wenden. Hermann wird vielleicht eher bereit sein, mit dir ein Bündnis einzugehen. Wenn du schnell handelst, wirst du damit den Staufern zuvorkommen. Die sind ohnehin mit nichts anderem beschäftigt, als ihr eigenes Schicksal zu bejammern. Zwar bleibt ihnen noch das Ehebündnis mit der kleinen Vohburgerin, die Friedrich heiraten soll, aber die Ortenburger sind in meinen Augen der wichtigere Bündnispartner.«

»Was können wir ihm schon bieten?«, fragte Heinrich dumpf. Ach, sollte Welf sich doch um die Geschicke der Welfen kümmern, ihm war nun nach Schlaf zumute. Er stand auf, stürzte den letzten Wein herunter und wandte sich zum Gehen.

»Bleib hier!«, rief Welf, und Heinrich blieb zu seiner eigenen Überraschung stehen. »Was ist denn nur mit dir los? Du bist hierhergekommen, und dein Ziel war immer so deutlich, dass jeder argwöhnt, du könntest noch andere Pläne haben. Du willst Bayern, weil es uns gehört. Und hier ist deine Chance, um Bayern zu kämpfen. Doch was tust du? Verkriechen willst du dich, wie ein waidwundes Tier. Warum bist du hier?«

»Bayern«, flüsterte Heinrich. »Sie haben es uns gestohlen.«

»Gut, das weiß ich. Setz dich wieder, wir müssen darüber reden. Wir brauchen eine Taktik, um den neuen Ortenburger Grafen auf unsere Seite zu ziehen.«

Heinrich sank auf die Bank. Der Schlafmangel, der Würzwein … er riss sich zusammen. Es ging hier schließlich um sein Erbe!

»Ich sag' dir was, und ich hoffe, du weißt dieses Angebot zu schätzen.« Welf blickte Heinrich tief in die Augen. »Meine Elisabeth könnten wir ihm geben, das wäre ein mächtiges Heiratsbündnis, das er mit uns schmieden könnte.«

»Deine Tochter ist erst elf, oder nicht?«

»Zwölf ist sie geworden, im letzten Winter, und bisher habe ich sie keinem versprochen, weil sie meine einzige Tochter ist, und mein älteres Kind noch dazu. Nun, was denkst du?«

Heinrich wiegte den Kopf. Das Angebot war nicht schlecht. Doch war der Ortenburger es wert?

»Nun?« Welf gefiel wohl diese Idee, also nickte Heinrich, und sein Onkel hämmerte mit der Faust auf den Tisch, dass sein Becher in die Höhe sprang und der Würzwein herausschwappte.

»Dann ist es abgemachte Sache, und wir werden ihm meine Tochter anbieten. Etwas Besseres kann dem Ortenburger kaum passieren!«

Und dennoch wusste Heinrich, dass dieser Plan zum Scheitern verurteilt war. Er stand auf und stapfte entschlossen zur Tür.

»Wo willst du hin?«, fragte Welf.

»Ich werde den Ortenburgern kein Land bieten können, und ich habe keine Schwester, die wir ihnen mit einer üppigen Mitgift ins Bett legen könnten. Was bleibt da noch?« Er lachte bitter auf. »Behalt deine Elisabeth, sie ist zu wertvoll und verschenkt an diesen kleinköpfigen Grafen. Nein, das wird nichts, es sei denn, du hast noch ein Mädchen, das dir eine Kebse geboren hat, die könnten wir aus dem Kätnerhaus zerren, damit sie Hermann von Ortenburg im Winter das Bett wärmt. Doch selbst das würde nicht reichen. Wir haben ihm zu wenig zu bieten. Ich habe mit dem alten Ortenburger geredet, und er hat mir klargemacht, dass es keinen gemeinsamen Nenner gibt. Ortenburg und wir stehen nicht länger auf einer Seite. Glaub mir, das betrübt mich nicht, und auch der Tod des Ortenburgers dauert mich nicht sehr. Aber wenn wir eines Tages Bayern zurückerobern – und das werden wir –, dann wird sich der Ortenburger ärgern, weil er in dieser Sache auf die Bettelstaufer gesetzt hat.«

Er ließ seinen Onkel stehen. Es reichte ihm, er war müde. Sicher würde Friedrich schon bald hier auftauchen. Er würde ihm Fragen stellen. Ihn verdächtigen, dem Ortenburger den Dolch ins Herz gestoßen zu haben.

Für dieses Gespräch mit seinem klugen Vetter wollte er ausgeschlafen sein.

Der Laienbruder hatte das Holz endlich zum Brennen gebracht. Es qualmte kaum mehr und flackerte munter.

Kapitel 8

Als Friedrich auf die Donauinsel zurückkehrte, erlebte er eine Überraschung. Schon von Weitem sah er Dutzende Menschen, die herumliefen und sich immer wieder nach Steinen bückten, diese wegwarfen und weitersuchten. Manche wühlten auch wie irr im Schlamm direkt am Ufer, und hier und da erscholl ein triumphierendes Brüllen, dem sich alle zuwandten, als erwarteten sie, dass ein wertvoller Schatz geborgen würde.

Friedrich schwang sich aus dem Sattel und band sein Pferd an eine junge Weide. Was um alles in der Welt war hier los?

Niemand beachtete ihn.

»Vorsicht, Mann!«

Zwei vierschrötige Kerle schoben sich an Friedrich vorbei. Als Friedrich einen von ihnen am Ärmel des abgerissenen Kittels packte, fuhr dieser wütend zu ihm herum.

»Lass mich los, ich will auch das Blut des Grafen suchen!«

»Das Blut des Grafen?«, hakte Friedrich nach. »Was meinst du damit?«

»Lass mich los!«

Friedrich ließ den Mann los. Dieser verschränkte die Arme und musterte ihn von oben bis unten. Dann erst fiel ihm auf, mit wem er redete, denn seine Augen weiteten sich vor Überraschung. Sein Kumpan zupfte ihn nervös am schmutzigen Hemd.

»Ihr … seid Ihr …«

»Ich bin Herzog Friedrich von Hohenstauf, ja.« Friedrich hatte keine Zeit für diese Höflichkeiten. »Sagt mir, was ist hier los? Wonach suchen all diese Leute?«

»Herr, sie suchen nach dem Blut des Grafen. In der Stadt geht das Gerücht, er habe all sein Blut auf dieser Insel gelassen, und weil er unschuldig starb, hat sein Blut heilende Wirkung. Ein Tropfen genügt, um Kranke zu heilen.«

Darum also all die Menschen auf der Insel! So manche standen auch auf der Steinernen Brücke und riefen und winkten wild zu ihren Freunden herunter, die über die Insel stolperten. Sie waren wohl vom Katharinenspital herübergekommen, denn dort, nahe der Brücke, wurden die Siechen gepflegt.

Es war ein verrücktes Treiben. Die Menschen waren wie toll, sie stießen einander in den Dreck, wenn ihnen jemand im Weg stand, sie brüllten und schrien. Friedrich beobachtete, wie ein Mann einer jungen Frau einen Stein entriss. Sie heulte auf, sank auf die Knie und legte die Wange in den aufgewühlten Schlamm, als lauschte sie nach unhörbaren Botschaften tief unter der Erde.

»So geht das nicht.« Friedrich wandte sich um. Sein Fuchs, der in einiger Entfernung an der Weide festgebunden war, tänzelte unruhig. Das Tier war schlachterprobt, aber das hier wurde selbst ihm zu viel.

»Ihr müsst alle herunter von der Insel, ihr habt hier nichts zu suchen!«

Kaum jemand beachtete ihn. Nur die beiden Männer, die vor ihm standen, wagten einen Einwand.

»Herr, aber das Blut des Grafen …«

»Schluss!« Friedrich wusste, allein konnte er diesem wilden Wahnsinn keinen Einhalt gebieten. Er musste nach der Stadtwache schicken oder zumindest seine eigenen Männer rufen. Aber zugleich wollte er nicht von der Insel fort, denn er ahnte, bei seiner Rückkehr würde es nur noch schlimmer zugehen.

Zum Glück kam gerade ein Reitertrupp über den Steg. Friedrich hob den Arm und winkte den Männern, die direkt auf ihn zuhielten. Hermann von Ortenburg führte sie an.

»Herzog Friedrich, was sucht Ihr denn hier?«

Hermann von Ortenburg stützte sich auf den Sattel und blickte auf Friedrich herab. Ein spöttisches Grinsen konnte sich der Graf nicht verkneifen, so schien es. Mit einer Geste, die wirkte, als habe er sie oft genug geprobt, wischte er sich das fettige Haar aus den Augen.

»Habt Ihr etwa auch von der heilenden Wirkung des Bluts meines Vaters gehört?«

»Nein, dies war mir völlig neu, und darum überrascht mich auch, was ich hier sehe. Habt Ihr davon gehört?«

»Es ist eines der zahllosen Gerüchte, die in der Stadt aufgekommen sind, nachdem der feige Mord bekannt wurde. Wusstet Ihr, dass mein Vater ein Heiliger war? Andere wiederum behaupten, dass Gott ihn gestraft hat.« Hermann spie aus. »Ich ritt sofort hierher, weil ich nicht will, dass die Menschen hier herumschnüffeln.«

»Dann helft mir, die Menschen zur Vernunft zu bringen.«

Es war nicht leicht. Sie zeterten und schrien, manche bissen sogar um sich, als Hermanns Männer die Leute auseinandertrieben.

»Zum Steg! Zurück in die Stadt mit euch!«, brüllte Hermann von Ortenburg und zog sein Schwert.

Friedrich war für die Hilfe dankbar. Die Sturheit der Menschen, die auf dieser Insel ein Wunder erhofften, erforderte ein grobes Vorgehen. Zugleich aber war Friedrich skeptisch – doch kein Blut floss unter den Armen, die nur von ein paar geflüsterten Sätzen angelockt hierhergekommen waren, einen Funken Hoffnung im Herzen, dass ihre Leiden gelindert werden könnten. Sicher waren auch ein paar Scharlatane unter ihnen, die sich vom Blut des Grafen einen Gewinn erhofften. Sie machten die größten Schwierigkeiten, indem sie fluchten und den Männern Verwünschungen zuriefen, als sie zum Steg getrieben wurden.

»Was hat Euch hierhergelockt, wenn es nicht das Blut meines Vaters war?«, fragte Hermann, nachdem sie die Insel wieder für sich hatten.

»Der König gab mir den Auftrag, nach dem Mörder zu suchen.«

Hermann verschränkte die Arme.

»Das kann so schwer nicht sein. Sucht beim Welschen, er

hat in letzter Zeit mit meinem Vater so manches Mal gestritten.«

Friedrich horchte auf.

Sucht beim Welschen …

Das hörte er nun schon zum zweiten Mal.

»Wisst Ihr Genaueres?«

Hermann von Ortenburg schüttelte den Kopf. »Ich weiß nur, wie mein Vater über den Welfenherzog geflucht hat. Er vermisste seine Unterstützung, als es gegen die anderen bayerischen Grafen ging. Unsere Nachbarn haben uns zugesetzt. Immer wieder haben sie uns in Grenzscharmützel verwickelt. Einige unserer besten Männer ließen in diesem Kampf ihr Leben. Und der Welfe? Er forderte nur, verlangte unsere Unterstützung gegen Babenberger und Staufer. Aber mein Vater wollte nicht länger auf der falschen Seite stehen.«

»Darum hat er sich dem König angenähert.«

Hermann von Ortenburg nickte. »Und der König bot ihm das Mädchen an, um mit einem Heiratsbündnis diese neue Verbindung zu bekräftigen …« Hermann verstummte.

Fast war es Friedrich, als zögerte er – als wollte er mehr sagen und verkniff es sich.

»Nun, wie auch immer. Ich muss zurück in die Stadt; ein Begräbnis will geplant sein. Einige meiner Männer postiere ich am Steg, damit niemand die Insel betritt, solange Ihr hier zu tun habt.«

Mit einem letzten, knappen Nicken verabschiedete sich der Ortenburger. Nachdenklich blickte Friedrich ihm nach. Da war vieles in Bewegung. Wie ein spiegelglatt zugefrorener See, unter dessen Eisfläche die Fische hin und her schießen, so war auch hier so manches unter einer dicken Schicht aus Schweigen verborgen.

Friedrich beschloss, den Ortenburger später am Tag noch einmal aufzusuchen.

Nun war er auf der Insel allein, und auch von der Brücke waren die Siechen vertrieben. Er stand schweigend da, betrachtete die aufgewühlte Erde, die kleinen Häufchen Donaukiesel, die so mancher zusammengetragen hatte, bevor man ihn vertrieb.

Dann ging er unter der Brücke her auf die andere Seite. Hier lief die Insel wie eine schmale Landzunge aus, die sich der Strömung des Flusses entgegenschob, als könnte sie die Donau aufhalten.

Hierher war keiner der Glücksritter gekommen.

Und so war auch die Erde nicht aufgewühlt, und niemand hatte vor ihm finden können, was Friedrich nun aufblitzen sah zwischen dem blutbefleckten Gras und den Kieseln, die tatsächlich auch Spritzer und Flecken vom Blut des Grafen aufwiesen. Hätten die Menschen hier gesucht, sie wären fündig geworden.

Und Friedrich hätte den Dolch nicht gefunden, den der Mörder wohl nach seiner feigen Tat fortgeworfen hatte. Da lag er, ein Dolch mit fein ziseliertem Griff, einer blutbeschmierten Klinge und einem in den Knauf eingelassenen Amethysten. Friedrich hob den Dolch auf. Einen Dolch von so erlesener Qualität warf man nicht achtlos weg. Zudem es eine Waffe war, die selbst an der Tafel des Königs für Aufmerksamkeit sorgen würde. Das war nicht nur ein Hinweis auf den Mörder. Es war mehr als das: Der Mörder war nicht in den Lagern vor der Stadt zu suchen, unter all den armen Schluckern, die ihr Heil im Kreuzzug suchten.

Nein, er musste ihn in der Stadt suchen. Unter seinesgleichen.

Unwillkürlich dachte Friedrich an seinen Vetter Heinrich. Der Welfenherzog wäre eines solchen Dolches würdig, und ein so prunkvolles Stück würde zu ihm passen.

Such beim Welschen …

Friedrich bückte sich, zog die Klinge durch das Gras, bis nur noch wenige Blutschlieren daran hafteten. Dann sah er sich ein letztes Mal um, doch nichts wies darauf hin, dass hier ein Kampf stattgefunden hatte. Nur das Blut, das im mittäglichen Sonnenlicht langsam zu einer braunen Kruste trocknete, gemahnte an den Tod des Grafen.

Friedrich wandte sich ab.

Er wollte nach Stadtamhof reiten. Nun blieb ihm nichts anderes, als Heinrich zur Rede zu stellen, so sehr es ihm auch widerstrebte.

Der König ließ sie gehen, und erleichtert verließ Agnes den Raum. Sie wollte nur fort von hier, fort von diesem schrecklichen Ort, an dem jeder den Kopf von ihr wegdrehte und flüsterte. Sie war nicht die stolze Stauferin, für die Friedrich sie hielt. Hier, im Kreis all der Fremden, neben Kanzler, Bischöfen, Grafen und Rittern, die auf einen Fehltritt von ihr lauerten, hier war sie das junge Mädchen, das einst ins Kloster verbannt worden war, nachdem seine Mutter gestorben war.

Blind für die Blicke derer, die ihr misstrauten, stolperte sie aus dem Thronsaal. Im Vorraum warteten noch all die Bittsteller, denen sie vorgezogen worden war, und manch finsterer Blick traf sie auch hier, weil sie so lange beim König hatte bleiben dürfen, während andere in dringenden Angelegenheiten vorsprechen wollten.

Was konnte dringlicher sein als dieser Verdacht, der auf Heinrich fiel? Ihren Heinrich, den sie doch erst wenige Tage kannte, an dessen Seite sie das Morgengrauen ihres Hochzeitsmorgens erwartet hatte. Er sollte der Mörder sein. Und dann die Staufer, jeder Einzelne von ihnen, sie sah doch, wie sie bei diesem Gedanken alle wohlig erschauerten!

Nein, das konnte nicht sein. Sie wollte zu Heinrich, sie musste mit ihm reden.

»Agnes?«

Es war die hochgewachsene, kindliche Adela, die sich von der Wand löste und auf sie zueilte. Sie griff nach Agnes' Händen. Kalt und klamm waren Adelas Finger, und sie drückte so fest zu, dass Agnes einen kleinen Schmerzlaut ausstieß.

»Verzeih, ich wollte dir nicht wehtun, ach, Agnes …«

Tränen strömten über das Gesicht der jungen Frau, die

großen Taubenaugen füllten sich wieder und wieder mit Tränen.

»Es ist so schrecklich!«, schluchzte sie. »Den halben Morgen schon warte ich hier, weil ich zum König vorgelassen werden will.«

»Was willst du denn beim König?« Sanft löste Agnes ihre Hände aus der Umklammerung von Adelas Fingern.

»Es ist so schrecklich«, wiederholte Adela. Und dann weiteten sich ihre Augen, als würde ihr erst in diesem Moment bewusst, wer vor ihr stand.

»Aber für dich muss es ja noch viel schlimmer sein! Dein Bräutigam wurde ermordet, wie erträgst du nur diesen Schmerz? Was wird jetzt mit dir geschehen, wirst du ins Kloster zurückkehren? Wirst du den Rest deines Lebens für die Seele des Mannes beten, dessen Liebe du nie erfahren durftest?«

Wieder griff Adela nach Agnes' Hand, und diesmal ließ Agnes sie gewähren.

»Ich werde vorerst hierbleiben«, sagte Agnes. »Zumindest, bis der Mörder gefunden ist.«

Adela wurde blass. »Der Mörder? Was werden sie nur mit ihm tun?«

Agnes seufzte. Ja, man würde ihn bestrafen, entweder zum Tode verurteilen oder ächten. Ersteres schien ihr angesichts der schrecklichen Tat wahrscheinlicher. Aber das sagte sie lieber nicht laut. Adela machte auf sie den Eindruck, als vertrüge sie diese Wahrheit nicht. Fast schien es, als habe Adela Mitleid mit dem Mörder. Agnes wechselte lieber das Thema.

»Warum möchtest du zum König vorgelassen werden?«, wiederholte sie sanft ihre Frage. Doch Adela schüttelte so heftig den Kopf, dass ihr offenes Haar flog.

»Nein, das kann ich dir nicht sagen.« Sie kniff die Lippen zusammen und blickte beiseite. Sie ließ Agnes los und umfasste stattdessen mit den Händen ihre Ellenbogen, als müsste sie sich selbst halten.

»Du wirst schon deine Gründe haben.« Agnes drang

nicht weiter in Adela. Die Vohburgerin trat einen Schritt zurück.

»Wohin gehst du jetzt? Bleibst du in der Stadt? Lass mich nicht allein!« Adela griff nach Agnes' Handgelenk. »Ich brauche in dieser Zeit eine Freundin!«

Doch dann ließ sie los. Wieder flossen Tränen, sie wandte sich ab und barg das Gesicht in den Händen. »Ich kann dir keine Freundin sein in dieser schweren Zeit. Entschuldige! Du verlierst deinen Bräutigam, und ich …« Sie schluchzte.

»Ich werde jetzt ins Kloster zurückkehren und für meinen verstorbenen Bräutigam beten«, log Agnes. Denn das war das Letzte, was sie tun wollte. Sie wollte keinesfalls allein sein.

Sie suchte Antworten.

Ein letztes Nicken der Vohburgerin, die merkwürdig in sich gekehrt wirkte, dann entfernte Agnes sich. Im Hof traf sie auch Elisabeth, die Zofe von Adela. Als sie Agnes sah, eilte sie zu ihr.

»Habt Ihr mein Täubchen gesehen? Sie ist fortgelaufen, als wir gerade in der Stadt waren, überall habe ich schon nach ihr gesucht. Man hat mir gesagt, sie wäre hier …«

Agnes wies ihr den Weg. Elisabeth stammelte einen Dank, dann eilte sie mit gerafften Röcken davon. Agnes trat zu Ortrud.

»Mir scheint, heute sind alle Menschen von einer inneren Unruhe erfasst.«

»Ist das verwunderlich?«, fragte Ortrud.

Agnes schüttelte den Kopf. Nein, natürlich nicht.

Der Bote und die Berittenen, die Agnes auf dem Weg zur Pfalz begleitet hatten, waren verschwunden. Ein Stallbursche führte den Zelter und den lammfrommen Braunen, der für Ortrud bestimmt war, aus den königlichen Ställen. Es gelang Agnes schon ganz gut, sich in den Sattel zu ziehen, und nachdem sie ihre Röcke gerichtet hatte, nahm sie die Zügel auf. Der Graue reagierte auf ihren sanften Schenkeldruck.

»Wartet, Frau Agnes!«, jammerte Ortrud. Sie nahm die Hilfe des Stallburschen in Anspruch, der feixte. Ortrud riss, kaum dass sie im Sattel sicher saß, an den Zügeln. Der Braune protestierte und machte einen Satz, der Ortrud ordentlich durchschüttelte.

Agnes war, als könnte sie das erste Mal an diesem Tag lächeln.

»Dumme Mähre«, schimpfte Ortrud.

»Du wirst dich mit ihm schon arrangieren müssen. Ich will hinüber nach Stadtamhof.«

»Können wir da nicht zu Fuß hingehen?«, fragte Ortrud mit einem jämmerlichen Unterton. »Bitte, Frau Agnes, dieses Pferd mag mich nicht!«

»Komm jetzt.« Es war das erste Mal, dass sie Ortrud einen Befehl gab, wie es einer Dame edler Abstammung zustand. Ortrud fügte sich in ihr Schicksal. Trotzdem nahm Agnes Rücksicht, indem sie ihren Zelter in einem gemächlichen Schritt gehen ließ. Zwar konnte sie ihre Ungeduld kaum bezähmen, aber ein schnelleres Tempo war ohnehin nicht möglich. Die Straßen waren von Menschen verstopft, die nur widerwillig Platz für sie machten.

Agnes war froh um ihre Anonymität. Niemand kannte sie, und erst recht wusste niemand, dass sie an diesem Morgen ihre Zukunft verloren hatte – eine Zukunft allerdings, die sie nicht gewünscht hatte.

Dann war doch, so dachte sie, alles in die rechte Ordnung zurückgekehrt? Wenn sie nun den Kampf für Heinrich gewann und seine Unschuld beweisen konnte – ja, dann könnte sie ruhig sein und nach Frauenwörth zurückkehren – aber erst dann!

Kapitel 9

»Heinrich, mach auf!«

Friedrich hämmerte mit der Faust gegen die Tür der Kammer. Der Welfenherzog, so hatte man ihm gesagt, habe sich zur Ruhe begeben. Am hellichten Tag verkroch sich Heinrich wie ein kleines Kind im Bett und verschloss sogar seine Tür, damit niemand ihn störte!

»Heinrich, ich bin's! Friedrich!« Erneutes Hämmern, eine Kaskade von Schlägen ließ er auf die Tür prasseln. »Komm schon, ich muss mit dir reden!«

Endlich hörte er das Knirschen des Riegels, der zurückgeschoben wurde, dann öffnete sich die Tür einen Spaltbreit.

»Ich will aber nicht mit dir reden.« Verquollen und mit zusammengekniffenen Augen blickte Heinrich durch den Türspalt. »Was willst du?«

Friedrich legte die Hand an die Tür, wollte sie aufschieben, doch Heinrich blockierte sie von innen.

»Bist du gekommen, um mich als Mörder zu verdächtigen?«

Friedrich ließ die Hand sinken. »Sei nicht dumm, Heinrich. Ich will dir nur ein paar Fragen stellen.«

»Also verdächtigst auch du mich.«

Heinrich trat von der Tür zurück, wandte sich ab und stolperte zurück zu seinem Bett. Er warf sich auf die Matratze und zog die Decke über den Kopf. Friedrich betrat die Kammer, in der es muffig roch. Er ging zum Fenster, stieß die Läden auf und ließ die Sonne ein, die an diesem späten Maitag besonders kräftig schien.

Heinrich knurrte unwillig, als der Lärm hereindrang.

»Steh auf«, sagte Friedrich, trat an die Bettstatt und zog die Decke weg. »Komm.«

Einen Moment zögerte Heinrich, dann richtete er sich auf.

»Du benimmst dich wie ein Kind, nicht wie der mächtigste Herzog im Reich«, schalt Friedrich ihn.

»Was nützt mir das schon? Wahrscheinlich bist du hier, mir zu sagen, dass ich des Mordes am Ortenburger verdächtig bin.«

»Verdächtig, ja. Aber nicht verurteilt und ebenso wenig überführt.«

»Verurteilt hat mich die ganze vermaledeite Stadt am anderen Donauufer jetzt schon. Sie alle wissen genau, dass ich diesen feigen Mord beging. Sie flüstern und rufen es in jedem Winkel der Stadt. Ich hasse sie!«

»Und doch ist Regensburg genau jene Stadt, die du begehrst wie keine andere im Reich, und nicht nur die Stadt, auch das Herzogtum willst du an dich reißen.«

»Weil es mir gehört!«

»Warum bist du nach Regensburg gekommen?«, fragte Friedrich herausfordernd.

Heinrich schwieg verbissen. Dann stand er auf, schlüpfte in die Stiefel, richtete seine Kleidung, die er in der Zwischenzeit zum Glück gewechselt hatte. Das feine Wams vom Vorabend war einer einfachen Tunika, die farbenfrohen Beinlinge schlichten aus dunkelbraunem Stoff gewichen. Müde sah er aus, aber das war nach der durchwachten Nacht kein Wunder.

»Warum Regensburg? Was hat dich hierhergetrieben, gerade zu dieser Zeit, da der König auch hier ist und auf den Aufbruch ins Heilige Land wartet?« Friedrich ließ nicht locker.

»Das ist meine Sache.« Heinrich öffnete die Tür. »Ich habe Durst.«

Natürlich hatte Heinrich Durst. Was sonst? Er hatte immer Durst, und es hätte Friedrich gewundert, wenn es anders gewesen wäre. Er folgte dem Vetter die Treppe hinunter, linkerhand in die Stube, in der die Gäste des Klosters verköstigt wurden. Friedrich tastete unter der Tunika nach dem Dolch, den er dort verborgen hielt. Noch war nicht der richtige Zeitpunkt gekommen, Heinrich mit diesem Beweisstück zu konfrontieren.

Wenn er ehrlich war, glaubte er tief in seinem Herzen längst an Heinrichs Unschuld. Der junge Welfe hatte sich verliebt, aber darum beging er keinen Mord. Auch die Sehnsucht nach dem zweiten Herzogtum, das er rechtmäßig zu fordern glaubte, veranlasste ihn doch nicht, einen ehemals seiner Partei treu ergebenen Grafen zu ermorden. Jedoch, und das war es, was Friedrich vorsichtig bleiben ließ, wenn man beides zusammen nahm und vielleicht noch hinzurechnete, wie jung und ungestüm der Welfenherzog war, ja dann ergab sich vielleicht ein anderes Bild.

Er wollte vorsichtig sein. Er wollte vor allen Dingen nicht, dass der König ihm später Vorwürfe machte, weil er dem Welfen bedenkenlos vertraut hatte.

Such beim Welschen …

Die Stube war leer. Ein Laienbruder saß neben dem Kamin auf einem Schemel, lehnte sich an die verrußte Wand und hatte die Augen geschlossen. Beim Geräusch ihrer Schritte sprang er auf, blickte verwirrt umher und fragte sie, was sie wünschten.

Heinrich orderte für sie beide Würzwein.

Sie setzten sich, und dann zog Friedrich den Dolch hervor, in ein Tuch gewickelt legte er ihn auf den Tisch.

»Was ist das?«

Friedrich nickte auffordernd, und Heinrich schlug den Stoff zurück. Das Blut am Dolch glänzte im dämmrigen Licht der Stube beinahe schwarz.

»Ich fand ihn am Donauufer, dort, wo die Leiche lag, direkt am Wasser.«

»Ein schönes Stück.« Heinrich nahm den Dolch, drehte ihn, bis die Schneide aufblitzte, und blickte Friedrich darüber hinweg an.

»Du willst wissen, ob er mir gehört?«

Friedrich nickte.

»Ich wäre stolz, einen so wertvollen Dolch zu besitzen,

denn er ist eines Königs würdig. Aber nein, er gehört mir nicht, und ich habe ihn auch noch nie gesehen.«

»Dann weißt du genauso wenig wie ich.«

»Das Blut daran …«

»Ja. Es muss das Blut vom Grafen sein.« Rasch erzählte Friedrich, was sich auf der Insel abgespielt hatte. »Wäre der junge Ortenburger nicht hinzugekommen, weiß ich nicht, ob mir dieses wichtige Beweisstück nicht entgangen wäre. Wenn die Leute dort alles abgesucht hätten …«

Und dann berichtete Friedrich, er wusste nicht genau, warum, was die Kanonisse ihm erzählt hatte.

»Er starb also am Vorabend …«

Der Vetter wurde blass. Friedrich spürte sein Unbehagen, und er erkannte den Grund dafür. Hatten Heinrich und sein Schwesterchen doch die Nacht über an der Donau gesessen und einander von Liebe und Verzicht geflüstert. Hieß das nicht, sie hatten Glück gehabt, weil der Mörder zwischenzeitlich weitergezogen war?

Es hieß aber auch, dass der tote Ortenburger unweit jener Stelle gelegen hatte, wo Heinrich und Agnes saßen und sich der Mord wohl dort zugetragen hatte.

Wer mochte da noch an einen Zufall glauben?

Friedrich fröstelte.

»Ich bin nach dem Fest in St. Emmeram hinüber zum Stadttor gegangen, das nahe dem Steg liegt, unweit von Niedermünster. Du kennst die Pforte, am nächsten Morgen hast auch du dort die Stadt verlassen.« Heinrich blickte auf, seine Züge verhärteten sich.

Der Laienbruder brachte endlich den Würzwein und wischte mit einem Lappen über den sauberen Tisch. Seine Augen weiteten sich, als er den prachtvollen Dolch und das schwarz getrocknete Blut daran erblickte.

Friedrich räusperte sich, der Mann zuckte zusammen, murmelte Unverständliches vor sich hin und verschwand wieder.

Schnell wickelte Friedrich den Dolch wieder in das Tuch.

Wenn die Gerüchte auch in Stadtamhof so schnell trugen, würde er dieses Beweismittel nicht mehr lange geheim halten können. Er ärgerte sich über seine Unvorsichtigkeit.

»Der Wächter am Tor ließ sich leicht von mir bestechen, wenige Münzen genügten ihm, und er versprach, dein Schwesterchen aus der Stadt zu lassen, wenn sie kommt. Ich wartete auf dem Steg, wenige Schritte vom Tor entfernt auf sie. Und dann gingen wir zur Insel hinüber. Das war aber lange nach dem Fest. Ich blieb bis zuletzt, da war der Ortenburger schon längst verschwunden.«

Friedrichs Hand krampfte sich um den Becher. So war das gewesen, mit Agnes und Heinrich in der letzten Nacht. Wenn er ehrlich war, so genau hatte er es nicht wissen wollen, und es nun von Heinrich zu erfahren, der so freimütig berichtete, schmerzte ihn. Er fühlte sich hintergangen, von Heinrich, seinem besten Freund – und von Agnes, seiner Schwester.

Kannte er Agnes denn wirklich? War sie nicht nur ein Trugbild, das er sich anhand ihres gefälligen Äußeren von ihr gemacht hatte? Oder kroch sie mit jedem jungen Mann unter den Mantel, der ihr ein bisschen Wärme versprach?

»Du musst mir glauben, es war alles meine Schuld. Ich hätte sie nicht fragen dürfen, ob sie mich begleitet, aber ich habe es getan, weil ich sie bezaubernd fand und weil es mich dauerte, dass sie schon am nächsten Tag dem Ortenburger zur Rechten gegeben werden sollte. Ich dachte, uns bliebe nur diese Nacht. Aber keine Angst«, sagte Heinrich hastig. »Ich habe sie nicht angerührt.«

Friedrich beherrschte sich mühsam. Liebend gern hätte er Heinrich weitere Fragen gestellt, wollte wissen, ob sie einander geküsst hatten, ob seine Wut und Sorge in dieser Frage begründet waren oder nicht. Aber es ging nicht um Heinrich und Agnes, das war verglichen mit dem Mord ein geringes Problem.

»Du hast also nichts beobachtet, und es deutete nichts auf den Mord hin?«

»Ich hatte nur Augen für Agnes.«

Den Würzwein stürzte Heinrich hinunter, knallte den Becher auf die Tischplatte und blickte Friedrich herausfordernd an.

»Du sagst, er hat schon zu der Zeit dort gelegen, tot und starr. Wenige Schritte entfernt. Und jetzt denkst du, ich habe ihn dorthin bestellt nach dem Fest, habe mit ihm gestritten und von ihm verlangt, Agnes herauszugeben, sie für mich freizugeben. Und als er das nicht getan hat, habe ich den Dolch gezogen, den ich nie zuvor gesehen habe. Ich habe ihn erstochen, das glaubst du doch, nicht wahr?«

Friedrich erwiderte den Blick seines Vetters. Heinrichs Augen blitzten wütend, er erhob sich, nahm den Becher und schleuderte ihn fort. Er zerschellte neben dem Kamin, direkt über dem Schemel, auf dem der Laienbruder zuvor gesessen hatte.

»Du verdächtigst mich?!«, schrie Heinrich. »Du kommst hierher, ein paar Fragen willst du stellen, sagtest du, und ich glaubte dir. Dabei hast du dein Urteil schon längst gefällt, nicht wahr? Für dich bin ich der Mörder, weil ich einen guten Grund hatte. Und zwar Agnes, die du in diese Misere gebracht hast! Statt froh zu sein, dass irgendwer da draußen deinen Fehler bereinigt hat ...«

»Das stimmt nicht, verdammt!« Friedrich atmete tief durch. Dann sagt er, etwas ruhiger: »Ich gehe nur den Hinweisen nach, die sich mir bieten.«

»Mich verdächtigst du, obwohl du mich von allen am besten kennst. Nein, Friedrich. Ich weiß, ihr Staufer hasst mich, und du warst immer der Freund, der zu mir hielt, auch damals, als ihr gegen meinen Vater gezogen seid. Aber nie hast du mir etwas so Ungeheuerliches zugetraut.«

Friedrich hatte genug. Denn nun erst sah er, was der König mit seinem Befehl, der wie ein Angebot dahergekommen war, bezweckte. Er sollte nicht nur den Mörder suchen – beim Welschen, so waren doch die Worte des Königs gewesen –, sondern er sollte auch den Streit mit Heinrich suchen.

Der König war nicht dumm, auch wenn manche ihn schwach nannten. Nein, dumm war er nicht. Er hetzte ihn, Friedrich, gegen seinen besten Freund, und damit schaffte der König es, ohne selbst einen Finger zu rühren, Heinrich zu schwächen.

Ein geschickter Plan, das musste Friedrich zugeben. Durchaus wirksam. Aber jetzt, da er ihn durchschaut hatte, konnte er entsprechend handeln. Er war nicht das Werkzeug des Königs.

Friedrich stand auf.

»Ich glaube dir«, sagte er sanft. »Und ich will auch gar nicht mit dir streiten.«

Heinrichs Wut jedoch war bereits entfacht. Und so leicht ließ sich ein Welfe nicht besänftigen. »Glaub, was du willst, ich weiß nur, ich war es nicht, und ich habe auch dein Schwesterchen nicht angerührt, was ja deine größte Sorge zu sein scheint! Geh schon, ich will dich nicht mehr sehen, es widert mich an, wie ihr Staufer mich anfeindet, nur weil ich mein Recht fordere. Geh!«

»Heinrich, bitte. Im Streit können wir auseinandergehen, wenn du mir etwas vorzuwerfen hast. Weißt du, warum ich wirklich hier bin? Weißt du, warum ich diesen Auftrag des Königs angenommen habe, obwohl sich andere Männer danach drängten, den Mörder dingfest zu machen?«

Heinrich verschränkte die Arme vor der Brust.

»Es ist wegen Agnes«, sagte Friedrich leise. »Der König will so schnell es geht einen anderen Bräutigam für sie suchen. Noch vor dem Kreuzzug.«

Heinrich blickte auf. Finster, aber dennoch, etwas an ihm war wach und aufmerksam.

»Der König und ich sind einen Handel eingegangen«, fuhr Friedrich fort. Es fiel ihm schwer, das einzugestehen, ausgerechnet Heinrich gegenüber. »Wenn ich den Mörder finde, geht Agnes in meine Munt über.« Da war's heraus.

Heinrich sagte zunächst gar nichts. Stille senkte sich zwischen die beiden. Nur von draußen hörte man das Wiehern der Pferde im Innenhof, das Rufen der Menschen, sogar den Wind meinte Friedrich zu hören. Oder war es sein Blut, das ihm in den Ohren rauschte?

»Und wem wirst du Agnes geben, wenn es dir gelingt?«

»Ich weiß es nicht.«

»Ich hoffe, du wirst dann eine Entscheidung treffen, die sie nicht wieder unglücklich macht.«

»Ich will ihr Glück genauso wie du.«

»Ja, aber mir zur Rechten wirst du sie nicht geben, weil ich ein Welfe bin.«

Friedrich schloss kurz die Augen. Was sollte er darauf erwidern? Ein Kindskopf war Heinrich in seiner Verliebtheit, und unberechenbar. Nicht nur, dass er die Nacht mit Agnes am Donauufer verbracht hatte – schlimm genug! Jetzt verlangte er also auch noch, mit Agnes vermählt zu werden?

»Ist es dir ernst damit?«

»Sie ist ein Schatz, Friedrich. Das weißt du. Und ich wäre wohl der glücklichste Mensch auf Erden, wenn du dich entschließen könntest, sie mir zur Rechten zu geben.«

Eine Überlegung war es wert, das wusste Friedrich. Damit wäre der ärgste Feind des Königs Teil der Familie. Das löste zwar nicht alle Probleme, machte aber manches einfacher. So wie einst Friedrichs Mutter, die schwarzhaarige Judith, sich mit einem Staufer vermählt hatte, so könnte die kastanienrote Agnes den umgekehrten Weg beschreiten und für Ruhe im Reich sorgen, während der König und all die Edlen im fernen Outremer waren. Zwar gab es den Landfrieden für die Zeit der Abwesenheit, doch war dies ein brüchiges Bündnis, das allzu schnell an der Langeweile der Daheimgebliebenen zerschellen konnte. Zumal ja Heinrich und seine Adeligen aus dem Norden nur einen kurzen Weg hatten, wenn sie auf ihren Wendenkreuzzug gingen. Ebenso kurz war ihr Weg zurück, und was konnte während der jahrelangen Abwesenheit nicht alles passieren? Ein Kind saß derweil auf dem Thron und baumelte mit den kurzen Beinen …

»Nichts täte ich lieber, als sie dir zur Rechten zu geben, Heinrich.«

»Aber du meinst, es ginge nicht.«

»Gib mir Zeit, es zu überdenken.«

Heinrich blickte beiseite, seine Finger trommelten auf dem Tisch. »Mir bleibt ja nichts anderes übrig.« Als er aufblickte, lag in seinen Augen etwas Dunkles, das Friedrich kaum zu deuten vermochte.

Trotzdem atmete Friedrich auf. »Dann verstehen wir uns?«

Heinrich nickte. Er stand auf und geleitete Friedrich vor die Tür. Der Vetter wollte jetzt wohl allein sein, und ein wenig konnte Friedrich ihn verstehen.

Als er den Hof betrat und nach seinem Fuchs schicken ließ, sah er sie. Die Straße kam sie heraufgeritten, nur von ihrer Zofe begleitet.

Noch ein Kindskopf, dachte Friedrich. Was fiel ihr ein, allein von Regensburg herüberzureiten in diesen unruhigen Zeiten, da die Stadt brodelte? Er ging ihr entgegen, und als sie ihn sah, wurde auch ihr Gesicht finster, denn sie hatte wohl mit Schwierigkeiten gerechnet, aber nicht mit ihm.

Wie ähnlich sie Heinrich in diesem Moment sah!

»Du willst zu Heinrich?«, fragte er und trat ihr in den Weg. Er griff nach dem Zügel ihres Grauen.

»Und wenn?«, gab sie herausfordernd zurück und reckte das Kinn. Obwohl auch sie in der Nacht kaum Schlaf gefunden hatte – wenn er Heinrichs Schilderung Glauben schenkte –, wirkte ihr Gesicht nicht müde, nur eine große Traurigkeit lag in den hellen Augen. Die Haut war strahlend und klar, das Haar trug sie offen. Das Kleid betonte ihre Augenfarbe. Friedrich schluckte.

Sie war so schön!

Und sie war seine Schwester. Er sollte sie beschützen. Die Worte des Königs waren in dieser Hinsicht unmissverständlich gewesen. Nur wenn es Friedrich gelang, den Mörder zu finden, ging Agnes in seine Munt über. War dies nicht ein Ziel, für das zu kämpfen sich lohnte?

Aber lohnte es im Gegenzug, Heinrichs Freundschaft zu verlieren?

»Geh nicht zu ihm«, bat Friedrich.

Agnes zügelte ihr Pferd, blickte auf ihn herab und dachte nach.

»Nenn mir einen guten Grund«, sagte sie schließlich. Hinter ihr war nun auch Ortrud herangekommen.

»Es bringt ihn in Gefahr.«

Überraschung zeichnete sich auf Agnes' Gesicht ab.

»Ich werde es dir gerne erklären, aber nicht hier. Komm mit zur Königspfalz.«

Sie überlegte, doch dann schüttelte sie den Kopf.

»Ich kann nicht«, erklärte sie.

»Dann wird er erst recht verdächtig werden, den Grafen ermordet zu haben.«

»Heinrich? Aber er war die ganze Nacht bei mir!«

»Und aus genau diesem Grund wird er verdächtig sein. Glaub mir, Agnes. Es ist das Beste, wenn ihr in der nächsten Zeit nicht miteinander gesehen werdet.«

Ein letztes Mal blickte sie zum Kloster hinüber, in den Hof, wo jetzt Friedrichs Fuchs wartete. Sie dachte nach.

»Komm, Agnes.«

Friedrich griff nach den Zügeln ihres Zelters, und ohne auf ihre Proteste zu achten, führte er das Pferd vor das Tor. Er rief dem Stallburschen zu, ihm seinen Fuchs herauszubringen.

»Du kannst mich nicht Tag und Nacht bewachen, irgendwann musst du schlafen!«

»Du auch«, gab Friedrich ungerührt zurück. Ohne die Zügel des Grauen loszulassen, schwang er sich in den Sattel seines Fuchses, der schnaubte und am Zügel tänzelte. Seinem Pferd widerstrebte die Nähe des Grauen ebenso wie die von Agnes, die an den Zügeln zerrte. Doch Friedrich war unerbittlich.

»Du kommst mit! Es wird Zeit, dass ihr Kindsköpfe zur Vernunft kommt, ehe ich euch wieder zueinanderlasse.«

Kapitel 10

Kindsköpfe?

In Agnes kochte die Wut. Sie wünschte, Friedrich könnte ihre zornigen Blicke spüren. Am langen Zügel führte Friedrich den Grauen über die Steinerne Brücke, ungerührt und mit seinem so typischen Lächeln, das er denen schenkte, die ihm entgegenkamen. Wie erniedrigend! Sie fühlte sich wie eine Gefangene.

Ortrud, die ihren Braunen neben Agnes lenkte, versuchte, sie auf andere Gedanken zu bringen. Aber Agnes wollte sich nicht ablenken lassen. Einen Moment erwog sie sogar, einfach aus dem Sattel zu gleiten, im Getümmel unterzutauchen und zu hoffen, dass ihr die Flucht gelang. Doch sie ließ es; Friedrich hätte sie bestimmt wieder eingefangen.

Und wohin sollte sie auch gehen? Zu Heinrich, ja. Doch was, wenn Friedrich recht hatte und alle nur darauf warteten, Heinrich den Mord an ihrem Bräutigam anzuhängen? Agnes schauderte.

»Frau Agnes, wohin reiten wir? Ist es noch weit?«, jammerte Ortrud. »Ich will heim.«

Agnes biss die Zähne zusammen, um Ortrud nicht anzufahren. Heim wollte sie auch. »Wir reiten zur Pfalz«, sagte sie schließlich kurz.

Warum brachte Friedrich sie nicht direkt nach Niedermünster? Wieso dieser Umweg über die Pfalz? Zwar wusste sie, dass Friedrich dort Quartier genommen hatte, aber was sollte sie dort?

Dann fiel es ihr ein.

Graf Otto von Ortenburg hatte im Gästetrakt von St. Emmeram gewohnt. Pfalz und Kloster aber schmiegten sich aneinander und teilten sich den großen Platz vor beider Tore. Vermutlich hatte man seinen Leichnam dorthin gebracht … Agnes schluckte. Sie fühlte sich nicht bereit, einem

Toten zu begegnen. Ob Friedrich das von ihr verlangen würde?

Sie trieb den Zelter an, bis er auf einer Höhe mit Friedrichs Fuchs ging.

»Ist es wegen des Ortenburgers?«, fragte sie.

»Nicht nur.«

»Willst du, dass ich ihn …, dass ich bei ihm Totenwache halte?«

»Zunächst will ich, dass du mit mir in die Pfalz kommst. St. Emmeram kann warten, Agnes.«

Seine Worte beruhigten sie, und auch wieder nicht.

Sie erreichten die Pfalz. Friedrich wollte Agnes aus dem Sattel helfen und bot ihr seine Hände, doch sie ignorierte ihn, schwang das Bein über den Hals des Zelters und glitt an der rechten Seite aus dem Sattel. Sie kam unglücklich auf und verzog schmerzhaft das Gesicht, als sie mit dem Knöchel umknickte.

»Du hast den Stolz einer Stauferin.« Friedrich lächelte nachsichtig. Nur widerstrebend ließ sie sich von seiner Hand in die Räume des Klosters geleiten. Ortrud, die sich von einem Stallburschen aus dem Sattel helfen ließ, folgte eilig und hielt sich dicht hinter Friedrich und Agnes.

Agnes war ihrer Freundin dankbar, dass sie bei ihr blieb. Wenn nicht einmal Friedrich für sie da war, blieb ihr nur Ortrud. Einen Moment schien es ihr, als wäre sie besser dran gewesen, wenn sie an diesem Morgen den Ortenburger geheiratet hätte. Dann wäre sie wenigstens nicht allein gewesen.

Sie vertrieb diesen Gedanken. Unsinn! Sie war doch nicht allein, immerhin war Ortrud immer bei ihr und wich nicht von ihrer Seite, und …

»Du musst hierbleiben«, sagte Friedrich nicht unfreundlich zu Ortrud, ehe sie den Stall verließen. Er hielt einen Knappen an und bat ihn, sich Agnes' Zofe anzunehmen. Agnes blickte zu Ortrud zurück, die neben diesem hageren Gesellen mit strohigem Haar stand. Geh schon, schien Ortruds Blick zu sagen. Friedrich führte Agnes durch einen stillen Gang, in dem ihre Schritte laut hallten, zu seinen Räumen. Die Pfalz lag mittagsstill.

»Was soll das?«, schnappte Agnes, als Friedrich die Tür seiner Kammer sorgfältig hinter ihr verschloss. Er verharrte an der Tür, als lausche er. Draußen eilten Schritte vorbei, und durch die Tür konnten sie sogar das leise Rascheln von Kleidung hören, Mantelsäume wischten über den Steinboden. Waren da Stimmen? Die Schritte entfernten sich.

»Was ist los, Friedrich?«

Er schien beruhigt und kam zu Agnes herüber. Dann senkte er den Blick und nestelte am Beutel, den er am Gürtel trug.

»Kannst du lesen?«

»Natürlich kann ich das, es wurde mir im Kloster beigebracht …«

Friedrichs Augen wirkten sturmgrau und undurchdringlich, als er das gefaltete Pergament aus dem Beutel zog.

»Ich kann's nicht«, sagte er freimütig, »und ich brauch's auch nicht, weil immer genug Leute für mich da sind, die's mir abnehmen. Aber dies hier fand ich beim Toten, und ich kann es nicht irgendwem geben, damit er's mir vorliest, weil ich nicht weiß, wem ich trauen kann.«

»Und mir kannst du trauen, glaubst du?« So einfach wollte Agnes es ihm nicht machen. Zugleich aber kribbelte es sie in den Fingern, ihrem Bruder das Pergament zu entreißen und es zu lesen.

»Dir kann ich von allen noch am ehesten trauen«, sagte Friedrich. »Versteh doch, Agnes – du bist die letzten Jahre im Kloster gewesen und hast dort nichts mitbekommen von all dem Zwist zwischen Welfen und Staufern.«

»Und doch stehe ich schon nach wenigen Tagen zwischen diesen beiden Lagern.«

»Jeder steht zwischen diesen beiden Lagern und muss sich früher oder später für eine Seite entscheiden.« Friedrichs Stimme klang trotz der harten Worte gelassen.

»Und? Für welche Seite hast du dich entschieden?«, fragte Agnes herausfordernd. »Bist du mehr Staufer oder mehr Welfe?«

Friedrich lachte. »Ach Agnes ... Du hast ja recht. So einfach ist es nicht. Ich bin als Staufer geboren, Sohn einer Welfin, und mein bester Freund ist ausgerechnet der Herzog der Welfen. Ja, du hast wohl recht, ich könnte mich nicht zwischen beiden Seiten entscheiden, wenn ich es müsste.«

Agnes ließ die Worte einfach stehen, ohne etwas darauf zu sagen. Sie schlang die Hände um ihre Ellenbogen, als fröstele sie.

»Also willst du mir nicht helfen?«

Er hielt ihr das Pergament hin, und es schien ihr so verlockend wie alles, was man lesen konnte. Wusste er um ihre Schwäche? Agnes Tintenfinger, so war sie einst von Schwester Benedicta, der Büchermeisterin, genannt worden. Wie oft waren ihre Finger von der rötlichbraunen Dornenrindentinte benetzt gewesen, ehe sie lernte, die kostbare Tinte mit der Gänsefeder in zarten Buchstaben aufs Pergament zu bringen und weniger auf ihre Finger. Aber stets hatte die Büchermeisterin sie zärtlich für ihren Wissensdurst gescholten, der für ein Mädchen nicht normal sei.

Fast glaubte Agnes, den Geruch des Pergaments zu erschnuppern und dazu den sanften, frischen Duft von trocknender Tinte.

»Ich helfe dir«, sagte sie langsam. »Aber ich möchte etwas dafür.«

Friedrich ließ die Hand sinken. »Was willst du?«

»Lass mich mit dir nach dem Mörder suchen! Bitte, Friedrich. Es geht hier um mein Leben, und ich will alles dafür tun, damit du den Mörder findest. Ich halte mich von Heinrich fern, wie du es wünschst. Aber sie haben einen Menschen ermordet, und ich kann nicht tatenlos in Niedermünster sitzen und zu den Stundengebeten gehen, als wäre nichts passiert!«

Friedrich dachte nach.

»Versprich mir«, sagte er mit rauer Stimme, »versprich, dass du mir wirklich sagst, was dort steht.«

»Warum sollte ich dich anlügen?«

»Es könnte ein Schriftstück sein, das Heinrich belastet. Daher bitte ich dich – lüg mich nicht an.«

Agnes hielt Friedrichs Blick stand. Sie streckte die Hand aus. »Ich verspreche es.«

Er gab ihr das Pergament, und sie entfaltete es mit zitternden Fingern. Es war ein kleines Pergamentstück, die Schrift darauf in gleichmäßigen Buchstaben und mit dem tiefen Schwarz der Eisengallustinte gemalt. Agnes las, leise bewegten sich ihre Lippen mit jedem Wort, jedem Satz, jeder Zeile.

Dann ließ sie das Pergament sinken. Plötzlich spürte sie Tränen, die über ihre Wangen rannen. Und sie hielt sie nicht zurück.

»Was ist es?«, fragte Friedrich erstaunt. Er trat zu ihr, legte die Hand tröstend auf den weichen Stoff ihres Ärmels, und sie schüttelte ihn nicht ab, drehte sich nur von ihm fort und legte eine Hand über ihre Augen. Tief atmete sie durch. Die Welt drehte sich wieder.

Dann las sie laut, wenn auch mit zitternder Stimme:

»Die Frau begann zu weinen.
›Du reitest und lässt mich allein.
Wann willst du wieder her zu mir?
O weh, du nimmst mein Glück mit dir!‹«

Sie hielt Friedrich das Pergament hin. Es war zu viel für sie.

Es war ein Liebesgedicht. Hatte der Ortenburger es für sie in Auftrag gegeben? Oder hatte er es gar selbst verfasst? Letzteres konnte sie kaum glauben, aber schon der erste Gedanke rührte sie so sehr, dass sie es nicht zu fassen vermochte.

Wie hatte sie diesem Mann gegenüber je Groll hegen können? Er hatte sie heimführen wollen als sein angetrautes Weib, und wie es klang, hatte er sich alle Mühe geben wollen, sie zu einer glücklichen Frau zu machen.

Friedrich nahm das Pergament und blickte auf die Zeilen.

»Das ist alles?«, fragte er.

»Bitte, Friedrich … darf ich? Darf ich das Pergament haben?«

»Natürlich …« Zerstreut reichte Friedrich ihr das Pergament zurück. Er ging zum Fenster und blickte hinaus. Agnes trat hinter ihn. Sie streckte die Hand aus und legte sie auf seine Schulter.

»Was ist, Friedrich?«, fragte sie sanft.

Ihr Bruder schüttelte den Kopf. »Nichts.« So leise sprach er, dass Agnes ihn kaum verstand. »Ich kann mir nur keinen rechten Reim drauf machen.«

Agnes drang nicht weiter in ihn. Sie strich über seinen Oberarm, leicht nur, wie er vorhin seine Hand auf ihren Arm gelegt hatte. Er sollte spüren, dass sie für ihn da war. Sie war da und hörte ihm zu.

Doch Friedrich blieb stumm. Irgendwann zog Agnes ihn auf die gepolsterte Fensterbank, setzte sich neben ihn und ließ ihn grübeln. Was auch immer das Herz ihres Bruders schwer machte, sie wollte ihn nicht allein lassen.

»Was wirst du jetzt tun?«, fragte sie schließlich, als das Schweigen drohte, sie beide zu ersticken.

»Ich brauche deine Hilfe«, sagte Friedrich. »Du hast recht, allein vermag ich es nicht. Wem außer dir kann ich trauen? Wie soll das in den wenigen Tagen, bevor das Kreuzfahrerheer die Stadt verlässt, gelingen?«

»Ich helfe dir gerne«, sagte Agnes, ohne zu zögern. Denn das war es doch, was sie sich am meisten wünschte – ein Ende der Tatenlosigkeit und stattdessen eine Aufgabe, die sie vergessen ließ, was mit ihr geschah. Und zudem … wenn sie Erfolg hatten … Aber daran wollte sie sich nicht klammern. Zu viel Hoffnung tat ihr nicht gut.

»Gut. Dann machen wir es so. Ich werde nach den Menschen suchen, die gestern auf dem Fest waren. Du aber … Hat der Ortenburger diese Zeilen wohl selbst verfasst?«

»Konnte er schreiben?«, fragte Agnes zurück.

Friedrich zuckte mit den Schultern. Die wenigsten Adeligen konnten schreiben.

»Ich werde seinen Sohn fragen«, beschloss Agnes. »Er schien mir auf dem Ritt nach Regensburg durchaus offen und an mir interessiert. Und falls es nicht sein Vater war, begebe ich mich auf die Suche nach dem Verfasser dieser Zeilen.«

»Sehr gut, das ist sehr gut. Aber pass auf dich auf. Geh nie allein.«

»Ortrud kann mich begleiten.«

»Ortrud ist wohl kaum der Schutz, den ich mir für dich erhoffe. Nein, ich werde zwei meiner Männer zu deinem Schutz schicken, die dich überallhin begleiten.«

Friedrich wirkte wieder geschäftig, seine Worte duldeten keinen Widerspruch. Agnes jedoch konnte er damit nicht täuschen. Seine Bewegungen waren hastig, ließen aber den Schwung vermissen, der ihn sonst so lebendig wirken ließ. Er stand auf und ging zur Tür.

»Friedrich?«

Agnes ließ sich nicht beeindrucken. Es gab etwas, das ihr Bruder vor ihr verbergen wollte.

»Was betrübt dich so?«

Friedrich schüttelte den Kopf und lächelte müde.

»Es ist nur ein dummer Gedanke, sonst nichts. Weißt du, mir legen sie ein Mädchen ins Bett, das so reizlos ist. Dir schreibt ein Mann Gedichte, der dich glücklich machen wollte. Und ich will meine Braut gar nicht glücklich machen. Ich will nur …«

»Was willst du?«, fragte Agnes sanft, als Friedrich nicht weitersprach.

Aber da lachte er wieder. Er sah in ihr verdutztes Gesicht und gab ihr einen Nasenstüber.

»Ach, Schwesterchen, du glaubst aber auch alles. Nichts ist! Ein toter Mann hat dir Liebesgedichte geschrieben, das ist traurig und doch schön, nicht wahr?«

Nein, das war weder traurig noch schön. Agnes folgte

Friedrich, dessen Schritte jetzt wieder so beschwingt waren, als kenne er keinen Kummer. Sie steckte das Pergament in ihren Beutel.

Wo sollte sie anfangen?

Friedrich begleitete sie zu den Ställen. Als sie im Kreuzgang einem Mönch begegneten, verlangsamte Friedrich seine Schritte.

Der Mönch trug ein großes, silbernes Kreuz auf der Brust, und Agnes kam der Gedanke, dass er vielleicht der Abt sein könnte, als er sie auch schon ansprach.

»Seid Ihr nicht Frau Agnes, die dem Ortenburger versprochen war?«

Sie brachte nur ein Nicken zustande, blieb stehen, senkte den Kopf und knickste verlegen.

»Ich bin Abt Berthold von St. Emmeram.«

Der Abt nickte ihr zu und faltete die Hände vor der Brust. Er war klein und dürr, und seine Tonsur glänzte, als wäre er erst am Morgen frisch rasiert worden.

»Mein Kind, wir alle sind sehr betrübt über den Tod Eures Bräutigams. Nur wenige Stunden trennten Euch von der Eheschließung, ihr müsst untröstlich sein.«

Er glaubte, dass sie um den Ortenburger trauerte. Agnes blickte sich suchend nach Friedrich um, aber ihr Bruder war ihr diesmal keine Hilfe.

»Ich gehe schon mal vor«, sagte er. Seine Stimme klang so leise, beinahe ehrfürchtig. Agnes nickte abwesend und versuchte, den Worten des Abts die ihm gebührende Aufmerksamkeit zu schenken.

»Wollt Ihr in der Nacht die Totenwache in der Kapelle drüben in St. Emmeram begleiten?«

Agnes zögerte.

»Ich weiß nicht, ob ich mich dazu imstande sehe«, gestand sie schließlich.

»Wie Ihr wünscht. Aber Ihr seid jederzeit willkommen, zu uns zu kommen. Es tut manchem gut, sich von geliebten Menschen auf diese Art zu verabschieden.«

Er nickte noch einmal und ging weiter seines Weges.

Geliebte Menschen … Wie gerne hätte Agnes die Chance bekommen, diesen Menschen kennenzulernen. Sie war Witwe, ohne je verheiratet gewesen zu sein. Alle glaubten, sie müsse um den Mann trauern, den sie nicht hatte kennenlernen können, mit dem ihr nur zwei Begegnungen möglich gewesen waren.

Plötzlich fühlte sie sich einsam. Wen hatte sie schon in dieser Stadt?

Rasch fand Agnes den Weg zu den Ställen, doch Friedrich war bereits verschwunden. Ortrud stand zwischen dem Zelter und dem Braunen und wagte nicht, die Pferde zu streicheln. Ebenso wenig wagte sie, sich fortzubewegen. Immer wieder warf sie unruhige Blicke hierhin und dorthin, als lauerten überall Gefahren.

Agnes tastete nach dem Pergament in ihrer Tasche.

»Lass uns zurück nach Niedermünster reiten.«

Da erwachte Ortrud aus ihrer Starre und drückte Agnes die Zügel in die Hand.

»Lass uns heimgehen«, wiederholte Agnes.

»Ja, ich will lieber gehen«, erwiderte Ortrud. Und sie meinte es genau so. Nichts brachte sie dazu, noch einmal in den Sattel zu steigen, und Agnes gab ihre Überredungsversuche bald auf. Auch sie verzichtete aufs Reiten. So führten sie ihre Pferde durch die überfüllten Gassen zurück nach Niedermünster. Agnes war plötzlich erschöpft. Es war zu viel! Die schlaflose Nacht, der Mord und all die anderen Ereignisse machten sie schwach und müde. Sie sehnte sich danach, die Augen zu schließen und sich heimzuträumen.

Daheim … Das war Frauenwörth, dachte sie erstaunt.

Im Lager vor der Stadt, das wusste er, würde er die richtigen Leute finden. Jene, die ihm halfen, wenn er in Schwierigkeiten war. Und Heinrich war in Schwierigkeiten.

Doch der Bischof von Havelberg hatte ihn nicht allein ziehen lassen. Nein, das kleine Affengesicht ließ es sich nicht nehmen, mit ihm zu reiten. Heinrich strafte ihn dafür mit Schweigen. Ein Leichtes wäre es ihm gewesen, seinem Rappen die Fersen in die Flanken zu hauen und im fliegenden Galopp davonzujagen. Des Bischofs zahmer Gaul hätte kaum mithalten können. Zumal der Bischof schon in verzweifelte Ausrufe verfiel, wenn Heinrich eine schnellere Gangart anschlug.

»Was treibt Euch an diesem Abend ins Lager?«, fragte der Havelberger auch, kaum dass sie Stadtamhof hinter sich gelassen hatten. Heinrichs Rappe fiel in einen leichten Trab, und seufzend versetzte der Havelberger seiner braunen Stute ein paar ungeschickte Tritte, ehe sie zu Heinrichs Hengst aufschloss.

Wäre der Bischof nicht gewesen, Heinrich hätte diesen Ritt sogar genossen. Es gab vor der Stadt mehrere Lager – sie waren wild aus dem Boden geschossen, und mit jedem Tag wurden es mehr, da immer noch neue Menschen in die Stadt strömten und sich ein Kreuz aus zwei weißen Stofffetzen an ihre Kittel hefteten. Sie kampierten vor den Toren der Stadt, kauften die Märkte leer, trieben die Preise in die Höhe, beglückten die Hübschlerinnen, von denen selbst die Hässlichsten in diesen Tagen ihr Auskommen fanden.

Vor allem aber, und das war das Schlimmste, stritten sie untereinander. Schon jetzt wollten sie den Ruhm unter sich aufteilen, ihren Mut unter Beweis stellen. Und so mancher war für klingende Münze bereit, den Welfen einen Dienst zu erweisen.

»Komm ins Lager, es gibt Wichtiges zu besprechen.« Das hatte ein Bote ihm von Welf ausgerichtet, ein abgerissener Junge, der barfuß lief und sofort wieder davonflitzte, nachdem er die Nachricht überbracht hatte.

Für Heinrich also führte der nächste Weg hinaus vor die Stadt. Irgendwo dort draußen, zwischen den Zelten, den knatternden Wimpeln im frischen Maiwind und Menschenbündeln, die sich zu jeder Tageszeit im Schatten oder nachts im Mondlicht einrollten, um ihren Rausch auszuschlafen, wartete sein Onkel auf ihn. Was hatte Welf diesmal ausgeheckt? Welchen Plan hatte er ersonnen, um die Ortenburger auf die welfische Seite zu locken? Gab es da etwas, das es dem Grafen schmackhaft machen konnte, auf ihre Seite zu wechseln – und damit ihre Macht zu stärken gegen Babenberger und Staufer, gegen Friedrichs Onkel Heinrich Jasomirgott, den Halbbruder des Königs, der sich auf dem bockenden, rassigen Pferd namens Bayern fest im Sattel wähnte?

Schwer vorstellbar. Selbst für ihn, der im Kampf so manches zu geben bereit war.

»Ich habe eine Verabredung mit meinem Onkel«, sagte Heinrich also nur auf die Frage des Havelbergers.

»Hätte – hätte – euer – Onkel… Hätte er nicht – in die – die Stadt – kommen – können?« Sogar die Worte aus dem Mund des Bischofs hoppelten, während er sich am Sattel festhielt und die Zügel ihm durch die Finger glitten.

Wohl kaum.

Welf war in manchen Dingen anders. Schon früh hatte Heinrich einiges davon mitbekommen, aber verstanden hatte er es bis zum heutigen Tag nicht so richtig. Welf lebte mit dem gemeinen Volk zusammen. Er fühlte sich im Zeltlager vor der Stadt wohler als innerhalb der Mauern. Selbst Stadtamhof, das kleine Anhängsel auf der anderen Donauseite, das stolz seine Unabhängigkeit gegen das zehnfach übermächtige Regensburg verteidigte, war ihm zu eng.

»Unterm Sternenhimmel zu nächtigen, ist mir tausendmal lieber als unter einem steinernen Dach. Der Sternenhimmel kann mir im Schlaf nicht auf den Kopf stürzen.« So sprach Welf, und seine Männer schätzten ihn dafür. Welf hielt für Heinrich in Bayern die Stellung, und dazu gehörten Kriegszüge gegen die Staufer und ihre Parteigänger. Er wollte es nicht anders, für die große Politik, so sagte er gerne, taugte er weniger als ein »Erpel auf dem Klosterweiher«. Dieses Feld überließ er Heinrich, der nach vier Jahren auf diesem Terrain sicher wirkte, obwohl er damals, bei seinem ersten Auftritt, gerade mal vierzehn Sommer gezählt hatte.

Aber Heinrich hatte – dankbar, dass Welf ihm diese Freiheit ließ – schnell gelernt. Und eines hatte er auch verstanden. Auf Welf konnte er sich verlassen. Auch ihn erfasste oft genug die so häufig beschworene Welfenwut, doch konnte er damit besser umgehen als Heinrich. Er hieb in die Luft, während Heinrich die Faust gegen eine Steinwand hämmerte.

»Er wird seine Gründe haben«, sagte Heinrich knapp, und damit beendete er das Gespräch, trieb sein Pferd an und lachte leise, als der Bischof hinter ihm jammerte. Schließlich hatte er auch nicht den ganzen Tag Zeit, auf den Bischof zu warten.

Welfs Zelt stand umgeben von den Zelten seiner Männer am Rand des Lagers. Abgerissene Bauernlümmel lungerten am Zelteingang herum. Es hatte sich wohl herumgesprochen, dass Welf, so sehr er seiner Wut freien Lauf lassen konnte, ein guter Herr war, und wen er in seine Dienste aufnahm, der litt keinen Hunger. Doch was sollte ein Welfe mit Bauern und Kindern, denen noch nicht einmal der erste Flaum auf der Oberlippe spross?

Heinrich zügelte den Rappen vor dem Zelt. Ein Junge, der am Zelteingang kauerte, sprang auf. Seine schmutzige Hand streckte sich nach den Zügeln aus. Stumm blickten große Augen zu Heinrich auf, blau waren sie und leuchteten aus dem verdreckten Gesicht hervor.

»Lass mein Pferd los!« Heinrich sprang aus dem Sattel, riss dem Jungen die Zügel aus der Hand, der ängstlich zurückwich und die Arme vors Gesicht legte, als fürchtete er, mit dem Zügel verdroschen zu werden. Der Rappe schnaubte und tänzelte am Zügel.

»Das ist ein wertvolles Tier, verstehst du? Dieses Pferd wurde jahrelang ausgebildet, um in der Schlacht mit mir alles niederzureiten, was sich uns in den Weg stellt.«

Der Junge duckte sich, kauerte sich an die Zeltwand, und wäre das Zelt nicht fest im Boden verankert gewesen, er hätte wohl versucht, darunterzukriechen, um sich vor den harten Worten dieses Fremden in Sicherheit zu bringen.

»Bist du schwachsinnig? Scher dich fort, du Bauernbalg, geh zu deinen Brüdern, die dich mitgenommen haben. Glauben wohl alle, dass hier nur Krieg gespielt wird, was?«

Der Junge schüttelte stumm den Kopf.

»Gib dir keine Mühe. Der streunt den ganzen Tag schon hier herum und macht meine Leute verrückt.« Welf lachte gutmütig und trat zu Heinrich. Er hielt ein Stück helles Brot, von dem er abbiss, und kauend wies er mit dem Brot auf das Kind: »Stumm ist er, als hätten sie ihm die Zunge rausgeschnitten. Dabei hat er seine Zunge noch, und auch sonst sieht er ganz gesund aus, hat wohl kein Zuhause. Er schläft im Eingang meines Zeltes, ich kann ihn einfach nicht verjagen.«

Auch das war Welf. Der Krieger, dem die Kinder auf den Fersen blieben, weil sie auf kandierte Früchte hofften oder einfach auf ein gutes Wort. Warum auch immer – Kinder wussten, wie Welf wirklich war. Heinrich vergaß es manchmal beinahe. Das erinnerte ihn daran, dass er inzwischen ein erwachsener Mann war.

»Stumm, ja? Wer weiß, vielleicht beherrscht er unsere Sprache nicht.«

»Er versteht genau, was wir sagen.« Welf zuckte mit den Schultern. Es schien ihm auch gleich zu sein, was mit dem Knaben los war. Es gab zu viele herrenlose Kinder, die durch das Lager streunten. Keiner wusste, woher sie kamen und was auf dem Kreuzzug aus ihnen werden sollte. Der Junge senkte die Arme, blickte zu den beiden Männern auf und lächelte zaghaft. Welf warf ihm ein Stück von dem Brot zu, und der Junge fing es geschickt aus der Luft und lief so schnell und lautlos davon, als wäre er ein Luftgeist.

»Du wolltest mich sprechen?«

»Immer geschäftig, der Herr Heinrich. Möchtest du unter freiem Himmel reden, oder ist's dir lieber, wenn wir uns ein wenig zurückziehen?« Welf blickte hinüber zum Havelberger Bischof, der sich mühsam aus dem Sattel gewuchtet hatte und nun neben seinem Pferd stand.

Heinrich verzog das Gesicht.

»Keinen Schritt kann ich tun, ohne dass mir der Havelberger oder einer seiner Freunde auf den Fersen ist.«

»Sei doch froh, so hast du immer jemanden zum Beichten bei dir, wenn's dich überkommt.« Dröhnend war Welfs Lachen, er schlug Heinrich auf die Schulter, der zusammenfuhr, obwohl er an sich nicht sonderlich empfindlich war.

»Komm, in meinem Zelt haben wir Ruhe.«

Welf hatte sich ein Lager auf dem Boden eingerichtet, außerdem gab es eine Truhe und zwei Hocker, sonst nichts. Welf wies auf den zweiten Hocker, setzte sich und nahm sich einen Apfel aus der Schale auf der Truhe. Verschrumpelt und von Wurmstichen zerfressen war der Apfel, aber Welf biss unbekümmert hinein.

»Ich denke über den Ortenburger nach. Es muss doch einen Weg geben, ihn von seinen Verbündeten zu trennen.«

»Nun, dir wird wohl etwas eingefallen sein.«

»Tatsächlich ist mir eingefallen, dass der junge Wittelsbacher mir noch Geld schuldet, und zwar keine geringe Summe.«

»Du leihst den Wittelsbachern Geld? Ist das nicht den Juden vorbehalten?«

Welf lachte rau. »Den Juden und den mildtätigen Fürsten, die keinen Zins verlangen, es sei denn, der säumige Schuldner gerät in Verzug. Und in Verzug ist er mit seinen Zahlungen geraten, seit dem Winter warte ich auf mein Geld. Wenn er's mir nicht zu St. Johannis zurückzahlt – und das kann er nicht, dessen bin ich mir sicher –, wird er mir eine Strafgebühr obendrauf schuldig sein.«

»Aber was nützt uns der Wittelsbacher gegen den Ortenburger? Mit dem alten Ortenburger hätte ich es verhandeln können, ich hatte ihn schon halbwegs so weit.«

Welf biss erneut in den Apfel und beobachtete Heinrich. Er sagte nichts, und so fuhr Heinrich mehr zu sich selbst fort: »Der neue Ortenburger Graf und der Sohn des Wittelsbachers sind gute Freunde.«

»Und Vitus von Wittelsbach steht das Wasser bis zum Hals. Zumal er weder dem Vater noch seinen Brüdern von seiner Misere zu erzählen wagt.«

Heinrich nickte langsam. »Dann willst du ihm also die Schulden erlassen – wenn der Ortenburger dafür auf unsere Seite wechselt?«

»Wenn das mal genügt. Ich fürchte ja, da sind noch ganz andere Vereinbarungen hinter unserem Rücken getroffen worden. Heinrich, es sieht nicht gut aus für unser Bayern.«

Heinrich schaute zu Boden. Mein Bayern, dachte er plötzlich verbissen. Auf mich sollte es kommen nach dem Tod meiner Mutter, aber der Babenberger hat es mir gestohlen, weil er glaubte, einem Kind könne man ruhig nehmen, was ihm gehört. Und jetzt soll ich stillhalten und nicht kämpfen?

»Wir machen es so. Ich werde dem Wittelsbacher zunächst einmal einheizen und ihm anbieten, die Schuld zu erlassen. Dafür muss er mir aber ein Bündnis mit dem Ortenburger knüpfen, ob nun durch Heirat oder über andere Wege, das ist mir gleich. Du könntest dich zugleich auf dem Heiratsmarkt umschauen, wenn du schon mal hier bist, Heinrich. Das Alter hast du ja. Mach es deinem Vetter nach, der heiratet ja auch in Kürze. Bevor wir in den Krieg ziehen, sollte jeder von uns noch mal was Warmes im Bett haben. Wer weiß, wie lange wir's entbehren müssen.«

Er lachte. Heinrichs Faust ballte sich auf dem Knie. Sein Onkel hatte es leicht, mit seiner Uta hatte er es gut getroffen, und seine beiden Kinder waren wohlgeraten. Welf war zufrieden mit seinem Los, obwohl es auf Jahre nur Kampf für ihn bedeutet hatte. Ein sonniges Gemüt war da in die Reihen der Welfen hineingeboren worden, beinahe ein stauferisches wie das seines Vetters Friedrich.

Heinrich war den Vorschlägen, die Welf machte und die allesamt klug waren, nicht abgeneigt. Im Moment war das wohl das Einzige, was ihnen zu tun blieb. Sie mussten die Fühler ausstrecken, anderen Häusern etwas bieten, zugleich auch fordern und taktieren. Ein schweres Los für jemanden, dem die Welfenwut schon in die Wiege gelegt war. Für Welf jedoch wäre es ein Spiel.

Nur wollte Welf dieses Spiel mit den Großen des Reiches nicht selbst spielen. Er hatte Heinrich in die höfische Welt geschubst und blieb lieber in seinem Zelt, unter seinen Leuten.

Heinrich stand ziemlich allein zwischen den Großen des Reichs, aber er behauptete sich. Dabei wusste er selbst nicht, wie er's anstellte.

Nachdem sie besprochen hatten, wie vorzugehen war – viel Zeit blieb ihnen ja nicht, bevor das Kreuzfahrerheer aufbrach –, traten sie aus dem Zelt in die goldene Sonne des Spätnachmittags. Welf legte eine schwere Hand auf Heinrichs Schulter.

»Schau dir die Tochter des Zähringers an. Sie ist nicht allzu hässlich, und sie würde dir bestimmt so manches Kind gebären.«

Heinrich nickte ergeben. Was nützte es, dem Onkel zu sagen, dass es für ihn nur eine gab? Eine, die so fern war, dass er schon beinahe über seine Schwärmerei lachen konnte. Denn wenn sie ihm zur Rechten gegeben würde – und er würde sie zur Rechten nehmen, wenn Friedrich sie ihm gab, auch wenn sie ein Bankert war, das war ihm egal! –, dann gäbe es keinen Widerstreit mehr zwischen Welfen und Staufern, dann wären sie eine große Familie. Wie konnte Konrad dann noch gegen den Mann seiner Nichte Krieg führen?

Das stumme Kind hatte sich seinem Rappen wieder genähert, hatte ihn mit süßem Gras verführt. Wie weit der Junge wohl dafür gerannt war, denn rundherum war alles verwüstet von unzähligen Füßen, und der aufgewirbelte Staub verdreckte das Wenige, was noch stoppelig zurückblieb.

»Was wirst du mit dem Jungen machen?« Heinrich deutete mit dem Kopf auf ihn.

Welf kratzte sich am Kopf. »Auf die Jerusalemfahrt kann

er kaum mitkommen, er wird verloren gehen zwischen all den Bauern.«

»Da wird er nicht der Einzige sein, vermute ich«, sagte Heinrich leise.

Der Junge wandte ihnen den Rücken zu, aber Heinrich wusste, er lauschte.

»Vielleicht sollte ich ihn nach Stadtamhof mitnehmen. Dort hat er es im Stall wenigstens warm.«

Welf lachte ungläubig. »Hast auch du eine weiche Seite, Heinrich?«

Heinrich erstarrte. War er denn so hart, dass Welf ihm seine Mildtätigkeit nun als Weichheit auslegte? Dabei tat ihm der Junge nur leid, ob des ungewissen Schicksals, das ihm drohte, sobald das Heer sich in Bewegung setzte. Verloren gehen würde er, und wenn er dieses Kind davor bewahren konnte, warum nicht? Es schien ihm besser, eine kleine Seele zu retten, als gar nichts zu tun.

Er wandte sich von Welf ab und tippte dem Jungen auf die Schulter, der herumfuhr und aus schreckgeweiteten Augen zu ihm aufsah.

»Verstehst du, was ich sage?«

Der Junge nickte.

»Möchtest du mit mir nach Stadtamhof kommen und dich um mein Pferd kümmern? Ich könnte einen Burschen brauchen, der keine Angst hat vor ihm.«

Der Blick des Jungen ging zu Welf, dann zurück zu Heinrich. Dann nickte er, lächelte. Ein Schneidezahn fehlte ihm.

»Also gut. Du bekommst einen warmen Schlafplatz und genug zu essen.«

Heinrich nahm die Zügel seines Rappen. »Komm!«

Ein letztes Mal nickte er Welf zu, dann schwang er sich in den Sattel.

Der Bischof, der sich in der Zwischenzeit am Feuer mit Welfs Rittern unterhalten hatte, sprang auf. »Wartet, Herr Heinrich!« Hektisch stolperte er zu seinem eigenen Pferd. »So wartet doch!«

»Elender Stauferfreund«, murmelte Heinrich. Welf hatte es gehört. Er lachte.

»Sei doch froh, dass er bei dir ist und auf dich aufpasst. Er ist dein Zeuge, du tust nichts Unrechtes.« Ernster fügte er hinzu: »Lass von dir hören, wenn sich etwas tut. Ich werde es ebenso halten.«

Anselm von Havelberg hatte es geschafft, in den Sattel seines Pferdes zu klettern, jedoch hatte ihm der stumme Junge beispringen müssen, der nun die Zügel hielt. Das Pferd trat unruhig hin und her, es spürte die Unsicherheit seines Reiters.

»Kannst du schnell laufen?«, fragte Heinrich den Jungen. Dieser nickte.

Heinrich tauschte einen stummen Blick mit Welf. Warum nahm er den Knaben auf? Welf nickte dankbar, das war ihm Antwort genug.

»Also los«, befahl Heinrich knapp und wendete sein Pferd. Auf Schenkeldruck fiel der Rappe gehorsam in einen leichten Trab. Der Junge hielt sich dicht an der Flanke des Pferdes, derweil der Havelberger schon wieder im Takt jammerte.

Kapitel 11

Zunächst kehrten sie nach Niedermünster zurück. Agnes wollte die Äbtissin um Rat fragen, wo sie sich nach dem unbekannten Verfasser erkundigen konnte. Doch der Schlafmangel der letzten Nacht machte sich schmerzhaft bemerkbar. Kaum betrat sie die Kammer, da sank sie schon aufs Bett und schloss die Augen. Jetzt schlafen zu dürfen, die ganze Nacht, das stellte sie sich traumhaft vor. Die Sonne zeichnete lange Schatten in die Gassen, der Lärm schwoll an. Wem es an diesem heißen Maitag zu viel gewesen war, in der Mittagshitze unterwegs zu sein, der wagte sich jetzt hinaus. Der Himmel war so hell und grell, dass er sich beinahe farblos zum Horizont spannte. Agnes spürte ein leichtes Pochen hinter der Stirn. Das war sicher auch die Hitze. Sie beschloss, nur ein paar Minuten die Augen zu schließen …

Als sie aufwachte, war es fast schon dunkel. Agnes schreckte hoch. Ihr Herz schlug einen harten Rhythmus gegen die Rippen.

»Ortrud?«, flüsterte sie in die Dunkelheit.

»Ich bin hier.«

Sie sah den Schatten der Freundin. Auf der Fensterbank saß Ortrud, eine dunkle Silhouette gegen den Abendhimmel, der langsam nur sein nachtschwarzes Kleid anlegte.

»Ich habe geschlafen …«

»Du warst müde. Ich habe uns etwas zu essen kommen lassen.«

Das Talglicht auf dem Tisch flackerte leicht. Agnes stand auf, strich über ihr Kleid, das vom Schlaf zerknittert war. Ortrud erhob sich und trat an den Tisch. Sie goss etwas in den Becher, klapperte mit Geschirr. Agnes setzte sich an den Tisch. Ihre Augen gewöhnten sich an das Dämmerlicht.

»Und du?«, fragte sie, weil Ortrud sich abwandte und wieder ans Fenster trat.

»Ich hab schon gegessen.«

Agnes hatte keinen Hunger. Trotzdem nahm sie etwas von dem kalten Braten und vom hellen Brot. Sie aß schweigend.

»Leg dich wieder schlafen«, sagte Ortrud. »Ich bin auch schon müde.«

Obwohl sie sich noch immer nicht besser fühlte, schüttelte Agnes den Kopf. »Ich wollte doch noch ...«

Schließlich hatte sie es Friedrich versprochen.

Wo konnte sie nach dem Verfasser der Zeilen forschen? Die Äbtissin hatte sich bestimmt schon zur Ruhe begeben, und vor dem morgigen Tag konnte sie mit sonst niemandem sprechen, der ihr vielleicht weiterhelfen konnte. Agnes erinnerte sich wieder an das Gespräch mit Abt Berthold. Sicher würden die Söhne des Ortenburgers sich nun zur Nachtwache in der Kapelle von St. Emmeram versammeln.

Der Entschluss war schnell gefasst, und sie griff nach ihrem Mantel. Sie tastete prüfend nach dem Pergament, das gefaltet in ihrem Beutel ruhte. Sie lächelte wehmütig. Da hatte ein Mann, der ihr fremd war, jemanden gesucht, der für sie diese Zeilen verfasste. Darin fand sie plötzlich Trost, und ein wenig sehnte sie sich sogar danach, in der Stille einer Totenwache von dem Bräutigam Abschied zu nehmen, der nie ihr Mann geworden war.

Ortrud ließ sie nicht allein gehen, aber zugleich missfiel ihr dieser nächtliche Ausflug.

»Lass uns wenigstens nach einer Wache schicken«, flüsterte sie, als sie gemeinsam über den Innenhof zum Tor huschten.

»Nein.« Jetzt hatte Agnes ihren eigenen Kopf. Schlimm genug, dass Friedrich ihr gedroht hatte, zwei Männer zu ihrem Schutz abzustellen. War denn diese Stadt so gefährlich, dass sie nicht allein durch die nächtlichen Gassen spazieren konnte?

Die Schwester Portaria war noch wach, und als Agnes ihr vortrug, wohin sie gehen wollten, öffnete sie kommentarlos die Pforte. Agnes und Ortrud schlüpften ins Freie.

Die Stille in den Gassen war beinahe greifbar. Obwohl ein leichter Wind ging, stieg die frühsommerliche Hitze von den Wänden und dem Pflaster auf und nahm Agnes beinahe den Atem.

Sie erreichten St. Emmeram. Der Bruder Portarius ließ sie ein, und als Agnes flüsternd ihren Wunsch vortrug, nickte er.

»Der Ortenburger Graf ist in der Marienkapelle aufgebahrt«, sagte er mit normaler Stimme. Agnes zuckte zusammen, weil er in dieser Stille für ihre Ohren so unnatürlich laut sprach. »Ich zeige Euch den Weg.«

Als Ortrud und sie nun dem Mönch folgten, der ihnen voranschlurfte, hatte Agnes das Gefühl, in ein Labyrinth gesperrt zu werden, aus dem sie nicht mehr entkommen konnte. Wieder griff die Hand nach ihrem Beutel, prüfte, ob das wertvolle Pergament sicher darin verwahrt war.

»Hier ist es.« Ein letztes Mal nickte der Bruder Portarius, der Agnes wie ein Püppchen erschien, so zart und zerbrechlich, mit einem Kopf, der wie an einem losen Faden hing.

Durch die hohe Tür betraten sie die Kapelle. Agnes fühlte sich innerlich verstummen, die Stille in dem Raum legte sich wohltuend über sie und hüllte sie ein wie ein Mantel. Sie bekreuzigte sich, trat beiseite und sank im Schatten auf die Knie. Agnes spürte den harten Steinboden unter ihren Knien, aber es war kein Schmerz, nur ein Druck, den sie ertrug.

Erst jetzt wagte sie, den Blick zu heben.

Man hatte Graf Otto von Ortenburg vor dem Altar aufgebahrt. Außer einigen Mönchen war nur ein Knabe da, er mochte gerade das Mannesalter erreicht haben. Er kniete direkt vor der Bahre, die Hände verkrampft, seine geflüsterten Gebete stiegen zum Gewölbe auf. Das blonde Haar trug er im Nacken kurz. Verletzlich schimmerte die Haut darunter.

Hermann von Ortenburg war nicht da – ebenso wenig irgendein anderer Adeliger, keine weiteren Familienmitglieder. Niemand machte sich die Mühe, nach dem Ortenburger zu schauen. Agnes schluckte. War ihr Bräutigam so einsam gewesen, so unbeliebt? Hatte er so viele Feinde gehabt, keine Freunde?

Ein Geräusch an der Tür. Sie drehte sich um. Hermann von Ortenburg stand dort, er zögerte, dann bekreuzigte er sich hastig und eilte zur Bahre. Seine Hand krallte sich in die Schulter des knieenden Jungen.

»Komm, Otto«, sagte er grob.

Der Junge flüsterte weiter. Nur eine unwillige Bewegung seiner Schulter, als wollte er die Hand abschütteln, verriet, dass er um die Anwesenheit des anderen wusste.

»Komm schon! Du hast genug gebetet, das reicht!«

Jetzt fuhr der Junge zu Hermann von Ortenburg herum. Sein Gesicht ähnelte dem des Älteren, als wären sie aus einem Holz geschnitzt, in einem Haus geboren und aufgewachsen. Jedoch war das des Jüngeren noch ein wenig rundlich, hatte noch nicht die Weichheit eines Kindes verloren. Dennoch wirkte er ernsthafter.

»Willst du nicht auch die Nacht bei unserem Vater verbringen?« Seine Stimme klang dunkel, nicht die Spur kindlich.

»Lass die Mönche für ihn beten, das wird genügen.« Hektisch blickte Hermann von Ortenburg in die Runde, doch die Mönche reagierten nicht. Nur Agnes zuckte bei seinen Worten zusammen, die so ungeheuerlich waren. Fühlte sich Hermann von Ortenburg denn nicht der christlichen Kirche verpflichtet? Scheute er das Gebet?

Er hatte sie bemerkt. War es ihr Zusammenzucken? Jedenfalls blickte Hermann von Ortenburg zu ihr herüber, und plötzlich lächelte er.

»Sieh nur, die Braut unseres Vaters ist sich nicht zu fein, ihm die letzte Ehre zu erweisen. Du kannst ja mit ihr zusammen die Nacht hindurch beten, wenn dir das mehr Trost ist.«

Er lachte, stieß den Knaben an der Schulter, der diese Grobheit abschüttelte wie ein Welpe das Regenwasser, das ihm im Fell lästig ist. Der Jüngere versenkte sich wieder ins Gebet.

Hermann von Ortenburg näherte sich Agnes und Ortrud.

»Ihr hättet nicht herkommen brauchen«, sagte er.

»Ich habe es mir nun mal so ausgesucht«, erwiderte Agnes kühl. Sie erhob sich. Ihre Knie schmerzten nun doch, und sie war froh um diese Gelegenheit, die steifen Glieder zu strecken. »Zumal ich mit Euch sprechen wollte und gehofft habe, Euch hier zu treffen.«

Er wandte den Blick ab, als ertrüge er nicht, wie sie vor ihm stand und ihn anblickte.

»Dann kommt«, sagte er knapp. »Ich habe nicht die ganze Nacht Zeit.«

Agnes verkniff sich die Frage, was er denn noch vorhabe in dieser Nacht. Sein Vater war gestorben – gab es da Dringlicheres, als ihm diesen letzten Dienst zu erweisen und in den dunkelsten Stunden Wache bei ihm zu halten?

Agnes begleitete Hermann in den Vorraum der Marienkapelle. Niemand war dort, und es war ein wenig heller als in der Kapelle. Einige Talglichter sorgten für Licht.

»Mein Bruder wurde vom König damit betraut, den Mörder Eures Vaters zu finden.«

»Das ist reine Zeitverschwendung.« Hermann schnaubte. »Mein Vater hatte keine Feinde, wisst Ihr … er hielt mit jedem Frieden, so weit es ging. In dieser Sache war er vorbildlich und so manchem in diesem Reich überlegen.«

Agnes atmete tief durch.

»Und wo sind all die Freunde Eures Vaters in dieser Nacht? Warum ist niemand hier, um ihm die letzte Ehre zu erweisen?«

Hermann von Ortenburg nahm ihre Worte unbewegt auf.

»Ihr habt nicht gehört, was man über ihn redet, nicht wahr? Er war nicht mehr auf der welschen Seite, und man hatte ihn in den Kreis der Stauferfreunde noch nicht aufgenommen. Wer sollte da zu ihm kommen? Wenn mein Vater einen Fehler beging, war es wohl die Verlobung mit Euch. Plötzlich war er isoliert, und nur die Heirat mit Euch hätte ihn aus dieser Isolation befreit. Und jetzt«, seine

Stimme bebte vor unterdrückter Wut, »jetzt liegt er da, kalt und starr, und kann nicht wiedergutmachen, was er seiner Familie angetan hat. Mein Bruder und ich stehen ohne Partei da, und wenn wir von der Jerusalemfahrt zurückkehren, haben wir nichts außer der Gewissheit, dass unser Vater das falsche Pferd in den Stall geholt hat, denn es ist lahm.«

Agnes zuckte zurück.

»Und was hat Euch hierhergetrieben? War es die Einsamkeit in Eurem Bett?«

»Mein Bruder hat bei Eurem Vater ein Pergament gefunden.«

Sie griff in den Beutel an ihrem Gürtel und zog das gefaltete Pergament heraus. Sie reichte es Hermann, der es nur zögernd nahm. Seine Hand zitterte plötzlich.

»Ein Andenken meines Vaters?« Er entfaltete das Pergament.

»Lest selbst …« Gespannt beobachtete Agnes den Ortenburger, der das Pergament jedoch sinken ließ und es ihr entgegenstreckte.

»Lest Ihr«, sagte er barsch.

Agnes nahm das Pergament. Sie warf Hermann einen verstohlenen Blick zu. Wie er dastand, die Arme vor der Brust gekreuzt, breitbeinig und mit gerunzelter Stirn lauschte, jedes Wort aufzunehmen, das sie vorlas!

Nachdem sie geendet hatte, riss Hermann von Ortenburg ihr das Pergament aus der Hand.

»Wertloser Plunder!«, hatte er kurzerhand sein Urteil gefällt. »Was wollt Ihr damit beweisen?«

»Ich suche nach dem Verfasser dieser Zeilen«, sagte Agnes. »Oder war Euer Vater ein Dichter?«

Hermann von Ortenburg schüttelte den Kopf. »Er konnte nicht schreiben.«

»Aber kannte er einen Dichter, der ihm diese Zeilen geschrieben haben könnte?«

Er zuckte mit den Schultern. »Ich weiß es nicht«, gestand

er dann, schon wesentlich ruhiger. »Mein Vater hat mir nicht alles erzählt.«

»Ihr wolltet nicht die Totenwache halten«, sagte Agnes leise. »Gibt es dafür Gründe? Seid Ihr und Euer Vater einander fremd gewesen?«

Hermann starrte sie an. »Ihr seid neugierig, kleine Stauferin, und ich weiß gerade nicht, ob es mich amüsiert oder ob ich darüber ärgerlich werden soll. Schließlich will Euer Halbbruder doch Sorge tragen, dass der Mord gerächt wird. Was habt Ihr damit zu schaffen?« Er betonte das Wort »Halbbruder« so verächtlich, dass es Agnes wehtat.

»Friedrich ist mein Bruder«, erwiderte sie mit fester Stimme.

»Und, was nützt es Euch? Mit einem bayerischen Grafen wollte man Euch vermählen, obwohl Ihr eines Königs würdig wärt.« Hermann von Ortenburg spuckte aus. »Klar ist doch wohl: Ihr seid die Tochter einer dreckigen Magd, die dem einäugigen Friedrich in den Winternächten das Bett wärmte. Und solange sie das tat, war alles gut, und ihr Balg durfte unter der fürstlichen Tafel herumkriechen und sich mit den Hunden um die abgenagten Knochen streiten. Und als Eure Mutter starb, hatten sie nichts Eiligeres zu tun, als Euch ins Kloster abzuschieben. Bis Ihr nützlich sein konntet. Schade nur, dass Euer Nutzen begrenzt ist.«

Er näherte sich Agnes, tat zwei Schritte auf sie zu. Sie konnte seinen Atem spüren, der Geruch nach gewürztem Wein und Mundfäule ließ sie zurückweichen. Seine Stimme klang sanft, beinahe zärtlich.

»Und Ihr wolltet Euch gehorsam zur Schlachtbank führen lassen? Wusstet Ihr denn, wie mein Vater war? Habt Ihr gewusst, wie er mit seiner Familie umging? Spart Euch die Tränen, kleine Stauferin. Seid froh, dass Ihr ihm entkommen seid.«

Agnes taumelte. »Sagt nichts gegen meine Mutter«, flüsterte sie. Seine höhnischen Worte gruben sich in ihr Herz. »Ihr habt sie nicht gekannt.«

»Ich weiß genug über diese Frauen, die sich ihrem Burgherrn an den Hals werfen und deren einzig kluge Entscheidung fürs Leben ist, sich irgendwann von ihm schwängern zu lassen. Mein Vater war da nicht anders, und er hätte auch Euch so manche Kebse an die Tafel gesetzt.«

»Ihr müsst ihn gehasst haben«, brachte sie mühsam hervor.

»Ja, das habe ich wohl. Und? Ändert sich dadurch für Euch etwas? Vielleicht erzählt Ihr Eurem Halbbruder davon, er könnte ja glauben, dass ich es getan habe.«

Agnes' Stimme zitterte. »Habt Ihr …?«

Hermann blickte beiseite. »Ich wünschte, das hätte ich getan, und zwar schon viel früher. Es hätte auch Euch so manches erspart.«

Er wandte sich um und ging. Agnes starrte ihm nach. Wer sollte all das noch verstehen? Wenn Hermann von Ortenburg seinen Vater so sehr gehasst hatte, dass er nicht einmal jetzt damit hinterm Berg hielt – war er dann verdächtig oder einfach nur ehrlich?

»Was ist mit Eurem Bruder?«, rief sie hinter ihm her. »Warum kann Euer Bruder aufrichtig um ihn trauern?«

Aber sie erhielt keine Antwort. Der Ortenburger war fort.

Agnes kehrte in die Kapelle zurück. Ortrud blickte kurz auf, als sie neben der Freundin niederkniete und die Röcke ordnete, aber sie sagte nichts. Sie blieben, und die Nacht verstrich quälend langsam. Immer wieder blickte Agnes auf. Der Rücken des Jungen – gerade durchgedrückt – wich keinen Moment, wankte nicht in dieser langen Nacht. Ihr Rücken und ihre Knie schmerzten, und immer wieder versuchte sie vergeblich, sich in eine bequemere Position zu bringen.

Zwischen Nacht und Morgen fiel es Agnes immer schwerer, die Augen offenzuhalten. Die zweite Nacht in Folge, in der sie keinen Schlaf fand … Sie stand langsam auf und ging zu dem Jungen. Sanft berührte sie seine Schulter, und er schrak zusammen.

»Wart Ihr die ganze Nacht hier?«, fragte er.

Agnes nickte still.

»Ihr seid die Braut meines Vaters, nicht wahr?« Prüfend war sein Blick, aber keineswegs unangenehm. Er stand auf, und seine Bewegung war so geschmeidig, als wäre dies eine ihm absolut vertraute Bewegung.

»Ich hatte kaum Gelegenheit, Euren Vater kennenzulernen«, sagte Agnes leise.

»Kommt«, sagte der junge Ortenburger. Er wies hinaus zum Vorraum, wo eine schlichte Holzbank stand. Sie setzten sich. Es war eine ungewohnte Art der Totenwache für Agnes. Sie hatte schon so manches Mal im Kloster erlebt, wie es zuging, wenn eine der Ihren von ihnen ging. Auch an einer Totenwache im Dorf am Seeufer hatte sie im letzten Herbst teilgenommen und war von der familiären Atmosphäre gerührt gewesen. Jeder hatte Geschichten erzählt, persönliche Erlebnisse, die er mit dem Verstorbenen verband. Hier erzählte niemand Geschichten. Hier war nur der jüngere Sohn des Verstorbenen.

»Mein Vater war ein guter Mensch«, sagte der junge Otto leise. »Was auch immer mein Bruder Euch erzählt hat …«

»Erzählt mir von Eurem Vater.«

»Das wird Euch kaum interessieren.« Als Agnes schwieg, fuhr der Junge zögernd fort. »Er hat mich das Reiten gelehrt und den Umgang mit dem Bogen. Meine Stunden mit dem Waffenmeister hat er manches Mal beobachtet. Und wir maßen uns im spielerischen Schwertkampf, als ich noch ein Kind war und ihn mit meinem Holzschwert besiegen wollte. – Er war mir ein guter Vater.«

Sie fragte nicht, aber er fuhr nach einer kurzen Pause fort: »Meinem Bruder war er kein guter Vater. Er hat ihn fortgeschickt, viel zu früh, und obwohl es doch richtig ist, den Sohn bei einem anderen Ritter ausbilden zu lassen, hat mein Bruder es ihm nie verziehen. Als er heimkam, war er ein anderer. Er wandte sich von unserer Familie ab, war ein Fremder. Ständig stritten sie sich, und die Luft zwischen ihnen schien von unterdrücktem Hass zu brennen. Ich weiß nicht, was zwischen ihnen vorgefallen ist, aber ich weiß, sie waren einander nicht gut.«

Er warf Agnes einen knappen Seitenblick zu. »Dass mein Vater Euch zur Frau nehmen wollte … das hat meinen Bruder auch erzürnt. Aber es war merkwürdig. Er kam von Frauenchiemsee und brachte Euch hierher, nach Regensburg. Und plötzlich waren mein Vater und mein Bruder wieder bereit, miteinander zu sprechen. Sie haben sich in den letzten Tagen versöhnt, glaube ich.«

Agnes hörte zu. Mehr konnte sie kaum tun. Hatte sie wirklich geglaubt, sich diesem toten Fremden irgendwie nähern zu können? Zwei Männer entwarfen ein Bild von ihrem gemeinsamen Vater. Zwei Seiten eines Menschen, als hätte jemand eine Münze geworfen, die sich drehte. Welche Seite oben landete und sich Agnes zeigte, wusste sie nicht. Welche sich vor ihr verbarg … gab es etwa noch weitere Seiten an Otto von Ortenburg?

Der junge Ortenburger hatte alles gesagt. Seine Hände ballten sich in seinem Schoß, während er die Worte unterdrückte, die er Agnes nicht zumuten wollte. Sie stand auf, legte tröstend eine Hand auf seine Schulter. Seine Augen schienen so dunkel im Dämmerlicht des Vorraums, das langsam vom Morgengrauen vertrieben wurde. Sie kehrten in die Kapelle zurück. Ein Mönch hatte sich darangemacht, die wertvollen Kerzen, die in den Wandhaltern steckten, zu löschen. Ein neuer Tag brach an.

»Zieht Ihr mit nach Jerusalem?«

Er blickte zu ihr auf und nickte. Endlich weinte er, das Kind, das er noch war, das er so tapfer verborgen hielt hinter der dunklen Stimme und den breiten Schultern. Das Kind, das in seinen Gesichtszügen langsam einschlief.

»Aber wie geht es dann mit uns weiter?«, fragte er.

»Euer Bruder wird wissen, was zu tun ist. Er ist nun der neue Graf von Ortenburg. Der König wird die Rechte Eurer Familie bestätigen, und Ihr werdet bei Eurer Heimkehr alles zum Besten bestellt vorfinden«, versprach sie ihm.

Aber was wusste sie schon von der Reichspolitik ihres Onkels? Der junge Ortenburger war vermutlich genauso Teil eines großen, politischen Plans wie sie.

»Lasst es gut sein«, sagte der Junge. »Ich bin Euch dankbar, dass Ihr diese Nacht hier wart.«

»Das wenigstens wollte ich für ihn tun.«

So gingen sie auseinander. Ortrud, die vor Müdigkeit auf dem Steinboden zusammengesunken war, schrak hoch, als sie Agnes' Schritte hörte, und rappelte sich hastig auf.

»Lass uns schlafen gehen«, sagte Agnes. Sie verließen die Kapelle ohne Blick zurück. Agnes hatte in dieser Nacht mehr erfahren, als ihr recht war.

Doch von wem das geheimnisvolle Pergament verfasst worden war, wusste sie noch immer nicht.

Kapitel 12

Der Mann vor ihm zählte noch keine zwanzig Sommer, und seine breiten Schultern waren nach vorne gesackt, als trügen sie eine schwere Last. Das Haar war von einem satten Goldbraun, um das ihn wohl jede Frau in der Stadt beneidete, und er hatte große Hände, die offenbar zupacken konnten. Jetzt verkrampften sie sich um einen Becher Wein, während Friedrich sein Gegenüber in aller Ruhe musterte.

Vitus von Wittelsbach war nicht schön. Einzig das Haar war reizvoll an dem Hünen, dem sein Körper scheinbar zu groß war. Als wäre er nicht ganz hineingewachsen, dachte Friedrich.

Babo von Regensburg hatte dafür gesorgt, dass viele Gäste des Festes schon vorab dazu befragt wurden, wann sie den Grafen von Ortenburg zuletzt gesehen hatten. Viele hatten einhellig berichtet, ihn zuletzt im Festsaal gesehen zu haben. Nur die wenigen, die anderes oder zumindest Außergewöhnliches berichteten, hatte Babo für den nächsten Morgen erneut einbestellt, damit Friedrich sie befragen konnte.

Diese Befragung war jedoch eine Enttäuschung gewesen.

Nur Vitus von Wittelsbach hatte gefehlt, obwohl er am Vortag noch groß getönt hatte, er wüsste vieles, das die Schuldfrage klären könnte. Also hatte Friedrich sich nach einem kurzen Imbiss mittags auf den Weg gemacht, den Wittelsbacher zu suchen. Er fand ihn in einer Schenke nahe dem Hafen, wo er Münzen auf den Tisch warf und schrie, man solle Wein für alle ausschenken, er könne zahlen. Beim Würfeln hatte er wohl schon eine beträchtliche Summe verloren, denn als Friedrich an den Tisch trat, sammelten zwielichtige Gestalten hastig das Geklimper zusammen und verzogen sich mit einem Weinkrug in eine finstere Ecke. Vitus aber wurde blass, als er Friedrich sah.

»Wir sollten uns unterhalten.«

»Ich habe nichts Unrechtes getan.«

Friedrich setzte sich auf einen Schemel und winkte dem Schankmädchen, ihnen Wein zu bringen – »vom Besten!«, fügte er hinzu.

»Ihr wart auf dem Fest des Ortenburgers vor zwei Tagen?«, begann Friedrich an Vitus gewandt das Gespräch. »Der Burggraf hat es mir erzählt und meinte, Ihr wüsstet einiges Interessantes zu berichten.«

»Ich war dort.« Der Grafensohn entspannte sich.

»Habt Ihr an diesem Abend mit dem Ortenburger gesprochen?«

Hektisch ging Vitus' Blick hin und her, bis er verharrte und über Friedrichs linke Schulter hinweg an die Wand hinter ihm starrte. Es brauchte einen Moment, ehe Friedrich erkannte, dass Vitus wohl unter einem Augenfehler litt, der ihn über Kreuz schauen ließ, denn das andere Auge sah ihn konzentriert an.

»Bereits am Nachmittag hat er sich mit mir getroffen. Wir hatten wichtige Dinge zu besprechen.«

Er plusterte sich auf wie eine Henne, die über »wichtigen Dingen« brütet.

»Welcher Art waren denn diese ›wichtigen Dinge‹?«, fragte Friedrich. Er hatte an diesem Morgen schon genug von wichtigen Dingen gehört, die man angeblich mit dem Ortenburger besprochen hatte. Meist handelte es sich um Versprechungen, die Otto von Ortenburg gemacht hatte. Friedrich hatte sich Geschichten über Landtausch, Eheversprechen, Strafzahlungen und ähnliche Händel in Ruhe angehört und schickte die meisten anschließend zu Burggraf Babo. Sollte der sich damit herumschlagen, dass die meisten ihn nur angeflunkert hatten, weil sie sich einen Vorteil davon erhofften. Wer rechtmäßige Ansprüche hatte, würde sich an den neuen Grafen wenden.

Doch was Vitus von Wittelsbach zu erzählen hatte, interessierte Friedrich, und das nicht zuletzt, weil er nicht aufgetaucht war, wie er es mit Babo von Regensburg verabredet hatte.

»Private Dinge«, sagte Vitus ausweichend. Das Schankmädchen brachte einen Krug nebst Becher, und als sie sich über den Tisch beugte und den beiden dabei ihren üppigen Busen präsentierte, grinste Vitus.

»Das ist eine feine Hügellandschaft, die du da hast, die würd' ich mir gerne genauer anschauen.«

»Da müsst Ihr aber erst Eure fällige Schuld bei meinem Vater zahlen«, gab das kräftige Mädchen zurück. Sie schenkte Friedrich ein lückenhaftes Lächeln und ging mit wiegenden Hüften zum Schanktisch zurück. Vitus starrte ihr begeistert nach und konnte von ihrer schadhaften Üppigkeit gar nicht genug bekommen. Sie hinkte, wie Friedrich auffiel, aber auch das schien Vitus wenig zu stören.

»Private Dinge?«, hakte Friedrich nach. Er goss sich vom Wein ein und schnupperte vorsichtig am Becher. Wenn das der beste Tropfen war, den es in dieser Hafenschenke gab … aber vermutlich schenkte man hier ohnehin nur einen Wein aus, ob es nun ein guter Tropfen sein sollte oder ein billiger. Sauer war er allemal, und als Friedrich einen kräftigen Schluck nahm, zog sich ihm im Mund alles zusammen. Der Wein hatte im letzten Sommer wohl zu wenig Sonne gesehen.

»Was man eben so redet. Mein Vater und der Graf von Ortenburg sind seit Langem Weggefährten und haben schon so manches Scharmützel mit der Babenberger Partei erfolgreich ausgefochten.«

Und was machst du hier, Vitus Breitschulter? Wird das auch ein Scharmützel? Irgendwas verbirgst du doch hinter deinen Worten.

»Eines gab es allerdings, was mir auffiel«, sagte Vitus von Wittelsbach langsam. »Als ich den Ortenburger nach seiner Hochzeit fragte, schien er seltsam erregt.« Er blickte zu Friedrich hoch, ehe er den Blick wieder auf den Becher in seinen Händen senkte. »Ich meine nicht, wie ein Mann erregt ist, der sich freut, etwas so Ansehnliches zu bekommen, das ihm des Nachts das Lager warm hält und bei Tage hübsch anzusehen ist. Es war eine Aufgeregtheit, als hätte ihm jemand großen Ärger bereitet. Und als ich ihn fragte, wollte er nicht so recht mit der Sprache herausrücken, und ich drang nicht weiter in ihn. Wir sprachen dann noch über eine finanzielle Angelegenheit, die er zu meinen Gunsten zu regeln versprach.«

Friedrich konnte mühsam ein Augenverdrehen unterdrücken.

»Er schuldete Euch Geld?«, fragte er. Noch ein Bettler, der es nur geschickter anstellte.

Vitus winkte ab. »Nicht der Rede wert, ich werde mich an seinen Sohn halten, was das angeht. Hermann und ich sind Freunde, seit er einst als Knappe an den Hof meines Vaters kam. Wir empfingen gemeinsam die Schwertleite. – Nun, als wir uns voneinander verabschiedeten, weil er Vorbereitungen für das Fest zu treffen hatte, da erzählte er mir, er habe sich gestritten.«

Friedrich horchte auf. Der Wittelsbacher beugte sich vor und senkte die Stimme, sodass auch Friedrich sich über den Tisch beugen musste, um bei dem Lärmen der anderen Gäste zu verstehen, was Vitus sagte.

»Der Welfe war's, der ihm aufgelauert hatte, am selben Tag hatten sie sich getroffen. Unten am Donauufer, auf der Insel zwischen Regensburg und Stadtamhof. Dorthin hatte der Welfenherzog ihn wohl bestellt, und sie stritten sich erbittert um des Ortenburgers Bräutlein und um die Parteinahme.«

»Das hat Euch der Ortenburger erzählt?« Friedrich konnte es so recht nicht glauben.

»Gott ist mein Zeuge. Was sollte ich darauf antworten? Aber dem Ortenburger Grafen fehlte nur jemand, der sein Elend anhörte. Der Welfe hat ihm gedroht. Ich weiß natürlich nicht, womit, aber mir schien der Ortenburger plötzlich gar nicht mehr so erpicht darauf, das Bastardbalg als seine Frau in den Haushalt aufzunehmen.«

Friedrich zuckte zurück. Bastardbalg! So nannte er Agnes von Waibling? Hatte dieser Mann keine Augen im Kopf, oder hatte er sich schon so abgestoßen an den kleinen Schenkenhuren, dass er wahre Schönheit gar nicht mehr erkannte? Dennoch, was Vitus von Wittelsbach ihm erzählte, war jedenfalls neu, und es erforderte ein weiteres Gespräch mit dem Vetter. Wieder musste Friedrich nach Stadtamhof reiten und Heinrich zur Rede stellen. Warum konnte der Sachsenherzog ihm nicht einfach alles erzählen? Warum musste Friedrich die Wahrheit Stück für Stück freilegen?

Heinrich hatte wohl kein Interesse an der Wahrheit, und das hieß vermutlich, er hatte etwas zu verbergen.

»Was wisst Ihr noch?« Kalt und schneidend war jetzt Friedrichs Stimme, und der Wittelsbacher schien erstaunt. Er goss sich vom Wein nach, winkte dem Schankmädchen, doch stattdessen kam der Wirt an den Tisch, ein hageres Kerlchen, das Friedrich nur bis zur Schulter reichte und das ergraute Haar zu einem Zopf gebunden trug.

»Der da kriegt nichts mehr, solange er nicht seine Schulden bei mir zahlt«, sagte er und deutete mit dem Kopf auf den Wittelsbacher.

»Ich hab's vorhin schon gesagt, du bekommst dein Geld! Jetzt bring' uns gefälligst Wein!« Vitus von Wittelsbach ließ die Faust auf die Tischplatte krachen.

»Nur gegen Vorauszahlung.« Das Männchen verschränkte die Arme vor der Brust. »Seit Tagen schon hängt Ihr hier herum, und bisher höre ich immer nur, am nächsten Tag bekäme ich mein Geld. Den Treidlern habt Ihr's in den Rachen geworfen, gewürfelt habt Ihr mit jedem, der Euch ein paar Pfennige auf den Tisch legte.«

Friedrich griff in seinen Beutel und legte ein paar Münzen auf den Tisch. »Bringt uns einfach noch eine Kanne von Eurem besten Wein«, sagte er.

Der Wirt zögerte, dann strich er das Geld ein und stapfte zurück zum Schanktisch. Das Mädchen brachte die Kanne mit dem Wein, und als Vitus bei ihr noch etwas zu essen bestellte, blickte sie kurz zum Wirt hinüber, und erst als dieser ihr ein Zeichen machte, nickte sie.

»Danke.« Vitus stützte sich auf die Unterarme. »Ich werd's Euch beizeiten zurückzahlen.«

»Lasst nur.« Friedrich winkte ab. »Ihr seid eingeladen.«

Sie blieben stumm, bis das Mädchen zwei Schalen vor sie auf den Tisch stellte. Friedrich blickte auf die gebratenen Würste, die auf einem Bett aus saurem Kraut ruhten. Dann griff er zu. Es schmeckte herzhaft und war ihm gerade recht. Während er es sich schmecken ließ, zog der Wittelsbacher nur Furchen in sein Kraut.

»Habt Ihr keinen Hunger?« Auch der Wein war nicht mehr so sauer und unerträglich, wenn man den zweiten Becher trank. Friedrich spülte mit der Säure das ungute Gefühl herunter, das sich gleich unterhalb seiner Kehle zusammenballte. Wie Vitus von seiner geliebten Schwester redete – nun, das konnte er übersehen, das war kein Grund, Aufhebens davon zu machen. Aber wie er geschickt Andeutungen verbreitete, die in Friedrich Zweifel an der Unschuld des Sachsenherzogs nährten, das konnte er nicht einfach außer Acht lassen.

Zumal er jedem Hinweis nachgehen musste.

Als er fertig gegessen hatte, schob Friedrich die Schale fort und zog unter dem Wams, wo er ihn gut verborgen hielt, den Dolch hervor. Er legte das Bündel aus weichem Tuch in die Tischmitte und wischte sich mit dem Ärmel das Bratfett von den Lippen. Vitus von Wittelsbach griff nach dem Bündel, schlug das Tuch zurück und starrte auf den Dolch. Noch immer glänzte das getrocknete Blut an der Klinge wie rötliches Pech. Friedrich hatte sich nicht die Mühe gemacht, sie zu reinigen.

»Woher habt Ihr das?«, schnappte Vitus von Wittelsbach.

»Am Donauufer habe ich ihn gefunden, dort drüben, auf der Insel. Direkt neben dem toten Grafen.«

»Die Mordwaffe also?«

Friedrich nickte. Scharf beobachtete er den Wittelsbacher,

der nach dem Weinbecher griff und das Gesöff herunterstürzte, als wär's der feinste Tropfen und als kümmere ihn die Säure nicht.

»Ich kenne diesen Dolch.«

»Ach?«

Vitus von Wittelsbach ließ die Finger spielerisch über die Klinge tanzen.

»Und wem gehört er?«, bohrte Friedrich nach, als Vitus nicht weitersprach.

»Einem alten Freund«, sagte Vitus langsam. »Er starb bei einem Grenzkampf im letzten Herbst. Sein Vater hatte ihm die Waffe zur Schwertleite geschenkt.«

»Und könnt Ihr mir auch den Namen dieses Freundes verraten?« Friedrich verlor langsam die Geduld. Glaubte der Wittelsbacher, er hätte den ganzen Tag Zeit, hier zu sitzen und seinen übermäßigen Weinkonsum zu bezahlen, während er sich jedes Wort aus der Nase ziehen ließ?

»Es war ein Kampf gegen Welf und seine Mannen. Mein Freund starb auf dem Schlachtfeld, weil er unglücklich vom Pferd stürzte.« Vitus griff nach der Weinkanne, aber Friedrich war schneller. Er legte die Hand darauf.

»Erzählt!«, verlangte er. »Sagt mir einfach den Namen dieses Freundes, und dann lasse ich Euch in Ruhe.«

Meinetwegen kannst du auch noch eine Kanne Wein haben, welchen Unterschied macht es schon, wie viel du trinkst, dachte er bei sich.

»Es war der älteste der Ortenburger. Habt Ihr davon nicht gehört? Otto und Hermann hatten einen älteren Bruder, den glänzenden Ritter und ganzen Stolz des alten Ortenburgers. Ludwig von Ortenburg, der von der Hand eines Welfen starb.«

»Moment«, sagte Friedrich langsam. »Wie kann das sein? Warum kämpften Welfen gegen Ortenburger und Wittelsbacher? Versteht Ihr, was ich daran nicht fassen kann? Bis vor wenigen Wochen noch war Otto von Ortenburg doch glühender Welfe. Wie kam es zu diesem Kampf?«

Vitus grapschte nach der Weinkanne, und Friedrich ließ ihn gewähren.

»Jugendlicher Leichtsinn«, flüsterte er. »Es war der Leichtsinn, der Hermann und mich trieb. Es war allein unsere Schuld …« Er verstummte. Wein schwappte über den Tisch, während Friedrich sein Gegenüber nachdenklich beobachtete. Mit zunehmendem Weingenuss wurden die fahrigen Bewegungen von Vitus ruhiger, als bedürfe er des Weins, um sich zu beruhigen. Wie lange schon trieb er sich wohl in billigen Schenken herum und trank so viel Wein, wie es nur eben ging? Verwürfelte das magere Geld, das die Wittelsbacher durch ihre Lehen erwirtschafteten – gestraft mit vier streitsüchtigen Söhnen, die sich nicht nur untereinander bis aufs Blut bekriegten, sondern auch ihre Nachbarn und sogar Verbündete mit Krieg und Händeln überzogen?

Friedrich seufzte. Er wusste ja, woher all das kam. Zu viele Söhne wuchsen auf den kleinen Burgen auf, zu viele von ihnen strebten nach Macht, und was die Großen in ihrem Kampf um Macht und Herzogtum trieben, stachelte die Kleinen an, es ihnen nachzutun. Die Jerusalemfahrt mochte in dieser Sache durchaus Vernünftiges bewirken, so grausam es auch schien – denn nicht jeder, der in wenigen Tagen den Weg gen Südosten antrat, würde in einigen Monaten oder Jahren zurückkehren.

Vitus war ihm ein Sinnbild für den kleinen Adeligen, der um ein Erbe rang, das es nicht gab. Der Älteste erbte. Die Jüngeren kämpften an seiner Seite oder gingen ins Kloster.

»Ludwig starb, und Hermann blieb über Winter bei uns, er traute sich nicht heim, sein Vater, so meinte er wohl, würde ihn umbringen. Erst zum Osterfest in diesem Jahr hat er sich zurück auf die Ortenburg gewagt. Es ging wohl glimpflich ab; mancher hat gesagt, sie wären einander zuletzt wieder nähergekommen.«

»Was geschah mit dem Dolch?«, fragte Friedrich.

»Die Welfen hatten ihn an sich genommen. Ich weiß nicht, was dann weiter damit geschah.«

Friedrich stand auf, warf noch ein paar Münzen auf den Tisch, die Vitus' Augen gierig leuchten ließen, und ging zur Tür. Er hatte genug gehört und mehr gesehen, als ihm lieb war.

Wieder führte ihn sein Weg nach Stadtamhof.

Nach wenigen Stunden Schlaf suchte Agnes nach der Äbtissin, die sie in der Schreibstube antraf.

»Ihr wart gestern Abend allein in den Gassen unterwegs.« Der Mund der Äbtissin war zu einer beinahe unsichtbaren Linie zusammengepresst. »Die Stadt ist zu gefährlich für Euch, Frau Agnes.«

Agnes senkte den Blick. Ihre Hände ballten sich an ihrer Seite unwillkürlich zu Fäusten. »Es tut mir leid«, log sie.

Es war doch nichts passiert!

»Wenn etwas passiert wäre, hätte der König mir schwere Vorwürfe gemacht!« Die Äbtissin senkte ihre Stimme. »Versprecht mir, nicht noch einmal allein in die Stadt zu gehen, egal ob es nun heller Tag ist oder finstere Nacht!«

Agnes seufzte. »Ich verspreche es.«

»Euer Bruder hat zwei Männer geschickt, die auf Euch aufpassen sollen.«

Agnes biss sich auf die Unterlippe. Hatte Friedrich also sein Versprechen wahr gemacht. Sie hatte gehofft, er würde es vergessen. Aber Friedrich vergaß nichts.

»Ich wäre Euch verbunden, wenn Ihr die Männer dazu anhalten könntet, sich in den Mauern unseres Klosters angemessen zu benehmen. Im Moment sitzen sie in der Stube im Gästehaus und haben nichts Besseres zu tun, als unseren guten Wein zu trinken.«

Wieder kniff die Äbtissin die Lippen zusammen. Alles an ihrer Haltung war Ablehnung. Agnes nickte ergeben, doch bevor sie ging, fiel ihr ein, wonach sie ursprünglich hatte fragen wollen.

»Kennt Ihr einen Dichter, der hier in der Stadt lebt? Ich

habe ein Pergament mit einem Gedicht, und mich interessiert, von wem es stammt.«

»Ein Gedicht?«

Agnes zog das Pergament aus dem Beutel und reichte es der Äbtissin.

»Ihr seid sehr neugierig.« Das klang wie eine Beleidigung. Die Äbtissin entfaltete das Pergament und las es, die Lippen bewegten sich flüsternd. Dann faltete sie das Pergament wieder zusammen und reichte es Agnes zurück. »Hier werdet Ihr niemanden finden, der Euch darüber Auskunft erteilen könnte. Vielleicht fragt Ihr die Schottenbrüder vor dem Roselint-Tor, sie geben einiges auf ihr Wissen. Denen würde ich sogar zutrauen, dass sie sich selbst mit solch weltlichem Tand beschäftigen. Sie kommen viel herum, einige von ihnen sind schon bis in die Rus gereist«, fügte sie hinzu.

»Danke«, sagte Agnes aufrichtig. Sie nahm das Pergament wieder an sich und verstaute es in ihrem Beutel. Dann machte sie sich auf den Weg zu den beiden Männern, die sie von Stund an überallhin begleiten sollten.

Sie fand die beiden, wie die Äbtissin es gesagt hatte, in der Stube des Gasthauses. Ein Krug Wein stand vor ihnen, und als Agnes eintrat, sprangen beide auf.

»Ihr seid Frau Agnes?« Der Ältere sprach. Haupthaar und Bart waren ergraut, sein Gesicht braun gebrannt und von einer Narbe entstellt, die sich von der linken Schläfe bis zum Kinn zog und sein Gesicht in unregelmäßige Hälften riss. Er war wohl ein Kämpfer, der die Auseinandersetzung mit Halunken nicht scheute.

Der Jüngere schien das Gegenteil des kompakten Kämpfers zu sein – schmal und klein, blass in allem – sogar seine Wimpern schienen farblos, wie das Haar, das blond und dünn bis zu den Schultern reichte.

Agnes nickte. »Herr Friedrich hat Euch geschickt?«

»Wir sollen Euch begleiten, sobald Ihr in die Stadt gehen wollt. Mein Name ist Roland, und dies ist meiner Schwester Sohn Albrecht.« Wieder sprach der Ältere. Seine tiefe Stimme hatte etwas Beruhigendes.

Agnes seufzte. »Es wird sich wohl kaum vermeiden lassen«, sagte sie. Ihre Hoffnung, sich weiterhin frei bewegen zu können, war dahin.

»Ihr seid die Nichte unseres Königs. Euer Bruder ist der Ansicht, dass Ihr besonderen Schutzes bedürft.«

Ja, dachte Agnes bitter. Nur dass es diesen Schutz in den letzten Jahren nicht gebraucht hatte. Erst jetzt, da sie für den König wertvoll war, wollte man sie nicht mehr allein losziehen lassen. Früher hatte sich niemand um sie geschert. Und die Klostergemeinschaft von Frauenwörth war ihr Schutz genug gewesen.

»Ich möchte zum Schottenkloster vor dem Roselint-Tor reiten.«

Die beiden Männer nickten.

»Ich lasse Euer Pferd satteln, Herrin.« Die Stimme des Jüngeren war kaum mehr als ein Flüstern.

Sie ließ Ortrud in Niedermünster zurück. Sicher war ihre Freundin froh, nach den Aufregungen der letzten Tage ein wenig Ruhe zu finden. Agnes aber fühlte sich seltsam erregt. Für sie konnte es gar nicht genug Aufregung geben. Wie hatte sie es früher nur ausgehalten, als jeder Tag dem anderen glich und bestimmt war von Stundengebeten und alltäglichen Pflichten. Hier, das spürte sie, wartete ein anderes Leben auf sie, eines, das sie lockte. Das sie verführte und in seiner Üppigkeit beinahe bedrohlich wirkte. Zumindest im ersten Moment hatte Regensburg sie verwirrt. Doch nun begann sie, die neue Welt zu genießen.

Das Kloster der Schotten lag jenseits des Roselint-Tors, wo es erbaut worden war, nachdem die alte Klosteranlage Weih-St. Peter zu klein geworden war. Eine große Kirche war Teil des Stifts. Agnes erfuhr dies von Roland, der ihr bereitwillig Auskunft erteilte, während sie gemächlich durch die Gassen ritten. Albrecht hielt sich hinter ihnen und schwieg.

»Sagt, woher wisst Ihr all das über Regensburg?«

Roland zuckte mit den Schultern. »Man hört so dies und das. In diesen Zeiten ist es wichtig, immer zu wissen, auf wessen Seite der Einzelne steht.«

»Wie meint Ihr das?«

Roland lachte. »Bringt man Euch im Kloster denn nichts bei, Frau Agnes? Mir scheint, Ihr wisst nichts über die Situation im Reich.«

»Das stimmt«, gestand Agnes. »Mir sagt niemand, was es heißt, eine Stauferin zu sein. Nur dass ich eine Stauferin sein soll, das sagen sie mir immer wieder. Wie soll ich wissen, was das bedeutet? Darf ich nun mit Welfen, Zähringern und Babenbergern reden, oder sind sie allesamt auf des Feindes Seite? Ich verstehe nichts von diesen Dingen, Herr Roland, weil mir bisher niemand mehr darüber sagen wollte.« Sie holte tief Luft. »Von heute auf morgen wurde ich aus dem Kloster geholt und erfuhr nichts, außer dass der Ortenburger Graf mein Bräutigam sein sollte. Ich lernte ihn kennen, und vielleicht hätte ich ihn auch gemocht, aber mir blieb keine Zeit, es herauszufinden. Und jetzt? Versteht Ihr, ich weiß wohl, wem ich mich zugehörig fühlen soll, aber wie kann ich das, wenn sich doch bisher niemand um mich geschert hat?«

»Ihr seid ein Opfer der Politik«, stellte Roland sachlich fest. Es lag nichts Tröstendes in seiner Stimme, er wirkte seltsam fern. Auch für ihn war Agnes nicht mehr als eine Aufgabe, die zu erfüllen er sich bereit erklärt hatte.

»Ich hätte vielleicht kein Problem, wenn ich nur wüsste, warum es diese Bindungen auf der einen Seite gibt und Feindschaften auf der anderen. Heinrich von Sachsen hat mir ein wenig erzählt, aber dann höre ich, wie ihn selbst mein Bruder als Mörder verdächtigt, aus welch nichtigen Gründen auch immer, und sei es, weil Heinrich als Welfe geboren wurde.«

»Euer Bruder ist ein Freund des Welfenherzogs.« Den Rest des Weges schwiegen sie.

Sie hatten das Roselint-Tor erreicht. Es lag im Westen der Stadt. Nur wenige Menschen betraten Regensburg von hier aus. Das Lager der Kreuzfahrer lag vor dem östlichen Tor. Hinter dem Tor erhob sich mächtig die Kirche St. Jakob, in deren Schatten sich die Gebäude des Schottenklosters drängten.

»Wenn Ihr es wünscht, werde ich Euch erklären, wie es sich verhält.« Roland warf Agnes einen kurzen Blick zu. »Zwischen Welfen, Staufern und den anderen Großen des Reichs. Ich denke, Ihr habt ein Recht darauf, es zu wissen. Es ist schließlich Euer Leben, und es wäre unverzeihlich, wenn Ihr nicht die Chance hättet, Euch darin zurechtzufinden, wie es Euch zusteht.«

Agnes lächelte ihn dankbar an. Plötzlich war es ihr gar nicht mehr so unerträglich, mit den beiden Männern unterwegs sein zu müssen.

»Danke«, sagte sie einfach. Zum ersten Mal seit Tagen, so schien es ihr, hatte ein Mensch sie im Guten überrascht.

Kapitel 13

»Heinrich?«

Er kannte diese Stimme nur zu gut. Und er kannte auch den Tonfall, den Friedrich anschlug. Es verhieß nichts Gutes, wenn sich die Stimme des Stauferherzogs überschlug und in einer schrillen Tonlage endete. Ein letztes Mal strich Heinrich prüfend über den Hals seines Rappen, dann griff er nach dem Zügel und trat aus dem Stall, das gesattelte Pferd neben sich. Der Junge folgte ihm wie ein Schatten. Den ganzen Morgen schon begleitete er Heinrich, beobachtete ihn und lernte stumm. Heinrich hatte ihn den Rappen striegeln lassen und ihm gezeigt, wie er das Tier tränken musste, den Ledereimer schwer auf den Oberschenkel gestützt. Ernst und eifrig hatte der Junge jede seiner Anweisungen befolgt.

»Du hast deine Sache gut gemacht. Nun geh, lass dir in der Küche zu essen geben.«

Der Junge stob davon, strahlendes Lächeln und Munterkeit war er, wenn Heinrich ihn so lobte. Heinrich grinste. Das war ein merkwürdiges Gefühl, für ein Menschenkind verantwortlich zu sein, aber ihm gefiel es. Neu war es allemal, und so ganz war er sich nicht sicher, wie es mit dem Jungen weitergehen sollte. Doch die Dankbarkeit dieses Kindes tröstete ihn dieser Tage, da er das Gefühl hatte, alles zu verlieren und jeden gegen sich zu wissen.

»Du hast mir nicht die ganze Wahrheit erzählt, nicht wahr?«

Friedrich trat neben Heinrich. Er zog wieder das Bündel hervor, in dem er den Dolch mit sich herumtrug.

»Der Dolch gehört dir.«

Das war keine Frage, es war eine Feststellung.

Heinrich atmete tief durch. »Ich kann es dir wohl schwören, dass ich diesen Dolch nie zuvor gesehen habe. Gestern erst habe ich es dir gesagt. Wem glaubst du – mir oder irgendwelchen Lügnern, die mich dieser Tat bezichtigen?«

Friedrich klopfte mit dem Bündel auf die flache Hand, als dächte er nach. »Normalerweise würde ich dir glauben«, sagte er langsam. »Aber hier spricht so vieles gegen dich. Es ist nicht nur der Dolch. Du hast mir nicht vom Streit mit dem Ortenburger erzählt.«

Heinrich versteifte sich. »Das geht dich nichts an«, antwortete er unwirsch. Dann wandte er sich um, schwang sich in den Sattel.

»Wenn du schon mit mir reden willst, dann lass uns ausreiten. Mein Schwarzer braucht seine tägliche Bewegung.«

So machten sie es. Während sie nebeneinander ritten und Friedrich beharrlich schwieg, überlegte Heinrich, was er seinem Vetter anvertrauen konnte. Aber dann schalt er sich einen Dummkopf. Warum glaubte er, Friedrich nicht vertrauen zu können? Waren sie nicht mehr als nur Vettern, verband sie nicht mehr als das Welfenblut, das auch durch Friedrichs Adern floss?

»Es stimmt, ich habe mich mit dem Ortenburger getroffen, am Tag, als er sein Fest gab«, sagte Heinrich leise. Er warf Friedrich einen Seitenblick zu, doch dieser hielt die Augen gesenkt, die Zügel locker in der Rechten. Nur ein Zucken in der Wange verriet, dass er zuhörte, ja begierig lauschte, was Heinrich ihm nun gestand. Überrascht stellte Heinrich fest, dass sein sonst so ruhiger Vetter nervös war.

»Aber du musst mir glauben, dass ich ihm nicht drohte und auch nichts Böses wollte. Ich wünschte nur, ihn auf meine Seite zu ziehen, weil er genau dort hingehört, seit eh und je. Sein Sohn starb letztes Jahr bei einem Angriff dieser jungen Hunde auf Welf und seine Männer, und seitdem hasste der Ortenburger uns Welfen und ließ keine Gelegenheit verstreichen, es zu zeigen. Ich wollte die Sache wieder ins Lot bringen. Er war uns einst ein wichtiger Verbündeter im Süden.«

»Und weil er nunmehr uns Staufern zugeneigt war …«

»Wir haben uns gestritten, ja. Am Donauufer haben wir gestanden, und er hat mir erklärt, warum er nicht zurückkann. Ich war Agnes zwei Tage zuvor begegnet und verstand, warum er nicht anders konnte, selbst wenn ich ihm ganz Bayern zu Füßen gelegt hätte.« Heinrich atmete tief durch. »Ich hätte ihm alles gegeben, wenn er mir dafür Agnes gelassen hätte.«

»Das war nicht deine Entscheidung.«

»Ich weiß.« Heinrich lächelte traurig. Oh, er wusste, dass er verloren hatte, schon beim Königsfest hatte er verloren. Sich selbst hatte er verloren an das helle Lachen von Agnes. Und als ihm dann der Ortenburger mit glänzenden Augen erzählte, wie hübsch sein Bräutlein war ... am liebsten hätte Heinrich in diesem Moment seiner Wut freien Lauf gelassen. Und hätte er zu dieser Stunde einen Dolch zur Hand gehabt – wer wusste schon, ob er nicht getan hätte, was man ihm jetzt anlastete?

Sie hatten den Weg hinaus zu den Feldern vor der Stadt eingeschlagen, wo das Kreuzfahrerheer lagerte. Die Pferde gingen gemächlich im Schritt. Plötzlich spürte Heinrich etwas an seinem Beinling zupfen. Das Kind!

Wie hatte der Junge es geschafft, ihnen nachzurennen? Woher wusste er, wo er Heinrich suchen musste? Er lachte zu Heinrich auf, und dieser wurde von einer unaussprechlichen Zärtlichkeit für diesen munteren Knaben erfasst. Am liebsten hätte er sich heruntergebeugt, dem Kind den Schopf zu zausen. Das Kind hatte einen Kanten Brot in der kleinen Faust, an dem die Zähne rissen. Er kaute zufrieden und fiel ein wenig zurück, während Friedrich und Heinrich weiterritten.

»Seit wann hast du einen Schatten?« Friedrich wandte sich im Sattel um und betrachtete den Knaben.

»Im Feldlager ist er mir zugelaufen.« Heinrich war froh um die Ablenkung. »Er kümmert sich um mein Pferd und ...« Ja. Was noch? Und er ist dankbar, bei mir sein zu dürfen? Das war doch Unsinn.

»Erzähl mir vom Ortenburger. Habt ihr eine Verabredung getroffen für die Zeit nach dem Kreuzzug?«

»Ich habe ihm angeboten, was auch immer er wollte. Sogar eine Burg aus unserem schmalen bayrischen Besitz hätte ich ihm gegeben, wenn er dafür an unsere Seite zurückgekehrt wäre.«

»Und was war mit Agnes?«, fragte Friedrich sanft.

Heinrich starrte auf seine Hände. »Er ließ sie sich nicht nehmen. Also musste ich schweren Herzens wohl auf sie verzichten.«

Friedrich lachte ungläubig auf.

»Ich verstehe deine Skepsis«, sagte Heinrich. »Du weißt, ich bin verrückt nach ihr, und nicht bei ihr sein zu dürfen, nicht zu wissen, wie es ihr geht, wird mich noch schier um den Verstand bringen. Aber ich muss auch an das Haus der Welfen denken und an unseren Anspruch auf Bayern. Agnes war ihm versprochen, er wollte sie heiraten – was blieb mir? Selbst wenn er sie doch aufgegeben hätte, was er nicht tat, und ich verüble es ihm nicht … der König hätte sie mir kaum zur Frau gegeben. Selbst wenn ich für alle Zeit auf Bayern verzichtet hätte.«

»Hättest du das getan?«, fragte Friedrich. »Hättest du um Agnes' willen für alle Zeiten auf Bayern verzichtet?«

Heinrichs Hände verkrampften sich um die Zügel. Ja, das hätte er wohl. Agnes war jener helle Sonnenstrahl, der seinem Leben ein neues Leuchten gab, sie war ihm Sonne und Mond und Sternenglanz zugleich. An ihrer Seite, das wusste er, wäre ihm Bayern egal gewesen, und sie hätte ihn vielleicht zu einem anderen Menschen gemacht. Es war müßig, darüber nachzudenken. Trotzdem träumte er davon. Er träumte auch davon, seine Hand in ihrem Haar zu vergraben und seine Lippen auf die ihren zu legen. Wonach sie wohl schmeckten?

»Hättest du auf Bayern verzichtet?«, wiederholte Friedrich seine Frage, weil Heinrich schwieg.

»Das ist die falsche Frage«, erwiderte Heinrich. »Denn

jetzt könnte ich leichthin antworten, dass ich auf meinen Anspruch verzichtet hätte. Es ändert ja nichts.«

»Du könntest dem König ein Angebot machen. Agnes gegen Bayern.«

»Dem König? Er hasst mich, und so wird es immer sein. Bayern will er mir ohnehin nicht geben. Sein Halbbruder hat es sich in Regensburg nach dem Tod meiner Mutter fein eingerichtet, und er wird es nicht herausrücken, solange der König ihn nicht dazu zwingt. Und das wird der König nicht tun.«

Außerdem war es Agnes gegenüber nicht fair. Sie war mehr wert als eine Handelsware, die bei einem Tauschgeschäft über den Tisch geschoben wurde. Sie hatte Besseres verdient. Aber das sagte Heinrich nicht, denn wusste er, wie es wäre, wenn man ihm tatsächlich solch ein Angebot machte? Ob er dann nicht schwach würde?

»Habt ihr euch gestritten, der Ortenburger und du?«

»Natürlich waren wir laut.«

»Man hat euch gesehen. Und mir wurde erzählt, dass der Dolch einst dem ältesten Sohn des Ortenburgers gehört hat und die Welfen ihn nach dem Kampf im letzten Jahr an sich genommen haben. Dass er nun dir gehöre, erfuhr ich.«

»Wer verbreitet solche Lügengeschichten?« Ärgerlich schlug Heinrich nach einer Pferdebremse, die um seinen Kopf schwirrte.

»Wenn es Lügen sind, ist es noch viel interessanter zu wissen, warum dieser Jemand sie verbreitet.«

Heinrich wollte antworten, als vor ihnen plötzlich ein Dutzend Reiter auftauchte und im Galopp auf sie zuhielt. An der Spitze ritt Welf, und er machte ein so grimmiges Gesicht, dass Heinrich sich voller Anspannung im Sattel aufrichtete. Er zügelte den Rappen und winkte den Jungen zu sich.

Welf hob die Hand, und die Reiter hielten vor ihnen an.

»Gut, dass ihr hier seid«, sagte Welf. Er hielt sich nicht mit großen Erklärungen auf. »In Regensburg ist jenes Chaos ausgebrochen, das wir seit Tagen schon befürchten. Der Pöbel hat sich einen Feind gesucht.« Er wandte sich an Heinrich. »Du darfst nicht nach Regensburg, wir müssen dich in Sicherheit bringen.«

»In Sicherheit? Wo soll ich in Sicherheit sein, wenn der König mich für einen Mörder hält und der Pöbel mich schon verurteilt hat?«

Heinrich blickte Friedrich wütend an. *Das ist deine Schuld, mein lieber Vetter. Deine Nachforschungen haben irgendwas ausgelöst, und was es auch sein mag – es will mich nicht nur schuldig sehen, sondern auch tot. Siehst du nicht, wie sie danach gieren, mich zu zerstören?*

»Ich komme mit nach Regensburg.« Heinrich wendete sein Pferd. Das Kind an der Flanke des Rappen blickte zu ihm auf, und Heinrich streckte die Hand aus. Flink wie ein Äffchen kletterte der Junge hinter ihm auf den Pferderücken und schlang die dünnen Ärmchen um ihn. Heinrich gab dem Rappen die Sporen und galoppierte voran.

Die anderen mussten ihm folgen. Er hörte das Donnern der Hufe hinter sich.

Friedrich schloss zu ihm auf. Er blickte Heinrich an, sprach aber kein Wort.

So kenne ich dich nicht, Vetter. Sagst kein Wort, stellst dich nicht auf meine Seite. Da muss dir einer viele Lügengeschichten über mich erzählt haben, und ich werde nun selbst herausfinden, wer mir so viel Übles will.

»Glaubst du mir?«, fragte Heinrich.

Friedrich antwortete nicht. Er trieb nur seinen Fuchs an, bis er an Heinrich vorbeigezogen war.

»Ah, das ist ein spannendes Stück Literatur, das Ihr mir da gebracht habt.«

Faszinierte beobachtete Agnes, mit welcher Andacht Bruder Marianus das Pergament auf dem Pult vor sich betrachtete. Aus seinen Worten sprachen Ehrfurcht und Bewunderung, und während seine Augen wieder und wieder über die

Zeilen huschten, als wollte er sich jedes Wort einprägen, lächelte er.

Agnes war noch nie einem Geistlichen begegnet, der so sehr dem weltlichen Genuss zugewandt war, sei es nun in Form dieses Gedichts oder in anderer Hinsicht. Der dicke Bauch, über dem sich die braune Kutte spannte, war sicher nicht dem maßvollen Genuss magerer Speisen geschuldet. Aus seinem vollen Gesicht zwinkerten sie strahlend blaue Augen an.

»Seht nur, mit welch sorgfältigem Federstrich die einzelnen Buchstaben gemalt sind!« Er war beeindruckt, schüttelte ungläubig den Kopf, schaute noch mal genauer hin.

»Sollte ich nach der Sprache urteilen, würde ich sagen, das hat der gute Dietmar von Aist verfasst. Nur er hat die minniglichen Worte bisher so geschickt aufs Papier bannen können. Ja, fragt Dietmar von Aist, wenn Ihr den Dichter sucht.«

»Herzlichen Dank!« Agnes nahm das Pergament wieder an sich und verstaute es in ihrem Beutel. »Wisst Ihr, wo ich ihn finde?«

»Er ist oft genug in der Schenke am Hafen, direkt an der Steinernen Brücke. Dort könnt Ihr auch nach ihm fragen, wenn er nicht wie gewohnt in der Ecke sitzt und seine Gedichte verfasst. Er ist in diesen Dingen begnadet, jedoch hat er sonst leider in seinem bisherigen Leben wenig Glück gehabt. Grüßt ihn recht herzlich von mir. Manchmal kommt er zu uns, wenn ihm der Magen allzu sehr knurrt. Ihr seht ja, bei uns wird jeder satt.«

Er klopfte sich bestätigend auf den fetten Wanst und lachte dröhnend. Agnes mochte ihn. Überhaupt hatte er so viel Weltliches an sich, dass sie nicht glauben konnte, den Bruder Büchermeister des Klosters St. Jakob vor sich zu haben.

»Ihr müsst wissen, dass es mich Jahre gekostet hat, dem Leben seinen Genuss abzugewinnen«, vertraute er ihr plötzlich an. »Ich mache kein Geheimnis daraus, aber jahrelang habe ich mich selbst gequält, weil ich genießen wollte und es doch nicht durfte.«

»Und jetzt dürft Ihr es?«

»Das Geheimnis ist wohl, es sich selbst zu erlauben. Ja, dann darf man es.« Verschwörerisch blinzelte er Agnes zu. »Unser lieber Gott kann so viel nicht dagegen haben, sonst hätte er uns nicht all die schönen Dinge geschenkt, die zu genießen sich lohnt.«

»Aber hat er sie uns nicht eher geschenkt, damit wir uns an ihnen versuchen und uns prüfen?«

»Ihr seid eine kluge Frau, junge Stauferin.«

Agnes zuckte zusammen, weil er sie Stauferin nannte.

»Was ist? Habe ich etwas Falsches gesagt?«, fragte er sogleich besorgt.

Sie versuchte, es ihm zu erklären. »Seit ich in dieser Stadt bin, seit man mich aus dem Kloster geholt hat – immer bin ich die Stauferin. Ich verstehe nicht, was das bedeutet.«

»Hm«, machte Marianus und sagte schließlich, nach kurzem Nachdenken: »Ihr seid nun mal Stauferin.«

»Ja, aber was heißt das?«, fragte Agnes aufgebracht. »Wie soll ich wissen, wie ich mich verhalten soll, wie mich geben, wenn mir nur gesagt wird, dass ich Stauferin bin?«

»Seht Euren Bruder an. Er ist Staufer durch und durch. Und dann seht den König an«, fügte Marianus zögernd hinzu, als begebe er sich damit in die schwarzen Strudel der Donau. »Er ist weniger Staufer als Ihr und Euer Bruder.«

Agnes überlegte. »Ihr meint, mein Onkel sei schwach?« Darüber hatte sie bisher nicht nachgedacht. Sie hatte immer nur gesehen, wie alle den König umschwärmten, wo er auch stand und ging.

»Ein schwacher König kann die Großen im Reich nicht bezähmen«, sagte Marianus. »Seht den Welfen, wie er um sein zweites Herzogtum kämpft. Und er wird damit Erfolg haben, früher oder später. König Konrad musste ihm Zugeständnisse bei der Königswahl seines Sohns Berengar machen.«

»Woher wisst Ihr all das?«

Er tippte sich an den Kopf. »Ich beobachte, und ich denke über das Gesehene nach. Das könnt Ihr auch, denn Ihr habt das, was dem König fehlt. Und schaut mich nicht so groß an, das steht Euch zwar wunderbar, aber mich könnt Ihr damit nicht beeindrucken.« Er lachte gutmütig. »Kommt, ich geleite Euch zur Pforte.«

Agnes war durcheinander. Da wagte sie es endlich, die Frage zu stellen, was es war, das sie als Stauferin auszeichnete, und alles, was sie bekam, war eine lapidare Antwort, die sie nur weiter verwirrte. Was hieß das für sie? War sie stark? Neugierig? Nein, neugierig sein war nicht gut. Trotzdem konnte sie sich nicht einfach damit abfinden, dass es dieses Pergament gab. Sie musste wissen, woher es kam. Sie spürte ihrem Bräutigam nach.

Bruder Marianus begleitete sie über den stillen Innenhof zum Tor. Ihre beiden Bewacher hatten vor der Klosterpforte auf sie gewartet.

»Wohin jetzt?«, fragte Roland.

»Wir reiten zur Schenke an der Steinernen Brücke«, bestimmte Agnes.

Roland verzog das Gesicht. »Das ist keine gute Gegend für eine edle Dame wie Euch, Frau Agnes.«

»Dafür habe ich Euch an meiner Seite, nicht wahr?«

Sie duldete keinen Widerspruch mehr. Wenn sie sich schon nicht allein in der Stadt bewegen durfte, so wünschte sie doch, frei wählen zu dürfen, wohin es als Nächstes ging.

Allerdings sollte sie schon bald allen Grund haben, ihre Entscheidung zu bereuen.

Sie hatte sich unter einer Schenke am Hafen wohl eine dunkle, kleine Kaschemme vorgestellt, doch sie hatte nicht mit so viel Schmutz gerechnet, mit so viel Lärm und so vielen Männern, die auf kleinstem Raum beisammensaßen und nichts anderes taten, als dem Schankmädchen in den Hintern zu kneifen und die Würfel kreisen zu lassen. Und natürlich zu trinken, was die Weinkannen hergaben.

Roland hatte darauf bestanden, sie in die Schenke zu begleiten.

»Das ist beileibe kein Kloster, Frau Agnes. Ich lasse Euch nicht allein dort hinein, das bekäme mir schlecht, wenn Euch irgendwas passierte«, sagte er, sprang aus dem Sattel und warf dem jungen Albrecht die Zügel zu. Während Albrecht bei den Pferden blieb, bahnte Roland ihr einen Weg durch die Düsternis der Kaschemme.

Agnes war im ersten Moment wütend, doch als sie plötzlich Hände nach ihrem Rock grapschen fühlte, verflog ihre Wut und wich nackter Panik. Sofort war Roland an ihrer Seite und ging dem Alten an die Gurgel.

»Wage es nicht!«, zischte Roland in die abrupte Stille. »Wage es nicht, meine Herrin anzurühren!«

»Schon gut, schon gut!« Gespielt unschuldig hob der Alte die Hände. »Wusst ja nicht, dass sie so was Besondres is«, nuschelte er.

Agnes war mulmig zumute. Sie fühlte sich beschmutzt, obwohl der Alte nur nach ihrem Rock gegriffen hatte. Er senkte den Blick und wäre wohl am liebsten im Erdboden versunken, hätte sich ein Rattenloch gesucht, wohin er wohl auch gehörte.

Das Schlimmste aber war, dass ihr Auftauchen nun die Aufmerksamkeit aller auf sich zog. Gespräche verstummten, Blicke wurden gewechselt.

Roland griff nach ihrem Arm und schob sie weiter.

»Wir suchen Dietmar von Aist!«, sagte er in die Stille hinein.

»Der sitzt da vorne.« Der Schankwirt wies in die dunkelste Ecke. Agnes reckte den Kopf, und dann sah sie ihn.

Was hatte sie wohl gedacht, als sie sich einen Dichter vorstellte? Jedenfalls hatte sie bestimmt nicht diesen Jüngling im Sinn gehabt, dessen Haut gerötet und gestippt war von entzündeten Pickeln, an denen er immer wieder herumkratzte. Vor ihm lag ein Pergament, auf das er eifrig kritzelte.

Dieser Mann sollte solch zauberhafte Worte niedergeschrieben haben?

Agnes folgte Roland, der ihr den Weg frei machte, in die dunkle Ecke. Der Aister hatte sich ein Talglicht besorgt, das ihm genügend Licht verschaffte, um seinem Handwerk nachzugehen. Als Agnes an seinen Tisch trat, blickte er auf.

Die Augen schimmerten selbst im dämmrigen Licht von einem berückend intensiven Grün.

»Ihr seid Dietmar von Aist?«, fragte Agnes.

»So nennt man mich, ja.«

Sie zog das Pergament hervor. »Man sagte mir, dass Ihr der Verfasser dieser Zeilen seid.«

Er brauchte nur einen kurzen Blick darauf zu werfen, dann nickte er. »Ja, das stimmt wohl, das habe ich geschrieben«, sagte er. »War das alles, was Ihr wissen wolltet?« Er senkte den Kopf wieder und schrieb konzentriert weiter, Buchstabe um Buchstabe kratzte er aufs Pergament.

»Ihr habt es für den Grafen von Ortenburg geschrieben, nicht wahr?«, fragte Agnes.

Der junge Minnedichter hielt erneut inne. »Das könnt Ihr so sagen, denke ich«, sagte er nach kurzem Nachdenken. »Aber ja, ich habe es für den Ortenburger Grafen geschrieben. Hat er es Euch verehrt? Könnte ich ihm nicht verdenken.«

»Das hätte er wohl, wenn er nicht …« Agnes verstummte. Wie schwer es noch immer war, dem Tod einen Namen zu geben, wie schwer selbst nach der Totenwache, ihn zu verstehen.

»Oh«, sagte Dietmar von Aist. »Ihr redet vom alten Ortenburger.«

»Von wem redet Ihr denn?«, fragte Agnes.

»Ich rede von …« – Doch was auch immer Dietmar von Aist hatte sagen wollen, ging in dem Tumult unter, der plötzlich ausbrach. Geschrei drang von der Straße herein, und in der Schenke herrschte ein Brüllen und Toben, dass Agnes unwillkürlich den Kopf einzog.

»Der Welfe ist in der Stadt! – Auf dem Domplatz hat man ihn gesehen! – Der Mörderwelfe hat sich nach Regensburg geschlichen!«

Männer sprangen auf, stürmten aus der Schenke und hatten nichts Eiligeres zu tun, als zum Domplatz zu kommen. »Mörder, Mörder!«, schallten die Rufe, und die Schenke leerte sich. Sogar Dietmar von Aist war aufgesprungen, ließ Pergament und Tinte liegen, als wären sie nichts wert, und rannte den anderen nach.

Agnes wurde blass. In ihrem Bauch ballte sich wieder die Angst. Aber es war nicht die Angst vor diesen wild gewordenen Männern – nein. Sie fürchtete um Heinrich. Denn nur um ihn konnte es gehen … Doch was hatte er in Regensburg zu suchen?

Und was hatten Dietmar von Aists rätselhafte Worte zu bedeuten? War es nicht Otto von Ortenburg gewesen, der das Gedicht in Auftrag gegeben hatte? Aber warum war es dann bei seinen Sachen gewesen? Darum würde sie sich später kümmern …

»Kommt«, sagte sie zu Roland. Während der Wirt und sein Schankmädchen begannen, aufzuräumen, stürzte Agnes nach draußen. Sie riss Albrecht die Zügel aus der Hand und versuchte, sich ohne Hilfe in den Sattel zu ziehen.

»Lasst Euch doch helfen, Frau Agnes.«

Roland trat zu ihr, hielt den Grauen am Zaum. Agnes seufzte und schaute sich suchend um, bis sie in einiger Entfernung einen Stein sah. Sie führte den Zelter dorthin und saß auf. Seltsam zittrig fühlte sie sich.

»Nun kommt schon!«, rief Agnes.

»Wohin wollt Ihr denn, Frau Agnes?« Roland saß schon im Sattel und trieb seinen Apfelschimmel neben ihren Grauen. »Wenn Ihr zum Domplatz wollt, kommt Ihr ohnehin zu spät, um Eure Neugier zu befriedigen.«

»Neugier?« Agnes riss an den Zügeln. Ihr Grauer schnaubte unwillig, als sie ihn herumriss, und sie funkelte ihre Begleiter wütend an. Roland schien davon gänzlich unberührt, derweil Albrecht den Kopf zwischen die Schultern zog, um so ihrem Zorn zu entkommen.

»Neugier?!«, wiederholte Agnes, diesmal lauter. »Ihr glaubt, ich tue all das nur, weil ich neugierig bin? Was wisst ihr schon!«

Ohne ein weiteres Wort der Erklärung hieb sie ihrem Grauen die Fersen in die Flanken. Der Zelter fiel sogleich in einen schnellen Trab, und Agnes ließ ihn laufen, sie kannte den Weg nicht, doch sie brauchte nur den Menschen zu folgen, die durch die Gassen strömten. Sie nahmen den Ruf auf, und von überall her schallte es bald: »Mörderwelfe! Mörderwelfe!«

Er ist kein Mörder, dachte Agnes. Warum sehen sie das nicht? Wie kann Heinrich einen Menschen umbringen, Heinrich mit den sanften Händen, die ihre Wange berührten, Heinrich mit der rauen Stimme, der so zärtliche Worte sprach … Wie konnte er zum Mörder werden?

Die ganze Stadt hatte sich gegen ihn verschworen. Er brauchte sie nun mehr denn je – vergessen war Friedrichs Warnung, sich von Heinrich fernzuhalten, denn hatte sie es nicht getan aus der reinen Vernunft, ihn nicht zu gefährden? Die Stadt hatte ihr Urteil gefällt, Heinrich war schuldig in den Augen all jener, die nun zum Domplatz strömten. Aber Agnes wollte ihn nicht kampflos der Meute überlassen.

Wenn sie auch nicht wusste, wie sie es anstellen sollte, eines war gewiss: sie würde kämpfen wie eine Löwin, für Heinrich und für sich. Weil sie an ihn glaubte, und weil ihr vieles vorstellbar schien in dieser wilden Welt, in die man sie gestoßen hatte. Nur dass einer zum Mörder wurde, den sie liebte, das glaubte sie nicht.

So hielt er Einzug in Regensburg. Als Heinrich an der Seite seines Onkels durch das Tor ritt, schaute er sich um. Nein, er liebte diese Stadt, sosehr er auch versuchte, sie zu hassen, schön und üppig war sie, durch Handel reich geworden. Hier trafen sich die Straßen gen Süden und gen Osten, hier erreichten die Händler aus der Rus und aus Venedig erstmals das deutsche Reich und trafen auf eine Stadt, deren Bürger sie mit offenen Armen willkommen hießen.

»Du willst das wirklich tun, nicht wahr?«

Welf ritt neben ihm. Heinrich hatte den Onkel selten so ernst erlebt. An seine Kindheit fühlte er sich plötzlich erinnert, an jene Zeit, aus der er zu schnell in das Erwachsenenleben katapultiert worden war, um für seine Rechte zu kämpfen. Am Tag, als Heinrichs Mutter starb, hatte er seinen Onkel zuletzt so erlebt. Voller Düsterkeit.

»Was bleibt mir anderes? Soll ich mich jagen lassen wie ein Geächteter, dem sie den Mord nicht nur angehängt, sondern den sie auch schon verurteilt haben?«

»Nein, das nicht. Aber vielleicht solltest du zum König gehen und ihn um ein gerechtes Urteil bitten, ehe du dich dem Pöbel stellst.«

»Ein gerechtes Urteil – vom König? Warum gehe ich nicht gleich zum Babenberger, dessen Gerichtsbarkeit doch diese Stadt unterliegt, und bitte ihn, mich zu richten?«

Darauf wusste Welf nichts zu sagen.

»Ich war es nicht, Welf. Ich kann es nicht beweisen, man hat mich im Streit mit dem Ortenburger gesehen, und man will mir diesen Mord in die Schuhe schieben. Wenn ich jetzt weglaufe, erreichen sie genau das. Dann sehe ich schuldig aus, nicht wahr?«

Welf nickte. »Lass dich von uns beschützen«, sagte er.

Heinrich stimmte nach kurzem Nachdenken zu. Dann sagte er, wie zu sich selbst: »Der König … vielleicht ist er der gerechte Mann, den diese Sache braucht.«

Aber er verspürte Zweifel bei diesem Gedanken, und die Angst rumorte in seinem Bauch wie das starke Bier, das er am Morgen getrunken hatte.

»Zum König?«, fragte Welf.

Heinrich nickte stumm.

Es bedurfte nur eines knappen Winks von Welf, und seine Männer schlossen zu ihnen auf. So ritten sie in Regensburg ein, in dicht geschlossenen Reihen, die von den Menschen sofort bemerkt wurden. Schon steckten sie die Köpfe zusammen, ihr Wispern und Flüstern fühlte sich für Heinrichs Sinne an wie Regentropfen auf einem gespannten Pergament. Leises Rauschen wurde zu Knacken und Knallen.

»Mörderwelfe, Mörderwelfe«, flüsterten sie, und dann flogen die ersten verfaulten Stücke Kohl, gefolgt von Kot und Steinen.

»Zur Königspfalz!«, rief Welf. Die Pferde fielen in Trab, Heinrich schaute sich um, aber er hätte es besser nicht getan, denn hinter ihm ballten sich schwarz die Menschen zusammen, rotteten sich zu einer Masse, rannten den Pferden nach, schüttelten die Fäuste und brüllten. Das geflüsterte Wort wurde ihr Schlachtruf. »Mörderwelfe!«

Und dann sah er sie. Einige Steinwürfe vor ihm ritt sie die Gasse entlang, hinter sich ein Reiter, neben sich ein Reiter. Heinrich hob die Hand, zügelte mit der anderen den Rappen. Die kleinen Hände des Kindes krallten sich in seine Tunika. Heinrich drehte sich halb im Sattel um.

»Siehst du die Dame da vorne?«

Stummes Nicken.

»Heinrich, wir müssen weiter!« Welf drängte neben ihn, trieb zur Eile. Der Pöbel schrie, er sah wohl seine Gelegenheit gekommen, des verhassten Welfen habhaft zu werden.

Heinrich aber schüttelte den Kopf. »Warte, Welf.« An den Jungen gewandt fuhr er fort. »Folge ihr. Sie heißt Frau Agnes und ist die Halbschwester von Stauferherzog Friedrich. Bleib bei ihr. Sie wird dich bei sich aufnehmen.«

Wieder ein stummes Nicken, die Augen groß vor Angst. Doch er gehorchte, schon schwang der Junge das Bein über die Kruppe des Schwarzen, landete im Staub der Gasse und lief, so schnell ihn seine dünnen Beine trugen, voraus, den Reitern nach.

»Bist du des Wahnsinns?«, flüsterte Welf. »Du kannst doch nicht ein Kind …«

»Komm«, sagte Heinrich hart. Welf kannte sich aus – um

dem Volk zu entgehen, das sich vermutlich schon auf dem Platz vor der Pfalz zusammenrottete, ritten sie einen anderen Weg, der sie zu einer kleinen Seitenpforte führte. Sie bogen in die nächste Gasse ab, und Agnes verschwand aus Heinrichs Blickfeld.

Was er getan hatte? Ein Kind in die Obhut seiner geliebten Agnes gegeben. Besser konnte der stumme Junge es nicht treffen. Und ob Heinrich an diesem Abend noch einmal nach Stadtamhof zurückkehrte ... nun. Wenn es nicht so war, würde der Junge davon erfahren und bei Agnes in Sicherheit sein.

Und wenn er irgendwie heil aus dieser Sache herauskam ... dann gab es ein Wiedersehen mit Agnes und dem Jungen. Auch das war ihm ein Trost. Und es gab ihm Kraft. Es lohnte, dafür zu kämpfen.

Kapitel 14

»Frau Agnes, wartet!«

Nein, sie wartete nicht! Agnes hieb dem Zelter die Fersen in die Flanken, aber so sehr sie den Grauen auch antrieb, er ließ sich nicht zu mehr bewegen als zu einem schnellen Trab. Und trotzdem hörte sie Roland und Albrecht hinter sich fluchen.

»Mörderwelfe! Zur Königspfalz! Er reitet zur Königspfalz!«

So riefen die Regensburger, und sie rannten, rafften die Pferdeäpfel und verfaulten Kohlköpfe, vereinigten sich in ihrer Wut gegen den Welfen, der ihnen wohl die stolze Stadt neidete. Jetzt hatten sie etwas gefunden, was sie gegen ihn vorbringen konnten – ein feiger Mörder war er!

Und Agnes war die Einzige, dagegen anzureiten und ihn zu verteidigen.

»Haltet ein, Frau Agnes.«

Es gelang Roland, sie einzuholen und den Zaum ihres Grauen zu greifen, um ihn zum Stehen zu bringen. Agnes wurde im Sattel nach hinten geworfen, als der Graue sich empört aufbäumte, nur ein wenig hoben sich die Vorderhufe vom Boden, aber es genügte, ihr einen Schreck durch die Adern zu jagen.

Gerade wollte sie ihn anfahren, wollte ihn wirklich anschreien, weil er es wagte, sie so zu behandeln, da scheute ihr Grauer, und beinahe wäre Agnes doch noch aus dem Sattel gestürzt, wäre Roland nicht gewesen, der sein Pferd dicht neben ihres gelenkt hatte und beherzt zugriff, als sie zu fallen drohte. Agnes klammerte sich an seinen Unterarm.

»Aus dem Weg!« Roland entzog Agnes den Arm, versicherte sich mit einem prüfenden Blick, dass es ihr gut ging, und wedelte mit dem Arm, während sein Pferd am Zügel tänzelte.

Jetzt erst sah Agnes, wer sie aufhielt. Ein Junge stand vor ihrem Zelter, sicher keine acht Jahre alt. Er trug einen sauberen Kittel, der neu aussah, doch seine Füße waren nackt. Das Haar hing ihm wirr und schmutzig ins Gesicht. Es war, als hätte jemand an diesem Kind erste Versuche unternommen, ihm Reinlichkeit beizubringen, und hätte es aufgegeben und bei dem Kittel belassen. Die Augen aber waren von so strahlendem Blau, dass neben ihnen ohnehin aller Dreck verblasste.

»Geh aus dem Weg!«, rief Agnes. Der Junge schüttelte den Kopf, griff nach den Zügeln, blickte zu ihr auf.

Roland drängte sein Pferd vor, als wollte er das Kind niederreiten, doch Agnes hielt ihn zurück. »Nicht, das lässt sich anders lösen. Gib die Zügel frei, wir haben nichts, was wir dir schenken könnten.«

Wieder schüttelte der Junge den Kopf diesmal heftiger, er rang nach Worten, doch nichts außer einem harten Krächzen entrang sich seiner Kehle.

»Ich verstehe nicht, was du willst.«

Da überlegte der Junge, runzelte die Stirn, und als fiele ihm gerade rechtzeitig etwas ein, leuchtete sein Gesicht auf. Mit den Händen gestikulierte er wild, als sprächen seine Hände eine eigene Sprache.

»Kannst du nicht sprechen?«, fragte Agnes behutsam. Der Junge legte den Kopf schief, dann nickte er. Ein stummes Kind, das jedes Wort verstand. Wo kam er her, was wollte er von ihr?

»Geh, wohin du gehörst«, sagte Agnes. »Ich habe jetzt keinen Sinn für diese Art von Spielerei.«

Sie lenkte ihren Zelter an dem Jungen vorbei. Roland und Albrecht folgten ihr. Als sie sich umdrehte, sah sie den Jungen mitten auf der Gasse stehen. Er blickte ihr nach, und als sie sich umwandte, setzte er sich langsam in Bewegung. Er lief ihnen nach!

Sei's drum, dachte Agnes. Solange er mich nicht aufhält, ist es mir egal.

Sie schlugen den Weg zur Königspfalz ein, denn vom Domplatz strömten all die Menschen zurück Richtung Pfalz, da sie glaubten, den Welfenherzog dort gesehen zu haben. Agnes' Herz schlug heftig. *Heinrich, bist du hier?* Innerlich bebte sie, weil sie sich vorstellte, wie es wohl sein würde, ihn wiederzusehen. Sie hatte Friedrich versprochen, sich von Heinrich fernzuhalten. Aber wenn sie sich hier trafen, in Regensburg? Was konnte Friedrich dagegen haben?

»Der Welfe scheint zur Königspfalz zu reiten.«

Agnes zögerte nicht lange. »Nun, dann reiten wir auch dorthin.«

Roland war neben ihr, und sie wusste Albrecht irgendwo hinter sich. Die Menschen wichen zurück, drängten sich in die Hauseingänge und gegen die Mauern, während sie vorbeitrabten. Die Hufe klapperten seltsam laut in ihren Ohren. Sie hörte ihr eigenes Blut rauschen. Tat sie etwas Unrechtes? Es mochte schön und gut sein, nach einem Pergament zu forschen oder einen Dichter in der Hafenschenke zu befragen. Doch zum König zu eilen und ihn von der Unschuld des Welfenherzogs zu überzeugen, das war wohl mehr, als ihr eigentlich zustand.

Sie konnte nicht anders. Der Gedanke, dass Heinrich eines Mordes beschuldigt und überführt wurde, den er in ihren Augen nicht begangen haben konnte – nein. Sie hatte ihn gesehen am Abend, da der Mord geschah, hatte vorher in seine Augen geblickt und auch später, nachdem das Fest längst vorbei war und seine Augen nur ein schwarzes Glitzern im Licht des abnehmenden Mondes waren. Da war kein Unterschied gewesen, kein Falsch, nichts Böses. Er war unschuldig.

Vor der Pfalz des Königs ballten sich die Menschen, sie brüllten und schrien, schüttelten die Fäuste und drängten gegen das Tor, das von Wachen geschützt wurde. Als Agnes und ihre beiden Beschützer heranritten, machte das Volk grollend Platz, und sie ritten im Schritt zwischen den Menschen hindurch. Agnes schauderte, als eine Hand ihren Knöchel unter dem Rock streifte, hätte gerne geschrien, so sehr bedrängten diese Menschen sie. Woher kamen sie nur, waren sie alle Regensburger, oder hatten sie sich aus dem Feldlager hierhertreiben lassen von der Lust am Elend eines Schuldigen?

Die Schreie verstummten. Stille senkte sich über den Platz, und erst als sich hinter Agnes und den beiden Reitern das hohe Tor langsam wieder schloss, setzte das Trommelfeuer des Geschreis wieder ein. Etwas klatschte gegen das verschlossene Tor. Dann setzte ein unregelmäßiges Prasseln ein. Die Menschen schleuderten Unrat gegen die Königspfalz.

Agnes schaute sich um. War das Kind unterwegs verloren gegangen, hatten sie es abschütteln können?

Da stand es, hielt den Zaum von Albrechts Pferd, während der junge Mann aus dem Sattel kletterte. Ganz blass war dieser nach dem Ritt, und die Knie knickten ihm weg. Er musste sich gegen die Flanke seines Pferdes lehnen.

»Diese Menschen sind des Wahnsinns!« Seine Stimme war ein Fiepen, wie bei einem Katzenjungen, das nach seiner Mutter rief. Agnes sprang ohne Hilfe aus dem Sattel, sie sah schon, dass sie am rechten Ort war, denn gerade wurde der Rappe in den Stall geführt, der den Hals bog und am Zügel tänzelte. Stolzer Welfe mit dem stolzen Rappen! Und da stand auch der Fuchs, den Friedrich ritt, ein Knappe rieb das Tier mit einem Büschel Stroh trocken, nachdem es vom Ritt schweißgebadet war.

Agnes eilte zum Thronsaal. Die Rufe von Roland und Albrecht ignorierte sie. *Lasst mich in Ruhe, ich will zu ihm. Da drin werden sie gleich ihr vorschnelles Urteil über ihn fällen, und ich will bei ihm sein.*

Der Gedanke überraschte sie. Aber es stimmte, sie wollte bei ihm sein, und Friedrichs Verbot zählte nichts mehr. Warum auch – Heinrich war für viele ein Mörder, sie hatten ihn schon verurteilt.

Lasst mich wenigstens für ihn kämpfen, wenn es schon kein anderer tut, dachte sie.

»Frau Agnes, so wartet doch!«

Roland stürmte hinter ihr her, aber sie hörte nicht.

»Frau Agnes, Ihr könnt dort nicht hinein!«

Tatsächlich. Zwei Männer standen vor dem Thronsaal. Der Gang davor war verstopft mit Höflingen, die sich umwandten, als Agnes sich näherte. Die beiden Wachen stellten sich schützend vor die hohen Türen, blickten einander fragend an, als wüssten sie nicht, wie sie mit einem Weib umgehen sollten, das Einlass begehrte. Aber ihre Befehle waren wohl unmissverständlich. Sie schüttelten beide den Kopf, als Agnes vor ihnen stand und verlangte, eingelassen zu werden.

»Befehl des Königs«, sagte der eine. »Es kommt nur herein, wen er da drinhaben will. Alle anderen hat er rausgeschickt.«

»Dann fragt ihn!«, fauchte Agnes. »Fragt ihn, ob er mich dabeihaben will, wenn er den Welfen zu Unrecht verurteilt! Aber wahrscheinlich will er das nicht. Wahrscheinlich ist es ihm recht, wenn kein Fürsprecher da ist.«

»Frau Agnes …« Sanft griff Roland nach ihrem Arm, aber sie fuhr wütend zu ihm herum.

»Beruhigt Euch doch. Es ist alles in Ordnung, Frau Agnes.«

»Nichts ist in Ordnung!« Agnes holte tief Luft. »Ich bin die Nichte des Königs, und ich habe ein Recht, da drinnen zu sein. Es geht um den Mord an meinem Bräutigam!«

Sie wollen mir den Mann nehmen, bei dem ich mich glücklich fühle, den Mann, der mir wenige Stunden des Glücks geschenkt hat. Sie nehmen ihn mir, obwohl er nichts getan hat!

»Bitte!« Sie wandte sich ein letztes Mal an die beiden Wachen. »Lasst mich hinein.«

»Edle Frau, wir haben unsere Befehle.« Der Wächter sprach mit ernster Stimme.

»Bitte fragt wenigstens nach, tut mir diesen Gefallen.« Agnes blickte ihn flehend an.

Der Mann zögerte, dann nickte er und öffnete die Tür. »Wartet hier.«

Agnes nickte gehorsam. Während sie quälend lange warten musste, versuchte sie, ihr unruhig schlagendes Herz zu beruhigen.

Alles wird gut.

Es musste einfach so sein.

Friedrich übernahm die Führung. Als sie den Thronsaal betraten, eilte er zu seinem Onkel, beugte das Knie und murmelte eine Entschuldigung. König Konrad, der müde auf seinem Thronsessel gesessen hatte, den Kopf wie im Schmerz in die Hand gestützt, richtete sich auf.

Erst als Friedrich aufblickte, sah er die beiden Männer, die vor dem Thron standen und gerade ihre Sache hatten vorbringen wollen. Es war niemand Geringeres als Hermann von Ortenburg, und neben ihm, linkisch und irgendwie verloren wirkend, der Wittelsbacher.

»Ihr seid also sogleich hierhergeeilt, dem König Eure Vermutung zu servieren?« Plötzlich spürte Friedrich Verachtung für den Ortenburger, der so selbstsicher grinste und zufrieden mit sich und dem Lauf der Ereignisse schien.

»Was soll das?«, fragte der König, dann blinzelte er überrascht, als er sah, wer mit Friedrich vor ihm erschienen war. »Der Welfe und sein Fürsprecher, was für eine Überraschung«, murmelte er.

»Lasst den Saal für diese Sache räumen«, bat Friedrich. »Es ist etwas, das der Welfenherzog mit Euch allein ausmachen will. Er ist unschuldig.«

»Und du glaubst ihm?« Abschätzig musterte König Konrad seinen Neffen. »Sei's drum.« Er winkte einige Männer heran und erteilte flüsternd seine Befehle. Friedrich atmete auf. Er winkte Heinrich, näher zu kommen.

»Und das lasst ihr zu?« Die Stimme des Ortenburgers zitterte von unterdrückter Wut. »Diese Sache ist ebenso meine wie die des Welfen, denn es war mein Vater, der durch den Dolch des Welfen hingerichtet wurde. Lasst mich hierbleiben, damit ich für meinen Vater sprechen kann.«

»Dann bleibt hier.« Der König winkte unwirsch. »Aber Euren Freund da, den schickt vor die Tür.«

Vitus von Wittelsbach und Hermann von Ortenburg wechselten einen kurzen Blick, ehe der Wittelsbacher seine Schultern straffte, sich verbeugte und den Saal mit den anderen Höflingen verließ. Ein letztes Mal blickte er zurück, und was Friedrich da in seinen Augen sah, war die pure Verzweiflung. Was fürchtete der Wittelsbacher?

»Ihr erlaubt, dass ich an Eurer Seite bleibe?« Otto von Freising, des Königs Halbbruder, blieb neben dem Thron stehen. Er hatte jenes feine Lächeln aufgesetzt, das er stets zur Schau trug, wenn er auf seine Rolle als geistlicher Führer pochen wollte. Der König nickte, alle anderen ließ er jedoch aus dem Raum treiben. Im Vorraum herrschte eine Aufregung, die ihm missfiel.

»Sorgt dafür, dass sich die Leute anderswo ihre Beine in den Bauch stehen und ihre Neugier befriedigen als ausgerechnet da draußen«, befahl er ungehalten. Friedrich warf seinem Onkel einen raschen Blick zu. Der König hielt wie schon am Vortag, als ihn der Kopfschmerz geplagt hatte, einen Becher in der Hand. Trank er wieder den Kräutersud, der die Schmerzen doch kaum zu lindern vermochte? Vielleicht erklärte das die Ungeduld, mit der er sich an Heinrich wandte.

»Und nun zu Euch, Welfe.«

Heinrich nickte tapfer. Welf hielt sich wie zum Schutz hinter dem Sachsenherzog und hatte die Arme grimmig vor der Brust verschränkt.

»Ihr wollt also behaupten, nichts mit dem Mord am Ortenburger zu schaffen zu haben?«

»Mein König.« Heinrich räusperte sich und warf einen Seitenblick auf Friedrich, der ermutigend nickte. Nun sag es ihm schon, stolzer Heinrich. »Ich habe wohl mit dem Ortenburger am Tag vor seinem Tod so manche Zwistigkeit ausgetragen, aber ihn zu erstechen, als wäre er in einer Schenke über die von mir bezahlte Hübschlerin hergefallen, das hätte ich wohl kaum zuwege gebracht.«

Der König verzog angewidert den Mund.

»Und doch war es, wie mir erzählt wurde, Euer Dolch, der bei der Leiche gefunden wurde.«

Heinrich schüttelte den Kopf. »Das kann nicht sein.«

»Lügner!«, schrie Hermann von Ortenburg und stürzte vor. Seine Hand krallte sich in Heinrichs Tunika, riss ihn herum. Hermann versetzte dem Welfenherzog einen Faustschlag mitten ins Gesicht, der Heinrich wanken ließ.

»Lasst von ihm ab!«, schrie der König.

Friedrich und Welf stürzten vor, die beiden Kämpfenden zu trennen. Der Ortenburger schnaufte und ließ sich kaum von Welf besänftigen, der ihn etwas abseits führte, um ihn zu beruhigen.

»Ist dir etwas geschehen?«, fragte Friedrich.

Heinrich schüttelte den Kopf und wischte sich über die Nase, aus der Blut tropfte. »Es ist nichts«, brachte er mühsam hervor. »Lass es uns zu Ende bringen. Ich ertrage es nicht länger, mit dem dort in einem Raum zu sein.« Er nickte zu Hermann hinüber.

Friedrich verstand ihn. Der Ortenburger hatte wohl vom Gespräch zwischen ihm und dem Wittelsbacher erfahren und suchte nun seinen eigenen Vorteil, indem er seine eigenen Schlüsse dem König vortrug. Ging es doch auch um die Grafschaft, also um des Ortenburgers Zukunft.

»Was hat es mit dem Dolch auf sich?«, fragte der König. Ungerührt schien er zu beobachten, wie Heinrich sich das Blut mit dem Ärmel aus dem Gesicht wischte.

Friedrich trat vor und griff unter sein Hemd, wo er den Dolch noch immer verborgen hielt. Er nahm das Bündel heraus und reichte es dem König, der das Tuch zurückschlug und auf den fein gearbeiteten Dolch blickte. Er runzelte die Stirn.

»Das kann nicht sein«, murmelte er.

Dann blickte er zum Ortenburger hinüber, der noch immer, kaum gebändigt von Welfs Worten, in einiger Entfernung stand.

»Kommt her. Ich denke, Ihr werdet diesen Dolch ebenso erkennen wie ich.«

Der Ortenburger trat neben Friedrich vor den Thron. Ausdruckslos starrte er auf den Dolch.

»Ihr erkennt ihn, nicht wahr?«, fragte der König.

Schließlich nickte der Ortenburger und wandte den Blick ab.

»Es ist der Dolch des ältesten Ortenburger-Sohns, der vor Jahresfrist bei einem Grenzkampf umkam«, erklärte Friedrich.

Der König schüttelte müde den Kopf und schlug das Tuch wieder über den Dolch.

»Das hat man Euch erzählt?«

»Der Wittelsbacher hat es mir erzählt, ja.« Friedrich suchte im Blick des Königs nach einer Antwort auf die Fragen, die das Verhalten des Ortenburgers aufwarf. »Er berichtete, der Dolch sei danach in den Besitz der Welfen übergegangen und dass er genau wüsste, welcher Welfe fortan den Dolch getragen hätte.« Friedrich machte eine kurze Pause. »So erfuhr ich, dass Heinrich von Sachsen der neue Träger des Dolchs sein sollte.«

»Ach, Friedrich …« Sanft war die Stimme des Königs. »Ich glaube dir vieles, und ich glaube dir auch, dass es so gewesen ist. Aber hast du die Worte des Wittelsbachers überprüft?«

Friedrich nickte. »Ich habe Heinrich gefragt, und er sagte mir, der Dolch gehöre ihm nicht.«

»Und wem glaubst du?« Etwas Lauerndes lag in der Stimme des Königs. Er beugte sich vor, die Hand krallte sich um den Becher, und seine Augen, von so wässrigem Blau, dass sie beinahe farblos waren, blickten prüfend auf Friedrich hinab. »Wem glaubst du nun – dem, der dir diese Geschichte erzählte, oder dem Welfen?«

Friedrich straffte seine Schultern. War *er* hier angeklagt? Aber dann sagte er, was er wirklich dachte. »Für mich ist Heinrich von Sachsen kein Mörder.«

»Er hätte guten Grund gehabt, den Ortenburger zu erstechen, nicht wahr? Die schöne Agnes, die ich dem Ortenburger zur Frau hab' geben wollen, die war ein rechter Grund, dafür würde so mancher Mann zum Mörder. Weil er das Mädchen vor der Ehe bewahren will. Weil er es für sich will.« Die Stimme des Königs senkte sich zu einem Flüstern.

»Er war es nicht«, sagte Friedrich mit fester Stimme.

»Gut, da hast du vermutlich recht. Oder auch nicht, woher soll ich das wissen? Der Dolch aber stammt nicht aus dem Besitz des Welfen.«

»Sondern?«, fragte Friedrich. Oh, er konnte genau sehen, wie sehr König Konrad es genoss, ihn im Ungewissen zu lassen. Er fühlte sich so dumm! Warum hatte er den Worten des Wittelsbachers Glauben geschenkt? Weil er glauben wollte, dass Heinrich von Sachsen schuldig war? Gerade der letzte Gedanke missfiel ihm. Bedeutete er doch, dass er bei seiner Suche nach dem Mörder nie von Heinrichs Unschuld ausgegangen war.

»Der Ortenburger wird es uns sagen.« Erwartungsvoll blickte der König ihn an.

»Ich …« Nur ein Stammeln entrang sich ihm, er wurde rot bis zu den Ohren und wischte sich die Hände an den Beinlingen ab. »Wenn ich mich nicht täusche, so wurde der Dolch Vitus von Wittelsbach zur Schwertleite geschenkt.« Er atmete tief durch.

Seine Worte trafen Friedrich wie ein Schlag. Natürlich! Wie dumm, dass er nicht nachgeforscht hatte und andere nach dem Besitzer des Dolches gefragt hatte. Selbst der Ortenburger hätte es ihm sagen können, und auch der König wusste von diesem wertvollen Geschenk, das dem Wittelsbacher gemacht worden war. Nur ihm war es entgangen, dem Bettelstaufer, der sich aus Reichtum nichts machte und die Dinge nur nach ihrem Zweck bewertete.

»Der Dolch war stets der ganze Stolz des jungen Wittelsbachers. Es würde mich doch sehr wundern, wenn er seiner verlustig gegangen wäre.« Die Finger des Königs strichen beinahe liebevoll über die vom Blut verkrustete Schneide.

»Ruft ihn herein. Er wird doch wohl da draußen noch herumhängen. Lassen wir ihn seine Version der Geschichte erzählen.«

Friedrich sah, wie blass der junge Ortenburger nun geworden war, aber es kümmerte ihn nicht. Er trat zu Heinrich, dem das Blut unvermindert aus der Nase sickerte. Immer wieder wischte er mit dem Ärmel darüber.

»Komm«, sagte Friedrich, nahm den Welfen am Arm und zog ihn beiseite. An der Tafel abseits fand er eine Schüssel und ein weiches Tuch. Selbst die Diener hatte der König verjagt, die den Höflingen gerade das Wasser reichen wollten, damit sie sich vor dem Essen die Hände wuschen.

Heinrich ließ sich von Friedrich auf die Bank drücken. Friedrich hielt ihm eines der weichen Tücher hin, das Heinrich nahm und gegen sein Gesicht drückte. Er seufzte, legte den Kopf in den Nacken und blickte Friedrich von der Seite an.

»Diesen Bastard werde ich umbringen«, flüsterte er.

»Nicht jetzt«, sagte Friedrich.

Sie mussten nicht lange warten, bis Vitus von Wittelsbach den Saal betrat. Er eilte zum Thron, beugte das Knie und wartete auf ein Zeichen des Königs. Dann erst blickte er auf.

»Ich glaube, das hier gehört Euch.«

Der König hob den Dolch. Er drehte ihn in seiner Hand hin und her und schien durchaus zufrieden mit dem Gesicht des Wittelsbachers, das in diesem Moment jede Farbe verlor.

»Das …« Er schluckte. »Ja«, sagte er schließlich ergeben. »Das ist der Dolch, den mein Vater mir zur Schwertleite schenkte.«

»Ein wertvolles Stück. Man sollte meinen, dass Ihr ein Auge drauf habt, damit er Euch nicht gestohlen wird.«

Vitus' Lippen zitterten. Er blickte sich Hilfe suchend nach Hermann von Ortenburg um, der sich aber zurückhielt. Mit verschränkten Armen stand er hinter ihm.

»Ich ... ich weiß nicht, wie das ...« Dann ließ er den Kopf hängen. »Aber Ihr werdet es ohnehin herausfinden.«

Friedrich sprang auf. Das hier war nun sein Feld, das durfte er sich vom König nicht nehmen lassen. »Dann habt also Ihr den Ortenburger ermordet? Warum?«

Vitus von Wittelsbach fuhr zu ihm herum. »Das habe ich nicht!«, heulte er auf, und fast hätte Friedrich es ihm geglaubt.

»Wie kommt es dann, dass der Dolch beim Toten gefunden wurde?« Triumphierend trat Friedrich zum König. Er nahm den Dolch und hielt ihn dem Wittelsbacher hin. »Erklärt mir, wie der Dolch dort hingekommen ist, denn ich habe ihn am Donauufer gefunden, genau dort, wo die Leiche lag.«

»Ich weiß es nicht.« Mit hängenden Schultern, den Kopf gesenkt, wirkte der Wittelsbacher gar nicht mehr so groß und kräftig. Seine Stimme war nur mehr ein Flüstern in dem hohen Thronsaal.

»Habt Ihr ihn verloren?«

Ein stummes Kopfschütteln war die Antwort.

»Dann wisst Ihr, wie er dorthin kam?«

Tief atmete der Wittelsbacher ein und aus, blickte sich nochmals nach Hermann von Ortenburg um, der leise nickte. Friedrich registrierte es.

»Ich habe den Dolch nicht verloren.«

»Ihr müsst schon lauter sprechen.«

Friedrich nahm eine Bewegung wahr. Heinrich hatte sich erhoben und kam langsam auf den Wittelsbacher zu, das blutgetränkte Tuch gegen seine Nase gepresst.

»Ich habe den Dolch nicht verloren!« Vitus von Wittelsbach sah den König an. »Meine verdammte Gier hat ihn mich verlieren lassen. Das Würfelspiel in den Hafenspelunken kostet Geld, und ich lieh mir vom alten Ortenburger eine nicht unbeträchtliche Summe. Ich konnte sie ihm nicht zurückzahlen, weil ich beim Würfelspiel immer wieder verlor. Und darum habe ich ihm den Dolch gegeben. Es ist mir schwergefallen, aber schlimmer wäre es mir gewesen, ihm nichts zu geben, denn das Geld hätte ich ihm nie zurückzahlen können, auf Jahre hinaus nicht.«

Sieh an, dachte Friedrich.

Aber auch Welf schien sich für diese Information zu interessieren. Er stand neben Heinrich, lauschte mit gerunzelter Stirn, als dächte er über das Gehörte nach, und hatte seinem Neffen die Hand auf die Schulter gelegt, als wollte er ihn trösten.

»Vorgestern haben wir uns getroffen, in der Hafenschenke. Dafür gibt es genug Zeugen!«

Ja, soweit man Hafenarbeiter und kleine Hübschlerinnen als Zeugen zählen lässt, dachte Friedrich. Mithilfe weniger Münzen ließ so mancher sich zu einer Lüge hinreißen.

»Da habe ich ihm den Dolch gegeben, und er hat sich dafür bedankt. Alles sei nun wieder in Ordnung zwischen unseren Familien, so drückte er sich aus. Überhaupt schien er bester Laune zu sein, und stolz erzählte er mir, dass er sein Bräutlein am Nachmittag getroffen habe, das er am nächsten Tag heimführen sollte. Und er freute sich auf das Fest am Abend.«

»Und Ihr hattet von diesem Moment an allen Grund, den Ortenburger zu hassen«, sagte Friedrich. »Ihr habt ihm eine große Summe Geld geschuldet. Wie viel es war, will ich gar nicht wissen, es muss genug gewesen sein, dass ihr ihm als mageren Ersatz diesen wertvollen Dolch geboten habt. Und was liegt da näher, als ihn umzubringen. Ihr Wittelsbacher seid doch alle gleich: Überall auf Händel aus, zieht ihr selbst Nachbarn in ein Gefecht, die zuvor Freunde waren.«

»Nein.« Betreten blickte der Wittelsbacher zu Boden. »Kann schon sein, dass ich gute Gründe gehabt hätte. Aber ich war's nicht, ich hab es nicht getan. Der Welfe war's, ich bin mir sicher.«

Friedrich blickte zu König Konrad hinauf, der gerade den letzten Schluck von seinem Kräutersud trank. Angeekelt verzog er das Gesicht, ehe er den Becher auf die Lehne seines Thronsessels knallte. Nun war Friedrich klar, warum der Wittelsbacher ihn belogen hatte. Aber was, wenn mehr dahintersteckte?

»Und wo wart Ihr an dem Abend, als der Ortenburger starb?«, fragte Friedrich.

»Zunächst war ich auf dem Fest, das er zur Feier seiner bevorstehenden Hochzeit ausrichtete. Dort hat man mich gesehen, Ihr könnt jeden fragen.«

Das brauchte Friedrich nicht, er selbst hatte den Wittelsbacher dort gesehen.

»Danach bin ich mit Hermann noch in die Hafenschenke gezogen. Dort war nicht viel los, aber wir haben trotzdem so manchem hübschen Weib den Hintern getätschelt.« Er grinste.

»Stimmt das?« Die Stimme des Königs war laut und fordernd. Hastig trat Hermann neben den Wittelsbacher.

»Das stimmt«, sagte er. »Doch wenn ich eines in dieser Angelegenheit noch sagen darf ...« Er schien verlegen.

»Was denn?«, knurrte der König.

»Vitus machte sich früher auf den Weg, und ich folgte ihm erst einige Zeit später, weil das Schankmädchen mit mir schäkerte, und ...« Er warf Vitus von Wittelsbach einen beinahe ängstlichen Blick zu. Friedrich bemerkte, wie die Oberlippe des Ortenburgers zitterte, und er sah auch den kalten Schweiß auf seiner Stirn. »Vitus war an diesem Abend nicht er selbst, er kam spät, er ging früh, und er trank nicht wie sonst. Trotzdem zitterten seine Hände, als wäre ihm ein großer Schreck in die Glieder gefahren ... Und einmal sagte er, es täte ihm leid, und als ich ihn fragte, was denn los sei, da gab er keine Antwort, sondern lachte nur irre und bestellte Wein für alle.«

Hermann von Ortenburg wandte sich an Vitus von Wittelsbach.

»Ich habe mir nichts dabei gedacht, manchmal bist du eben anders«, sagte er entschuldigend. »Aber an diesem

Abend warst du mehr ein anderer als sonst. Und ich habe das Blut an deiner Tunika bemerkt. Du hast es vielleicht nicht gesehen, aber ...«

Plötzlich war es totenstill im Saal. Aller Blicke richteten sich auf Vitus von Wittelsbach, der blass dastand, die Arme hingen an seiner Seite hinab, leblos wirkte er, wie eine Puppe, der man die Fäden abgeschnitten hat.

»Das ist doch alles Lüge«, flüsterte er.

»Dann habt Ihr den Dolch gar nicht dem Ortenburger gegeben«, sagte Friedrich. »Sondern Ihr habt ihn, nachdem ihr Euch am Flussufer getroffen hattet, erstochen und dort liegen lassen, zusammen mit Eurem Dolch. Und als ich Euch heute aufsuchte, schien es Euch die rechte Möglichkeit, Euren Kopf aus der Schlinge zu ziehen, indem Ihr mir nicht nur diese Lügengeschichte auftischtet, sondern auch dem Ortenburger, der damit sofort zum König eilte. Zu dumm, denn das habt Ihr nicht gewollt.« Friedrich fühlte, wie der Triumph sich seiner bemächtigte. »Und so seid Ihr zum Mörder geworden und habt Euch selbst der Gerichtsbarkeit ausgeliefert ...«

Otto von Freising trat vor. Er wirkte ernst. »Erlaubt, dass ich ihn seiner gerechten Strafe zuführe«, sagte er an den König gewandt.

»Sperrt ihn ein«, sagte König Konrad nur. »Ich will mich selbst darum kümmern.«

Otto von Freising neigte den Kopf, doch er warf Friedrich einen Seitenblick zu, den dieser nicht zu deuten wusste.

»Lasst mich wenigstens die Wachen rufen ...«

König Konrad winkte ab. »Dann tut das, ja«, sagte er unwirsch. »Ich denke, die Beweise sind eindeutig.«

»Das stimmt nicht!«, kreischte Vitus von Wittelsbach. »Bitte, ich war es nicht!« Er warf sich auf die Knie, rutschte vor, flehentlich rang er die Hände. »Bitte, hört mich an! Ich habe es nicht getan, ich war es nicht!«

Er schrie noch verzweifelt, als die beiden Wachen ihn an den Armen griffen und aus dem Saal zogen. Er stolperte, weinte, schrie, und vermutlich hörte man ihn überall in der Pfalz. Durch eine Seitentür wurde er fortgebracht.

Friedrich atmete auf. Er wandte sich an den König, doch dieser schien von den Anstrengungen dieses Nachmittags genug zu haben.

»Geht. Alle«, fügte er hinzu, als der Ortenburger zögerte. »Eure Sache werde ich später verhandeln, Ortenburger.«

»Es geht mir nicht nur um die Grafschaft«, beeilte sich der Ortenburger zu sagen.

»Nicht?« Diese Äußerung weckte doch das Interesse des Königs. »Also dann, was wollt Ihr?«

»Die Hand der Agnes von Waibling«, platzte Hermann von Ortenburg heraus.

Einen Moment war es still. Dann ging plötzlich alles ganz schnell. Heinrich stürzte vor, und Welf war nicht schnell genug, ihn daran zu hindern. Schon flog seine Faust, und die Welfenwut fand ein neues Opfer. Der Ortenburger lag schneller auf dem Rücken, als er schauen konnte, die Nase ebenso zerschlagen, wie er es beim Welfen getan hatte, der nun auf ihm saß und die Faust zum nächsten Schlag hob.

Da war Friedrich bei ihm, griff Heinrich in den Arm, der herumfuhr und ihm einen Stoß versetzte. Jetzt griff auch Welf ein und half Friedrich, den wütenden Sachsenherzog vom Ortenburger herunterzuziehen und die Kämpfenden zu trennen. Wieder blutete eine Nase. Der Ortenburger kümmerte sich nicht darum. Benommen schüttelte er den Kopf und ließ sich von Welf aufhelfen, ehe er Blut auf den Steinboden rotzte.

Friedrich rang mit Heinrich, der vor Wut raste und gegen die Arme kämpfte, die ihn hielten. Der Bischof von Freising eilte zum Ortenburger und kam Welf zur Hilfe, ehe Hermann auf Heinrich losgehen konnte.

»Genug!« Donnernd war die Stimme des Königs und hallte so gewaltig im hohen Saal wider, dass alle erstarrten. »Sind wir hier in einer Hafenspelunke, wo man sich um eine Hübschlerin streitet? Ihr«, er wandte sich an Heinrich, »habt noch nie die Fähigkeit besessen, Euer Temperament zu zügeln, aber das hier geht zu weit!«

Heinrich machte sich unwillig los, und Friedrich ließ ihn gewähren, wechselte jedoch einen kurzen Blick mit Welf, der nur stumm den Kopf schüttelte.

»Ihr denkt doch nicht wirklich daran, die junge Waiblingerin in die Hände dieses groben Hunds zu geben?«, begehrte Heinrich auf.

»Vielleicht werde ich das«, gab der König zurück. »Was kümmert es Euch? Agnes von Waibling ist in meiner Munt, und solange dem so ist, kann ich mit ihr tun, was mir beliebt. – Was denn?«, bellte er, als ein junger Knappe sich durch die Tür schob.

»Es ist nur, Herr König …« Der Knappe verneigte sich und wartete einen Moment, bis König Konrad unwillig winkte. »Es ist nur, da ist eine junge Frau, und sie möchte gerne vorgelassen werden.«

Friedrich spürte, wie Heinrich neben ihm erstarrte. Und auch er hatte das Gefühl, ihm würde der Boden unter den Füßen fortgezogen. Wagte Agnes es?

»Nun?«, fragte König Konrad, als der Knappe nicht weitersprach. »Hat diese Dame auch einen Namen?«

»Sie sagt, sie sei Frau Agnes, die Nichte des Königs.«

Agnes wagte es. Friedrich atmete tief durch. Was auch immer nun geschah, er konnte ihr nicht beistehen. Er hoffte, dass sie mit jener Ruhe agierte, die er von ihr kannte.

Er fürchtete jedoch das Schlimmste.

Kapitel 15

»Warum dauert das so lange?« Wie ein wildes Tier lief Agnes auf und ab. Roland hatte sich lässig gegen die Wand gelehnt, seinen schartigen Dolch aus dem Gürtel gezogen und säuberte seine dreckigen Fingernägel, während Albrecht nervös auf seine Stiefelspitzen starrte. Sie waren nicht allein im Gang. Die Schar der Höflinge drängte sich zusammen, man flüsterte und tuschelte. Mancher warf einen neugierigen Blick zu ihnen herüber.

»Ihr macht es nicht besser, wenn Ihr hier die Löwin gebt«, sagte Roland. »Der König wird Wichtigeres zu tun haben, als Eure Sache anzuhören.«

Was wusste dieser einfache Ministeriale schon vom König? Agnes stemmte die geballten Fäuste in die Hüften und beobachtete ihn, wie er da lehnte. Er betrachtete mit gerunzelter Stirn seine Finger, knibbelte an der Nagelhaut herum und schnalzte missbilligend mit der Zunge. Er war offensichtlich genauso aufgeregt wie Albrecht und sie, nur versuchte er, es zu verbergen, indem er sich die Nägel reinigte, für den Fall, dass er doch vor den König zu treten hätte.

Der Gedanke wirkte sich seltsamerweise beruhigend auf sie aus. Sie strich wieder und wieder über ihr Kleid, das Spuren von Straßendreck aufwies. Ach, es war vergebens. Sollte der König doch denken, was er wollte.

Die beiden Wachen standen längst wieder an ihrem Platz. Unverrichteter Dinge war der eine zurückgekommen. Sie müsse Geduld haben, sagte er nur.

Als die Tür zum Vorraum sich öffnete, atmete Agnes auf. Ein pickelgesichtiger Knappe tauchte auf und winkte ihr, ihm zu folgen. Agnes durchquerte den Vorraum, der wie ausgestorben dalag. Dann wurden die großen Flügeltüren aufgestoßen, und sie betrat den Thronsaal.

In zwei Grüppchen standen die Männer beisammen, als

hätten sie für Agnes in der Mitte Platz gemacht. Ohne links und rechts zu schauen, schritt sie vor zum Thron und machte einen tiefen Knicks. Der König nickte langsam, dann stand er auf und trat zu ihr.

»Agnes von Waibling. Zankapfel der Fürsten in meinem Reich.«

Verwirrt blickte sie zu ihm auf, nahm seine ihr dargebotene Hand und ließ sich von ihm führen. Er wandte sich zur Gruppe rechterhand um.

Agnes fühlte, wie ihr plötzlich die Knie weich wurden. Heinrich! Am liebsten wäre sie auf ihn zugeeilt, hätte ihre Hand an seine Wange gelegt, die besudelt war von seinem eigenen Blut. Neben ihm standen Friedrich und Welf, beide hatten eine Hand schwer auf Heinrichs Schulter gelegt, als wollten sie ihn daran hindern, zu ihr zu gehen.

»Warum bist du hergekommen?«, fragte der König sanft.

Sie blickte verwirrt zu ihm auf. Sammelte sich, brachte nur mühsam die Worte hervor, die sie immer und immer wieder in ihrem Kopf zurechtgelegt hatte. »Heinrich ist unschuldig.« Aber ihre Worte waren nicht kraftvoll, sondern vor Sorge um Heinrich zu einem Hauch, einem dumpfen Zittern zusammengepresst.

König Konrad lachte. Er ließ ihre Hand los, und sie wusste nicht, ob er ihr damit Erlaubnis erteilte, zu Heinrich zu gehen. Sie blickte zu ihm auf. König und Onkel, aber immer noch Fremder – in diesem Moment war er ihr unheimlich.

König Konrad kehrte zu seinem Thron zurück und ließ sich schwerfällig in die Polster sinken. Agnes trat zu Heinrich und Friedrich, während Welf einen Schritt zurück tat und die Arme verschränkte. Erst jetzt, da der finstere Blick Heinrichs an ihr vorbei zur anderen Seite des Saals ging, wurde sie der Männer dort gewahr.

»Es ist schön, dass du im rechten Augenblick hierhergekommen bist, denn wir haben gerade über wichtige Dinge gesprochen.« Mit dem Zeigefinger umkreiste der König den

Rand seines Bechers. »Stell dir vor, wir suchen nicht nur den Mörder. Sondern auch deinen neuen Ehemann.«

Agnes straffte die Schultern. Sie blickte zum Ortenburger hinüber, der sie abschätzig musterte. Er …?

»Es gibt im Moment zwei Männer, die um die Hand einer Kebstochter anhalten. Erstaunlich, nicht wahr? Ich fand es ja schon erstaunlich, dass der alte Ortenburger sich mit dir zufriedengeben wollte, aber ich hab ihm wohl genügend Hufe Land dazugegeben, um ihm diese Ehe schmackhaft zu machen. Deine Mutter könnte stolz auf dich sein.«

Agnes schloss kurz die Augen. Was wusste der König schon von ihrer Mutter?

»Und doch, auch der Sachsenherzog will dich zur Frau. So deutlich hat er das nicht gesagt, aber er denkt es wohl. Er will unter seinem Stand heiraten und verzichtet damit auf die Vorteile, die ihm ein anderes Heiratsbündnis verschaffen könnte. Was also ist es? Wohl kaum die paar Hufe Land. Obwohl der Sachse ja schon immer gierig war, wenn es um Land ging …«

Agnes ballte die Fäuste. Er mochte gegen den Ortenburger sagen, was er wollte, das kümmerte sie nicht. Aber wenn er schlecht von Heinrich sprach …

»Dann gebt mich ihm doch!«, rief sie herausfordernd. »Gebt mich ihm, wenn ich Euch so wenig wert bin!«

König Konrad schien wirklich darüber nachzudenken. Doch dann schüttelte er den Kopf.

»So einfach ist es nicht«, sagte er. »Hätte Friedrich den Mörder gefunden – was so schwer nicht gewesen wäre –, dann würde er jetzt über dich bestimmen. Da jedoch der Mörder *nicht* von Friedrich dingfest gemacht wurde …« Er sprach nicht weiter.

Agnes senkte den Blick. Warum war sie jetzt wieder so verzagt und mutlos, während der König sie anstarrte? Er behandelte sie nicht wie die Tochter eines Adeligen, sondern wie das Kind einer Magd, das man aus einer Hütte gezerrt und gesäubert hatte, um es am Hof vorzuführen, zur Unterhaltung der Adeligen an der Hohen Tafel. Abschätzig war sein Blick.

»Ihr seid nur zu feige!«, zischte sie.

Schlagartig war es still. Der König schleuderte den Becher von sich, der auf den Steinfliesen klapperte und lärmte. Friedrich griff nach Agnes' Arm, sie schüttelte ihn aber ab, weil sich endlich der Unmut, der sich in den letzten Tagen in ihr angestaut hatte, Bahn brach.

»Undankbares Weib!«, donnerte der König. »Los, geh schon! Wirf dich wie eine läufige Hündin an die Brust des Welfen, wie es deine Mutter auch einst bei meinem Bruder getan hat! Tu doch, was du willst, aber geh mir aus den Augen! Scher dich fort!«

Agnes wollte etwas sagen, aber Friedrich war neben ihr, seine Hand wog schwer auf ihrer Schulter.

»Komm«, flüsterte er. Als wäre alles gesagt.

»Friedrich, du bleibst gefälligst!«

Agnes schritt auf die hohen Türen zu. Blind und taub für den Lärm hinter ihr. Als sie die Tür erreichte, spürte sie, wie sich eine Hand auf die ihre legte. Sie erstarrte und wandte sich halb dem zu, der neben ihr ging, den Kopf gesenkt, als nähme er alle Schuld auf sich.

»Und so wahr es in meiner Macht steht, den Welfen kriegst du nie!«

Dann schloss sich die Tür hinter ihnen, und sie standen allein in der Stille des Vorraums.

»Heinrich«, flüsterte sie mit erstickter Stimme, warf sich ihm an die Brust, und seine Arme umfingen sie, sein Gesicht grub sich in ihr Haar. Was kümmerte es sie, dass er blutete und verschwitzt war. Sie drückte das Gesicht an seine Schulter, schloss die Augen und spürte Tränen über ihr Gesicht laufen.

»Ich hatte solche Angst um dich!«

Er lachte rau, schob sie von sich und hielt sie an den Oberarmen fest. »Um mich? Du brauchst dich nicht um mich zu sorgen, kleine Agnes! Ich werde aus der Sache heil herauskommen, das ist die Art der Welfen. Nein«, er zog sie wieder an sich. »Du machst mir Sorgen. Dem König die Stirn zu bieten ... Wahrlich, du hast den Mut der Staufer.«

Sie krallte die Hände in seine vom Blut verkrustete Tunika. Warm war er, und der kupfrige Geruch seines Bluts ließ sie aufschluchzen. Seine Arme lagen nun um sie, umschlossen und wiegten sie, bis ihre Tränen versiegten.

»Nie werde ich zulassen, dass er dir Leid zufügt, er oder ein anderer. Eher entführe ich dich und bringe dich durch das halbe Reich nach Braunschweig, bevor ich erlaube, dass der stinkige Ortenburger ...«

Die Türen öffneten sich erneut, und sie fuhren herum. Es waren jedoch Friedrich und Welf, beide mit finsterem Blick, doch während Welf vorbeistiefelte und murmelte, er warte im Stall, blieb Friedrich bei ihnen stehen.

»Wenigstens ihr habt ein Stück vom Glück kosten dürfen«, sagte er bitter.

»Was ist geschehen?«

»Oh, unser Onkel hat nicht versäumt, mich daran zu erinnern, dass auch auf mich eheliche Pflichten warten. Er hat die Hochzeit mit Adela von Vohburg kurzerhand auf übermorgen festgesetzt.«

Mit finsterem Blick ging er an Agnes und Heinrich vorbei. Als ertrüge er den Anblick der beiden nicht.

Agnes löste sich aus Heinrichs Umarmung. »Kannst du sie nicht ein wenig mögen?«, fragte sie.

»Sie mögen? Das wäre so, als verlangte ich von dir, den Ortenburger zu mögen. Nein, das kann ich nicht. Wenn ich wenigstens euch das Glück schenken könnte, das mir verwehrt bleibt ...«

Er betrachtete Agnes nachdenklich, und sie senkte den Blick.

»Ich habe noch immer nichts herausfinden können über das rätselhafte Pergament«, gestand sie. »Zwar fand ich den Verfasser am Hafen in einer Spelunke, aber ...«

Friedrich winkte ab. »Das ist jetzt nicht mehr wichtig. Vitus von Wittelsbach ist schuldig. Er wird seine gerechte Strafe erhalten.«

»Dann ist es vorbei? Heinrich wird nicht angeklagt?« Agnes atmete tief durch. »Das ist doch wunderbar, oder? Ist das nicht wunderbar?«

»Ja.« Heinrich zog sie behutsam wieder an sich.

»Jedoch – es war der König, der den Mörder fand. Nicht ich.« Friedrich sprach nicht weiter.

Nicht Friedrich hatte den Mörder gefunden … Agnes atmete tief durch. Was das bedeutete, wusste sie wohl. Der König bestimmte nun über ihr Los.

»Haben wir denn keine andere Möglichkeit?«, fragte Agnes verzweifelt. Sie konnte nicht glauben, dass sie wirklich dem König ausgeliefert war.

Friedrich schüttelte den Kopf. Agnes wandte sich an Heinrich, aber er wirkte plötzlich ebenso finster wie Friedrich.

»Und nun?«

Ihre Stimme war nur noch ein Flüstern. Sie legte den Kopf wieder an Heinrichs Schulter, seine Hand strich beruhigend über ihr Haar. Müde schloss sie die Augen, lauschte auf den Schlag seines Herzens. Und wenn jemand sie so sah – es kümmerte sie nicht.

»Ihr findet mich im Stall«, sagte Friedrich. »Und seid vorsichtig.« Er wechselte über Agnes' Kopf hinweg einen langen Blick mit Heinrich. Agnes verstand, was er meinte. Sie löste sich aus Heinrichs Umarmung. Oh, wie sehr sie jetzt schon seine tröstenden Arme vermisste!

»Wir kommen nach«, sagte Agnes. Sie wollte sich nicht so schnell von Heinrich lösen. Wer wusste, ob sie einander noch einmal wiedersehen durften?

»Passt auf«, ermahnte Friedrich sie. »Wenn der König erfährt … Aber das wisst ihr genauso gut wie ich«, unterbrach er sich selbst. Plötzlich wirkte er müde und niedergeschlagen. »Passt einfach auf. Ich warte im Stall auf euch.«

Da waren sie allein. Heinrich wollte sie wieder an sich ziehen. Kurz nur ließ Agnes es geschehen, dann entwand sie sich seinen Armen. »Friedrich hat recht«, sagte sie, so sehr es ihr widerstrebte. »Wenn wir uns die letzten Möglichkeiten nicht verbauen wollen ...«

»Welche Möglichkeiten?«, fragte Heinrich herausfordernd. Dann zog er sie an sich, und Agnes ließ es geschehen. Ihr Ohr an seine Brust gepresst, hörte sie ihr eigenes Blut rauschen.

»Glaub mir, wenn es eine Möglichkeit gäbe, würde ich sie sofort nutzen«, murmelte Heinrich.

»Wir könnten mit ihm reden.«

Heinrichs Lachen war ein raues Bellen. »Er wird uns nicht anhören. Ich würde alles tun, damit er uns ...« Da verstummte er, als fiele ihm etwas ein.

Agnes blickte zu ihm auf. Wie ernst er wirkte. Vorsichtig löste sie sich von ihm, doch er hielt ihre Hand fest. Wollte sie nicht gehen lassen.

»Geh mit mir fort«, bat er.

»Fort?«

»Nach Braunschweig. Wir könnten einfach losreiten. Niemand wird uns folgen, in wenigen Tagen ergeht der Befehl, nach Outremer zu ziehen. Ich bringe dich nach Braunschweig, dort lassen wir uns trauen, und danach werde ich nach Magdeburg ziehen, um auf den Kreuzzug gen Osten ...«

»Wie stellst du dir das vor?«, rief Agnes verzweifelt. Sie machte sich von ihm los. »Sollen wir einfach weglaufen, als hätten wir ein Verbrechen begangen?«

»Was haben wir denn zu verlieren? Dich wird er mit einem anderen vermählen, und mir wird er Bayern ohnehin nicht geben, auch wenn er es mir jüngst in Frankfurt versprochen hat. Ich will bei dir sein, Agnes, nichts anderes wünsche ich mir, und wenn das nur möglich ist, indem ich mit dir fliehe – dann tue ich das, ohne zu zögern.«

Agnes fühlte ihr Herz so deutlich und lebendig, als wäre sie erst in diesem Moment geboren. Als hätte sie unter einer

Schicht aus Staub zusammengekauert gelegen, und erst Heinrichs Worte hätten sie wie ein zarter Kuss geweckt.

Tränen schossen ihr in die Augen, und sie wandte das Gesicht ab, damit Heinrich es nicht sah.

»Aber was ist denn? Habe ich etwas Falsches gesagt?«, fragte er besorgt, wollte sie an sich ziehen, doch Agnes machte sich von ihm los, trat an das hohe Bogenfenster und starrte hinaus, blinzelte verzweifelt die Tränen fort. Wie sollte sie Heinrich auch erklären, dass es die Freude über seine Worte war, die sie in so tiefe Verwirrung stürzte?

»Es ist nur ...«

»Verzeih, wie unbedacht von mir. Da komme ich daher mit all meinen Wünschen und meiner Liebe zu dir. Du musst mich für verrückt halten, und ja, dann bin ich verrückt, weil mir ein Blick in dein liebliches Gesicht genügt hat, um das zu wissen. Für mich gibt es keine Zweifel. Und wenn du es willst – aber nur dann! – bin ich bereit, dich sogleich nach Braunschweig zu bringen.«

Agnes schwieg. War es so einfach? Konnte sie denn einem zarten Gefühl, das sie selbst kaum verstand, so einfach nachgeben?

»Kannst du es dir vorstellen, Agnes? Mit mir zu gehen und meine Frau zu werden?«

Sie nickte. Mehr vermochte sie nicht. Heinrich atmete hinter ihr auf, als fiele ihm eine schwere Last von den Schultern. Sie fuhr zu ihm herum, ergriff seine Hände. »Lass mir ein wenig Zeit«, bat sie. »Ich weiß nicht, wie schnell ich für diesen Schritt bereit sein kann.«

»Wir haben keine Zeit, kleine Agnes«, erinnerte er sie zärtlich. »Der König will vor seiner Abreise alles geregelt wissen. Noch hilft uns der französische Ludwig, der mit seinen Weibern und seinem Tross längst nicht auf dem Weg nach Jerusalem ist. Aber hat er sich erst aufgemacht, dann wird Konrad es eilig haben, vor ihm die Tore der heiligen Stadt zu erreichen. Nein, wir müssen schnell handeln, oder er kommt uns zuvor.«

»Gib mir Zeit«, sagte Agnes. »Ein wenig nur …«

Sie merkte Heinrich seine Enttäuschung an. Dennoch nickte er. Sie verließen den Vorraum, Agnes schritt voran und hörte Heinrichs Schritte hinter sich. Es schien ihr unerträglich, ihn jetzt gehen zu lassen. Was war richtig? Dem Gefühl folgen oder den gebotenen Regeln?

Sie erreichten den Stall. In der Pfalz herrschte eine merkwürdige Ruhe, auch wenn überall Menschen hin und her eilten. Niemand lachte, niemand rief. Besorgte Gesichter wandten sich immer wieder zum Tor, hinter dem der Lärm des Pöbels mit den Geräuschen der Stadt zu einem sanften Wispern verschmolz.

Agnes wandte sich an Heinrich.

»Ich ertrage es nicht, dich gehen zu lassen«, flüsterte sie. »Ich will dich wiedersehen, Heinrich!«

»Schick mir den Jungen«, erwiderte Heinrich. Ein letztes Mal drückte er sie an sich und küsste sie sanft auf die Stirn. »Schick den Jungen, sobald du bereit bist, mit mir zu gehen.«

»Den Jungen?« Doch dann verstand sie. »Du hast ihn zu mir geschickt, nicht wahr?«

»Ich wusste nicht, wohin mit ihm. Ich hätte ihn wohl kaum zum König mitnehmen können. Das Kind ist mir zugelaufen, im Lager vor der Stadt. Ich glaube, dumm ist er nicht, obwohl er kein Wort spricht.«

»Ich werde auf ihn aufpassen«, versprach Agnes.

Plötzlich war ihr leichter ums Herz. Es war, als hätte er ein zusätzliches Band zwischen ihnen geknüpft.

Als ob es dessen bedurft hätte!

Friedrich bestand darauf, sie nach Niedermünster zu bringen. Sie saßen im Hof auf. Agnes hatte verfügt, dass Albrecht den Jungen hinter seinem Sattel mitreiten ließ. Zu groß war ihre Furcht, ihm könnte etwas geschehen, wenn er mit ihnen lief.

Der Pöbel war noch nicht fort. Einige Hundert Menschen hatten sich auf dem Platz vor der Pfalz versammelt. Als sich das Tor öffnete, spürte Agnes, wie die Angst sich ihrer bemächtigte. Bei Gott, sie wollte mutig sein. Hatte sie nicht selbst zu diesen Menschen sprechen wollen, um sie von Heinrichs Unschuld zu überzeugen?

»Mörderwelfe!«, schallten die ersten Rufe über den Platz. Die Menschen drängten heran. Friedrich, Welf und die anderen legten demonstrativ die Hände an ihre Schwerter. Ein Dutzend bewaffneter Reiter beeindruckte die Menschen wohl, nicht aber ihre Stimmen. Der Ruf nach dem Mörderwelfen begleitete sie, bis sie den Platz hinter sich ließen.

»Die Menschen benehmen sich, als wollten sie mir das Fell über die Ohren ziehen.«

Heinrich war wütend, und Agnes konnte es ihm nicht verdenken. Er lenkte seinen Rappen neben ihren Grauen. Sein Lächeln geriet schief, es erreichte die Augen kaum. Er sorgte sich.

»Und du, denk nicht zu lange nach. Ich könnt' es nicht ertragen, dich zu verlieren«, sagte er. Als er die Hand nach ihr ausstrecken wollte, schüttelte Agnes heftig den Kopf. Es war ihr in diesem Moment nicht recht, von ihm berührt zu werden – sie wollte Friedrich nicht verärgern, der vor ihnen ritt und sich immer wieder umdrehte; sie spürte aber auch ein merkliches Unwohlsein, das sich ihrer bemächtigte. Das war bestimmt die Aufregung des Tages, gepaart mit der unerträglichen Hitze. Wenn sie sich zur Flucht entschied, würden auch die nächsten Wochen große Anstrengungen von ihr fordern.

Fühlte sie sich für diesen Schritt bereit?

»Ich könnte es ebenso wenig ertragen.«

Leise hatten sie gesprochen, und trotzdem drehte sich Friedrich im Sattel um. Agnes senkte den Blick. Sie wusste, so durfte sie nicht sprechen, es war ungehörig, aber sie konnte nicht anders. Von nun an konnte sie erst recht nicht ohne ihn sein.

»Schick den Jungen«, wiederholte Heinrich. Auch er hatte Friedrichs Blick bemerkt. »Und schick ihn bald.«

Er ritt voran, rief Welf etwas zu, und Welfs Männer folgten den beiden, als sie davontrabten. Kein Blick zurück. Fort waren sie, und Agnes blieb nur Friedrich. Sie wappnete sich gegen die Vorwürfe, die Friedrich ihr machen würde.

»Und nun?«

Lange hatte Welf nichts gesagt, hatte Heinrich schweigen und brüten lassen. Aber inzwischen hatten sie das Lager vor den Toren der Stadt beinahe erreicht.

»Ich werde mit Agnes nach Braunschweig fliehen.« Heinrich biss die Zähne zusammen. So übel klang der Plan gar nicht, doch wusste er, es lauerten überall Fallen und Stolpersteine. Selbst wenn es ihnen gelang, nach Braunschweig zu kommen, gab es noch viele Unwägbarkeiten, die verhindern konnten, dass Agnes und er glücklich wurden. Aber er war bereit, all das auf sich zu nehmen.

»Nach Braunschweig, soso.« Welf rutschte im Sattel hin und her. »Ich nehme an, du wirst dann nicht die Zähringer-Tochter umwerben, wenn du dir kurzerhand die kleine Stauferin ins Bett holen kannst. Nicht dass ich es nicht verstehen würde. Zumal du schön dumm wärst, es nicht zu tun, wenn sie mit dir gehen will. Und sie will doch mit dir gehen?«

»Sie wird mit mir gehen.« Heinrich wollte daran glauben. »Und die Zähringer-Tochter … nein, du hast recht. Zwar war dein Vorschlag, um sie zu werben, durchaus bedenkenswert. Doch jetzt gibt es nichts mehr zu bedenken. Mein Entschluss steht fest.«

»Hm«, machte Welf. Und fügte nach einer kurzen Pause hinzu: »Meine Unterstützung hast du.«

Überrascht blickte Heinrich ihn an.

»Damit stehen wir zwar an der Schwelle eines ernsthaften Krieges mit den Staufern, aber gibt es einen ehrenvolleren Grund, einen Krieg zu beginnen, als den Brautraub? Paris hat es getan, und ebenso war es beim Raub der Sabinerinnen. Und gegen ein kleines Abenteuer hätte ich nichts einzuwenden. Zumal ich denke, der König wird kaum den Kreuzzug aufs Spiel setzen, um seine Nichte aus Braunschweig zurückzuholen. Einige Zeit hättet ihr, bis er zurückkehrt, vermutlich sogar Jahre. Und ob er dann noch gegen dich vorgeht …«

Er wünschte es sich. Er wünschte sich, dass sie bald den Jungen zu ihm schickte, damit er sie wiedersehen und in die Arme schließen konnte. Tagelang auf ihre Antwort zu warten, ertrüge er nicht. Sie hatte sich so plötzlich an ihn geschmiegt, er hatte im ersten Moment nicht glauben können, dass sie es wirklich war. Und noch jetzt glaubte er, den süßen Apfelgeruch ihres Haars zu riechen.

»Es könnte gelingen«, sagte Heinrich. Selbst Bayern würde er opfern, wenn das hieße, Agnes vor der Ehe mit einem Widerling zu bewahren und sie glücklich zu machen.

»Ich werde an deiner Seite reiten. Und Friedrich ebenso.«

Dessen allerdings war sich Heinrich nicht so sicher.

Kapitel 16

»Was wirst du jetzt tun?«, fragte Agnes. Sie hätte ebenso allein nach Niedermünster reiten können, schließlich hatte Friedrich ihr Roland und Albrecht zur Seite gestellt.

Doch er schwieg so verbissen auf jede ihrer Fragen, dass es einerlei war. Auch jetzt war seine Antwort nur ein stummes Schulterzucken, ehe er zum Himmel aufblickte, der sich schwefelgelb verfärbte. Die Hitze der letzten Tage war einer Schwüle gewichen, und vor Anbruch der Nacht würde vermutlich ein Gewitter über die Stadt niedergehen. Agnes glaubte schon jetzt das ferne Grollen des Donners zu hören.

»Ich werde sie wohl heiraten, nicht wahr?«, antwortete er schließlich. »Wir sind nicht frei zu tun, was uns beliebt, Agnes. Auch du wirst früher oder später dem Willen unseres Onkels gehorchen müssen.«

Agnes biss sich auf die Unterlippe. Jetzt könnte sie es ihm sagen, dies war die Gelegenheit, um Friedrich zu erzählen, was Heinrich und sie planten. Aber sie dachte, es habe noch Zeit. Und dann wieder überlegte sie, ob sie wohl noch heute gehen konnte. Der Gedanke erschreckte sie. So schnell?

»Was denkst du? Du bist ihr auch schon begegnet – glaubst du, sie wird mich glücklich machen?«

»Du selbst hast gesagt, wir heiraten nicht um des Glückes willen, sondern weil es unserer Familie dient. Dann ist es wohl richtig und wird dich auch glücklich machen. Spätestens, wenn sie dir den ersten Sohn geboren … Jedenfalls bin ich mir sicher, dass sie auch ihre guten Seiten hat, und sie wird dir eine gute Ehefrau sein«, fügte sie hastig hinzu.

»Das bezweifle ich nicht.« Friedrich seufzte. »Ich weiß selbst nicht, was es ist, das mich an ihr stört. Sie redet zu viel, sie redet zu schnell, aber das allein ist es nicht. Sie wirkt so grau und unscheinbar – das sollte mich auch nicht stören, mich, den Bettelstaufer. Ich kann einfach nichts mit ihr anfangen, sie ist mir fremd.«

»Gibt es denn eine andere, die dir weniger fremd wäre?«, fragte Agnes behutsam. War es das? Sehnte sich Friedrich nach einer anderen, die er nicht haben konnte, aus welchem Grund auch immer? Teilten sie auch dieses Schicksal?

»Es gab viele Frauen in meinem Leben. Aber keine war mir so wichtig, dass ich sie hätte heiraten wollen. Keine hat mich so verzaubert, wie du es mit Heinrich geschafft hast. Ich beneide euch, auch wenn ihr euer Glück nie werdet leben dürfen. Ihr wisst wenigstens, was es heißt, dem anderen viel wert zu sein.«

Agnes blickte beiseite, weil sie die Hitze in ihre Wangen steigen fühlte und nicht wollte, dass Friedrich nachfragte. Wenn er wüsste ... Ja, wenn er wüsste, was sie plante, würde er alles daransetzen, es zu verhindern. Er durfte es nicht erfahren.

Sie erreichten das Tor von Niedermünster. Friedrich gab sich beschäftigt, sprang aus dem Sattel, führte den Fuchs zum Tor, hämmerte mit der Faust gegen das massive Eichenholz. Seine Hände blieben in Bewegung, nestelten am Zaum des Roten herum.

»Es tut mir leid, Friedrich.«

Friedrich nickte nur.

Aber du kannst doch nicht aufgeben, von jetzt auf gleich, dachte Agnes. Doch sie sprach es nicht aus.

Nachdem die Schwester Portaria ihnen das Tor geöffnet hatte, führte Friedrich die Pferde in den Innenhof. Er half ihr aus dem Sattel. Beruhigend lag seine Hand auf ihrem Arm, er lächelte sie traurig an.

»Ich hätte es mir auch anders gewünscht«, sagte er.

Hinter ihnen ritten auch Albrecht und Roland in den Hof, der Junge sprang vom Pferderücken, kümmerte sich um Agnes' Grauen, als hätte er nie etwas anderes getan. Agnes wandte den Blick ab. Tränen brannten in ihren Augen. Hörte das nicht auf?

»Wein doch nicht.« Hilflos klang Friedrichs Stimme. Seine Hand lag an ihrem Kinn, hob ihren Kopf, er suchte ihren Blick. »Wüsste ich, was ich tun könnte, ich täte es sofort, für dich und auch für Heinrich. Ich gönne euch das Glück, von ganzem Herzen. Ich wäre der stolzeste Bruder, wenn du ihm zur Frau gegeben würdest. Er ist ein guter Mann, auch wenn er in manchen Dingen unüberlegt handelt. Aber wir haben es versucht und sind gescheitert.«

Er strich über ihr Haar, lächelte müde. Dann wandte er sich ab, sprang in den Sattel, rief den Männern etwas zu und ritt ohne einen Blick zurück davon.

Gescheitert …

Als sie ihm nachblickte, ging ihr auf, dass sie ihn gerade wohl für eine lange Zeit zum letzten Mal gesehen hatte. Wenn sie heute Nacht schon fortging, würde sie die Nähe ihres Bruders, die sie lange nicht vermisst hatte, umso schmerzlicher entbehren.

Agnes taumelte. Doch plötzlich war das Kind wieder da, lief auf sie zu, zupfte an ihrem Ärmel und blickte zu ihr auf. Das Kind, ja. Sich um ihn zu kümmern würde sie ein wenig ablenken.

»Hast du Hunger?«, fragte sie ihn.

Stummes Nicken.

»Dann komm.« Sie machte einen Schritt, spürte ihre weichen Knie, die ihr nachzugeben drohten, doch dann straffte sie die Schultern. Eine Stauferin war sie! Sie gab nicht auf, jetzt nicht und auch später nicht. Mochte Friedrich sich in sein Schicksal ergeben. Sein Schicksal war die Vohburgerin, der König hatte es bestimmt. Als Herzog von Schwaben war er wohl noch viel mehr dem Zwang unterworfen als sie. Aber für sie gab es eine Alternative. Sie konnte sich ergeben und warten, bis der König sie dem Ortenburger zur Rechten gab. Oder sie begann zu kämpfen, für sich und Heinrich. Und wenn das bedeutete, dass sie mit Heinrich fortlief, so würde sie auch das tun, denn alles war ihr lieber, als sich vorzustellen, dem Ortenburger ausgeliefert zu sein.

Ja, sie war bereit, alles zu riskieren. Was hatte sie schon zu verlieren? Im schlimmsten Fall ließ der König sie zurückholen und tat ihr an, was er ohnehin geplant hatte.

Wie ein junges Füllen sprang der Junge um sie herum. Agnes lächelte. Dann machte sie sich auf die Suche nach Ortrud. Ihre Freundin musste ihr helfen. Sie wollte nur schnell ihre Sachen packen und Abschied nehmen.

Der Himmel zog sich langsam zu, Wind kam auf und kündete vom kommenden Unwetter. Die Hitze des Tages legte sich wie eine zweite Haut auf ihr Gesicht. Agnes versuchte, tief durchzuatmen, doch sie fühlte sich klebrig von der Hitze. Von fern glaubte sie, das Donnergrollen zu hören, das sich an die Stadt heranschob, um sie in der Nacht mit Sturm und Hagel zu überziehen.

Sie hatte keine Angst. Sie fürchtete nur, das Kostbarste zu verlieren, das das Leben bisher für sie bereitgehalten hatte.

»Komm«, sagte sie zu dem Jungen. »Wir bringen dich in der Klosterküche unter und lassen dir zu essen geben.«

Und dann wollte sie überlegen, wie sie es am besten anstellte, sich davonzustehlen.

»Frau Agnes, du kannst nicht fort!« Ortrud stand zwischen Tisch und Tür, die Fäuste in die Seiten gestemmt, während Agnes sich tief über die Truhe beugte und in ihren Sachen herumwühlte. »Wie stellst du dir das überhaupt vor, einfach mit Herrn Heinrich wegzulaufen?«

»Ach, Ortrud, ja! Manchmal ist es so einfach in der Liebe, stell dir vor.«

Ortrud schnaubte entrüstet. Agnes wandte ihr den Rücken zu und suchte weiter in ihrer Truhe. Schlichte Wollkleider warf sie achtlos auf den Boden hinter sich. Ortrud bückte sich danach, strich die Kleider glatt und legte sie auf die Bettstatt.

»Weiß Herr Friedrich schon davon? Und der König, du bist doch in seiner Munt, was wird er davon halten?«

»Ortrud, lass es gut sein!« Agnes wuchtete den schweren Deckel mit einem Knall auf die Truhe, bei dem Ortrud zusammenzuckte. »Und nein, Friedrich weiß nichts davon, er würde es wohl verhindern, wenn er davon wüsste. Tu mir nur einen Gefallen, kümmere dich bis auf Weiteres um den Jungen. Er ist Heinrich im Feldlager zugelaufen, und er hat ihn zu sich genommen, weil er nicht will, dass der Junge auf dem Kreuzzug unter die Räder kommt. Tust du mir den Gefallen?«

»Ach ja, dafür bin ich gut genug. Aber natürlich, ich tue dir den Gefallen.«

Wie lebendig Agnes in diesem Moment wirkte … Sie hatte ein Ziel vor Augen, um das Ortrud sie beneidete.

Den ganzen Tag lang war sie allein gewesen. Morgens hatte sie nach der durchwachten Nacht den verpassten Schlaf nachholen wollen, und als sie mittags aufwachte, klebte ihr das Hemd nass am Rücken, weil es in der Zwischenzeit so heiß geworden war, dass die Hitze sogar durchs offene Fenster in die Kammer drang. Danach hatte sie am Fenster gesessen und gestickt, auf die Geräusche draußen gelauscht und auf Agnes' Rückkehr gewartet.

Agnes war wie verwandelt. Ihre Wangen glühten, in ihren Augen, die so gewittergrau waren wie der Himmel draußen, war ein fiebriger Glanz. Ihre Bewegungen waren nicht hektisch, und das war es, was Ortrud stutzig werden ließ. Sie hätte genau das erwartet – eine von der Aufregung zerfressene Agnes, die nicht ein noch aus wusste, weil Unsicherheit sie quälte.

Aber da war keine Unsicherheit.

»Hast du denn nichts über das Gedicht herausfinden können?« Ortrud versuchte es noch einmal, wollte Agnes ein letztes Mal aus der Reserve locken. Ihre Freundin hatte sich in den wenigen Stunden von ihr entfernt. Sie wollte das gern verstehen.

»Das Gedicht, ja …« Agnes strich eine Strähne ihres Haars aus dem Gesicht. »Ich fand den Dichter, und das war sehr merkwürdig. Er sagte mir, dass er es geschrieben habe, aber nicht für Otto von Ortenburg …« Sie winkte ab. »Das ist einerlei. Mit dem Mord hat es wohl nichts zu tun, der Mörder ist gefasst. Jetzt zählt anderes.«

Sie nahm die Kleider, knotete sie in einem Tuch zum Bündel, in das sie noch die wenigen Dinge stopfte, die ihr gehörten: einen Kamm, den Gürtel, ein Paar Schuhe.

»An mich denkst du nicht, wenn du gehst? Sie werden mich zurück nach Frauenwörth schicken, wenn du fort bist.«

Agnes hielt in der Bewegung inne. Dann sank sie auf das Bett, neben das Bündel. »Nein, aber … Ortrud …« Sie sprach nicht weiter. Also hatte sie tatsächlich keinen Gedanken daran verschwendet, und das versetzte Ortrud einen Stich. Sie setzte sich neben Agnes, knüpfte das Bündel wieder auf, nahm die Kleidungsstücke heraus, eins nach dem anderen, und faltete sie sorgsam zusammen, sodass sie auf der Reise nicht unnötig verknitterten.

»Ich dachte, wir wären Freundinnen«, flüsterte Ortrud. Tränen brannten in ihren Augen. »Ich dachte, ich dürfte fortan mit dir gehen, wohin auch immer du gehst. Weil du selbst doch gesagt hast, dass ich dir die einzige Freundin in dieser Fremde bin. Und dann kommt ein Mann daher, und schon bist du ihm verpflichtet, mehr als mir. Was soll ich da denken? Außer, dass es schön war, ein paar Tage etwas anderes zu sehen als Frauenwörth. Es wird mir fehlen, dieses Leben, das sich uns da gezeigt hat.«

Agnes schwieg. Ortrud blickte sie nicht an, legte nur das neu geknüpfte Bündel in den Schoß ihrer Freundin und stand auf.

»Ich gehe in die Küche und kümmere mich um den Jungen. Für ihn werden sie auch irgendwo einen Platz finden, aber ich kann dir nicht versprechen, dass ich ihn nach Frauenwörth mitnehmen darf. Vielleicht fragst du besser deinen Bruder Friedrich. Aber der wird mit dem Kreuzzug ziehen …«

»Du könntest Adela von Vohburg fragen«, sagte Agnes tonlos. »Sie wird Friedrich übermorgen angetraut und wird danach auf die Vohburg zurückkehren, nehme ich an. Sie könnte gut für ihn sorgen.«

Ortrud nickte. Sie ging zur Tür und blieb stehen, als ihr noch etwas einfiel.

»Hat er einen Namen?«

»Wer?« Agnes sah auf.

»Der Junge. Jeder Mensch hat doch einen Namen.«

Schwaches Achselzucken. »Ich weiß es nicht. Er ist stumm. Schick ihn zu mir, wenn du ihn findest. Er muss einen Botengang für mich erledigen.«

Behutsam zog Ortrud die Tür hinter sich zu. Sie spürte, Agnes musste jetzt allein sein dürfen. Vielleicht hatte ihre Freundin doch nicht reiflich überlegt, ob sie diesen Schritt wagen sollte. Vielleicht war es noch nicht zu spät.

Den Jungen fand sie in der Klosterküche, spindeldürr über eine Schüssel Eintopf gebeugt, das Haar so lang, dass es ihm beinahe ins Essen hing. Den Arm schützend um seine Schüssel gelegt, blickte er immer wieder argwöhnisch um sich, als fürchtete er, jemand könnte ihm die Mahlzeit wieder wegnehmen.

Ortrud setzte sich neben ihn auf die wackelige Holzbank. Sogleich schoss sein Blick zu ihr herüber, er rückte von ihr fort, griff hastig nach dem Kanten Brot neben seiner Schüssel, als wollte sie ihn beklauen.

»Frau Agnes schickt mich«, begann Ortrud. Sah sie da Erkennen aufblitzen in seinen Augen? »Sie möchte, dass du später für sie einen Botengang erledigst.«

Hastiges Nicken. Er beeilte sich, kratzte die Schüssel aus, riss das Brot mit den Zähnen ab, kaute und schluckte schnell.

»Nicht so hastig«, mahnte Ortrud ihn. Durch seine Reaktion ermutigt, unternahm sie einen Vorstoß. »Sagst du mir deinen Namen?«

Kopfschütteln.

»Hast du einen Namen?«

Kopfschütteln. Er stand auf, wischte sich die Hände am

Kittel ab und lief aus der Küche. Ortrud folgte ihm langsamer.

Als sie die Kammer erreichte, war schon alles gesprochen, was Agnes zu sagen hatte, denn der Junge kam ihr an der Tür bereits wieder entgegen, grinste sie an, dann sauste er davon. Seine nackten Füße klatschten auf den Steinboden. Dann war er verschwunden.

Donner grollte in der Ferne. Wind kam auf und bewegte das helle Laub der Kastanien.

Agnes stand am Fenster und blickte hinaus. Die Hand an der Wand abgestützt, die Stirn auf den Handrücken gelegt. Als Ortrud leise eintrat, rührte sie sich nicht.

»Es tut mir leid, dass ich gehen muss. Ich werde einen Brief für Adela von Vohburg schreiben, dass sie dich in ihren Dienst aufnimmt. Sie war mir sehr zugetan, als wir uns begegnet sind.«

Ortruds Kiefermuskeln spannten sich, dass es schmerzte. »Ich will dein Mitleid nicht, Frau Agnes. Und ich will nicht bei der Vohburgerin ausgehalten werden, nur weil du … weil du … dem Welfenherzog nachläufst. Dir ist es doch recht, dass sie den Ortenburger ermordet haben.«

»Ortrud …« Agnes klang müde.

»So ist es doch! Und jetzt schiebst du mich ab, schiebst den Jungen ab.«

»Genug, Ortrud!« Agnes' Stimme klang jetzt schrill. »Ich will es ja auch nicht, hörst du? Ich will dich nicht im Stich lassen, und den Jungen schon gar nicht, weil Heinrich ihn mir anvertraut hat. Wen hat das Kind denn schon? Aber was soll ich tun? Der König kann jederzeit nach mir schicken, jeden Augenblick kann er mich einem anderen Mann versprechen als dem, den ich von Herzen liebe und nicht fortlassen will.« Sie schlug mit der Stirn gegen ihre Hand. »Ich will dich nicht im Stich lassen …«, flüsterte sie.

Ortrud löste sich von der Tür, durchquerte die Kammer und legte die Hand tröstend auf Agnes' Schulter. »Es ist nicht deine Schuld«, wisperte sie. »Ich bin dir nicht böse.

Ich kann doch verstehen, dass du mit ihm glücklich sein willst. Es tut mir leid ...«

Und dann lagen sie sich in den Armen, lachten und beteuerten einander, wie viel sie sich wert waren, weinten und versprachen sich, dass sie füreinander sorgen wollten, sobald die Zeiten es erlaubten.

»Ich hole dich«, versprach Agnes. »Ich lasse dich nach Braunschweig holen, sobald ich dort in Sicherheit bin.«

Ortrud fragte nicht, wie lange das wohl dauern mochte.

Kapitel 17

Da war der Junge wieder, zupfte an seiner Tunika, wollte ihn mit sich ziehen.

»Was willst du? Schickt Agnes dich?« Heinrich unterbrach allzu gern sein Gespräch mit dem Bischof von Havelberg, der ihn schon seit Stunden mit Plänen für den bevorstehenden Wendenkreuzzug nervte. Dabei hatte das, wenn es nach Heinrich ging, mindestens Zeit, bis sie in Magdeburg wären, um sich zum Kreuzzug zu versammeln. Einige Wochen waren es noch bis dahin, doch nun musste alles neu bedacht werden. Dem Havelberger konnte er kaum von seinen Plänen erzählen. Niemandem konnte er davon erzählen.

Er stand auf, ging mit dem Jungen, der ihn zog und zerrte, ein paar Schritte aus dem Zimmer, dann aus dem Gebäude und direkt aufs Tor zu.

»Halt, warte!«

Doch der Junge rannte los, durch die Gasse, und erst als er merkte, dass Heinrich ihm nicht folgte, kam er zurückgeflitzt, zerrte wieder an seinem Ärmel.

»Was soll ich denn? Mitkommen?«

Ja, das war ihm schon klar, dass er mitkommen sollte. Aber wohin und warum? Könnte der Junge sich doch irgendwie verständlich machen …

»Schickt Frau Agnes dich?«

Nicken.

»Und warum?«

Ein ratloser Blick. Dann zog der Junge wieder am Ärmel von Heinrichs Tunika.

»Ich verstehe schon, ich soll mitkommen. Sollst du mich zu Agnes bringen?«

Kopfschütteln.

»Sollst du mich an einen anderen Ort bringen?«

Nicken.

Und dort? So langsam ging ihm auf, was der Junge wollte. Was Agnes wollte. Er sollte sich mit ihr an einem Ort treffen, den sie bestimmt hatte. Der Junge würde ihn dorthin führen.

Ob Agnes sogleich mit ihm kam? Oder ob er noch einmal hierher zurückkehren konnte, um seine Sachen zu packen, ehe sie sich auf die Reise gen Norden machten? Hatte er die Zeit? Doch der Junge ließ nicht nach, zerrte an seinem Ärmel, Tränen standen ihm in den Augen. Heinrich folgte ihm seufzend.

»Ich komme ja schon.«

Mochte der Havelberger denken, was er wollte. Erklären konnte Heinrich sich später immer noch. Auch wenn er dann vermutlich nicht mehr allein war … verdammt. Alles war so kompliziert. Er wünschte, er könnte mit Agnes einfach fortreiten. Aber ohne Welf noch einmal zu sprechen konnte er es nicht tun. Und was war mit Friedrich?

Jetzt folgte er erst einmal dem Jungen, der nichts Eiligeres zu tun hatte, als vorauszulaufen, in einem wilden Tempo. Immer wieder blickte er zurück, voller Angst, Heinrich zu verlieren. Er nahm diesen Auftrag ernst. Hatte Agnes wohl auch ihn nach wenigen Stunden verzaubert, dass er ihr so treu diente?

Zur Insel! Heinrich erkannte nun, wohin der Junge ihn führte, und er verstand, warum Agnes diesen Platz ausgewählt hatte. Sie kannte ihn als einen der wenigen in einer ihr fremden Stadt. Zudem war es zu jeder Stunde ein einsamer Ort, denn jene, die nach dem Blut des Grafen suchten, waren längst verschwunden. Still lag die Insel im bedrohlich düsteren Abendlicht, das vom aufziehenden Gewitter schwefelgelb war. Das struppige Gras, so schien es Heinrich, warf blutige Schatten. Er schauderte. Den Jungen störte es nicht. Ein Kind, das sich, wer weiß wie lange schon, allein durchgeschlagen hatte, kümmerte düsteres Wetter wohl nie. Unwillkürlich fragte Heinrich sich, ob der Junge wohl Gebete sprechen konnte, auch wenn es nur für ihn selbst im Stillen geschah. Er beschloss, darauf zu achten. Später. Den Jungen wollte er auch nach Braunschweig holen, und so lange kümmerte sich hoffentlich jemand um ihn. Nur wer? Welf zog nach Jerusalem, Friedrich ebenso.

Er musste sich dieser Sache annehmen, irgendwie.

Bald standen sie auf der Insel. Der Junge schob Heinrich zum Wasser, bedeutete ihm, sich hinzusetzen. Heinrich gehorchte. Ein wenig schauderte ihn. Er saß direkt an der Brücke, dort wo er schon die Nacht mit Agnes verbracht hatte, ihren Körper in seinen Armen, unter seinem Umhang hatte sie sich vertrauensvoll an ihn geschmiegt. Und auch wenn der Tote nur wenige Schritte entfernt auf der anderen Seite der Brücke gelegen hatte, tröstete ihn der Gedanke, dass er hier auf Agnes warten durfte.

Der Wind frischte auf und wirbelte ihm das schwarze Haar ins Gesicht. Heinrich lauschte dem fernen Grollen des Donners.

Schön war es hier. Und dort, am anderen Donauufer, lag seine Stadt, sein Regensburg. Oder war sie längst nicht mehr sein? Er gäbe sie auf, wenn nur Agnes dafür ihm gehörte. Das jedoch war nicht seine Entscheidung.

Der Schlag kam so plötzlich, dass er nur den stechenden Schmerz spürte, der durch seinen Kopf raste. Heinrich kippte zur Seite, sah nichts als Schwärze, die sich wirbelnd bewegte, bis er erkannte, dass es das dunkle Wasser der Donau war, das sich vor seinen Augen drehte und ihn schwindeln ließ. Oder war es doch der Schmerz? Seine Hand tastete, fand die dürren Grasbüschel, krallte sich hinein. Er hörte das Rauschen und Gurgeln des Flusses.

Danach hörte er nichts mehr. Es wurde still um ihn.

Der Donner zerriss die Stille.

Ortrud zitterte. Ihre Hände zitterten, ihre Knie, einfach alles. Sie stand im Stall, blickte sich suchend um und schlich zu dem Unterstand, in dem der Braune gemächlich sein abendliches Heu malmte. Er schlug mit dem Schweif, drehte den

Kopf, als er sie hörte, und wieherte leise, als wollte er sie begrüßen.

»Du bist doch ein liebes Pferd, ja? Du tust mir nichts, oder?«

Er schnaubte, wandte sich wieder dem Heu zu und ließ sich von ihr nicht stören. Ortrud griff nach dem Zaumzeug, das an einem Haken neben dem Unterstand hing. »Und wenn ich dir jetzt hiermit komme, wirst du brav sein, ja? Du wirst doch nicht nach mir treten? Nein, bestimmt wirst du nicht nach mir treten.«

Sie schob sich neben den Braunen, streckte die Hand nach seiner Kruppe aus, klapste ihn, was er mit einem Schlagen seines Schweifs quittierte. Sie wurde mutiger, schob sich dicht an der Wand entlang, bis sie neben seinem Kopf stand. In der Klosterküche hatte sie eine Stiege mit schrumpeligen Äpfeln gesehen, von denen sie zwei hatte mitgehen lassen, um den Braunen zu beruhigen, während sie ihm das Zaumzeug anlegte. Er ließ es willig mit sich geschehen, obwohl ihre Hände so stark zitterten, dass sie innehalten musste.

»Bist ein liebes Pferdchen.« Tief durchatmen. Der Braune schnurpste den Apfel, wandte ihr den Kopf zu, ließ sich den Zaum überstreifen und nahm die Trense gehorsam mit dem Apfel zwischen die Zähne, wie sie es gehofft hatte. Irgendwie sah es richtig aus. Sie legte den Kopf schief, doch, so musste das gehen.

»Komm, mein Pferdchen.« Sie zog am Zügel. Nur widerwillig ließ der Braune sein Heu zurück und stemmte die Hufe in den Boden, bis Ortrud ihm den zweiten Apfel hinhielt. Da streckte er sich, ließ sich aus dem Unterstand bugsieren und ins Freie führen. Erst dort gab Ortrud ihm den zweiten Apfel.

Da hinauf. Sie schauderte. So hoch war das Pferd, und auch wenn sie sich mit Sattel und Steigbügel schon oft auf den Pferderücken hatte hieven können, so schien es ihr jetzt unmöglich, auf den blanken Pferderücken zu kommen. Also musste sie ihn doch satteln, dabei hatte sie davon noch weniger Ahnung und wollte ihr Glück nicht strapazieren. So ein Sattel musste doch unglaublich schwer sein? Wie hatte sie nur denken können, dass sie das allein schaffte? Tränen stiegen ihr in die Augen, unwillig wischte sie sie weg. Sie tat das hier schließlich nicht um ihretwillen, sondern für Agnes wollte sie trotz der heraufziehenden Dunkelheit von Nacht und Unwetter durch die Stadt und hinüber zur Pfalz.

»Wohin so eilig?«

Ein junger, blasser Mann stand in der Stalltür. Verdammt! Ortrud drehte sich zu ihm um und setzte ein unschuldiges Lächeln auf.

»Das Pferd gehört Frau Agnes«, sagte er.

»Meine Herrin schickt mich hinüber zur Pfalz, einen Botengang soll ich für sie machen. Zu ihrem Bruder«, fügte sie hastig hinzu, da der junge Mann die Stirn runzelte.

»Das gibt aber einen Gewittersturm, und allein dürft Ihr schon gar nicht durch die Stadt. Wartet, ich begleite Euch.«

»Wer seid Ihr überhaupt?«, fragte Ortrud forsch.

»Ich bin Albrecht. Herr Friedrich hat meinen Onkel und mich als Beschützer von Frau Agnes beauftragt!«, sagte er würdevoll. »Und wenn Ihr zu Frau Agnes gehört, dann müssen wir wohl auch auf Euch aufpassen, sobald Ihr das Kloster verlasst.«

Ortrud hatte nichts dagegen einzuwenden. Und welchen Unterschied machte es schon? Wichtig war nur, dass sie zu Friedrich kam, und zwar schnell. Sie hatte keine Zeit zu verlieren!

Und vor allem durfte Agnes sie nicht erwischen …

»Wo wollt Ihr denn hin?« Ortrud blickte verzweifelt hinter Albrecht her, der zum Gästehaus lief.

»Aber ich muss doch Roland Bescheid geben, dass wir unterwegs sind.«

»Keine Zeit!«, rief Ortrud. »Kommt, wir dürfen keine Zeit verlieren, es eilt!«

Er zögerte. Warum sollte er einer Frau gehorchen?

»Bitte!«, flehte sie, und da gab er sich einen Ruck. Ortrud atmete auf.

Der Weg zur Pfalz war ihr nicht bekannt. Hatte sie überhaupt nachgedacht, bevor sie sich an dieses Abenteuer wagte? Sie wusste nur, sie musste zu Friedrich, wenn sie Schlimmeres verhindern wollte. Agnes hatte selbst gesagt, dass sie ihrem Bruder nichts von ihrer Flucht erzählt hatte. Und wenn Friedrich guthieß, was Agnes plante?

Darüber wollte sie erst dann nachdenken. Jetzt wollte sie zur Pfalz, wollte Friedrich gegenüberstehen, den Blick nicht senken, sondern ihm mutig begegnen, falls er ihr sagte, dass er einverstanden war, wenn Agnes ging.

Sie glaubte allerdings nicht, dass ihm diese Vorstellung gefiele.

Ein letzter, prüfender Blick auf ihr Bündel. Hatte sie an alles gedacht? Viel besaß sie ja nicht, und sie war froh darum. Nichts wäre ihr schlimmer, als Dinge zurückzulassen, die ihr lieb waren. Das Schlimmste stand ihr noch bevor: Ortrud hierlassen. Aber Ortrud war im Moment ohnedies verschwunden.

Agnes nahm es hin. Ortrud hatte sich nach ihrer Auseinandersetzung entschuldigt, sie wolle allein sein. Hoffentlich nicht zu lange. Es wäre schön, sich ein letztes Mal zu verabschieden, bevor sie für Monate voneinander getrennt wären.

Sie musste nur noch warten, bis der Junge zurückkam. Sie hatte ihm aufgetragen, Heinrich zur Donauinsel zu bringen. Der Junge kannte das schmale Stück Land, das sich zwischen Stadtamhof und Regensburg gegen die Strömung stemmte, er hatte eifrig genickt, als Agnes es ihm beschrieb. Es war der einzige Ort, den sie rund um Regensburg gut genug kannte, um sicher zu sein, dass niemand sie dort sehen würde. Und am nächsten Morgen wären sie ohnehin schon weit fort, hätten die Stadt hinter sich gelassen. Ihr Herz schlug bei diesem Gedanken aufgeregt.

Heinrich! Wie viel er für sie auf sich nahm! Seine Männer

würden kaum gutheißen, dass er so kurz vor dem Wendenkreuzzug verschwand. Agnes sorgte sich. So vieles konnte schiefgehen, so vieles konnte ihre Reise nach Norden verhindern. Was, wenn der König ihnen Reiter nachjagte, die sie zurückholen sollten? Allein mit Heinrich gab es nur die Flucht nach vorn, nach Sachsen. Und nicht einmal dort wären sie sicher.

Agnes saß auf dem Bett, lauschte dem Rollen des Donners, der sich langsam wie eine schwere Decke über die Stadt legte. Dass sie sich nicht von Friedrich hatte verabschieden können, machte ihr das Herz schwer.

Solange sie wartete, beschloss sie, konnte sie genauso gut ein letztes Mal in die Kapelle gehen und beten.

Auf den Gängen des Klosters herrschte Stille. Es war die Ruhe vor dem Sturm, und vermutlich saßen die Nonnen gerade im Refektorium beim Abendessen beisammen.

Gerade streckte Agnes die Hand nach der hohen Eichentür aus, als jemand ihren Namen rief.

»Agnes, Agnes!«

Sie fuhr herum.

Es war nicht Ortrud, die mit gerafften Röcken über den leergefegten Hof auf sie zueilte. Nein, es war Adela von Vohburg, das Gesicht vom Laufen erhitzt. Ihr Atem ging schnell, sie erreichte Agnes und griff nach ihrem Arm, dass es schmerzte.

»Agnes, ich muss mit dir sprechen, ich musste herkommen. Es ist so schrecklich!«

»Beruhige dich.« Agnes versuchte ihrerseits, Ruhe zu bewahren. Doch in ihrem Innern tobte ein Gefühl, dass ihr heiß wurde und sie im nächsten Moment im warmen Sturmwind fror, der durch den Hof fegte und in den Kastanien rauschte.

»Wie kann ich mich beruhigen? Es ist schrecklich, Agnes! Übermorgen ist die Hochzeit, gerade erst habe ich es erfahren!«

Agnes löste behutsam Adelas Hand von ihrem Unterarm,

die sich so krampfhaft an sie klammerte, als könnte der Sturm sie im nächsten Moment forttragen.

»Lass uns in meine Kammer gehen, ich schicke nach Wein und etwas zu essen, und dann kannst du mir alles in Ruhe erzählen.«

Im selben Augenblick bereute Agnes ihre Worte, denn in der Kammer lag ihr Bündel auf der Bettstatt, und Hunger hatte sie auch keinen, denn die Aufregung krampfte alles in ihr zusammen. Doch Adela ließ sich nicht beruhigen, schüttelte heftig den Kopf, und Agnes legte den Arm um das hochgewachsene Mädchen, das am ganzen Leib zitterte wie die Kastanienblätter, kurz bevor sie der Wind von den Ästen riss.

»Komm«, sagte sie.

Adela ließ sich widerstrebend führen. Agnes entschied sich kurzerhand für die Gaststube und gegen ihre Kammer. Nur Roland saß dort, als sie eintraten; er hatte es sich am Kamin gemütlich gemacht, den Rücken an die Wand gelehnt. Er öffnete ein Auge halb und knurrte. Dann schloss er es wieder, als wäre er gar nicht da. Agnes schob Adela auf die Bank, setzte sich ihr gegenüber und wartete.

Adela griff nach Agnes' Händen. Heiß waren ihre Finger, und unter anderen Umständen wäre das Agnes willkommen gewesen, weil diese Hitze ihren klammen Fingern etwas von der Wärme zurückgab, die sie durch die Aufregung wohl verloren hatte.

»Was ist so schlimm an der Hochzeit?«, fragte Agnes sanft. Einen Moment nur wollte sie ihre eigenen Sorgen beiseiteschieben, sich von Adela ablenken lassen, ihr vielleicht sogar Mut zusprechen, den sie für sich kaum verspürte. Ihr Blick ging zur Tür, erwartungsvoll, bald schon musste der Junge zurück sein. Aber solange sie warten musste, konnte sie Adela besänftigen.

»Es ist so schrecklich«, flüsterte Adela. Plötzlich rannen Tränen über die erhitzten Wangen, fielen aus großen Taubenaugen, und sie entzog Agnes die Hände, schlug sie vors Gesicht und schluchzte haltlos. »So schrecklich!«

Agnes wartete. Sie blickte zu Roland hinüber, der sich schlafend stellte, doch als er ihren Blick auf sich spürte, öffnete sich erneut ein Auge, musterte sie, als wüsste er, was Agnes plante. Wo war Albrecht? Aber sie fragte nicht, wandte den Blick, schaute auf ihre Hände, die nutzlos auf der Tischplatte ruhten. Sie wünschte sich, einen Becher Wein zu halten, allein um zu wissen, wohin mit ihren Händen.

»Aber was ist denn so schrecklich?«, fragte Agnes behutsam, nachdem Adela sich ein wenig beruhigt hatte. Adela schniefte, wischte mit dem Ärmel ihres braunen Kleids über Augen und Nase. Helle Schlieren und dunkle Flecken blieben auf dem rauen Stoff zurück.

»Ich ... ich kann Friedrich nicht heiraten!«, brach es aus Adela hervor.

Das überraschte Agnes. Wie sehr hatte Adela vor ein paar Tagen noch davon geschwärmt, wie es sein würde, den strahlenden Friedrich zu heiraten! Und all das war nun fort? Stattdessen wirkte Adela regelrecht ängstlich, ja, verstört.

Agnes streckte die Hand aus, tätschelte Adelas Rechte, die reglos auf dem Tisch lag.

»Aber warum denn?«, fragte sie. »So sehr hast du dich auf die Hochzeit gefreut.«

Adelas Blick wurde finster, sie wandte den Kopf, blickte beiseite. »Das kann ich nicht sagen«, behauptete sie. »Ich kann ihn eben nicht heiraten, es ist unmöglich!«

Agnes seufzte. Was für ein Geschwätz! Gerne hätte sie Adela Trost zugesprochen, wenn sie nur gewusst hätte, um was genau es hier ging.

»Es geht einfach nicht, verstehst du? Aber dir sag ich's nicht, dir erst recht nicht, du ...« Haltloses Schluchzen ließ Adelas Schultern beben. Sie schlug die Hände vors Gesicht. Nur undeutlich drangen die nächsten Worte durch ihre Finger. »Es tut mir leid. Friedrich hat etwas Besseres verdient. Mit mir wird er nicht glücklich werden.«

Da war sich Agnes nicht so sicher, obwohl sie wusste, wie Friedrich zu dieser Ehe stand. Aber dies ausgerechnet von

Adela zu hören, die vor wenigen Tagen keine größere Freude gekannt hatte als ihre bevorstehende Vermählung …

»Es geht bei einer Vermählung nicht darum, glücklich zu werden«, begann Agnes, doch sogleich fiel ihr Adela ins Wort.

»Was weißt du schon vom Eheglück?«, rief sie aufgeregt. Doch dann schlug sie erschrocken die Hand vor den Mund, riss die Augen weit auf und starrte Agnes an, als fiele ihr erst jetzt ein, wer vor ihr saß – Agnes, die Braut, deren Zukünftiger am Hochzeitsmorgen tot am Donaustrand gelegen hatte. »Tut mir leid, es tut mir leid«, stammelte Adela. »Wie dumm von mir, du musst diesen großen Schmerz ertragen, dass man dir das Liebste nahm, und ich …«

Wieder weinte sie, und diesmal schlug sie Agnes' Hand beiseite, als diese ihr tröstend den Arm streicheln wollte. Agnes stand auf, umrundete den Tisch und schob sich neben Adela auf die Bank.

Sie mochte Adela, auch wenn sie traurig war. Aber sie mochte Adela vor allem, weil sie so ein fröhliches Mädchen gewesen war, als sie einander kennenlernten. Jetzt war von dieser Fröhlichkeit nichts mehr übrig, verängstigt wirkte sie, als hätte jemand ihr gedroht.

Agnes legte den Arm um Adelas Schulter, und das Mädchen lehnte sich gegen sie, weinte leise, wischte sich über die Wangen, doch die Tränen wollten nicht versiegen.

»Hat dir jemand gedroht?«, fragte Agnes sanft. Es war doch immerhin möglich, dass jemand die Verbindung zwischen der Vohburgerin und den Staufern zu verhindern trachtete. Unwillkürlich dachte Agnes an Heinrich, dem damit geholfen wäre, wenn Adela sich nicht mit Friedrich vermählte. Doch augenblicklich verscheuchte sie diesen Gedanken. Heinrich würde dergleichen niemals tun.

Doch wer hatte dann Nutzen davon, wenn Adela sich weigerte, Friedrich zu heiraten?

»Nein«, flüsterte Adela und schüttelte heftig den Kopf.

»Aber warum kannst du Friedrich denn nicht heiraten?

Schau, er ist ein feiner Kerl. Ich muss das sagen, er ist mein Bruder, aber ich meine es auch so.«

Adela lächelte zaghaft unter ihren Tränen.

»Und sieh mal, er wird dich glücklich machen, das weiß ich.« Das Eis, auf dem sie sich bewegte, war dünn. Wenn Adela nun erfahren hatte, was Friedrich wirklich von der Vermählung hielt? »Friedrich ist ein lieber Kerl. Ist es, weil er so bald mit dem König ins Heilige Land zieht? Magst du in den nächsten Monaten nicht allein sein?«

Adela schüttelte den Kopf. »Das ist es nicht«, flüsterte sie. »Im Gegenteil, es wird wohl für uns das Beste sein, wenn er erst fort ist.«

»Aber was ist es dann?«

Doch Adela antwortete nicht. Sie löste sich von Agnes, stand auf, blickte sich suchend um und entdeckte die Weinkanne, die unweit von Roland neben zwei Bechern auf dem Tisch stand. Sie ging hinüber, nahm einen Becher, goss sich den Wein ein und trank. Gierig. Hastig. Erst als sie den Becher zur Neige geleert hatte, setzte sie ihn ab, schenkte sich nach und kehrte zu Agnes an den Tisch zurück, setzte sich auf die andere Seite, wo zuvor Agnes gesessen hatte, und schloss ihre Hände fest um den Becher, dass ihre Knöchel weiß schimmerten.

»Es ist nichts«, sagte sie und lächelte übertrieben munter.

Doch Agnes spürte, da war eine Menge, wenn auch unausgesprochen. Sofern Adela es ihr nicht verriet, konnte sie allerdings auch nicht helfen, dachte sie resigniert.

»Mach dir keine Sorgen um Friedrich«, versuchte sie die junge Vohburgerin ein letztes Mal zu beschwichtigen. »Er wird sich schon in eurer Ehe wohlfühlen. Sei für ihn da, das ist das Wichtigste. Er wird dir ein guter Ehemann sein.«

Das klang alles so schön, aber Agnes wusste nicht, ob es stimmte, und sie verspürte plötzlich einen stechenden Schmerz in ihrer Brust. Nichts wusste sie über ihren Bruder, den sie doch so sehr liebte und bewunderte. Er gab sich verschlossen, wenn Dinge passierten, die ihn schmerzten. Diese

Vermählung war etwas anderes als beim Ortenburger Grafen und ihr – sie hatte sich in ihr Schicksal gefügt, und der Ortenburger hatte hocherfreut gewirkt. Hier aber waren zwei Menschen, die sich schon vor dem Hochzeitstag das Leben schwer machten, weil sie glaubten, nicht das zu sein, was dem anderen gebührte.

Wie sollte sie da raten?

»Es ist nicht wegen Friedrich. Ich werde ihm keine gute Frau sein können, und ich habe dieses Glück nicht verdient. Verstehst du nicht? Ich hab ihm so Schlimmes angetan, schon jetzt, da kann er nicht … Und meine Schuld ist noch viel größer, ich sehe ja all meine Fehler, nur sehe ich sie immer erst, wenn alles zu spät ist und wenn ich genau die Fehler gemacht habe, die ich immer vermeiden wollte.«

Sie trank erneut vom Wein, so hastig, dass ihr ein Tropfen den Hals hinabrann. Agnes griff über den Tisch, hielt den Becher und wollte ihn Adela wegnehmen, die den Kopf schüttelte. So ließ Agnes ihr den Wein.

»Ach, red doch keinen Unsinn …« Agnes wusste nicht, was sie auf diese harten Worte, die Adela gegen sich selbst richtete, erwidern sollte.

Adela knallte den Becher auf den Tisch. »Ich rede keinen Unsinn. Glücklich wäre er mit einer anderen, ich hab dieses Glück nicht verdient, ich bin nicht gut genug für ihn!« Schrill klang ihre Stimme jetzt, und laut. Erschöpft sank sie in sich zusammen und wimmerte leise.

Agnes blickte zu Roland hinüber, der bei dem Lärm die Augen geöffnet hatte und sie beobachtete.

Und wenn jetzt der Junge auftauchte, was sollte Agnes dann tun? Sie wollte Adela helfen, doch die junge Frau schien ihren Argumenten kaum zugänglich. Das Beste wäre vermutlich, sie zurück in Elisabeths Obhut zu bringen und Sorge zu tragen, dass sich jemand um die Verstörte kümmerte.

»Ich werde mit Friedrich reden«, hörte Agnes sich sagen. Noch eine Lüge, dachte sie bei sich, aber was zählte das in diesem Moment schon? Sie würde nicht nur Adela verraten, sondern auch Friedrich würde enttäuscht von ihr sein, wenn er erfuhr, was sie getan hatte.

»Das würdest du tun?«

Agnes nickte. »Ich kann natürlich nichts versprechen, aber …«

»Du bist zu gut«, murmelte Adela. Dann blickte sie auf, und auch wenn ihre Augen noch tränenfeucht glänzten, groß und ängstlich, schimmerte darin auch eine Wärme, die Agnes den Blick abwenden ließ.

»Es wird das Beste sein, wenn du nach Obermünster zurückkehrst«, sagte Agnes hastig. »Bist du allein gekommen? Ich werde dir Roland als Begleitung mitgeben. Es ist nicht recht, wenn eine Frau allein durch die Gassen läuft.«

Adela wollte sich sträuben, aber Agnes erhielt von Roland Beistand. »Frau Agnes hat recht«, sagte er und trat zu ihnen. »Ich werde Euch den Zelter von Frau Agnes satteln lassen.« Er warf Agnes einen undurchdringlichen Blick zu und ging.

Verdammt, dachte sie. Dabei hatte sie es gerade so gut eingerichtet, dass sie Roland mit Adela fortschickte. Niemand hätte ihr Verschwinden dann noch bemerken können, und sie war sich so klug vorgekommen! Aber nun musste es anders gehen, wenn Adela ihr Pferd bekam. Dann lief sie eben zur Insel, das würde ihr nicht schaden, und sie war ja auch nicht allein unterwegs. Der Junge wäre bei ihr.

Wenn er nur endlich zurückkäme!

Kurz darauf trat sie mit Adela in den Hof. Der Himmel hing düster über ihren Köpfen, und der Wind fegte in alle Ecken des Hofs, rauschte im Efeu und in den Kastanien. Agnes schlang die Arme schützend um ihren Körper. Trotz der warmen, feuchten Luft fror sie.

Adela und Roland verließen den leeren Hof in dem Moment, als der Junge durch das Tor schlüpfte. Schuldbewusst sah er aus, drängte sich an die efeubewucherte Mauer, schlang die dürren Ärmchen ebenso um seinen Körper, wie sie es tat. Er blickte sie beinahe trotzig unter den Stirnfransen hervor an.

»Hast du getan, was ich dir aufgetragen habe?«, fragte Agnes.

Er nickte. Im selben Moment zuckte ein Blitz, und es donnerte. Überall schien das Gewitter zu sein, und der Junge duckte sich, setzte in wenigen, langen Sprüngen über den Hof, hinüber zu Agnes. Er drängte sich an sie.

Und dann kam der Regen.

Es war ein Rauschen, das sie zuerst nur hörte. Dann sah sie es, eine Wand aus Wasser prallte auf den staubigen Innenhof, wirbelte auf und rauschte hernieder. Agnes spürte es kaum, als die warme Nässe sie traf.

Sie wusste, jetzt gab es kein Zurück mehr.

»Komm«, sagte sie. »Wir holen meine Sachen.« *Und dann gehe ich,* dachte sie, *ich gehe fort mit dem Mann, den ich liebe.*

Kapitel 18

»Dieses dumme Weib!«

Ortrud zuckte zusammen. So heftige Worte hatte sie vom Stauferherzog nicht erwartet. Doch Friedrich von Hohenstauf machte seinem Unmut laut Luft.

»Wie kann sie mir das antun? Dass sie sich unserem Onkel nicht verpflichtet fühlt, damit muss er wohl leben, und ich ebenso. Aber sie denkt nicht nach, sieht nur ihren Vorteil …«

Er lief auf und ab, warf die Arme in seltsamer Erregung in die Luft und wandte sich dann abrupt zu Ortrud um.

»Und du sagst, als du gingst, war sie noch in Niedermünster?«

Vor lauter Verlegenheit machte Ortrud einen Knicks. »Ja, Herr Friedrich, sie hatte ihre Sachen gepackt und wartete auf den Jungen, den sie zum Welfen geschickt hatte.«

»Dumme Kinder«, murmelte Herr Friedrich wieder und wieder. »Diese dummen Kinder, wie können sie es riskieren? Heinrich, wenigstens du hättest so viel Verstand besitzen sollen, aber es war deine Idee. Ich kenne dich zu gut, mein Vetter …«

Da verstummte er, als würde ihm erst jetzt bewusst, dass Ortrud noch immer erwartungsvoll vor ihm stand.

»Was tun wir jetzt, Herr Friedrich?«, fragte sie zaghaft.

»Nichts wirst du tun! Du wirst zurück nach Niedermünster reiten und so tun, als sei nichts geschehen. Ich werde Agnes suchen und sie zurückbringen, bevor großer Schaden angerichtet wird.«

Ortrud nickte und senkte den Kopf, während Friedrich sich das Schwert umgürtete und sich einen Umhang über die Schultern warf. Grob schob er sie aus seiner Kammer und winkte Albrecht heran, der sie zurückbringen sollte.

Ortruds Bauch schmerzte, als hätte sie zu viel Süßes in

sich hineingestopft. Kandierte Früchte, so süß – aber sie machten so viel Ärger! Doch dies hier war anders. Sie hatte bitteren Verrat an ihrer Freundin begangen. Agnes hatte ihr vertraut und sie versprechen lassen, niemandem etwas zu sagen.

»Verzeih«, flüsterte Ortrud.

Sie ließ sich nach Niedermünster bringen. Albrecht ritt an ihrer Seite, beide senkten den Kopf, ließen sich den Regen in den Nacken prasseln. Ortrud fühlte, wie sich der Wollstoff kalt auf ihre Haut legte, vollgesogen mit Regen, der unvermindert niederrauschte. Ihr Brauner, den es heimtrieb, ließ sich kaum bändigen und tänzelte unruhig, bis Albrecht ihn am Zügel nahm und führte.

Sie fror erbärmlich, als sie die Kammer betrat. Leer. Agnes war fort, das Bündel auf ihrem Bett hatte sie mitgenommen. Ortrud trat an den Kamin, schichtete Holz und Zunder auf, hielt die Flamme ihres Talglichts daran und fütterte behutsam das Feuer.

Agnes sollte es schön warm haben, wenn sie heimkam.

Sie saß in den folgenden Stunden am Feuer und spürte nur langsam die Kälte aus ihren Kleidern weichen, spürte die Nässe aus dem gelösten Haar schwinden, die Schuld in ihrem Körper erlöschen.

Dumme Kinder, dachte Friedrich, und dann wieder: die Glücklichen. Sie haben einander.

Er hatte niemanden. Er, der Strahlende, der Gewinnende, der Mann, dem sich die Mädchen schon immer allzu gerne im Heu hingegeben hatten, hatte sich nie einsamer gefühlt als an diesem Abend. Der Regen störte ihn nicht, er passte. Selten hatte er so viel Resignation verspürt, gemischt mit Wut.

Er neidete den beiden ihr Glück. Er neidete ihnen, dass sie loszogen, sich zu nehmen, was sie für ihr Recht erachteten. Sie setzten sich über Grenzen hinweg, und der Preis war hoch. Heinrich riskierte Krieg und Händel mit den Staufern, und das auf Jahre. König Konrad würde kaum vergessen, dass man ihm seine Nichte hatte rauben wollen. Selbst wenn es Friedrich gelang, das Schlimmste zu verhindern, wäre Heinrich doch in einer misslichen Lage.

Friedrich betete inständig, dass es noch nicht zu spät war.

Wo er nach ihnen suchen sollte, wusste er nicht.

Sein erster Weg führte ihn also nach Stadtamhof, wieder einmal. Doch diesmal trieb er seinen Fuchs ordentlich an. Unter den Hufen spritzten Dreck und Unrat auf, als er durch die leeren Gassen galoppierte. Wer steckte schon den Kopf aus der Tür bei diesem Unwetter, geschweige denn, dass er draußen unterwegs war? Seit Stunden hatte das drohende Unwetter sich angeschlichen, ehe es sich jetzt mit seiner ganzen Kraft auf die Stadt warf.

Friedrich senkte den Kopf, stemmte sich gegen den Regen, als er aus der Stadt hinaus auf die Brücke ritt. Die Hufe klapperten, der Regen rauschte. Die Donau war verstummt und ließ sich das Prasseln gefallen, das ihre glatte Oberfläche durchbrach.

Aus dem Augenwinkel nur blickte Friedrich hinab. Dort war die Insel unter der Brücke, und da lag ein Bündel, ein Menschenbündel, durchnässt vom Regen und seltsam gekrümmt.

Friedrich zügelte den Fuchs, sprang aus dem Sattel, zog sein Pferd an die Brüstung und blickte hinab.

»Heda!«, rief er, doch das Menschenbündel rührte sich nicht, lag da, die Hände in das dürre Gras gekrallt, viel zu nah an der Wasserkante, als dass es ein Betrunkener hätte sein können, der seinen Rausch ausschlief, viel zu weit weg von den Bauhütten am anderen Ende der Insel.

Und der Umhang war aus teurem Tuch gewebt, fester Stoff spannte sich über dem gebogenen Rücken, darüber hing schwarzes Haar in wirren Strähnen.

Hätte er's nicht besser gewusst … aber woher sollte er es auch besser wissen.

»Heinrich?!«, schrie er gegen den Regen an. Die Gestalt

blieb wie erstarrt liegen, und in fliegender Hast sprang Friedrich in den Sattel, trieb den Fuchs an, der davonstob.

Heinrich, was ist dir geschehen? Hat sie dich versetzt, im letzten Moment allein gelassen, war sie die Klügere von euch beiden, und hat sie das Schlimmste verhindert? Heinrich, Heinrich, das Leben geht doch weiter, kein Grund, sich betrunken an den Donaustrand zu betten und die Kälte in den Körper kriechen zu lassen, damit sie den Schmerz betäube.

Friedrich passierte das Stadttor erneut. Da es von Stadtamhof keinen Steg gab, der zur Insel führte, musste er den Umweg nehmen, am Hafen entlang, der ihm quälend lang wurde. Der Torwächter ließ ihn hinaus, ohne zu fragen. Da war der Steg, dahinter die Insel. Hier war der Boden aufgeweicht vom Regen und glitschig, er zügelte sein Pferd und ließ es im Trab laufen, bis er fast heran war. Dann sprang er aus dem Sattel und war mit wenigen Schritten an Heinrichs Seite.

»Heinrich, Heinrich!«

Leblos lag der Körper in seinen Armen, nass nicht nur vom Regen, sondern auch von der Wunde an der Schläfe, aus der Blut sickerte. Friedrich presste in wilder Hast die Hand gegen Heinrichs Schläfe, spürte das warme Blut und das kalte Wasser sich im schwarzen Haar vermischen.

»Heinrich, hörst du mich?«

Der Welfe blieb stumm. Er hing in Friedrichs Armen. Hilflosigkeit schlug über ihm zusammen. Das also war schon das Ende eines Traums, einer Flucht.

Friedrich schüttelte sanft den leblosen Körper seines Freundes. Ein einziger Schlag hatte ausgereicht, sein Leben auszulöschen. Ausgerechnet hier, am Donaustrand.

Als er aufblickte, kam sie auf ihn zugerannt, ein verwischter Schemen aus kastanienrotem Haar, weißem Gesicht und blauem Kleid. Agnes. Er wollte etwas sagen, doch in diesem Moment gellte ihm nur ihr Schrei in den Ohren, und er hörte sich selbst nicht flüstern, wie leid es ihm tat.

Agnes' Schreie gingen im Donnergrollen unter.

Und dann waren ihre Hände an Friedrichs Tunika, rissen ihn hoch, und ihre Fäuste trommelten klein und schwach auf ihn ein, während er betäubt vom Schmerz einfach hocken blieb.

»Warum hast du das getan? Warum – hast – du – das ...« Sie trommelte, doch die Worte gingen ihr aus, und dann sank sie neben ihm auf den Kies, legte ihre zitternden Hände an Heinrichs Gesicht, sie beugte sich über ihn, netzte seine geschlossenen Lider mit Küssen.

Friedrich schloss die Augen. Er konnte es nicht ertragen.

»So tu doch was, Friedrich, tu endlich was!«

Agnes' Stimme. Er öffnete die Augen, starr sah er geradeaus, wo der Junge in einiger Entfernung stand, unklar zu erkennen durch den Regenvorhang, der jeden von ihnen einhüllte.

»Du, kannst du laufen und Männer aus Regensburg holen? Sie sollen eine Bahre mitbringen, um einen Toten zu tragen.«

Der Junge nickte. Friedrich wusste nicht, ob er ihn verstanden hatte, er sah nur, wie die kleinen Beine wirbelten und im Regendunst verschwanden. Sie mussten Heinrich zurück nach St. Mang bringen.

Agnes kniete neben ihm, ihre Knie berührten beinahe seine, ihr Atem aber strich über Heinrichs Gesicht, als sie sich über ihn beugte, ihre Hände über seine Wangen gleiten ließ, die Finger auf seine Lippen legte.

»Agnes ...« Nie war ihm die Stimme so schwer gewesen. »Agnes, lass es gut sein. Siehst du nicht?«

Sie wollte es nicht sehen. Zaghaft streckte Friedrich die Hand nach ihr aus, die vom Blut Heinrichs rot war. Er berührte ihre Wange, doch sie spürte es nicht. Sie war weit fort von ihm, und nie hatte Friedrich den Welfen mehr gehasst und zugleich geliebt.

»Was soll ich sehen?« Sie sah ihn nicht an, hatte nur Blick und Hände für Heinrich, strich ihm das Haar aus dem

Gesicht, berührte zart die Wunde, die ein dumpfer Schlag in die Schläfe gerissen hatte.

»Er ist tot«, flüsterte Friedrich. »Siehst du nicht, dass er tot ist?«

»Nein.« Ihre Stimme war nur ein Hauch. Es schnitt Friedrich ins Herz. »Nein, nein, nein …«

Ihre Fingerspitzen rührten an der Wunde.

Da stöhnte Heinrich plötzlich, seine Lider flatterten, und seine Lippen bewegten sich.

Friedrich schmeckte die Enge in seiner Kehle, schluckte krampfhaft. Heinrich schlug die Augen auf, und Agnes stammelte wirres Zeug. Friedrich verstand sie, denn hätte nicht die Enge in seiner Kehle ihm jedes Wort unmöglich gemacht, hätte auch er wohl gestammelt voller Glück, dass sein bester Freund nicht verloren war. Er dankte im Stillen Gott für diese zweite Chance. Und diesmal, so schwor er sich, wollte er es besser machen.

Er stand auf und trat beiseite. Hielt Ausschau nach dem Jungen und den Männern, als er ihn sah – ein großer Stein, der einer Männerfaust zupasskäme, wollte er damit einen anderen niederschlagen, keine drei Schritte von ihm entfernt. Friedrich ging zu der Stelle, bückte sich und nahm den Stein auf. Blut haftete an ihm, gerade so, als hätte dieser Stein als Mordwerkzeug gedient.

Er wog den schweren Stein, der geeignet war, das Leben eines Menschen gezielt auszulöschen. Doch der Welfenherzog hatte einen Dickschädel, der sich nicht so leicht zertrümmern ließ.

Wieder hatte der Mörder in seinem Leichtsinn die Waffe zurückgelassen. Friedrich tastete unter seinem Hemd nach dem Tuch, in das der Dolch gewickelt war. Den Dolch steckte er in seinen Gürtel, dann umwickelte er den Blutstein mit dem Tuch.

Die Männer hatten ihn auf ein Brett gewuchtet, das sie mitgebracht hatten, und so trugen sie ihn zu viert nach

St. Mang. Der Junge lief zwischen ihren Füßen umher, die Augen voller Angst um seinen Beschützer geweitet.

Agnes folgte ihnen. Sie spürte Friedrichs Blick auf ihrem nassen Rücken ruhen. Ihren Umhang hatte sie über Heinrich gelegt, damit er nicht noch mehr fror, nachdem er schon so nass geworden war. Sie kümmerte der kalte Regen nicht. Als Friedrich ihr die Hand auf die Schulter legte, schüttelte sie ihn ab.

»Lass mich!«, zischte sie und rannte den Männern nach. Ihr war es gleich, was mit Friedrich geschah. In ihr hatte nur die Sorge um Heinrich Platz, und die Angst, dass er nicht wieder gesund wurde.

Aber er lebte. Im Moment war dies das Wichtigste.

Als sie Friedrich am Flussufer hatte knien sehen, den leblosen Heinrich in seinen Armen, hatte der Schreck ihr im ersten Moment furchtbare Bilder gemalt – sie sah Heinrich und Friedrich im erbitterten Streit, sah Friedrich sein Schwert ziehen und gegen Heinrich kämpfen. Sie hatte in diesem Moment ihr Herz zerrissen gefühlt zwischen der Liebe zum Bruder und der Liebe zu Heinrich. Doch so sehr sie in den Augen Friedrichs nach einer Antwort suchte, nachdem Heinrich sich wieder regte und leise murmelnd in ihrem Schoß lag, die Augen geschlossen, das Gesicht bleich vom Schmerz – Friedrich gab nichts preis.

Sie hatte ihn sogar gefragt, was er damit zu tun hatte, aber da hatte Friedrich nur den Kopf geschüttelt, und gerade in dem Moment kamen die Männer, die der Junge herbeigeholt hatte. Agnes wusste nicht, ob die Männer erleichtert waren, keinen Toten tragen zu müssen oder ob sie wütend waren, bei diesem Unwetter vor die Tür gejagt zu werden. Sie knurrten und brummten, würdigten Agnes keines Blickes, die hilflos danebenstand, als sie den leise stöhnenden Heinrich auf das Brett wuchteten.

Und jetzt hielt sie Abstand zu Friedrich, presste das Bündel mit ihren Habseligkeiten gegen den Bauch. Friedrich ging hinter ihr, sie spürte seine Anwesenheit, aber sie war nicht für ihn da. Sie hielt den Blick starr auf den Boden gerichtet.

Dann sah sie etwas. Im Regen, dunkel auf den hellen Donaukieseln, und ohne zu wissen, warum, bückte sie sich und hob den Fetzen auf, der kalt war. Sie stopfte ihn einfach in ihr Bündel. Was es war, dafür hatte sie keinen Blick, sie fühlte nur, etwas wollte sie mitnehmen von diesem Ort, an dem man beinahe Heinrich das Leben genommen hatte.

Antworten auf ihre Fragen würde sie früh genug bekommen.

Sie brachten Heinrich nach Stadtamhof, in das Kloster St. Mang. Trugen ihn ächzend die schmale Stiege hinauf, stießen polternd die Tür zu seiner Kammer auf und hoben ihm vom Brett, betteten ihn auf sein Lager, ehe sie in der Zimmerecke verharrten. Einer zog die Mütze vom Kopf, und auch die anderen standen stumm beisammen. Agnes schob sich an ihnen vorbei in die Kammer. Sie kniete am Bett nieder, umfasste Heinrichs Hand. Der Junge kauerte neben ihr, blickte sie an voller Angst.

»Hol einen Bader. Oder ein Kräuterweib«, flüsterte sie. Egal wer, irgendjemand musste geholt werden, musste sich um die Wunde kümmern, die an Heinrichs Schläfe klaffte. Noch immer sickerte Blut daraus hervor.

Der Junge nickte und huschte hinaus.

Auf der Truhe am Fußende lag ein leidlich sauberes Leinenhemd, das sie nahm und auf die Wunde drückte. Sie blickte sich um, aber im Dunkeln konnte sie wenig erkennen. Worauf warteten die Männer?

Friedrich trat ein, hinter sich einen Mönch, der sogleich zu Agnes ans Bett kam. Wie dumm von ihr, den Jungen fortzuschicken, es gab doch in den meisten Klöstern einen Heilkundigen! Agnes machte einen Schritt zurück, als der kleine, dickliche Mann sich näherschob, ihr stumm zunickte und sich dann über Heinrich beugte.

Münzen klimperten; Friedrich zahlte den Männern etwas für ihren Dienst, ehe sie zufrieden brummend hinausschlichen. Friedrich hatte wohl tief in seinen Beutel gegriffen. Ein Laienbruder trat mit einem Talglicht ein, mit dem er endlich etwas Licht in die dunkle Kammer brachte. Unvermindert prasselte der Regen gegen die geschlossenen Fensterläden.

Agnes stand still im Schatten und beobachtete, wie der Mönch Heinrich leise murmelnd untersuchte. Der Laienbruder kniete vor dem offenen Kamin. Jetzt erst fiel ihr auf, dass es in dieser Kammer einen offenen Kamin gab und dass der Raum gar nicht so klein war, wie sie im ersten Moment geglaubt hatte.

»Ja, da hat Herzog Heinrich einen gewaltigen Schlag abbekommen.« Der Mönch richtete sich auf. Er runzelte die Stirn, als überlege er. »Ich werde sogleich dafür sorgen, dass man ihm einen Kräutersud mischt, und einen Umschlag aus heilenden Kräutern werde ich ebenfalls anrühren. Er wird viel Ruhe brauchen, keine Aufregung.« Er blickte Agnes streng an, und sie senkte den Blick. »Frauen haben hier nichts zu suchen«, fügte er hinzu.

»Meine Schwester bleibt.« Friedrichs Worte duldeten keinen Widerspruch. »Es wird Herzog Heinrich beruhigen, wenn sie bei ihm ist.«

Überrascht blickte Agnes ihn an. Von ihm hatte sie als Letztes mit Zuspruch gerechnet.

Der Mönch murmelte etwas, dann verschwand er. Die Tür klappte hinter ihm zu.

Sie war allein mit Heinrich und Friedrich.

»Danke«, flüsterte sie.

Friedrich wandte ihr den Rücken zu, wärmte seine Hände am Feuer, die vermutlich ebenso klamm waren wie ihre. Sie warf einen ängstlichen Blick zu Heinrich. Ruhig lag er da, die Arme neben dem Körper, die Beine gerade ausgestreckt, die Augen geschlossen, das Gesicht beinahe friedlich, als schliefe er. Es wäre für ihn wohl eine Gnade, wenn er Schlaf fand.

»Du brauchst dich nicht zu bedanken«, sagte Friedrich plötzlich. »Ich müsste dich um Verzeihung bitten, denn ich habe heute mehr als nur einen Fehler gemacht.« Seine Schultern sanken nach vorne, er wirkte gespenstisch, sein Umriss hob sich schwarz gegen den roten Feuerschein ab. »Du musst mir glauben, ich habe damit nichts zu tun. Zwar wollte ich verhindern, dass ihr diese Dummheit begeht und fortlauft. Aber nie würde ich ihm wehtun, und dir erst recht nicht.«

Er blickte über die Schulter. Agnes sank auf die Bettkante, griff nach Heinrichs kalter Hand und strich behutsam über den Handrücken.

»Es gibt keine Entschuldigung für mein Tun. Ortrud kam zu mir. Du darfst ihr nicht zürnen, sie war in ebenso verzweifelter Sorge um dich wie ich.«

Ortrud also … Agnes schluckte. Ob das jetzt noch zählte? Friedrich war zur Stelle gewesen, und vieles hätte länger gedauert, wäre er nicht gewesen und hätte die Dinge in die Hand genommen. Sollte sie ihm nicht sogar dankbar sein?

Nein. Er hatte ihre Flucht vereiteln wollen. Dass es ein anderer gewesen war, der sie mit dieser Tat aufgehalten hatte, änderte nichts. Friedrich war gegen sie.

»Was wirst du jetzt tun?«, fragte sie. In ihr regte sich die Furcht, er könnte ihr das Schlimmste antun, nämlich zu ihrem Onkel gehen, um ihm alles zu erzählen. Was sollte dann aus ihr werden? Würde man sie zurück nach Frauenwörth schicken? Oder gab es Schlimmeres, das sie erwartete? Sicher, sie konnte einem anderen zur Frau gegeben werden. Nachdem sie sich so störrisch gezeigt hatte, war dies noch die wahrscheinlichste aller denkbaren Strafen.

»Ich werde den suchen, der Heinrich das hier angetan hat.« Seine Stimme klang entschlossen. »Wer das getan hat, hat vielleicht an selber Stelle den Ortenburger ermordet und sich hier nur nicht geschickt genug angestellt, es zu vollbringen. Und ich bin froh, dass es ihm nicht gelungen ist.« Friedrich drehte sich ganz herum, trat zum Bett und blickte ernst auf Heinrich hinab. »Dieser Jemand muss gefunden werden. Wer weiß? Vielleicht hat er Dinge gesehen, die der Mörder für sich bewahren wollte. Vielleicht kam Heinrich ihm zu nahe, und er wurde deshalb niedergeschlagen.«

»Glaubst du, Heinrich hat ihn gesehen?«, fragte Agnes hoffnungsvoll.

»Wenn es so war, kann er uns vielleicht einen wichtigen Hinweis geben, wer der Täter war. Vielleicht war nicht Vitus von Wittelsbach unser Mörder, denn er ist eingesperrt. Ich denke, dass ich erneut auf die Suche gehen muss. Kann sein, dass der König es sich zu einfach gemacht hat. Wer weiß, wie viele Opfer dieser Wahnsinnige noch findet!«

Agnes atmete tief durch. So kannte sie Friedrich. Entschlossen, klug und zielstrebig. Nichts erinnerte mehr an jenen Friedrich, der vor wenigen Stunden angesichts der eigenen Vermählung so verzweifelt wirkte.

Kurz dachte Agnes an Adela, doch dann schob sie diesen Gedanken beiseite. Darüber zu reden, war bestimmt morgen Zeit. Zumal sie nicht glaubte, dass Friedrich eine Lösung parat hatte. Verständnis der Eheleute füreinander, das konnte sie erreichen, und damit wäre schon viel gewonnen.

»Was wirst du tun?«

Friedrich runzelte die Stirn. »Zunächst werden wir warten«, sagte er leise. »Warten, dass Heinrich aufwacht.«

Agnes nickte beklommen. Der innere Aufruhr ließ ihr Herz rasen. Wenn er nur bald aufwachte!

Der Mönch kam zurück, schniefend und schlurfend. Hinter ihm drückte sich der Junge in den Raum, doch er war allein und drängte sich an Agnes' Rock.

»Was ist denn? Konntest du niemanden finden?«

Stummes Kopfschütteln.

»Im Hof hat er sich rumgetrieben, geheult wie ein Tier, weil ihm der Bruder Portarius das Tor nicht öffnen wollte«, brummte der Mönch.

»Es ist in Ordnung«, tröstete Agnes den Jungen, dem Tränen über die Wangen rannen. Ihm war es eine persönliche Niederlage, dass er es nicht vermocht hatte, den Auftrag von Agnes auszuführen.

»Warum bist du so närrisch mit dem Jungen?«

Agnes' wütender Blick traf ihn.

»Du benimmst dich, als wäre er dein Kind«, versuchte Friedrich zu erklären. »Das verstehe ich nicht. Er ist ein Drecksbalg unter vielen. In Regensburgs Gassen laufen Hunderte herum, die sind wie er.«

»Das weiß ich vermutlich selbst nicht so genau«, gestand Agnes. »Weil er von Heinrich zu mir gekommen ist. Er ist wie ein Teil von uns. Und Heinrich lief er im Lager zu …« Sie verstummte.

Der Laienbruder brachte ihnen zu essen. Agnes schob ihre Schüssel mit dampfendem Eintopf beiseite. Sie fand am Tisch sitzend keine Ruhe und trat wieder ans Bett, wo der Mönch Heinrich einen Aufguss aus Kräutern einflößte, von dem jedoch das meiste außen am Hals hinunterlief.

»Lasst mich das machen.«

Agnes nahm den Becher und duldete keinen Widerspruch. Es gelang ihr kaum besser, aber sie hatte ein besseres Gefühl, es selbst zu versuchen. Sie stopfte ihm Kissen in den Rücken, und als er immer kälter wurde, befahl sie, Ziegelsteine zu erhitzen und Decken zu bringen.

Die ganze Zeit über saß Friedrich stumm auf der Truhe am Fußende, das Kinn in die Hand gestützt und ließ sie nicht aus den Augen.

»Was ist?«, flüsterte sie. Stunden waren vergangen. Der Junge hatte sich am Fußende eingerollt und war sofort eingeschlafen. Agnes ließ ihn. Sie saß neben Heinrich und ließ seine Hand nicht los, während Friedrich sie nachdenklich musterte.

»Ich wusste nicht«, sagte er dann langsam, als käme ihm der Gedanke erst in diesem Moment, »wie viel ihr einander seid.«

»Ändert sich dadurch irgendwas?«, fragte Agnes leise.

Friedrich nickte. »Für mich schon. Ich wusste es nicht, und ich verstehe es auch nicht. Ihr kennt euch kaum eine Woche, und schon willst du mit ihm durchbrennen.«

»Ich kann ohne ihn nicht sein.«

»Du konntest vorher jahrelang vorzüglich ohne ihn sein.«

»Ja«, erwiderte sie heftig. »Weil ich nicht wusste, dass es ihn gab, dass es überhaupt ein Leben jenseits von Frauenwörth gab. Das habt ihr mir gezeigt. In all seinen Facetten.«

Friedrich sagte nichts mehr.

So saßen sie beisammen, die ganze Nacht. Nach dem mitternächtlichen Gebet und auch nach der Prim kam der Mönch hereingeschlurft, schaute nach Heinrich und ging wieder. Beim zweiten Mal brachte er wieder einen Becher Kräuteraufguss, und Agnes versuchte, Heinrich diesen einzuflößen. Diesmal glaubte sie im schwachen Licht der Talgfunzeln zu erkennen, wie Heinrich schluckte.

»Weidenrinde, das nimmt die Schmerzen und senkt das Fieber«, murmelte der Mönch, als Agnes ihn fragte, was der Aufguss enthielt. Danach ging er wieder, und die Stille legte sich über sie.

Sie schwiegen viel in dieser Nacht. Agnes war dankbar für Friedrichs Schweigen, und sie war froh, dass er bei ihr blieb. Als sie kurz nach der Prim einschlief, neben Heinrich, der sich immer noch so kalt anfühlte, wenn sie nach seiner Hand tastete, da glaubte sie einen Moment, sie träumte schon, denn Heinrichs Hand drückte ihre.

Aber dann war sie auch schon eingeschlafen.

Kapitel 19

Friedrich hatte in dieser Nacht keinen Schlaf gefunden. Also hatte er über Agnes, Heinrich und den Jungen gewacht. Zwischendurch war der Junge aufgewacht, hatte sich die Augen gerieben, war aus dem Zimmer geschlüpft und kurze Zeit später ebenso verschlafen zurückgekommen. Vermutlich hatte er sich nur erleichtert.

Friedrich starrte in die langsam in sich zusammenfallende Glut. Er hatte viel Zeit, nachzudenken. Aber es half ihm nicht, eine Erklärung zu finden für das, was man Heinrich angetan hatte. Auch verstand er nicht, warum der Ortenburger hatte sterben müssen, wenn es nicht Vitus von Wittelsbach getan hatte. Gleich am nächsten Morgen musste er zur Königspfalz. Den König von des Wittelsbachers Unschuld überzeugen – reichte sein Wissen dafür aus?

Oder – auch das fragte er sich um die Mitte der Nacht – gab es zwei Mörder? Den einen, der den Ortenburger auf dem Gewissen hatte, und einen anderen, der Heinrich das Leben hatte nehmen wollen? Aber warum war beides am selben Ort geschehen? Oder war es gar nicht der Ort, der die beiden Männer verband, sondern waren es die Umstände?

Wie er es auch drehte und wendete – er konnte diese Fragen nicht beantworten, indem er hier hockte und nachgrübelte.

Als die Sonne ihre ersten, schwachen Strahlen durch die Ritzen der Fensterläden sandte, stand Friedrich auf. Sofort war der Junge hellwach, starrte ihn an und ließ ihn auch nicht aus den Augen, als er zur Tür ging.

Friedrich zögerte. Das Kind war merkwürdig. Genau konnte er es nicht benennen, aber in seiner treuen Ergebenheit gegenüber Heinrich und auch Agnes war es schon nach wenigen Tagen kaum wegzudenken aus dem Umfeld der beiden. Hätte es noch eines Zeichens bedurft, dass Agnes und Heinrich füreinander bestimmt waren, hier war es: ein Kind, das sich instinktiv an zwei Menschen klammerte und bereit war, alles für sie zu geben.

»Ich gehe denjenigen suchen, der Heinrich das angetan hat«, flüsterte Friedrich, und der Junge nickte. »Versprichst du, auf die beiden aufzupassen, solange ich nicht da bin?« Erneut nickte der Junge, ein feierlicher Ernst lag in seiner Miene.

»Friedrich?« Es war Agnes, die sich auf dem Bett regte, sich aufsetzte und verschlafen blinzelte. »Wo gehst du hin?«

»Zum König. Und dann werde ich denjenigen suchen, der Heinrich das hier angetan hat. Ich kann es drehen und wenden, wie ich will – ich werde das Gefühl nicht los, dass es irgendwie mit dem Ortenburger zu tun hat. Ich würde nur zu gerne Heinrich befragen, was genau er und der Ortenburger bei ihrer Unterredung ausgeheckt haben.« Als er Agnes' verwirrten Gesichtsausdruck sah, fügte er erklärend hinzu: »Sie haben sich getroffen, vor dem Fest, das der Ortenburger gab.«

»Davon wusste ich nichts«, sagte Agnes. Sie stand auf, schwankte und konnte sich nur mühsam auf den Beinen halten.

»Wenn du gehst, den Mörder zu suchen … Ich weiß nicht, ob es etwas zu bedeuten hat, doch als ich bei dem Minnesänger in der Hafenschenke war, da hat er mir etwas Merkwürdiges erzählt.«

»Dass du in der Hafenschenke warst, hast du zwar erzählt, aber …« Sein Blick verfinsterte sich. »Ich billige es keinesfalls, dass du dich dort herumtreibst, Agnes.«

Agnes trat zu ihm, legte ihm die Hand an die Wange, wie um ihn zu besänftigen. Sie strich über die Stoppeln und lächelte ihn beschwichtigend an. »Allein war ich nicht dort, du hast mir schließlich zwei tüchtige Männer zur Seite gestellt. Jedoch reagierte der Aister etwas merkwürdig. Er sagte mir zwar, das Pergament sei vom Ortenburger bei ihm bestellt worden, doch als ich nachfragte, schien er nicht von

Otto zu reden. Ich weiß nicht, ob das etwas zu bedeuten hat …«

Nun, es lohnte jedenfalls die Nachfrage, dachte Friedrich bei sich. Agnes zog das Gedicht aus ihrem Beutel, reichte es Friedrich zögernd, als könne sie nicht davon lassen.

Friedrich nahm das Pergament und verstaute es in seinem Beutel. Er hatte nun keine Zeit zu verlieren.

»Du hast dich in den letzten Tagen nicht rasiert.« Zärtlich schaute sie ihn an, und in ihrem Blick lag Dankbarkeit, weil er die Nacht über bei ihnen geblieben war.

»Es war keine Zeit dafür«, sagte Friedrich unwirsch.

»Es steht dir gut«, sagte Agnes nur. »Dein Barthaar ist von einem tiefen Rot, ganz anders als dein Haupthaar, das dagegen beinahe blond erscheint …«

Sie machte ihn sprachlos. Wirklich, er wusste nichts zu antworten. Er, der helle Friedrich, dem nie die Worte ausgingen, der so beredt mit allen Problemen umgehen konnte, der Frauen mit wenigen, klug gewählten Worten beeindrucken konnte – ausgerechnet er versagte, wenn seine Schwester ihm so etwas geradezu Belangloses sagte.

»Das hast du mir nie gesagt«, brachte er schließlich hervor.

Sie lächelte müde. »Viel Zeit hatten wir in den letzten Tagen für Gespräche dieser Art ja nicht.« Sie trat zurück, schlang die Arme um sich, als ob sie fror.

»Ich hoffe, wir finden diese Zeit wieder. Bald«, fügte er hinzu. »Ich will mich jetzt nur schnell auf den Weg machen – den Wittelsbacher sollte ich noch mal befragen, und mit dem König sollte ich auch eine Unterredung führen, bevor es zu spät ist.« Er zögerte. »Am liebsten wäre mir, du bliebest bis auf Weiteres hier.«

»Ich wüsste keinen Ort, an dem ich mich jetzt besser fühlen würde.«

Das wenigstens beruhigte Friedrich. Agnes umarmte ihn kurz, er drückte sie an sich und legte kurz das Gesicht an ihr weiches, duftendes Haar.

Dann war er auf dem Weg nach Regensburg.

Sein Weg führte ihn zunächst zur Königspfalz. Er wusste nicht, wohin sie Vitus von Wittelsbach gebracht hatten, und er hoffte auch, noch einmal mit König Konrad über diese wichtige Angelegenheit sprechen zu können. Doch zunächst wollte er Vitus von Wittelsbach aufsuchen, wenn es möglich war.

Nach dem nächtlichen Regen waren die Gassen wie sauber gespült, obwohl sie nur aus Dreck und Lehm bestanden. Doch der Unrat war von den Wassermassen mitgerissen worden, und geblieben waren nur die Äste, die der Sturm von den Bäumen gerissen hatte. Die Menschen waren gut gelaunt. Friedrich beobachtete einen Mann, der ein paar Äpfel an Bedürftige verteilte, und es herrschte eine friedliche Ruhe zwischen diesem Mann und den Zerlumpten, die sich um ihn drängten. Keiner neidete anderen, was diese geschenkt bekamen.

Manche Menschen besaßen nicht viel und gaben dennoch gerne. Friedrich lächelte. Das war ein schöner Gedanke. Die Mildtätigkeit jenen gegenüber, die weniger besaßen – sie war von Gott gegeben, und so war es gut.

Musste man nicht auch milde dem gegenüber sein, der unschuldig eingesperrt war?

Friedrich schob diesen Gedanken beiseite. Vitus von Wittelsbach war des Mordes überführt. Es war sein Messer, das Friedrich gefunden hatte, und der Wittelsbacher hatte es zwar abstreiten wollen, doch wer hätte in seiner Situation nicht versucht, das Schlimmste von sich selbst abzuwenden? Hatte er diese unverzeihliche Sünde begangen, gab es für ihn ohnehin keine Rettung.

Nachdem Friedrich fort war, fand Agnes nicht mehr in den Schlaf. Sie zog die Schuhe aus, die sie am Abend nicht abgestreift hatte, und barfuß lief sie ans Fenster, spürte die kühlen Dielenbretter unter ihren Füßen und die feuchte, von der Sonne schon leicht gewärmte Luft, die ein nächtlicher

Regenguss am nächsten Tag mit sich brachte. Weit stieß sie die Fensterläden auf, lehnte sich hinaus und atmete tief durch. Ach, wenn Heinrich nur bald aufwachte und sah, dass die Welt heute noch viel schöner war als gestern. Sie war bei ihm – für den Augenblick genügte ihr das.

Der Junge schlief noch. Wie ein Hund hatte er sich zu Heinrichs Füßen eingerollt. Wirr hing ihm das Haar ins Gesicht, seine Wangen waren gerötet, als strengte ihn der Schlaf an. Noch ein Rätsel, das so schnell nicht zu lösen war. Ob der Junge je das Geheimnis würde preisgeben können, woher er kam und wohin er gehörte?

Oder hatte Friedrich recht, wenn er sagte, dieses Kind sei eines von vielen und sie solle ihm nicht so viel Aufmerksamkeit widmen. Gab es vielleicht gar keinen Grund dafür, warum der Junge sie so bewegte?

Einstweilen gehörte er zu ihnen – gestrandet wie Agnes und Heinrich in dieser Kammer. Obwohl die Tür offen stand und sie die Freiheit hatte, zu gehen, fühlte Agnes sich wie eine Gefangene. Es war wegen Friedrich. So viel Enttäuschung und Kummer hatte sie in seinem Blick gelesen, gestern Abend schon und auch am Morgen. Dass sie sich mit Heinrich hatte fortschleichen wollen, musste Friedrich ein doppelter Vertrauensbruch sein – verraten von der Schwester und, viel schlimmer noch, vom besten Freund, dem er vertraute.

Sie war eine Gefangene seiner Enttäuschung. Ein zweites Mal konnte sie ihm das nicht antun, und wie sollte das auch gehen? Solange Heinrich nicht wenigstens die Augen aufschlug und sie mit langsam erwachenden Sinnen ansah, hatte sie nichts anderes zu tun, als geduldig zu warten.

Doch Geduld war noch nie ihre Stärke gewesen.

Als der Mönch wieder hereinschlurfte, schnalzte er unwillig mit der Zunge. Sie erinnerte sich an seine Worte vom Abend, dass Frauen hier nichts zu suchen hätten, doch sie blieb auf der anderen Seite des Bettes stehen und beobachtete ihn, während er Heinrich untersuchte. Keinen Schritt wich sie von Heinrichs Seite, und als der Mönch leise vor sich hin murmelte, fragte sie nach, mit klopfendem Herzen.

»Geht es ihm besser?«

Der Mönch antwortete nicht sofort. »Wenn es ihm besser geht, werden wir es merken«, sagte er schließlich. Dann ging er. Den Becher mit dem Kräutersud hatte er auf die Truhe am Fußende des Bettes gestellt und Agnes einen bedeutungsvollen Blick zugeworfen. Sie nahm den Becher und setzte sich zu Heinrich.

Die ganze Zeit über hatte der Junge sich nicht geregt. Jetzt, als der Mönch die Tür hinter sich schloss, richtete er sich auf, rieb sich verschlafen die Augen und schaute sich um, als wüsste er nicht, wo er war und was passiert war. Doch dann sah er Heinrich, und seine großen blauen Augen füllten sich mit Tränen. Agnes strich ihm tröstend über den Kopf.

Der Sud dampfte, und sie musste ein wenig warten, bis er so weit abgekühlt war, dass sie versuchen konnte, ihn Heinrich zu geben. Es war eine merkwürdige Stimmung, die in dieser kurzen Spanne des Wartens Besitz von Agnes ergriff – als wäre sie in einer anderen, fremden Welt gelandet, die sie mit Stille umgab. Niemand sprach mit ihr – der Mönch schwieg sich aus, Friedrich war fort, Heinrich lag still da … und der Junge wimmerte, ließ sich von ihrer tröstenden Hand, die sie auf seine bebende Schulter legte, nicht besänftigen. Im Gegenteil, er schlug ihre Hand weg, starrte sie böse an, als wäre sie für ihn der Grund allen Übels.

Aber was wusste sie schon von den Gedanken dieses Jungen?

Sie versuchte Heinrich den Weidenrindensud einzuflößen. Diesmal half ihr das Tageslicht, und sie erkannte Schluckbewegungen, die sie froh machten. Dennoch versickerte zu viel von dem wertvollen Kräutersud, rann aus seinen Mundwinkeln und tränkte das Kissen, auf dem er lag. Sie unterdrückte ein Seufzen, hielt inne und strich das Haar aus Heinrichs Stirn. Trocken und warm war seine Stirn, aber nicht vom Fieber erhitzt. Sie wünschte, dass sie mehr davon verstünde, was einem Kranken half und was ihm schadete. Die Schwester, die in Frauenwörth für die Kräuterkunde und die Pflege der Kranken zuständig gewesen war, hatte einst versucht, Agnes für die Heilkunde zu begeistern, aber den halben Tag im Garten herumzukriechen und die zarten Pflänzchen zu hüten, war ihr nicht erstrebenswert erschienen. So sehr fehlte ihr jetzt das Wissen um die Gesundheit – sie hätte dem Mönch viel eher die Stirn bieten können, wenn er stumm und grimmig seine Arbeit verrichtete.

»Agnes ...«

Einen Moment glaubte sie, es wäre der Junge, der sprach. Sie sah ihn an, doch der Kleine starrte zurück, und da erkannte sie, dass es Heinrich gewesen war, der mit heiserer Stimme ihren Namen sagte. Die Augen hielt er geschlossen, aber er hatte gesprochen.

Er war wach.

»Heinrich«, sagte sie leise, drückte seine Hand, und er erwiderte den Druck, wenn auch seine Finger zitterten und kalt waren. »Heinrich, du bist wach.«

»Es tut mir leid«, flüsterte er.

Doch sie, überglücklich, dass er atmete, lebte und wieder ganz bei ihr war, legte ihm den Finger auf die Lippen, brachte ihn zum Schweigen. »Nicht«, sagte sie, »du brauchst nichts zu sagen, brauchst dich nicht zu entschuldigen.«

»Ich habe dich nicht in Sicherheit gebracht ...« So schwach war seine Stimme, dass sie sich ganz nah zu ihm beugen musste, und einen Moment glaubte sie, sich verhört zu haben.

»In Sicherheit?«

Er schüttelte den Kopf. »Ich habe es nicht geschafft ...«

Dann sagte er nichts mehr. Agnes saß neben ihm, lauschte seinen Atemzügen, die regelmäßig und leise gingen. Er war eingeschlafen. Aber diesmal war es anders, das spürte sie wohl – diesmal war der Schlaf erholsam und würde ihm Heilung bringen, anders als der Schlaf der Nacht, als sie manches Mal geglaubt hatte, der Atem wäre aus ihm gewichen und mit ihm seine Seele.

»Hier ist er und wartet auf seine gerechte Strafe.«

Der Wächter drehte den Schlüssel im Schloss und öffnete die schwere Eichenholztür.

»Wir waren nicht drauf eingestellt, so hohen Besuch in unserem Karzer zu bekommen, da mussten wir uns was überlegen«, entschuldigte er sich. »Verbrecher hin und her, aber wir können ihn ja nicht mit den gemeinen Beutelschneidern einsperren. Von denen haben wir eh mehr als genug, seit dieses wilde Volk vor der Stadt lagert. Wird höchste Zeit, dass der Kreuzzug unsere Stadt endlich verlässt und andere Städte plündert.«

Sprach's und hielt die Hand auf. Friedrich legte wortlos eine Münze hinein. Es war schwer genug gewesen, herauszufinden, wohin sie Vitus von Wittelsbach gebracht hatten. Dass König Konrad ihn nicht in der Königspfalz eingekerkert hatte, war schnell ermittelt. Doch ihn in der trutzigen Pfalz des Herzogs von Bayern festzusetzen – nun ja. Fast schien es Friedrich, als wollte jemand verhindern, dass man mit Vitus sprechen konnte.

Und billig war es außerdem nicht, in der Herzogspfalz zum Karzer gelassen zu werden.

»Wenn Ihr vom Anblick eines Mörders genug habt, klopft drei Mal. Und keine Sorge – wir haben ihn ordentlich angekettet, er wird Euch nichts tun, Herr Friedrich. Ich bleibe in der Nähe.«

Letzteres glaubte Friedrich weniger. Er hatte das gierige Glitzern in den Augen des Mannes gesehen, und die Wachkammer, in der er mit seinen Kameraden beisammensaß, lag am anderen Ende des düsteren Gangs. Von dort war nur zu deutlich das laute Brüllen, raue Lachen und das Klappern der Würfel zu hören, die in schneller Folge geworfen wurden. Er wollte eilig zurück zum Spiel, seine Münze zu mehren oder sogleich einem anderen zuzuspielen.

Friedrich betrat die Kammer. Die Tür wurde hinter ihm zugeworfen. Es dauerte ein Weilchen, bis seine Augen sich an das Dunkel gewöhnten. Eine winzige Öffnung weit oben in der Mauer sandte wenig Licht herein.

Vitus von Wittelsbach hockte am Boden, ein Strohlager hatten sie ihm aufgeschüttet, und in ihrer Gnade sogar einen Eimer hingestellt, in den er seine Notdurft verrichten konnte. Direkt daneben stand eine Schale, gefüllt mit kaltem Eintopf.

Mit Ketten war er an die Wand gebunden. Als Friedrich den großen, linkischen Wittelsbacher so sitzen sah, wollte er den Blick abwenden, doch er wagte es nicht, denn die Augen des anderen ruhten prüfend auf ihm, als wartete er genau darauf.

»Seid Ihr gekommen, Euch an meinem Elend zu ergötzen?« Vitus brach als Erster das Schweigen.

Friedrich sank auf die Knie. Es kümmerte ihn nicht, dass der Boden verdreckt war, dass der Gestank und der Moder seine Beinlinge verderben würden. Er kniete nieder und blickte den Wittelsbacher an. Dieser rasselte mit seinen Ketten und lachte rau.

»Der Bettelstaufer. Habt auch Ihr mir Geld geliehen? Ich habe nichts mehr, seht selbst. Nur meinen Körper besitze ich noch, und auch den werden sie mir bald nehmen. Mein Leben habe ich wohl verwirkt.«

»Ich komme, weil es wieder passiert ist«, sagte Friedrich. »Ich weiß nicht, ob es Zufall sein kann, dass am Ufer der Donau erneut einem Mann das Leben entrissen werden sollte. Gestern Abend«, fügte er hinzu, als er sah, wie Vitus die Stirn runzelte.

»Den Mord wollt Ihr mir wohl kaum auch noch anhängen.«

»Nein. Ich suche den wahren Mörder«, sagte Friedrich.

»Ihr habt ihn doch schon gefunden!« Vitus von Wittelsbach hob erneut die Hände und rasselte mit den schweren Eisenketten. »Was wollt Ihr noch?«

»Ich will die Wahrheit wissen.«

Darauf schwieg Vitus von Wittelsbach. Als Friedrich ihn jetzt anblickte, wandte er den Kopf ab, strich sich mit der Hand durchs Gesicht, rieb die Nase, strich über die Augenbraue.

»Wer war es? Und warum habt Ihr für ihn gelogen?«, fragte Friedrich.

»Wie seid Ihr darauf gekommen?«, fragte Vitus von Wittelsbach zurück.

Friedrich atmete tief durch. »Es war nicht mehr als eine Ahnung. Ich fragte mich nur, warum nicht nur der Ortenburger sterben musste, sondern auch der Versuch unternommen wurde, Heinrich von Sachsen das Leben zu nehmen. Zumal es am selben Ort passierte. Außerdem erfuhr ich auch, dass die beiden sich zwar über des Ortenburgers Hochzeit mit meiner Schwester halb entzweit hatten, dann jedoch wieder eine Verbindung planten, die Ortenburgern und Welfen gleichermaßen zum Vorteil gereichen sollte. Ihr müsst zugeben, das ist mehr als merkwürdig. Zehntausende Menschen sind in der Stadt, und doch wird nur zweien nach dem Leben getrachtet. Bei dem einen gelingt es, der andere ringt mit dem Tod.«

»Vielleicht bin ich bei dem einen der Schuldige«, sagte Vitus. »Den anderen aber habe ich kaum gekannt, und Ihr wisst selbst, dass ich letzte Nacht hier war. Ich kann Eurem Sachsenherzog nichts getan haben, es sei denn, mir wären nicht nur Flügel gewachsen, sondern es wäre mir auch gelungen, mich unentdeckt aus diesem Karzer zu schleichen und wieder hierher zurückzukehren. Oh, nicht zu vergessen, dass ich mir natürlich auch die Ketten wieder angelegt habe.«

Friedrich seufzte. Kaum zu durchdringen war die Mauer, die Vitus um sich errichtet hatte, um ein Geheimnis zu schützen, das Friedrich nicht verstand.

Hieß das, es musste jemand sein, dem der Wittelsbacher sich verpflichtet fühlte?

»Ihr seid also bereit, für einen Mann, dem Ihr etwas schuldet, in den Tod zu gehen. Schuldet Ihr ihm Euer Leben?«

Vitus vergrub das Gesicht in den Händen. »Ihr versteht es nicht«, flüsterte er. »Wie könntet Ihr es auch verstehen … Für keinen Mann wäre ich bereit, in den Tod zu gehen.«

»Aber?«, hakte Friedrich nach, und gerade wollte Vitus etwas sagen, so kam es Friedrich vor, doch dann schüttelte er den Kopf. Schwerfällig rappelte er sich auf, schwankte ein wenig.

»Es geht nicht anders«, sagte er nur. »Verdient habe ich es vielleicht sogar, immerhin bin ich doch ein Halunke, schon immer gewesen. Wie viel Kummer ich meinem Vater stets gemacht habe, zusammen mit meinen Brüdern. Und auch den Ortenburgern habe ich Leid zugefügt, letzten Sommer, als der Älteste im Kampf gegen die Welfen starb. Dumm waren wir alle, und wenn ich diese Sünden durch meinen Tod büßen kann, dann ist es so von Gott gewollt.«

Dann sank er auf die Knie. Das leise Rasseln der Ketten begleitete sein Murmeln, als er zu beten begann.

Friedrich stand auf. Die Worte des Wittelsbachers ergaben für ihn keinen Sinn.

Was war wirklich passiert? Für keinen Mann würde Vitus von Wittelsbach dies auf sich nehmen.

Friedrich hämmerte mit der Faust an die Tür. Es dauerte nicht lange, bis der Wächter kam. Das Knirschen im Schloss war merkwürdig laut und übertönte das Gebet des Jünglings, der hinter Friedrichs Rücken kniete und Abschied nahm von einem wilden, kurzen Leben. Ein letztes Mal schaute er zurück. Vitus machte seinen Frieden mit der Welt.

Vielleicht, dachte Friedrich, war es doch gerecht, vielleicht hatte auch dies seine Berechtigung im großen Plan Gottes. Doch durfte er deshalb einen Unschuldigen sterben lassen?

Für keinen Mann wäre ich bereit, in den Tod zu gehen …

Was bedeuteten diese Worte des Wittelsbachers? Ging es um eine Frau? Oder um ein Kind? Es war nur ein neues Rätsel, vor dem er nun stand, und schon das alte ließ sich nicht ansatzweise lösen. Es war wie der gordische Knoten, der immer fester wurde, je stärker man an seinen Enden zog.

Doch Friedrich konnte nicht aufgeben – jetzt erst recht nicht, denn die Andeutung des Wittelsbachers führte ihn zwar kaum auf eine neue Fährte, zeigte ihm aber, dass es noch mehr Zusammenhänge gab. Dahinter. Er musste nur nach ihnen suchen. Es musste ein Schwert geben, das diesen Knoten zerschlagen konnte.

Unverzüglich wollte er zum König reiten.

»Holla, Neffe, wohin des Weges?«

Friedrich, der gerade den Hof überquerte, fuhr herum. Da stand sein Onkel, der Herzog von Bayern. Heinrich Jasomirgott. Seit dem Fest beim Ortenburger hatte Friedrich ihn nicht mehr gesehen.

»Wolltet Ihr zu mir?«

»Nein.« Friedrich hatte keine Zeit für Höflichkeiten. Die Zeit drängte. Zur Königspfalz! Wenn er sich eilte, war es vielleicht noch nicht zu spät, und er konnte das Schlimmste verhindern – ohne zu wissen, was das Schlimmste war.

»Ich würde gerne ein paar Worte mit Euch wechseln.« Es klang mehr Befehl als Wunsch aus der Stimme seines Onkels. Friedrich war versucht zu widersprechen, warum auch nicht – sie waren gleichgestellt, spätestens seit Friedrich nach dem Tod seines Vaters vor wenigen Wochen das Herzogtum Schwaben in Besitz genommen hatte. Doch da war etwas gefährlich Leises in der Stimme des Babenbergers, das ihn aufhorchen ließ.

»Es geht um den Welfenherzog.«

Das genügte Friedrich. Diesmal wollte er keinen Fehler machen und jedem noch so kleinen Hinweis nachgehen. Er dachte an das Pergament, das Agnes ihm zugesteckt hatte. Das hatte Zeit. Später würde er sich auch darum kümmern …

»Kommt, wir trinken einen Becher vom guten Baierwein und reden.« Geradezu jovial war der Babenberger. Friedrich folgte ihm.

Kapitel 20

Das musste ein allzu schöner Traum sein, den die Dunkelheit für ihn gewebt hatte. Tiefe, schmerzende Dunkelheit, die mit einem dumpfen Schlag begonnen hatte. Jetzt war hinter dieser Stille ein leises Rauschen und das Tirilieren zu hören, das er in den letzten Tagen von dem Blaumeisenpaar, das in der Kastanie vor seinem Fenster nistete, gewohnt gewesen war. Auch das hungrige »Tschi-tschi-tschi-tschi« der Jungvögel hatte er vernommen.

Es musste ein Traum sein, denn die Blaumeisen vor seinem Fenster zu hören, das hatte er zuletzt erwartet, nachdem der heftige Schlag ihn traf und die Dunkelheit über ihn warf. Aber dieser Stoff, aus dem seine Dunkelheit gewebt war, war lichtdurchlässig. Und so spürte Heinrich, dass da draußen mehr war, mehr als nur das Tschilpen der Meisenfamilie und das Rauschen der Kastanie. Da war Licht, helle Luft, und da war eine Stimme, die er in seinem Leben noch nicht oft hatte hören dürfen, die sich ihm aber dennoch eingebrannt hatte und die er unter Tausenden erkannt hätte.

Agnes.

Er flüsterte ihren Namen, wollte ihre Worte durchdringen, dass sie innehielt und zu ihm kam. Er wünschte sich ihre Hand tröstend auf seiner. Wünschte sich, dass das, woran er sich erinnerte, nicht nur Traum war. Er redete, hörte sie reden, hörte sich auf ihre Worte antworten, verstand aber den Sinn der Worte nicht. Schließlich versank er wieder in Stille und Erinnerung.

Die Kälte und Nässe, die in seine Glieder kroch. Dann der stechende Schmerz an seiner Schläfe, der ihn aufstöhnen ließ und ihn im selben Moment wieder zu Bewusstsein gebracht hatte, so war es gewesen. Dann Agnes, ihre Hände bebten an seinem Gesicht, und sie flüsterte ihm zu, alles werde gut werden, sie versprach es ihm. Dann war er wieder fort, versank wieder in Stille und Schmerz. Als er erneut aufwachte, war es, weil ihre Hand in seiner lag, und er drückte und quetschte sie, so fest er konnte, so fest er es wagte, weil er ihr nicht wehtun wollte, aber sie tat nichts, und in diesem kurzen Moment, bevor die Schwärze ihn wieder packte, da hielt ihn auch die Verzweiflung umklammert, ob er wirklich noch lebte, oder ob seine Seele in seinem toten Körper gefangen war und diesen wegen all seiner Sünden nicht verlassen konnte. So hatte er wieder dagelegen, von Dunkelheit umfangen. Sie war wieder da, schob ihren Arm unter seinen Nacken und stützte ihn, während ihre andere Hand ihm einen warmen, bitteren Sud in einem Becher reichte, den er krampfhaft zu schlucken versuchte. Da hatte er glauben wollen, dass er lebte, dass er überlebt hatte, und er erinnerte sich kaum der wenigen Worte, die sie gewechselt hatten, er wusste nur, er hatte gesprochen, und sie hatte geantwortet.

Das hatte für den Moment gereicht.

Und jetzt?

Er schlug die Augen auf, voller Angst, etwas sehen zu müssen, das ihn enttäuschte. Das Licht war zu hell, und er blinzelte. Mit zusammengekniffenen Augen wartete er, blinzelte erneut, in immer größeren Abständen, auch wenn es schmerzte. Er wollte sie rufen, doch es kam nur ein heiseres Krächzen aus seiner Kehle.

»Heinrich!«

Da war sie. Kühl war ihre Hand, die sich prüfend auf seine Stirn legte.

»Agnes …«

»Ich hole dir zu trinken.«

Ihre Röcke raschelten. Etwas sank auf die Matratze am Fußende, und Heinrich lächelte, als er den Jungen erkannte, der am Fußende hockte und ihn beobachtete.

»Hallo, mein Freund«, wisperte Heinrich. Der Junge strahlte.

»Hier, trink das.«

Warmer Wein mit viel Honig. Wieder stützte sie seinen

Nacken, wieder war sie ihm so nah, dass er sie nicht nur spürte, sondern auch riechen konnte, fast glaubte er, ihren Atem zu hören. Sie lächelte, als er gehorsam trank, sich danach räusperte. Sein Kopf fühlte sich riesig und schwammig an, und er hatte das Gefühl, alles drehe sich um ihn. Dann sank er wieder in die Kissen, und Agnes eilte durch die Kammer.

Es war seine Kammer. Es war seine Meisenfamilie vor dem Fenster, es war der stumme Junge. Seine Welt. Dann war es wirklich Agnes, die sich zu ihm auf die Bettkante setzte und schüchtern nach seiner Hand tastete.

»Wir hatten solche Angst, dich zu verlieren …«

»Wir?«

»Friedrich hat dich gefunden. Er hat von unserer Flucht erfahren, meine Zofe hat ihm davon erzählt, und daraufhin ist er losgeritten, dich zu suchen und uns beide vor dieser Dummheit zu bewahren.«

»Dummheit ist nur … dass ich nicht …« Er sprach nicht weiter. Der Schmerz raubte ihm alle Kraft. »Was passiert … mit uns?«

Sie wusste es nicht, das sah er. Ratlos wirkte sie, zuckte mit den Schultern und schaute über das Bett hinweg zum Fenster, ohne das Kastaniengrün dahinter zu sehen. »Wie soll ich das wissen. Ich weiß nicht einmal, ob Friedrich uns dem König verraten wird. Damit wäre mein Schicksal wohl besiegelt. – Hast du sehen können, wer dir das hier angetan hat?«

Er schüttelte den Kopf.

»Friedrich glaubt, es war derjenige, der schon den Ortenburger … meinen Bräutigam … umgebracht hat. Er mag nicht an Zufall glauben und ist unterwegs, um weiter nachzuforschen.«

Eine neue Entwicklung, die Heinrich überraschte. Aber etwas anderes ließ ihn nicht los … was Agnes über ihre Zukunft sagte, nun, da ihr gemeinsamer Fluchtversuch gescheitert war. Der König würde erfahren, was passiert war, ob

Friedrich es ihm erzählte oder nicht. Und dann? Was geschah dann mit Agnes? Ob König Konrad sie aus reiner Willkür – und weil es ihm nützte – mit dem jungen Ortenburger vermählen würde? Das konnte er nicht zulassen. Agnes durfte nicht seinetwegen in Schwierigkeiten geraten, und schon gar nicht mit einem anderen verheiratet werden, nur weil sie ihrem Herzen gehorcht hatte!

Wie gerne er sie jetzt länger bei sich behalten hätte.

Doch wenn der König nach ihr schickte, musste sie in Niedermünster sein. Alles andere würde König Konrads Misstrauen verstärken. Wenn es überhaupt noch eine Chance geben sollte, Agnes vor einer ungewollten Ehe zu retten … und wenn er sie schon nicht nach Braunschweig in Sicherheit hatte bringen können, dann verdiente sie wenigstens, dass der König ihr die Wahl ließ. Vielleicht war es das Beste, wenn sie nach Frauenwörth zurückkehrte. Wenn sie ihn vergaß.

»Es wird das Beste sein, wenn du gehst«, flüsterte er. Seine Stimme versagte, und Agnes beugte sich zu ihm, als könne sie nicht glauben, was er da sagte. »Geh nach Niedermünster.«

»Aber …« Tausend Fragen in ihren hellen Augen. Und Unglaube, sie konnte nicht fassen, worum er sie bat. Ob sie verstand, wenn er ihr erklärte, es sei für sie das Beste?

»Geh«, sagte er stattdessen einfach. »Geh.«

»Was … warum?«

»Es war mein Fehler.« Er drehte den Kopf fort. »Bitte, geh, Agnes. Der Junge … nimm ihn mit. Bei dir hat er es gut.«

»Aber warum schickst du mich fort …«

Heinrich schloss die Augen. Er lauschte. Zunächst hörte er nichts, doch als er betont tief atmete, als schliefe er, hörte er ihre Stimme, die mit dem Jungen flüsterte. Wie sehr er sich wünschte, ihre Worte zu hören, doch dann war es still, und zuletzt hörte er nur noch ihre Schritte. An der Tür verharrte sie, als dächte sie nach, dann war sie fort. Die Tür zog sie leise hinter sich zu.

Und als er die Augen aufschlug, war auch der Junge fort,

und ihr Bündel. Vor allem aber war sie fort. Es war, als hätte die Welt in diesem Moment aufgehört zu atmen.

Die Jungmeisen lärmten weiter ihr »Tschi-tschi-tschi«. Heinrich schloss wieder die Augen. Diesmal dauerte es lange, bis er einschlief.

»Zeitverschwendung, so eine elende Zeitverschwendung!«, knurrte Friedrich. »Kümmer dich um das Pferd«, fuhr er Arnulf an, der sogleich zu ihm geeilt war, als Friedrich aus dem Sattel sprang. »Was stehst du herum als hättest du nichts zu tun? Der Sattel und die Trense müssen gepflegt werden. Hat man dir denn nichts beigebracht?«

Die Lippen des Jungen bebten, er fing die Zügel aber klaglos auf und führte den Fuchs zum Stall. Friedrich bedauerte sogleich, seine Wut an ihm ausgelassen zu haben. Doch das hatte Zeit, später konnte er mit dem Jungen darüber reden. Später …

Wenn er wusste, was hier vor sich ging.

Die Diener und Wachen, die ihm begegneten, als er durch die hohen Gänge stürmte, wichen zurück. Er hörte ein Holztablett klappern, silbernes Geschirr zu Boden klirren. Er drehte sich nicht um. Erst als er im Vorraum des Thronsaals stand, wurde er gebremst.

»Ihr könnt nicht zu ihm.«

Es war Babo, der Burggraf. Er baute sich vor Friedrich auf, und grimmig war sein Gesicht von der Verantwortung, die er mit zunehmendem Vergnügen trug.

Sie waren nicht allein in diesem großzügigen Raum. Bittsteller hatten sich zu kleinen Grüppchen zusammengefunden – hier die Händler, dort ein Edelmann, da … Adela von Vohburg. Rot verweinte Augen sah er, ehe sie ihm den Rücken zuwandte und aufgeregt auf ihre Amme einredete.

»Wichtiges Gespräch«, fügte Burggraf Babo hinzu. »Der König und ein Gesandter des Franzosen. Geht um den Kreuzzug. Sehr, sehr wichtig.«

Friedrich wollte sich an Burggraf Babo vorbeischieben.

»Ich habe auch Wichtiges zu bereden«, sagte er.

»Nein, nein, nein!« Tatsächlich stampfte der Burggraf auf wie ein kleines Kind. »Ihr wartet hier. Ich werde mich darum kümmern, dass man Euch anschließend vorlässt.«

Wichtig kam er sich vor, und Friedrich blieb nichts anderes, als zu warten. Hier war Babo der Herr über Ställe und Küchen, Karzer und Thronsaal. Wenige Wochen im Jahr nur durfte er sich so bedeutsam fühlen, wenn überhaupt, denn seine Bedeutung hing davon ab, ob der König auf seinem mäandernden Weg durchs Reich nach Regensburg kam oder nicht. Den Rest des Jahres mochte ihm Regensburg ein ruhiger Hort sein, doch jetzt war seine Zeit, und die wollte er sich nicht von Friedrichs Ansprüchen verderben lassen.

Bevor Babo sich dem nächsten Neuankömmling zuwandte, hielt Friedrich ihn am Ärmel fest. »Sagt mir eines, Burggraf Babo – Ihr habt doch Eure Ohren stets überall und kennt die Stadt wie kein Zweiter.«

Der Burggraf schien sichtlich geschmeichelt. »So kann man es sagen, ja.«

»Habt Ihr noch irgendwas über den Mord am Ortenburger gehört?«

»Aber den Mörder habt Ihr doch dingfest gemacht, Herr Friedrich. Was gäbe es da noch, das wert wäre, gehört zu werden?« Sein Blick verfinsterte sich. »Wollt Ihr etwa, dass das Volk auf den Straßen Euch zujubelt? Ist es das?«

»Nein, Ihr missversteht mich.« Friedrich hob abwehrend eine Hand. »Es ist nur, weil es erneut geschah. Wieder wurde ein Mann am Ufer der Donau schwer verletzt, wenn auch nicht mit demselben tödlichen Ausgang wie beim letzten Mal«, fügte er hinzu.

»Ein weiterer Anschlag auf Leib und Leben eines Menschen?« Der Burggraf bekreuzigte sich. »Wartet einen Moment, ich werde sogleich versuchen, den König zu benachrichtigen. Warum habt Ihr das nicht gleich gesagt!«

Schon war er fort. Friedrich sah sich um. Adela von Vohburg wandte ihm noch immer den Rücken zu, und wie gerne hätte er in diesem Moment getan, als sähe er sie nicht, doch das war unmöglich. Also trat er zu ihr, räusperte sich und erschrak, als sie zu ihm herumfuhr.

Ihr Gesicht war tränenüberströmt. Sie presste sich den Ärmel ihres braunen Kleids gegen Mund und Nase, um ihr Schluchzen zu dämpfen, doch war ihr Gesicht von der Anstrengung gerötet.

»Herr Friedrich, Herr Friedrich … verzeiht, es tut mir leid, ich wollte nicht …« Sie wischte sich die Tränen von den Wangen, machte einen Knicks vor ihm, neigte den Kopf und blickte ihn fragend an. »Was führt Euch her?«

»Ein Unglück«, sagte Friedrich. »Doch Euch weinen zu sehen, erscheint mir in diesem Augenblick als noch größeres Unglück. Was ist passiert?«

Sie schüttelte den Kopf, lächelte tapfer. »Ach, es ist nichts«, sagte sie. »Ich warte auf ein Gespräch mit dem König, und die Aufregung, Ihr wisst schon …« Sie senkte die Stimme. »Wegen der Hochzeit.«

»Natürlich.« Friedrich nickte verständig. Ihm war dieses Mädchen zwar fremd, aber er versuchte wenigstens, ihr irgendwie entgegenzukommen. Und ging es ihr nicht ähnlich? Das aber war eine Veränderung, denn vor wenigen Tagen noch hatte er jeder Begegnung mit ihr beinahe ängstlich entgegengeblickt. Diese Frau hatte ihn einzunehmen versucht, hatte ihn erobern wollen mit schlichtem Charme, den sie jetzt kurzerhand abgelegt hatte, wie einen Mantel, der ihr am ersten Frühlingstag zu warm wurde.

»Welches Unglück führt Euch hierher?«, fragte sie.

»Es ist wieder passiert«, sagte Friedrich. Mit raschen Worten erzählte er, was sich am Vorabend zugetragen hatte am Donauufer. Er verschwieg ihr jedoch, dass es sich bei dem Opfer um Heinrich von Sachsen handelte.

Adela von Vohburg wurde blass, tastete nach Elisabeth, die sogleich zur Stelle war und tröstend ihre Hand drückte. »Wie schrecklich«, flüsterte Adela. »Wisst Ihr, wer es getan hat? Könnt Ihr sagen, warum …?«

»Beides ist mir ein Rätsel, ich weiß nur, dass es nicht der Wittelsbacher gewesen sein kann. Und nun vermute ich, dass er am Tod des Ortenburgers ebenso wenig schuldig ist.«

»Aber er hat doch gestanden!«, rief Adela aus.

»Still, mein Täubchen«, murmelte Elisabeth. Hektisch fuhr ihre Hand über Adelas Unterarm, bis Adela sie beiseitestieß.

»Das scheint ein gänzlich anderer Fall zu sein«, sagte sie hastig. »Seht Ihr nicht, dass dem Welfenherzog mit einem anderen Werkzeug Übles getan wurde?«

»Das mag sein. Doch der Dolch blieb zuletzt beim König«, gab Friedrich zu bedenken. »Außerdem …«

Da passierte im nächsten Moment vieles gleichzeitig. Die Doppeltür zum Thronsaal wurde aufgestoßen. Zwei Männer eilten durch den Vorraum. Burggraf Babo erschien neben Friedrich und erklärte, König Konrad nehme sich die Zeit für ihn, er müsse sich aber beeilen. Und Adela, blass um die Nase, wandte sich ab, nickte noch einmal und ging auf den Arm ihrer Amme gestützt fort, als trüge sie eine schwere Last.

Doch Friedrich hatte keine Zeit, länger darüber nachzudenken. Er folgte Babo, der ihn in den Thronsaal führte.

König Konrad lief auf und ab, einen Silberpokal in der Hand, aus dem er in hastigen, abgehackten Bewegungen immer wieder trank.

»Dieser Hundsfott!«

»Ich entnehme dem, dass Eure Unterredung mit den Gesandten des Franzosen nicht wie gewünscht verlaufen ist«, bemerkte Friedrich trocken.

»Nicht wie gewünscht? Ha!« König Konrad wirbelte herum. Schnell verneigte Friedrich sich vor ihm. »Er verspottet mich. Noch nicht mal unterwegs ist er, musste ich heute erfahren, nein! Er sitzt noch immer daheim und schaut seiner Frau zu, wie sie ihre Truhen packt. Es tue ihm schrecklich leid, jedoch könne er nicht ohne Eleonore von Aquitanien auf die Reise gehen, so waren seine Worte. Eine Frau auf dem Kreuzzug!«

Er warf den Pokal fort, der klappernd in einer Ecke landete. Dann stemmte er die Fäuste in die Hüften und atmete tief durch.

»Wer bin ich denn, dass ich wochenlang in Regensburg ausharre, bis er sich bereit fühlt, zu uns zu stoßen? Nein, das Spiel bin ich nicht bereit, mitzumachen. Ich werde sogleich den Befehl geben, aufzubrechen. Auf den Franzosen kann ja keiner warten!«

»Bedenkt, dass es einiger Tage der Vorbereitung bedarf«, sagte Friedrich.

Erst jetzt schien König Konrad zu bemerken, wer wirklich vor ihm stand. »Was führt dich her?«

Friedrich zögerte. »Es gab erneut einen Zwischenfall. Auf der Donauinsel.«

»Dort, wo der Wittelsbacher den Ortenburger …?«

Friedrich nickte. Er erzählte kurz, was sich zugetragen hatte, wählte seine Worte bedächtig. Er ahnte schon, es würde ihm nicht gelingen, König Konrad zu täuschen. Auch als er den Stein aus dem Tuch wickelte und vorzeigte, schien der König daran wenig interessiert.

Stattdessen fragte er: »Warum war der Welfe dort?«

Friedrich sagte es ihm widerstrebend.

»Das auch noch! Als hätte ich nicht genug Sorgen, nein, diese läufige Hündin rennt dem Welfen nach und will mit ihm sogar fliehen?« König Konrad fluchte, dass Friedrich zusammenzuckte.

»Nehmt es ihnen nicht übel. – Ich vermute übrigens, dass der Wittelsbacher unschuldig ist. Ich war bei ihm und …«

»Nicht übel nehmen? Kastrieren sollte man den Welfen für seine Unverfrorenheit, die Nichte des Königs entführen zu wollen. Was sollte ich denn tun? Ich hätte sie binnen Jahresfrist mit dickem Bauch aus Braunschweig holen können, sobald dieser Kreuzzug vorbei wäre. Oder später, mit drei Bälgern am Rockzipfel! Aber du, du bist ja der ewige Freund des Welfen, und wahrscheinlich hat dir die Idee sogar gefallen!«

»Nein«, erwiderte Friedrich. »Ich habe es verhindern wollen. Zumal ich erkannt habe, dass der Wittelsbacher vermutlich unschuldig ist.«

Stille. König Konrad stieg die Stufen zu seinem Thron hinauf, ließ sich in den Sessel fallen, stützte den Kopf schwer auf die Hand und schloss die Augen. »Was willst du damit sagen?«

Friedrich gab den genauen Wortlaut des Gesprächs wieder, soweit er es erinnern konnte, dann verstummte er. Er hätte mehr sagen können. Über seinen Verdacht, der noch so frisch war, dass es ihm ungehörig schien, diesen Gedanken auch nur weiterzudenken.

Schuld war Heinrich Jasomirgott, der Halbbruder des Königs. Herzog von Bayern, Stiefvater des Welfen, mit dem er bis aufs Blut verfeindet war, seit Heinrich Bayern gefordert hatte, das ihm rechtmäßig auch gehörte. Er hatte Friedrich beiseitegenommen, vor Stundenfrist am anderen Ende der Stadt in seiner üppig schönen Herzogspfalz, die nur andeutete, welcher Reichtum in dieser Stadt und im Land schlummerte, das unter seinem Schutz gedieh.

»Ihr haltet Euch besser aus bayrischem Händel heraus«, hatte Jasomirgott gesagt. Mehr nicht. Er hatte es kurz gemacht, nur eine unterschwellige Drohung ausgesprochen, die Friedrich jedoch umso mehr reizte.

»Warum sollte ich mich heraushalten, wenn es nicht mich, sondern meine Familie betrifft?«, hatte er gefragt.

Darauf hatte Heinrich Jasomirgott nicht viel gesagt. Nur eines: »Es ist besser für Euch und Eure Schwester.«

Es ging hier nicht um das kleine Geld des Wittelsbachers. Es ging um das große Reich Bayern. Jemand wollte das Problem der Forderung Heinrichs aus dem Weg schaffen. Auf äußerst blutige Art.

Und Friedrich brauchte nicht lange darüber nachzudenken. Der Ortenburger, das hatte Heinrich ihm gesagt, und auch sein Sohn hatte es angedeutet, strebte erneut das Bündnis mit den Welfen an. Er hatte Agnes heiraten und anschließend doch wieder zu den Welfen gehen wollen. Das hatte Babenberger und Staufer gleichermaßen aufbringen können. Auch den König. Doch Friedrich traute seinem Onkel Konrad derlei nicht zu. Es passte jedoch zu gut zum Babenberger Jasomirgott. Was blieb diesem denn, wenn man ihm Bayern nahm?

»Dann meinst du, es war eine Frau? Oder ein Kind?« Unglaube auf des Königs Gesicht.

Oder ein Herzog. Ein hoher Fürst des Reiches.

Aber das war zu weit hergeholt, das wusste Friedrich. Dennoch: Er glaubte Vitus von Wittelsbach.

»Ich denke, wir dürfen nicht nachlassen. Man hat versucht, die beiden Männer zu ermorden, die ein Bündnis gegen Bayern zu knüpfen bereit waren. Eurem Halbbruder nützt es viel, wenn Heinrich von Sachsen stirbt.«

König Konrad schüttelte den Kopf. Dann sagte er leise: »So was darfst du nicht denken, Friedrich.«

»Ich weiß.« Friedrich senkte den Kopf.

»Ich verbiete dir, jedwede weitere Nachforschung in dieser Sache anzustellen.«

Dies überraschte Friedrich. »Aber ist nicht die Gerechtigkeit unser höchstes Ziel? Müssen wir nicht ohne Unterlass ergründen, was hier geschieht – bevor weitere Morde geschehen?«

»Meine Worte waren deutlich, oder nicht?« König Konrad klang ungehalten. Er winkte hektisch mit der Hand. »Geh mir aus den Augen. Bereite dich auf die Hochzeit mit deiner kleinen Vohburgerin vor. Danach wirst du ohnehin keine Zeit mehr haben, einem Schatten nachzujagen.«

Er lachte trocken. Friedrich nickte knapp, blickte sich ein letztes Mal um – er sah in die Gesichter der Höflinge, die sich in den Ecken zu Grüppchen zusammengefunden hatten. Dann wandte er sich ab und ging zur Tür.

Er ließ sich nichts verbieten. Das hieß doch nur, dass der König Angst hatte. Vor wem und warum – das wollte Friedrich herausfinden.

Nicht noch einmal wollte er den Fehler begehen, sich mit der einfachen Lösung zufriedenzugeben.

Die Tür schloss sich hinter Friedrich. Wohin jetzt? Er dachte an das Pergament mit dem Gedicht. Agnes hatte es ihm vorgelesen, doch er konnte sich kaum an die Zeilen erinnern. Er zog es aus dem Beutel, blickte auf die winzigen, zarten Schriftzeichen.

Ja, das war sein nächster Schritt, vielleicht sogar ein verzweifelter, letzter Versuch. Danach musste er wohl tatsächlich aufgeben. Und sich auf die morgige Hochzeit vorbereiten.

Kapitel 21

Sie wollte nicht weinen. Sie wollte einfach nur verstehen, warum er sie fortgeschickt hatte. So klar waren seine Worte gewesen und das Erste, was er ihr gesagt hatte, nachdem er aufgewacht war. In dem Moment, in dem sie größtes Glück verspürte, da verstieß er sie.

Agnes lief ohne einen Blick für ihre Umgebung über die Steinerne Brücke. Es war geradezu gespenstisch still – nur wenige Leute waren unterwegs. Es hatte sich herumgesprochen. Einer der Männer hatte wohl in der Schenke erzählt, dass es wieder passiert war, und schon war die Angst da, kroch in die Häuser und hielt die Menschen dort fest.

Agnes schlang die Arme um ihren Körper. Der Junge trug ihr Bündel, und er zupfte immer wieder an ihrem Ärmel. Sie legte den Arm um seine knochige Schulter. »Wir werden auch für dich ein neues Zuhause finden«, versprach sie ihm.

Er schüttelte heftig den Kopf.

»Du wärst wohl auch lieber bei Heinrich geblieben.«

Jetzt war er ihr plötzlich eine schmerzende Last. Friedrich hatte recht – was kümmerte sie ein Kind aus dem Volk, ein Balg aus der Gosse, das der Zufall auf ihre Schwelle gespült hatte? Wäre der Junge nicht von Heinrich gekommen, hätte sie dann überhaupt einen Blick für ihn gehabt? Und nun erinnerte sie das Kind schmerzlich daran, dass Heinrich sie fortgeschickt hatte. Weil er sie, Agnes, nicht irgendeiner undurchschaubaren Gefahr aussetzen wollte, die sich ihr nicht erschloss. Sie verstand ihn nicht. Dabei hatte sie geglaubt, ihn als Ersten von allen immer zu verstehen.

Niedermünster war voller Leben. Es herrschte Betriebsamkeit an allen Ecken. Kaum hatten sie das Tor durchschritten, zupfte der Junge an ihrem Ärmel und nickte zum Küchengebäude hinüber.

»Dann geh. Bring uns was zu essen aus der Küche.«

Sie wollte Ortrud suchen.

In ihrer Kammer war sie nicht. Agnes versuchte es in der Kapelle. Da kniete Ortrud, die Hände zum Gebet aneinandergepresst, die Haltung gespannt. Agnes glitt neben sie, bekreuzigte sich, kniete nieder und faltete die Hände. Nur kurz blickte Ortrud sie an. Dann umfing Agnes die Stille, und sie betete inbrünstig: Gib mir Kraft, Herr. Lass mich diesen Weg weitergehen, und wenn es allein sein soll, gehe ich ihn allein. Und wenn der König entscheidet, gib mir die Kraft, ihm zu gehorchen.

Denn eine ganz andere Art von Mut war von ihr gefordert.

Als Ortrud sich erhob, folgte Agnes ihr. Ortrud hielt den Kopf gesenkt. Sie liefen durch den Kreuzgang, betraten das Gästehaus. Erst hier streckte Agnes die Hand nach ihr aus.

»Warte.«

Stocksteif blieb Ortrud stehen. »Es tut mir leid. Ich habe dich verraten …« Dann erst drehte sie sich um, blickte Agnes an. »Ich habe gehört, was passiert ist. Die ganze Stadt redet darüber, sogar hinter die Mauern dieses Klosters ist die Geschichte gedrungen. Geht es dem Herzog besser?«

Agnes nickte.

»Warst du die ganze Nacht bei ihm?«

»Friedrich war auch dort.«

»Ach so.« Danach sagten sie nichts mehr. Agnes betrat vor Ortrud die Kammer. Zum Glück war der Junge schon da, auf einem Brett hatte er all die Köstlichkeiten herangeschleppt, auf die man in der Klosterküche zu Recht stolz war. Sie aßen jedoch schweigend, und Ortruds Gesichtsausdruck war undurchdringlich.

Agnes dachte über den Jungen nach. Er aß sein Brot mit Sorgfalt, jede Krume, die er verlor, nahm er auf. Stippte sie mit nassem Finger auf, damit ihm nichts entging. Manieren hatte er, als wäre er in geordneten Verhältnissen aufgewachsen. Es musste doch irgendwo Mutter und Vater geben, die sich um ihn sorgten. Die ihm einen Namen gegeben hatten.

»Wie heißt du?«, fragte sie unvermittelt.

Er blickte auf. Misstrauisch, wie ein gehetztes Tier, dann legte er die Hand um seine Schüssel, zog sie näher heran, als wolle sie ihm was wegnehmen.

»Ich will dir nur helfen«, versicherte Agnes ihm. »Aber dafür muss ich deinen Namen wissen. Wo sind deine Eltern? Hast du Geschwister? Gibt es jemanden, der auf dich wartet?«

Kopfschütteln, dann schaufelte er hastig den Eintopf. Seit Tagen hatte er stets satt zu essen bekommen, doch fehlte ihm die Geduld, seine Mahlzeiten zu genießen. Es war vielleicht die Angst, die ihn wieder packte, dass Agnes ihn fortschicken könnte, denn während sie ihn liebevoll anblickte, überrascht von ihren eigenen, heftigen Gefühlen für dieses fremde, stumme Kind, war sein Ausdruck beinahe hasserfüllt.

Agnes und Ortrud wechselten einen Blick. Was auch immer dem Jungen passiert war, es hatte ihn misstrauisch werden lassen. So sehr hatte er sich anfänglich an Heinrich gehängt, und jetzt reagierte er, als hätten sie ihn gefangen gesetzt.

Ortrud war flink auf den Beinen. Als er auf einmal aufsprang und mit wenigen Sätzen an der Tür war, reagierte sie schnell und setzte ihm nach. Schon hatte sie ihn eingeholt, am Kittel gepackt und schob ihn zurück in die Kammer, fasste ihn grob am Arm an.

Er duckte sich.

Er hatte Angst.

Niemand sollte Angst haben, nicht bei ihr.

»Ortrud …« Agnes fühlte sich müde. Nächte durchwacht, Heinrich beinahe verloren, dann von ihrem Liebsten fortgeschickt. Und jetzt dieses Kind, das ihre Kraft raubte. Sie wollte ihm helfen, irgendwie. Doch wie konnte sie, wenn er für sie nur der Junge war, das stumme Kind, wie sollte sie da eine Beziehung zu ihm aufbauen, die sich ein bisschen von ihrem mütterlichen Gefühl nähren konnte?

»Ich nenne dich Jakob«, sagte sie nach kurzem Nachdenken. »Die Kirche der Schotten ist St. Jakob geweiht – es scheint mir nur recht, dir seinen Namen zu geben.«

Er sah sie an, dann nickte er langsam.

»Und lauf nicht fort, Jakob.« Der Name schmeckte ungewohnt – sie mussten sich wohl beide erst daran gewöhnen. »Wir werden einen Ort für dich finden. Irgendwo. Es wird dir gut gehen.«

Dabei war sie selbst noch nicht sicher, wohin es sie nun trieb. Jeder Tag war anders. Jede Stunde zeigte einen neuen Weg auf.

Am Abend kam Friedrich – er war erschöpft und wütend. Agnes und Ortrud hatten sich den Nachmittag über beschäftigt, indem sie für Jakob Kleidung nähten. Er besaß nichts außer dem knappen Kittel, den Heinrich ihm geschenkt hatte. Der Äbtissin schien zu gefallen, was sie sah – einmal kam sie zu ihnen, in ihrem Gefolge eine Schwester, die ihnen Erfrischungen brachte. Äbtissin Kunigunde schien Zeit zu haben, denn sie blieb und plauderte. Sie wusste wohl, dass Agnes über Nacht verschwunden gewesen war, denn als Ortrud das Gespräch auf den Anschlag auf Herzog Heinrichs Leben brachte, verfinsterte sich ihre Miene. Agnes nahm es hin. Ihr schien alles, was sie tat, eine gerechte Strafe zu sein und nicht annähernd genug Buße. Sie stach sich mehr als einmal mit der Nadel in den Finger und genoss den Schmerz.

Heinrich hatte sie fortgeschickt. Sie musste ihn sich aus dem Kopf schlagen. Musste ihr Herz vor dem Traum verschließen, den sie geträumt hatte, blind für das, was das wahre Leben von ihr verlangte.

»Warum bist du nicht bei Heinrich?«, bellte Friedrich.

»Guten Abend«, sagte Agnes, und sogar für sie selbst hörte sich ihre Stimme leblos an. »Er hat mich fortgeschickt.«

Friedrich sagte darauf nichts. Sein Schweigen tat ihr gut. Sie schickte Jakob, etwas zu essen holen. »Und Wein«, fügte sie hinzu, auch wenn sie sich kurz fragte, ob Jakob dies in der Küche den Schwestern klarmachen konnte.

»Das hat er mir nicht gesagt«, gestand Friedrich. »Überhaupt war er nicht gerade gesprächig. Dafür zornig. Er hat seinen Teller nach mir geworfen.«

»Dann ist er auf?« Agnes biss sich auf die Lippe. Es sollte sie nicht interessieren, wie es Heinrich ging.

»Der Bruder Apothecarius sagt, er wird noch ein paar Tage arge Kopfschmerzen haben, aber das hält ihn nicht auf. Er will schnellstmöglich abreisen. So hat er es mir gesagt, ohne ein Wort der Erklärung. Nicht einmal zu meiner Vermählung will er kommen. Morgen«, fügte er überflüssigerweise hinzu.

»Ich weiß«, sagte Agnes sanft. Jetzt erst erzählte sie ihm von Adelas Besuch bei ihr.

»Ich bin ihr heute begegnet, im Vorraum des Thronsaals. Sie wollte zu ihm, verschwand dann aber plötzlich.« Er dachte nach. »Das war, nachdem ich ihr gesagt hatte, dass ich vermute, es gebe noch immer einen Mörder, der frei herumläuft. Ich hätte ihr zartes Gemüt damit nicht belasten dürfen. Vielleicht habe ich mich in ihr getäuscht ... sie wirkt jetzt so viel ernster und nachdenklicher.«

»Was haben deine Nachforschungen ergeben?«

Der Junge brachte ein Tablett. Ortrud half ihm, die Speisen auf den Tisch zu stellen, dann zog sie sich wieder auf die Fensterbank zurück und nähte im schwindenden Licht weiter. Sie hielt den Kopf gesenkt. Ihr Verrat wog schwer, und Agnes sagte nichts dazu. Beide trugen sie ihre Strafe mit Langmut. Sie hoffte nur im Stillen, Agnes nicht für alle Zeiten verloren zu haben. Als Freundin war sie ihr zu wertvoll.

»Nichts haben sie ergeben. Nur eines.« Friedrich griff hungrig zu. »Das Gedicht, das hat nicht der alte Ortenburger in Auftrag gegeben, und bezahlt hat er's auch nicht.«

»Nicht?«

»Nein.« Friedrich wirkte zufrieden.

»Aber wer dann? Er sagte doch, dass es der Graf von Ortenburg …« Da ging Agnes ein Licht auf. »Er meinte Hermann von Ortenburg? Den neuen Grafen?«

»Genau den. Da gibt es wohl eine Bande junger Grafensöhne – der Wittelsbacher gehört auch dazu –, die allesamt auf Freiersfüßen wandeln. Der junge Aister ist wohl einer von ihnen. Er drückte sich da nicht so klar aus, und unangenehm war ihm das Thema ohnehin. Aber wir wissen jetzt: Hermann von Ortenburg hat es bestellt und bezahlt. Er wollte es verschenken. Doch an wen – das wusste nicht einmal Dietmar von Aist.«

»Und warum hast du es dann bei seinem Vater gefunden?«

Friedrich zuckte die Schultern. »Ich werde ihn fragen. Doch ich fürchte, das bringt uns nicht weiter, Agnes.«

»Vielleicht hat er es für seinen Vater besorgt.« Sie ließ sich nicht beirren. »Zeigst du es mir noch mal?«

Er musterte sie so merkwürdig. Statt ihr das Pergament zu geben, lehnte er sich zurück.

»Warum hat Heinrich dich fortgeschickt?«

»Das ist nicht wichtig.« Sie streckte die Hand aus. »Gibst du es mir?«

Friedrich verschränkte die Arme vor der Brust. »Das ist merkwürdig. Kaum lasse ich euch Kindsköpfe ein paar Stunden allein, habt ihr euch so sehr entzweit, als hättet ihr nicht eben noch versucht, das halbe Reich mit eurer Flucht zu narren.«

»Er hat mich fortgeschickt, weil … weil er meint, mich schützen zu müssen, ach, was weiß ich, warum …«

Sie stand auf und trat zu Ortrud. Nahm die neue, lange Tunika aus Ortruds Händen und winkte Jakob heran, der sich das Kleidungsstück über den Kopf streifte. Es passte.

»Mehr hast du dazu nicht zu sagen?«

»Das sieht gut aus, Jakob. Nun geh und bring die leeren Schüsseln in die Küche.« Und zu Friedrich sagte sie: »Das Thema ist damit wohl abgeschlossen, oder nicht?«

Sie wusste, wie verbittert sie in diesem Moment klang. Und bestimmt hatte Friedrich jetzt viele Fragen, doch sie unterbrach ihn.

»Lass es. Such weiter deinen Mörder, jag einem Schatten nach. Aber lass uns nicht weiter über Heinrich von Sachsen reden.« Wäre es nur so leicht, ein Thema nicht nur aus den Gesprächen zu bannen, sondern auch aus ihren Gedanken …

Friedrich nickte. »Gut. Dennoch möchte ich den Mörder finden. Hilfst du mir?«

»Geh heim, Friedrich. Morgen wirst du heiraten.« Sie zupfte an der Tunika. Strich prüfend über die Nähte. »Danach wird Zeit genug sein, einen Mörder zu suchen.«

»Wirst du da sein? Morgen früh, nach der Messe?«

»Ja«, sagte sie. »Ich werde da sein.«

Sie hörte ihn gehen. Erst nachdem er die Tür hinter sich geschlossen hatte, ließ sie davon ab, wieder und wieder die Nähte zu prüfen. »Gut gemacht«, sagte sie zu Ortrud, und diese nickte nur stumm.

Es war höchste Zeit, ins Bett zu gehen, auch wenn an Schlaf, das wusste Agnes, in dieser Nacht nicht zu denken war.

Stundenlang hatte er ausgeharrt. Hatte gewartet, bis der König ihm endlich durch seinen Kastellan ausrichten ließ, er könne nun zu ihm kommen. Hermann von Ortenburg hatte es eilig.

»Gebt mir Agnes von Waibling zur Frau!«, flehte er, als der König ihn nach seinem Wunsch fragte. »Ich werde Euch der treueste Vasall im ganzen Bayernland sein, werde mein Leben und das meiner Söhne in Euren Dienst stellen und werde Euer Leben beschützen mit meinem Leib und meiner Seele. Aber gebt mir Agnes von Waibling!«

Und was tat König Konrad?

Er lachte. Leise erst, dann riss er den Mund auf, blickte sich auffordernd um. Und alle seine Höflinge, all diese

Schranzen, fielen in sein Lachen ein. So laut wurden sie, dass ihr Gelächter unter der hohen Decke widerhallte. König Konrad hieb sich auf den Schenkel. Er schien sich wahrlich über die Idee zu amüsieren, ihm seine Nichte zur Frau zu geben. Wohin sich Hermann von Ortenburg auch drehte und wandte, überall verzerrten sich die Gesichter, war irres Kichern und lautes Brüllen zu hören.

»Ihr wollt sie wirklich? Meine Nichte, die jedem räudigen Welfen nachläuft?«

Hermann von Ortenburg ballte die Fäuste. Ja, genau sie wollte er. Keine andere. Sie wollte er, nachdem ihm das wahre Glück verwehrt blieb.

»Es tut mir leid, aber ich habe mit Agnes von Waibling andere Pläne. Sucht Euch eine Frau, die Euch glücklich macht. Eine, die ebenfalls hübsch ist, aber weniger aufsässig als Agnes.«

Damit war Hermann entlassen.

Er drehte sich auf dem Absatz um und stürmte aus dem Saal. Das Lachen hörte er noch, als die Türen hinter ihm zuschlugen, ja, er hörte es sogar noch, als er im Hof der Königspfalz mit zitternden Händen nach den Zügeln seines Pferds griff und sich mit weichen Knien in den Sattel schwang. Es verstummte nicht, als er durch die menschenleeren, nächtlichen Gassen ritt. Es begleitete ihn, als er nach Stunden endlich in das Kloster St. Emmeram zurückkehrte. Und auch als er in seiner Zelle auf der Strohmatratze lag, hallte es in ihm wider.

In dieser Nacht fand er keinen Schlaf. Und als der Morgen dämmerte, hatte er eine Entscheidung getroffen.

Er würde sich nehmen, was ihm gehören sollte. Es war sein Recht.

Wenn er schon nicht haben konnte, was er ersehnte, dann wollte er wenigstens, was er begehrte.

Sie hatte Friedrich versprochen, zu seiner Vermählung zu kommen. In der Nacht hatte sie kaum schlafen können. Das

Bett war zu hart, ihre Schulter schmerzte, und als sie sich mitten in der Nacht erhob und ans Fenster trat, trocknete der kalte Schweiß auf ihrer Haut im kühlen Nachtwind.

»Kannst du nicht schlafen?« Ortrud richtete sich auf ihrem Strohlager auf. Die Halme knisterten in Agnes' Ohren unnatürlich laut.

»Es ist nur ein schlechter Traum.«

Rascheln. Dann wieder Ortruds leise Stimme. »Ich hab das nicht gewollt, Frau Agnes.« Wann immer Ortrud sich entschuldigte, sagte sie »Frau Agnes«. Sie hatte in den letzten Tagen zu oft »Frau Agnes« gesagt.

»Schon gut, Ortrud. Es ist in Ordnung.« Sie wollte daran glauben. Alles war in Ordnung. Es musste so sein. Heinrich bereitete sich auf seine Rückkehr nach Sachsen vor. Sein Bündnis mit Ortenburg – gescheitert. Und was noch viel schlimmer war: auch sie beide waren gescheitert. Warum er sie fortgeschickt hatte, begriff sie noch immer nicht. Er glaubte wohl, sie könnten ohnehin nicht glücklich werden. Doch rechtfertigte das, sie fortzuschicken? Wäre es nicht besser gewesen, das kleine, friedliche Glück zu nehmen, das sie einander geboten hatten?

Agnes hätte es genommen. Sie wäre auch in dieser Nacht ein zweites Mal bereit gewesen, mit ihm zu gehen. Wenn er es gewollt hätte.

»Schlaf, Frau Agnes.« Ortrud gähnte. Das Stroh raschelte.

Nachdem Agnes wieder ins Bett geklettert war, blieb sie wach. Wie sie sich auch drehte und wendete, nichts war ihr bequem. Als die Morgendämmerung kam, stand sie auf und kleidete sich leise an. Sie setzte sich auf die breite Fensterbank und wartete.

Sie wusste nur nicht, worauf.

»Bist du gekommen, um dich davon zu überzeugen, dass ich wirklich gehe?«

Friedrich lachte leise. »Der Schlag auf den Kopf hat dir

jedenfalls nicht den Biss genommen«, stellte er fest. »Ich wollte mit dir reden.«

»Reden, reden! Ich hab genug davon, nur zu reden.« Vor Schmerz verzog Heinrich das Gesicht. Auch wenn er es sich nicht gern eingestand: Der Schlag hatte ihn ganz schön getroffen. Sein Kopf tat beständig weh. Zum Glück gab es den Bruder Apothecarius, dessen Namen Heinrich sich noch immer nicht gemerkt hatte. Er versorgte ihn in regelmäßigen Abständen mit frischem Weidenrindensud. Auch wenn Heinrich das bittere Gebräu verabscheute: es nahm den Schmerz, zumindest eine Zeit lang. Und der Bruder Apothecarius hatte ihm gezeigt, wie er sich den Sud selbst zubereiten konnte, und ihm einen Beutel Weidenrinde mitgegeben.

Es war alles bereit für seine Abreise.

Der Havelberger Bischof hatte sich ein letztes Mal nach Regensburg aufgemacht. Erst nach seiner Rückkehr konnte Heinrich aufbrechen. Und ihn ärgerte diese Verzögerung, denn ausgerechnet jetzt kam Friedrich daher, schon angetan mit einer goldbestickten Tunika, roten Beinlingen und einem Umhang, der ebenso neu wirkte wie seine Stiefel und alles andere.

Er hatte sich in den Klostergarten gesetzt, auf eine schmale Steinbank. Und hier hatte Friedrich ihn gefunden. Um ihn summten Bienen und Hummeln. Eine Hummel, dick und mit gelben Blütenstaubhosen, setzte sich auf den Rand seines Bechers. Er verscheuchte sie. Gemütlich brummte die Hummel wieder von dannen, gerade so, als nähme sie es ihm nicht übel, verjagt zu werden.

»Was nützt es, jetzt noch zu reden?«

Friedrich setzte sich zu ihm. Die Maisonne kitzelte Heinrich im Nacken, und unwillig fuhr er sich mit der Hand darüber. Es war nicht richtig, dass er jetzt schon aufbrach. Er hatte sich noch längst nicht von der Verletzung erholt, im Gegenteil. Heute schien ihm die Beule am Kopf sogar besonders schmerzhaft. Oder lag's am Licht der Sonne, die sich am Firmament langsam höherschob?

»Du bist früh hergekommen. Scheinst es wirklich wichtig zu finden, mit mir zu reden.«

Noch immer schwieg Friedrich. Heinrich blinzelte. Seinen Vetter so starr zu sehen, den Blick auf die Hände im Schoß gerichtet, war ihm neu. Friedrich hatte mehr auf dem Herzen.

»Später hätte ich nicht kommen können.«

»Die Hochzeit, ja. Freust du dich wenigstens? Du hast ja, wovon andere nur träumen.«

»Glaub mir, träumen würde ich nicht davon.«

Natürlich nicht. Aber was nahm's dem hellen Staufer, wenn er heiratete? Er würde sich weiterhin mit den Frauen vergnügen, die sich ihm anboten. Vielleicht setzte er auch Bastardkinder in die Welt wie sein Vater. Kleine, propere Rotschöpfe, die auf dicken Beinchen durch den Burghof wackelten, wenn er das nächste Mal nach Hohenstauf kam …

Schluss. Er dachte zu viel. Doch aufhalten ließen sich seine Gedanken auch nicht. Nicht seit er Agnes fortgeschickt hatte. Als er abends aufgewacht war, hatte er im Stillen gehofft, sie wäre nur für einen Moment aus der Kammer gegangen. Doch sie war wirklich fort. Gegangen, weil er es ihr gesagt hatte. Wie dumm er war! Aber vermutlich war es das Beste, nicht nur für sie. Er tröstete sich damit, dass er in Magdeburg auch den Zähringer Herzog treffen und mit ihm über eine Verbindung reden konnte. Welf hatte vorgeschlagen, Clementia zu ehelichen. Warum nicht? Jede Frau war wie die andere. Hässlich war Clementia auch nicht, außerdem würde sie ihm Kinder schenken, und im Süden schuf er sich damit mehr Verbündete als Feinde.

Er sollte sich die kleine Waiblingerin aus dem Kopf schlagen.

»Hörst du mir überhaupt zu?«

Nein. Er hatte Friedrich nicht zugehört. War das schlimm? Gab es irgendetwas Wichtiges zu bereden?

»Ich sagte, es müsse doch einen Weg geben, den Attentäter zu finden, der dir und dem Ortenburger …«

»Du kennst auch kein anderes Thema«, grollte Heinrich.

»Nein. Oder sollen wir lieber darüber reden, wie unglücklich du Agnes machst?«

Heinrich schnaubte. »Also los. Was stört dich immer noch an der Sache? Vitus von Wittelsbach war's nicht. Sagst du. Solang du's aber nicht beweisen kannst, werden sie ihn zumindest wegen dem Ortenburger aufknüpfen. Und er selbst gesteht's nicht, denn er schützt einen anderen. Sagst du. Das sind verdammt viele Vermutungen und erstaunlich wenig Erkenntnisse.«

»Wer sonst hätte dir die Beule da beibringen sollen?«

»Ein Tagedieb, ein Beutelschneider, was weiß ich! Die Stadt ist voll mit diesem Gesindel, und solange König Konrad seinen Hintern in der Pfalz wärmt und sich mit dem Baierwein vollschüttet, wird sich daran auch nichts ändern.«

Friedrich lachte leise. »Du bist wieder ganz der alte, knurrige Heinrich von Sachsen. Fast hab ich es vergessen können. In den letzten Tagen warst du so … weich.«

Heinrich blickte beiseite. Da hinten stand der Bruder Apothecarius, er band Stockrosen hoch, die sich im Gewittersturm von dem Gitter gelöst hatten, das ihnen Halt gab. Könnte man ihn doch auch einfach wieder anbinden, damit er Halt fand!

»Was willst du wissen?«

»Alles. Wer war gegen euer Bündnis? Und was genau beinhaltete es?«

Heinrich verzog das Gesicht. Das Pochen wurde stärker, doch wenn er die Zähne zusammenbiss, wich der Schmerz für einen Moment dem stärkeren Schmerz in seinem Kiefer.

»Wo wollen wir anfangen? Oben oder unten?«

»Du meinst den König?«

»Ich meine nicht nur den König, sondern auch den Babenberger. Den Bischof von Freising. Brüder des Königs, aber vor allem geht es ihnen um ihre Macht in Bayern.« Heinrich seufzte. »Die kleineren Grafen und Ministeriale sind zu zahlreich, um sie aufzuzählen.«

»Denk nach«, beschwor Friedrich ihn. »Irgendwie musst du es eingrenzen können!«

Heinrich schüttelte den Kopf. »Ich weiß es nicht. Vielleicht suchst du an der falschen Stelle. Was, wenn es nicht um die Politik des Reichs geht, sondern um etwas ganz anderes?«

Und da ging es ihm plötzlich auf. Es gab etwas anderes. Jemand anderen. Und sie, sie war auch eine Verbindung zwischen dem Ortenburger und ihm.

»Was ist, wenn …«, setzte Heinrich an.

Friedrich fiel ihm ins Wort: »Agnes.« Ihm war zugleich derselbe Gedanke gekommen.

Sie sahen sich an. Hinter Heinrichs Stirn arbeitete es. Aber wie? Und warum?

»Dann meinte der Wittelsbacher sie. Als er sagte, für keinen Mann würde er das alles auf sich nehmen. Da meinte er Agnes … Und es passt! Erst wurde der Ortenburger am Vorabend seiner Hochzeit ermordet. Und dir wollte der Mörder ans Leben, als du mit ihr fliehen wolltest …«

»Außer Agnes und mir wusste aber niemand davon«, wandte Heinrich ein.

»Was ist mit dem Jungen?«, fiel Friedrich ihm ins Wort.

»Der Junge kam zu mir, Agnes hatte ihn geschickt, damit er mich zu ihrem Treffpunkt brachte. Sie war unsicher, ob sie all das wagen sollte, und darum sollte sie den Jungen schicken, wenn sie sich entschieden hatte …«

»Und der Junge führte dich auf die Insel. Ließ dich allein dort zurück und holte Agnes.«

Heinrich schüttelte den Kopf. Doch Friedrich sprach weiter.

»Er hatte genug Zeit, dem Mörder zu sagen, wo du bist. Genug Zeit, Agnes aufzuhalten, bis das Werk vollbracht war.«

»Das würde bedeuten … du meinst, der Junge …«

»Ich trau dem Kind nicht, auch wenn du ihn im Lager aufgelesen hast. Da sind so viele Kinder, die herumstreunen. Warum ausgerechnet er? Und warum ist er stumm?«

»Was weiß ich! Ich vertraue dem Jungen.«

»Weil er dir dankbar ist, weil er zu dir aufblickt, ja. Ich kann das verstehen, Heinrich. Vor vielen Jahren kam ein kleiner Junge nach Hohenstauf, er war gerade mal sieben oder acht Sommer alt, und auch er blickte zu mir auf.«

»Das war etwas anderes«, verteidigte Heinrich sich.

»War es das? Dieser Junge hat mir in den ersten Monaten das Leben schwergemacht, weil er mich hasste. Weil er alle in meiner Familie hasste. Wir hatten dir deine Heimat genommen, und du hast nichts Besseres zu tun gehabt, als uns allen zu zeigen, wie sehr du Hohenstauf verabscheutest. Aber du hast zu mir aufgeschaut, weil ich der Ältere war und mit den Männern bereits in den Krieg zog – gegen deinen Vater.«

Was sollte dieses Geschwätz? Gerne wäre Heinrich aufgesprungen und fortgegangen. Doch Friedrich war noch nicht fertig.

»Und jetzt ist da ein Junge – stumm blickt er zu dir auf. Wie du einst zu mir aufgeblickt hast. Natürlich siehst du nur den Jungen, der allein ist in der Welt. Du siehst nicht, was dahinter lauern könnte.«

»Hör auf«, knurrte Heinrich. Es war ihm ernst. Friedrich sollte aufhören. Er sah ja, was Friedrich sagen wollte. Er verstand es nur nicht. Dem Jungen hätte er sein Leben anvertraut.

»Ich will nur, dass du überall die Gefahr siehst. Du bist wirklich weich geworden. Es ist wegen Agnes, und ich versteh dich ja.«

»Erwähne ihren Namen nicht.«

Das tat weh. Zum Glück erschien in diesem Augenblick Anselm von Havelberg am anderen Ende des Gartens. Er sah zu ihnen herüber, wandte sich dann jedoch an den Bruder Apothecarius und redete auf ihn ein. Heinrich schloss die

Augen. Der Schmerz war vergessen, überlagert von einem anderen Schmerz.

»Musst du nicht zu deiner Hochzeit?«, fragte Heinrich scharf.

»Ich habe gehofft, du würdest so lange bleiben. Schlimm genug, dass es nur eine Hochzeit zwischen Tür und Angel ist. Nicht einmal die Zeit, sie nach Hohenstauf zu bringen, werde ich haben.«

»Das klingt, als hättest du dich mit dem Gedanken angefreundet, die kleine Vohburgerin zur Frau zu kriegen.«

»Das kommt vielleicht. In ein paar Jahren, wenn ich aus Outremer zurück bin.« Friedrich blinzelte. »Was wirst du tun? Wirst du den Jungen befragen? Ich hätte nicht übel Lust dazu.«

Heinrich überlegte. Andererseits: Warum nicht?

»Selbst wenn er es nicht getan hat – und ich gehe davon aus, dass er kein Verräter ist –, dann hat er vielleicht Dinge gesehen, die uns einen Hinweis geben. Vielleicht ist ja was dran an deiner wilden Theorie.«

Friedrich lächelte. »Dann begleitest du mich also. Zu meiner Hochzeit.«

Erst verstand Heinrich nicht. Doch dann begriff er, dass er seinem strahlenden, geschickten Vetter wieder einmal auf den Leim gegangen war. Natürlich: ging er zur Hochzeit, würde dort der Junge sein. Denn wo Agnes war … Er versuchte, diesen Gedanken nicht zu Ende zu denken. Diesen Namen nicht zu schmecken, nicht einmal in Gedanken. Agnes war weit fort. Sie musste weit fort sein!

Dieser Tag war ihm gnädig. Was machte es, die Abreise um einige Zeit zu verschieben? Gemeinsam mit Friedrich ritt er zum Dom St. Peter. Nach der Morgenmesse, wenn die Sonne langsam an Kraft gewann, würde der Bischof von Freising Adela von Vohburg und Friedrich von Hohenstauf miteinander vermählen. So war es geplant. Und so geschah es auch.

Allerdings fehlte jemand. Und es fiel Heinrich erst auf,

als die Vermählung besiegelt, die Verträge unterzeichnet waren und er Friedrichs suchenden Blick auffing. Da schaute auch Heinrich sich um. Suchte die Menge nach einem kastanienroten Schopf, nach der rosigen Haut, nach dem hellen Lachen ab.

Agnes war nicht gekommen.

»Ortrud, nun komm!«

Sie hatte es eilig, endlich aufzubrechen. Wollte sie doch am großen Tag ihres Bruders dabei sein. Wenn auch Friedrich die Sache etwas anders sah, aber Agnes wollte sich für ihn freuen, für ihn und Adela. Bestimmt würde das Glück kommen. Später.

Wenigstens für Friedrich wollte sie daran glauben.

Sie hatte die Männer vorausgeschickt. Roland hatte widersprechen wollen, doch seine Einwände hatte sie beiseitegewischt.

»Was soll mir schon passieren, mitten in der Stadt?«, hatte sie abgewiegelt. »Geht schon, Ortrud und ich haben doch Jakob bei uns. Wenn uns etwas zustößt, wird er schon Hilfe holen.«

Roland hatte das eingesehen; er und Albrecht machten sich alsbald auf den Weg zum Dom. Dort wollten sie sich treffen.

Schuld war nur Ortrud. Langsam hatte sie sich an diesem Morgen von ihrem Lager gequält, hatte nur träge ihre Pflichten erfüllt. Sie klagte über Bauchschmerzen und bewegte sich nur mit äußerster Vorsicht. Wäre Jakob nicht gewesen, Agnes hätte sich wohl ihr Morgenmahl selbst aus der Klosterküche holen müssen. Während Ortrud leise jammernd auf dem Schemel hing, hatte Agnes den dreckigen Saum ihres Kleids ausgebürstet und sich angekleidet.

»Komm schon, Ortrud.«

»Aber ich hab doch nicht einmal mein Haar gekämmt, und mein Kleid und ...«

Natürlich. Agnes seufzte. Sie ging zu ihrer Truhe, hob den

schweren Deckel und wühlte darin herum. Dabei fiel ihr etwas in die Hand, klein und schwarz. Vor zwei Tagen hatte sie es aufgelesen, am Donauufer …

Da erinnerte sie sich wieder. Wie sie dieses schwarze Stück durchnässten Stoff aufgehoben hatte, in der Hand gewogen hatte und dann gedankenlos in ihr Bündel gestopft hatte. Es war Ortruds Aufgabe gewesen, nach ihrer Rückkehr das Bündel in der Truhe zu verstauen. Und so hatte Ortrud wohl auch diesen schwarzen Fetzen hineingelegt. Ohne sich offenbar Gedanken darüber zu machen, dass ein einzelner kleiner schwarzer, verdreckter Handschuh keinen Sinn ergab. Fast könnte man meinen, dass er einer Frau gehörte …

Agnes sah es wieder vor sich, den schlammigen Grund, auf dem Heinrich gelegen hatte, und den Handschuh im Dreck. Sie schloss die Augen. Fuhr mit den Fingern über das feine Material. Ja. Da war es. Gar nicht so lange her, dass sie jemanden mit diesen Handschuhen …

Sie riss die Augen auf.

»Was ist?«, fragte Ortrud. Doch Agnes griff nur nach ihrer Hand, in der anderen den Handschuh.

»Jakob, komm!«

Sie hatte keine Zeit zu verlieren. Zum Dom! Zu Friedrich! Sie wusste jetzt, wer Heinrich angegriffen hatte.

War er auch der Mörder? Ein kalter Schauder lief ihr über den Rücken. Es wäre eine fast unaussprechliche Sünde. Undenkbar.

Schlimmer noch als Mord.

Vatermord.

Kapitel 22

Sie hatte keine Zeit zu verlieren. Agnes lief voran und zerrte Ortrud hinter sich her. Jakob rannte ihnen nach. Leichtfüßig setzte er über die Haufen Unrat in der Gasse hinweg. Agnes hielt mit einer Hand den Rock hoch, hielt auch den Handschuh und zerrte mit der anderen an der jammernden Ortrud.

»Aber Frau Agnes, was habt Ihr es denn jetzt so eilig? Ich wollte doch mein Haar noch richten …«

»Komm!«

Kein anderes Wort hatte sie, nur Eile und dieses »Komm«, in dem so viel Dringlichkeit lag.

Ob er bei der Hochzeit war? Vermutlich. Er und sein Bruder. Agnes fühlte die Angst kalt nach ihr greifen. Die Härchen auf ihren Armen richteten sich auf, sie spürte alles überdeutlich. Nein, Gefahr ging wohl nicht von ihm aus, Friedrich und Adela von Vohburg waren vermutlich in Sicherheit. Aber irgendetwas hatte er mit seiner Tat im Schilde geführt, und wenn sie auch nicht wusste, was genau das war – sie würde es herausfinden.

Wie sehr sie jetzt Roland und Albrecht zu ihrem Schutz herbeisehnte! Sie waren zwei Frauen und ein Kind, die durch die Gassen der Stadt liefen. Zu dieser frühen Stunde war Regensburg bereits zum Leben erwacht. Doch fand dieses Leben nicht auf der Straße statt, denn kaum jemand war in den Gassen unterwegs. Wer nicht seinen Pflichten nachging, stand sicher vor St. Peter und wohnte der fürstlichen Trauung bei.

»Ich kenn eine Abkürzung!«

Ohne nachzudenken, folgte Agnes Ortruds Ruf. Rechts in eine schmale Seitengasse, von der es in dieser Stadt so viele gab. Sie brauchte nur beide Hände auszustrecken, um die Wände der Häuser zu berühren, so eng war die Gasse …

Ortrud lief voran.

Bisher hatte Agnes diese Gassen gemieden. Zu nah kamen die Hauswände ihr, zu wenig Luft blieb ihr. Doch sie sah schon das andere Ende. Dort wurde es heller, und dann brauchten sie nur noch wenige Schritte, bis sich die Straße zum Domplatz öffnete. Es war nicht mehr weit …

Da fiel ein dunkler Schatten in die Gasse. Fast schien er völlige Finsternis zu bringen, aber das Einzige, was Agnes sah, war etwas Großes, Dunkles. Es bäumte sich vor ihnen auf.

Agnes wich zurück. Sie wollte die Hand nach Ortrud ausstrecken. Doch Ortrud war zu weit voraus. Als das Pferd sich vor ihr aufbäumte, barg Ortrud schützend den Kopf unter ihren Armen. Agnes hielt den Atem an. Die Vorderhufe wirbelten durch die Luft, zischten an Ortruds Kopf vorbei.

Hermann von Ortenburg grinste sie spöttisch aus dem Sattel seines mächtigen Streitrosses herab an. »Wohin so eilig, Frau Agnes?«

Sie trat mit klopfendem Herzen neben Ortrud. »Zur Vermählung meines Bruders. Habt Ihr nicht davon gehört? Er heiratet heute Adela von Vohburg.«

Undurchdringlich war sein Lächeln. Sie konnte es kaum deuten. Agnes trat neben Ortrud und legte ihr schützend den Arm um die Schulter. Ortrud umschlang sich selbst mit den Armen und barg ihren Kopf sogleich schluchzend an Agnes' Schulter.

»Lasst uns vorbei, Graf Hermann.« Sie betonte den »Grafen« besonders, und tatsächlich. Der Ortenburger zuckte wie unter einem Peitschenhieb zusammen. »Gebt den Weg frei.«

»Wahrlich, Ihr seid eine mutige Frau.« Er lächelte. Böse. Sie versuchte, hinter sich Jakobs vogelleichten Atem zu erspüren. Wo war der Junge?

»Packt sie.«

So ruhig hatte er gesprochen. Er war sich seiner Sache

sicher. Agnes drehte sich um. Hinter ihnen kamen drei Männer die Gasse hinauf. Dunkel gekleidet, finstere Blicke. Und neben des Ortenburgers Pferd standen plötzlich zwei weitere Männer. Sie alle kamen langsam auf Agnes und Ortrud zu.

Wo war Jakob?

Agnes drehte sich um ihre eigene Achse. Der Junge war verschwunden. Wie verschluckt von Morast und dunklen Wänden. Sie tastete nach Ortruds Hand. Spürte, wie ihre Freundin ihre Finger quetschte.

»Hab keine Angst«, flüsterte Agnes. Aber das war so leicht gesagt …

»Ihr wisst, was ihr zu tun habt«, sagte der Ortenburger. Gemütlich lehnte er sich auf seinen Sattel, beobachtete, was sich vor seinen Augen abspielte. Er genoss es geradezu. Agnes fuhr herum. Hände griffen nach ihr, rissen sie von Ortrud fort. Warum schrie Ortrud nicht? Warum rief sie nicht, so laut sie konnte? Agnes holte tief Luft, aber alles, was sie hervorbrachte, war ein Wimmern.

Ein Tuch, das jemand ihr auf Mund und Nase presste. Ihr zwischen die Lippen stopfte, bis sie würgen musste vom Gestank des Lumpens und von der Enge. Sie bekam keine Luft, riss die Augen auf, wollte um sich schlagen und fühlte sich hochgehoben. Jemand umklammerte ihre Arme, sie konnte sich nicht rühren. Es waren aber nicht die Arme, die sie lähmten, sondern das, was sich vor ihren Augen abspielte.

Zwei Männer hatten Ortrud gepackt. Hatten ihr Kleid zerrissen. Lachten dreckig, griffen grob nach ihrer Freundin. Agnes strampelte, wollte sich von den Armen befreien, die sie zurückhielten. Dann hing sie in der Luft, landete hart auf dem hölzernen Sattel vor Hermann von Ortenburg. Sogleich schlang er einen Arm um sie, drückte sie an sich.

Mit beiden Händen versuchte sie, seinen Arm fortzuschieben.

»Sieh dir genau an, was mit deiner Zofe passiert.« Sein Mund war so nah an ihrem Ohr, dass sie seinen heißen Atem spürte. Agnes wandte den Kopf ab, doch mit der anderen Hand griff er schmerzhaft unter ihr Kinn und drehte ihren Kopf.

»Siehst du sie? Schau sie dir an. Wenn du brav bist, pfeife ich meine Männer zurück. Zugegeben, ein bisschen Spaß wollen die auch haben. Aber sie hören auf mich. Und du willst doch nicht, dass deiner Zofe etwas passiert?«

Agnes schüttelte den Kopf. Sie konnte den Blick nicht von Ortrud lassen – und das nicht nur, weil der Ortenburger so unnachgiebig ihr Kinn umfasste. Sie hörte das Reißen von Stoff, sie hörte Ortruds gellenden Schrei, sie *sah* auch, wie Ortrud um sich trat. All das drang zu ihr durch, und doch nicht. Sie spürte plötzlich etwas anderes – den Handschuh in ihren Fingern, den sie immer noch umklammerte. So klein und zierlich, dass nur eine Frau oder ein Kind ihn hätte tragen können. Oder ein Mann mit einer kleinen Hand. Wie Hermann von Ortenburg. Kräftige Finger, klein und kurz. Unnachgiebig quetschten sie ihr Kinn.

»Lass Ortrud …« hätte sie am liebsten gesagt. Aber der Knebel verhinderte ihre Worte, es war nur ein Stöhnen, ein Knurren, ein Seufzen.

»Was denn, willst du mir etwas sagen?«

Sie nickte.

»Versprichst du mir, schön leise zu sein? Nicht zu schreien?«

Wieder nickte sie. Ja, bei Gott, bei den Heiligen, sie versprach ihm alles, wenn nur Ortrud in Ruhe gelassen wurde, wenn nur …

Er riss das Tuch aus ihrem Mund und warf es fort. Sie hustete. Ihre Kehle brannte, ihr Mund war trocken.

»Lasst Ortrud …« flüsterte sie.

»Was sagst du?« Er erhob die Stimme. »Wolltest du mir etwa gerade sagen, dass du brav sein wirst? Nichts tun wirst?«

»Lasst Ortrud laufen …«

Es bedurfte nur eines Winks seiner Hand, und die Männer ließen von Ortrud ab. Schluchzend raffte Ortrud das Kleid vor ihre blassen Brüste und sank auf die Knie. Das Haar, das sie nicht hatte kämmen dürfen, hing ihr wirr ins Gesicht. Agnes brannte sich dieses Bild ein. Lauf weg!, wollte sie rufen. Aber der Arm, der sie so unnachgiebig umklammert hielt, verstärkte seinen Druck. Seine Botschaft war deutlich: ein Mucks und Ortrud war verloren.

Der Ortenburger wendete sein Pferd. »Kommt!«, sagte er zu seinen Männern. Agnes versuchte, sich vor ihm im Sattel zurechtzuschieben.

Sie wollte den Kopf drehen, zu Ortrud zurückblicken. Hol Hilfe!, flehte sie. Ortrud, lauf und hol Hilfe. Du weißt doch, wo Friedrich ist …

»Bleib schön brav«, flüsterte der Ortenburger. »Ich werde dich heimbringen, wo du hingehörst. Jetzt bist du mein, und nicht einmal der König kann dich mir noch nehmen.«

Er hatte gelernt, Gefahr zu spüren. Als seine Herrin und ihre dumme, blonde Zofe in die dunkle Gasse bogen, hatte er rufen wollen. Natürlich. Kein Wort. Er konnte es nicht, und verstand selbst am wenigsten, warum das so war.

Da liefen sie schutzlos und blind voraus, und ihm blieb nur, ihnen zu folgen. Der Junge, den seine Herrin Jakob nannte.

Ihm gefiel der Name. Er schmeckte nach Heimat. Nach frischem, duftendem Brot und einer warmen, mütterlichen Umarmung.

Doch seine Sinne waren geschärft. Etwas stimmte hier nicht. Er verlangsamte seine Schritte. Und plötzlich wurde er beiseitegeschubst, prallte an die Hauswand. Drei Männer schoben sich an ihm vorbei und rannten auf seine Herrin und ihre dumme Zofe zu.

Packten sie. Jakob hörte ihre Schreie. Am liebsten hätte er sich die Hände auf die Ohren gepresst. Das durfte nicht sein. Das, was die Männer mit dem Mädchen machten, war nicht recht, es war Sünde. Und was sie seiner Herrin antaten, war böse. Jakob wollte sie beschützen.

Er hatte es versprochen. Weil sie doch so gut zu ihm war. Weil sie ihm zu essen gegeben hatte. Und einen Namen. Daran hatte vorher noch niemand gedacht.

Er drückte sich an die Wand. Ein Hauseingang, er schob sich näher und presste sich so dicht an die Haustür, wie es ging. Dass niemand ihn sah, niemand bemerkte, wie er beobachtete, was da geschah. Seine Herrin wurde in den Sattel des Mannes gezerrt. Er kannte den Mann. Wusste, wo er ihn schon mal gesehen hatte. Das war es doch, was er seiner Herrin immer hatte sagen wollen. Frau Agnes. Er wusste, die anderen nannten sie Frau Agnes oder sogar Agnes von Waiblingen. Sie war eine hohe, edle Dame. Der Mann durfte sie nicht so grob anfassen.

Jetzt ritt er fort. Seine Männer folgten ihm. Einer blieb neben der dicken Ortrud stehen. Hob die Hand. Schlug mit geballter Faust zu. Jakob sah, wie Ortrud zusammensackte. Dann war die Gasse wieder still und leer.

Er hörte nur seinen eigenen Atem. Das Rauschen seines Blutes. Schloss die Augen und wartete. Spürte sein Herz pochen. Und dann ging es wieder. Er löste sich aus dem Hauseingang, rannte so schnell es ging zu Ortrud. Kniete neben ihr nieder. Rüttelte an ihrer Schulter. Hätte er doch nur schreien können, um Hilfe rufen! Doch die Gasse lag still da, niemand war unterwegs. Warum? Wo waren all die aufmerksamen Bürger dieser Stadt? Wenn er ein Brot vom Bäckerstand stibitzte, waren sie sofort zur Stelle!

Ortrud stöhnte. Von dem Schlag würde sie eine fette Beule kriegen, an der Schläfe, genau da, wo auch sein Herr geschlagen worden war. Doch dieser Schlag war nicht so fest gewesen.

»Was ist … Wo ist Agnes?«

Er wartete ungeduldig. Zerrte an ihrem Arm, und es half. Sie richtete sich stöhnend auf. Sackte wieder zusammen, schloss die Augen. Das war keine Erschöpfung. Sie war ohne Bewusstsein, er kannte diese Schlaffheit des Körpers. Ängstlich hielt er die flache Hand vor ihren Mund und ihre Nase.

Ein feiner Hauch. Sein Vater hatte ihm das gezeigt. Sein Vater.

Schnell verdrängte er diesen Gedanken. Versuchte etwas anderes zu denken. Hilfe! Er wusste, seine Herrin hatte endlich verstanden, was in der Nacht vor zwei Tagen vor sich gegangen war. Sie hatte den schwarzen Handschuh hochgehalten. Jakob hatte gesehen, wie sie die Stirn runzelte. Und wie eilig sie es danach hatte. Schätzte sie doch den Herrn Heinrich so sehr wie er. Auch sie wollte den Attentäter seiner gerechten Strafe zugeführt sehen …

Nur hatte dieser böse Mann sie gerade entführt.

Keine Zeit! Jakob sprang auf. Er sah den schwarzen Handschuh im Dreck liegen, dort wo seine Herrin ihn einfach hatte fallen lassen, als die Männer sie ergriffen. Er hob ihn auf und lief los.

Zum Dom. Dort hoffte er, jemanden zu finden, der ihn verstand. Und ihm half, seine Herrin zu retten.

»Ich kann jetzt nicht fort, Heinrich, versteh das doch!«

Friedrich hatte sich nur einen Moment Zeit genommen, hatte sich bei seiner Braut entschuldigt. Ihre Wangen waren rosig, sie strahlte ihn an. »Bleib nicht zu lange«, hatte sie gesagt und den Blick dann züchtig gesenkt.

»Aber versteh doch, irgendwas muss da passiert sein.« Heinrichs Stimme klang drängend. Er packte Friedrichs Arm. »Ich habe ein schlechtes Gefühl, Vetter.«

»Das hättest du dir überlegen sollen, bevor du sie fortschicktest«, gab Friedrich zurück. Er fing den Blick Adelas auf, wie sie unter all den Freunden und Honoratioren stand. Der Ritt nach St. Emmeram stand bevor. Dort wartete das Festmahl, danach das Brautgemach …

»Heinrich.« Noch einmal wandte er sich an den Vetter. »Versteh doch, sie ist an manchen Tagen frei wie ein Vogel, und da kann sie niemand halten, weder du noch ich. Gestern habe ich sie gefragt, ob sie kommt, und sie hat es mir versprochen.«

»Sie ist nicht gekommen. Sorgst du dich da nicht?«

»Natürlich! Aber sogleich zu glauben, es sei ihr etwas passiert? Zwei fähige Männer habe ich ihr zur Seite gestellt, denen ich uneingeschränkt vertraue …«

Er verstummte. Da standen sie. Albrecht und neben ihm, lachend und mit sich selbst zufrieden, Roland. Warum waren sie nicht bei Agnes? Oder waren sie mit Agnes eingetroffen? Suchend blickte Friedrich sich um. Von Agnes keine Spur.

»Komm!«, sagte er und schob sich durch die Menge. Man klopfte ihm auf die Schulter, gratulierte ihm, doch er schüttelte das alles ab wie ein fernes Donnergrollen.

»Wo habt ihr meine Schwester gelassen?« Barsch war seine Stimme, und Albrecht zuckte zusammen.

Roland blieb ruhig. »Sie wollte nachkommen. Hat doch den Jungen bei sich und ihre dralle Zofe, da dachte ich, was kann schon passieren in dieser Stadt?«

»Aber sie war auf dem Weg? Sie wollte kommen?« Friedrichs Stimme zitterte. Ruhe bewahren, jetzt nur nicht … zu spät. Auch Roland, der sich suchend umschaute, runzelte die Stirn.

»Merkwürdig ist das schon«, gab er langsam zu. »Sie müsste …«

Friedrich schloss die Augen. Jetzt hatte er es auch: ein ungutes Gefühl. Er verstand, was Heinrich meinte. War das Angst? Angst um Agnes? Was war geschehen? Oder gab es eine einfache Erklärung?

»Es wird Zeit, mein Herr.« Sie stand neben ihm, als wäre sie aus dem Boden gewachsen. In ihrem dunkelbraunen, schlichten Kleid und mit offenem Haar, das sie in Zukunft unter einer Haube verbergen würde, wirkte sie wie die Tochter eines einfachen Bürgers. Nicht wie die Frau eines Herzogs. »Wir sollten zur Pfalz reiten, das Mittagsmahl wartet.«

Den Ring hatte sie zuerst nicht annehmen wollen. »Heb ihn auf für unsere älteste Tochter«, hatte sie geflüstert, doch Friedrich war unnachgiebig gewesen und hatte ihr den Ring angesteckt. Weil ihr Ringfinger an der Rechten zu schmal war, hatte er es am Mittelfinger versucht, und sie hatte die Finger gekrümmt. Auch am Mittelfinger saß er also zu locker, aber sie hatte ihn angelächelt. Dankbar.

»Das habe ich nicht verdient …« Das waren ihre Worte gewesen.

Jetzt war etwas anders. Sie war anders. Sie war nicht mehr die verschüchterte, ängstliche Adela, die seinem Blick ausgewichen war. Sie war nun sein angetrautes Weib und stellte Forderungen.

»Einen Moment noch. Dann reiten wir«, versprach er ihr. Er suchte mit Blicken über die Menge nach Heinrich. Denn jetzt machte auch er sich Sorgen um Agnes.

Heinrich war nirgendwo zu sehen.

Eine Hand zerrte an seinem Wams. Eine kleine, schmutzige Hand. Es war der Junge, den Agnes Jakob genannt hatte.

Tränen zeichneten Spuren in sein dreckiges Gesicht.

Friedrich spürte Übelkeit hochschwappen. Der Junge. Er wich nie von Agnes' Seite. Was hatte er hier zu suchen, wenn nicht …

»Wo ist Agnes?«

Alles, was der Junge tat, war, ihm einen Handschuh hinzuhalten. Nachdrücklich. Als wollte er sagen: Nimm!

Friedrich nahm den Handschuh. Klein, dreckig. Schwarz. Aus feinem Material gefertigt.

»Wo ist Agnes?«, flüsterte er.

Natürlich antwortete der Junge nicht. Wie denn auch? Er zog nur an Friedrichs Ärmel. Komm mit!

»Ich kann nicht, ich …« Suchend blickte Friedrich sich um. Adelas Blick traf ihn. Wo war Heinrich?

Da tauchte er aus der Menge auf, mit finsterem Blick.

»Vetter, sie ist nicht hier. Wohl aber deine Bewacher, die du für sie abgestellt hast.«

»Ich weiß, ich weiß!« Fast schrie Friedrich. Er hielt Heinrich den Handschuh hin. »Der Junge hat den hier gerade gebracht, keine Ahnung, woher er das Ding hat und was er mir damit sagen will …«

Der Junge zog an seiner Hand. Komm mit!

»Ich kann nicht weg.« Friedrich seufzte. »Verstehst du das, Junge? Ich kann nicht fort, meine eigene Hochzeit kann ich nicht verlassen …«

Dem Kind schossen Tränen in die Augen. Heinrich schwieg.

»Kannst du nicht mit dem Jungen …?«

Heinrich verschränkte die Arme. Finster blickte er Friedrich an, dann schaute er über die Hochzeitsgesellschaft. Friedrich wusste, was Heinrich dachte. So viele Leute waren hier. Auch jene Männer, die auf Agnes hätten aufpassen sollen. Warum sollte er derjenige sein, der den Mörder suchte?

»Ich habe mit Agnes abgeschlossen. Es ist zu gefährlich für sie, oder nicht?«

»Warum, du sturer Bock? Doch wohl nur, weil du sie liebst, weil du nicht von ihr lassen kannst. Du willst dem Schmerz ausweichen, den es bedeuten würde, sie mit einem anderen vermählt zu sehen, nachdem eure Flucht misslungen ist, stimmt's?«

Heinrich schaute auf seine Hände und sagte nichts.

»Dann will ich dir jetzt mal was sagen. Seit zwei Tagen stochere ich in einem Hornissennest, ich suche den, der dir das angetan hat.« Er täuschte mit dem Handschuh einen Schlag auf Heinrichs Schläfe an, rechnete fest damit, sein Vetter würde dem Schlag ausweichen. Heinrich nahm den Klaps hin, zuckte nicht mal zusammen, obwohl Friedrich seine Wunde berührte. »Und vermutlich hat dieser Jemand jetzt Agnes entführt, warum auch immer, vermutlich hängt es mit diesem dreckigen Lappen zusammen. Und du willst nichts tun?«

Der Junge stand zwischen ihnen, schaute hin und her, hörte zu. Dann nahm er Friedrich den Handschuh ab, hielt ihn Heinrich hin. Nachdrücklich. Stellte sich auf die Zehenspitzen, wedelte damit vor Heinrichs Gesicht herum und zerrte an seiner Tunika.

»Bitte, Heinrich. Nimm deine Männer und such sie. Sie

ist nicht nur meine Schwester, sie ist auch dein. Und wenn es dir gelingt, den wahren Mörder zu finden …«

»Was dann?« Heinrichs Augen funkelten. »Ist Agnes wieder der Preis in diesem Spiel? Reicht es nicht, dass der König sie bei jeder sich bietenden Gelegenheit auslobt?«

Er schnappte sich den Handschuh und ergriff auch die Hand des Jungen.

»Wenn du nur ein bisschen mehr an sie denken würdest, dann wüsstest du, wie es in ihr aussieht. Komm, Junge.«

»Er heißt Jakob«, sagte Friedrich leise. Aber da waren Heinrich und Jakob schon verschwunden.

»Komm.« Das war Adela. Hatte sie die ganze Zeit hinter ihm gestanden und das Gespräch belauscht? Sie wirkte besorgt. »Lass uns heimgehen, Friedrich.«

Sie fragte nicht, was los sei. Sonst war sie eine, die alles wissen wollte. Aber hier fragte sie nicht.

Als wüsste sie bereits, was geschehen war …

Kapitel 23

»Wo bringt Ihr mich hin?«

»Sei still.«

Und wenn sie jetzt strampelte und schrie, wenn sie aus dem Sattel sprang, sich irgendwie aus seinen Armen befreite?

Denk an Ortrud. Sie liegt noch immer dort. Du hast gesehen, wie sie niedergeschlagen wurde. Denk an sie. Er könnte seine Männer zurückschicken, ging es Agnes durch den Kopf.

Sie zitterte. Niemandem schien es merkwürdig, wie sie durch die Gassen trabten. Sie saß in ihrem besten Kleid vor dem Ortenburger im Sattel. Fiel denn niemandem auf, was hier nicht passte?

Hermann von Ortenburg zügelte sein Pferd. Vor ihnen stand ein Karren quer auf der Straße. Lautstark stritt ein Händler mit einem Gassenjungen. Der Karren neigte sich gefährlich zur Seite. Ein Rad war gebrochen.

»Zurück!«

Der Ortenburger wendete sein Pferd. Er hatte es wohl eilig. Wollte er die Stadt verlassen? Agnes schloss die Augen. Ihre Hand griff nach dem Beutel. Wenn ihr Orientierungssinn sie nicht im Stich ließ, steuerten sie jetzt das Roselint-Tor an. Und dann? Er würde das Lager vor der Stadt umgehen. Wohin wollte er sie bringen? Und würden die Wachen nicht misstrauisch werden, wenn er sie vor sich im Sattel festhielt und ihr nicht, wie es ihr nach Stand und Kleidung gebührte, einen Zelter zur Verfügung stellte?

All das dachte Agnes und noch mehr. Vielleicht fiel bald auf, dass sie auf der Hochzeit fehlte. Vielleicht hatte Jakob es geschafft, zum Dom zu laufen. Er hatte gewusst, dass sie dorthin wollten. Wenn man sich auf die Suche nach ihr machte und nach einer Frau fragte, die vor einem Ritter im Sattel saß …

Aber Hermann von Ortenburg hatte vorgesorgt.

Bevor sie das Roselint-Tor erreichten, lenkte er sein Pferd durch ein Tor in den Innenhof eines Hauses. Es war das Haus eines Händlers. Ein Lastkran hob die Waren in das Lager unterm Dach, und in einem Nebengebäude waren Pferde und Karren untergebracht. Ein Haus, fest gefügt aus Stein und Mörtel.

Der Händler war ein Dickwanst mit speckiger Tunika und verdreckten Beinlingen. Als Hermann in den Hof ritt, trat er zu ihm.

»Alles bereit, alles bereit!«, verkündete er mit hoher, piepsiger Stimme. »Kommt, Herr Graf, ich habe all Eure Wünsche erfüllt.«

Er hielt Agnes die Arme entgegen, ihr aus dem Sattel zu helfen.

»Das ist wohl Eure Braut, wie Ihr's erzählt habt?«

»Schnauze!«, fuhr der Ortenburger ihn an. Er gab Agnes einen unsanften Schubs, und sie fiel in die wartenden Arme des Dicken, der sie etwas näher an sich zog als nötig. Sie machte sich von ihm los. Keine Möglichkeit zu entkommen: Die fünf Männer standen ringsum, allesamt aufmerksam. Das Tor wurde von einem barfüßigen Jungen zugeschoben.

Sie versuchte es dennoch.

Weit kam sie nicht. Zwar schaffte sie es, mit gerafften Röcken zwischen dem Ortenburger und dem dicken Händler hindurchzuschlüpfen. Doch schon am Tor stellte sich ihr ein weiterer Mann in den Weg. Agnes versuchte ihn beiseitezuschieben. Er war überrascht, weil sie ihm mit Wucht die geballten Fäuste auf den Brustkorb hieb, und taumelte. Doch da waren die anderen schon heran, einer umfasste sie von hinten und lachte rau.

»Hab sie, Herr Hermann. Seht Ihr?«

Sie trat um sich. Wand sich in seinen Armen. Biss ihn, da er unvorsichtig den linken Arm über ihre Brüste gelegt hatte. Er schrie auf. Ließ sie los. Agnes stolperte vorwärts. Hörte »haltet die Hure!«, gebrüllt von diesem Mistkerl.

Sie strauchelte. Stürzte. Ihre Hände landeten in den Pferdeäpfeln. Um sie herum klang raues Gelächter. Eine Hand legte sich um ihren Arm, zerrte sie hoch.

»Komm, Weib.« Hermann von Ortenburg duldete keinen Widerspruch mehr, und für den Moment war Agnes zu schwach, sich zu wehren. Sie ließ sich von ihm mitziehen und blinzelte die Tränen weg. Sie wagte es nicht einmal, ihre Hände am Kleid abzuwischen. Warum half ihr denn niemand?

Aber sie hatte keine Hilfe zu erwarten. Von niemandem.

Hermann von Ortenburg stieß sie zu einem Zelter. Eine braune Stute mit breiter Blesse. Agnes griff nach den Zügeln. Ihre Hände zitterten. Das Pferd tänzelte und schnaubte unruhig. Agnes streckte die Hand aus, strich über die Nüstern der Stute. Nicht nur sich selbst wollte sie beruhigen, auch die Stute.

»Los jetzt. Rauf da mit dir.«

Unbeholfen kletterte sie in den Sattel. Auch für die Männer wurden Pferde herangeführt, sie saßen alle auf. Hermann von Ortenburg trat zu ihr.

»Muss ich dich fesseln? Oder wirst du brav tun, was ich dir sage?«

Sie dachte an Ortrud. Ob sie immer noch in der Gasse lag? Oder hatte man sie in der Zwischenzeit gefunden?

»Ihr werdet kaum verhindern können, dass ich versuchen werde zu fliehen.«

»Das habe ich mir gedacht.«

Er befestigte einen Führzügel an der Trense ihrer Stute. Dann schwang er sich in den Sattel, und so ritten sie durch das Tor auf die Gasse. Agnes war umringt von den Männern des Ortenburgers. Ihre Stute hielt sich dicht neben seinem Pferd.

»Wohin bringt Ihr mich?«, fragte Agnes. Ihre Stimme klang selbst in ihren Ohren schwach und leise.

Hermann von Ortenburg drehte sich zu ihr um.

»Das weißt du nicht? Wir werden Hochzeit halten, du

und ich. Ganz für uns. Und dann werde ich dich nach Ortenburg bringen. Das hätte ich schon vor Tagen tun sollen …« Ein verträumter Ausdruck erhellte seine Miene. »Wirklich, ich hab dich für klüger gehalten, kleine Waiblingerin. Du gehörst jetzt zu mir. Der König hat es erlaubt.«

Der König? Agnes schloss die Augen, dachte nach. Das konnte nicht sein. Nie hätte ihr Onkel dem Ortenburger die Erlaubnis erteilt, um sie zu freien, ohne sie davon in Kenntnis zu setzen. Aber was wusste sie schon. Vielleicht war der König wütend gewesen …

Warum dann aber dieser Brautraub? Das war kein leichtfüßiges Spiel, es war bitterer Ernst, der Ortrud Schmerzen zufügte, und was mit ihr geschah … Aber daran wagte Agnes nicht zu denken. Sie zitterte.

»Ich werde dich ehelichen. Und niemand wird dich davor bewahren, sie sind heute alle auf der Hochzeitsfeier deines Halbbruders mit der hübschen Adela von Vohburg …«

Er verstummte. Erstaunt blickte Agnes zu ihm hinüber.

Er weinte. Sie wusste nicht, was ihm die Tränen in die Augen trieb. Aber sie ahnte, wenn sie es wüsste, wäre dies vielleicht die einzige Möglichkeit, sich selbst zu retten.

Sie erreichten das Roselint-Tor. Keine der Wachen schien es zu wundern, dass einige Männer mit einer edlen Frau in ihrer Mitte durch das Tor trabten.

Agnes tastete nach ihrem Beutel. Das Pergament! Sie zog es vorsichtig heraus. Wenn sie es hier fallen ließ … wenn sie nach ihr suchten …

Aber ob sie das taten, wusste Agnes nicht. Trotzdem ließ sie das Pergament fallen. Und sei es nur, weil sie hoffte, jemand würde sie beim Fest vermissen und nach ihr suchen.

Als sie Ortrud fanden, standen ein paar Bürger um sie herum. Einer hatte einen Umhang um ihre Schultern gelegt und ihr aus dem Dreck aufgeholfen.

»Herr Heinrich«, flüsterte sie erleichtert.

Die Leute machten Platz. Heinrich kniete neben ihr nieder, griff nach ihrer Schulter. Peinlich berührt ließ er sie los, als er bemerkte, dass ihr Kleid zerrissen war.

Ortrud raffte den Umhang fester um sich, hielt ihn an ihrem Hals und vor ihrem Bauch fest.

»Sie sind fortgeritten. Er hat sie vor sich in den Sattel genommen und ist mit ihr fortgeritten. Seine Männer liefen ihm nach.« Sie schluchzte auf, wandte den Kopf ab. »Ich wollte Frau Agnes nicht im Stich lassen, aber einer ... plötzlich wurde alles um mich dunkel und ...«

»Wer war das? Bitte, Ortrud, wer war es?«

Sie blickte zu ihm auf, schüttelte betäubt den Kopf. Als könne sie es selbst nicht glauben.

»Der Ortenburger war's«, flüsterte sie dann. »Er hat sie entführt, wer weiß wohin. Und das nur ... weil sie's wusste. Das seh' ich jetzt, sie hat's gewusst.«

»Was hat sie gewusst?«

»Der Ortenburger war's«, wiederholte Ortrud. Jakob, der sich die ganze Zeit dicht an Heinrichs Seite gehalten hatte, legte ihm die Hand auf die Schulter. Mit der anderen reichte er ihm den Handschuh. Mehr tat er nicht. Heinrich blickte verwirrt zwischen Jakob und Ortrud hin und her. Er wartete. Die Menschen um sie herum steckten die Köpfe zusammen, flüsterten.

»Den hat sie gefunden, am Ufer der Donau«, erklärte Ortrud schließlich. »Als Ihr dort niedergeschlagen wurdet, Herr Heinrich. Sie glaubt, es war der Ortenburger. Er hat so kleine Hände, dass er sich die Handschuhe von einem Handschuhmacher in Paris fertigen lässt, weil solches hier nicht möglich ist. So hat er es uns auf unserer Reise vom Chiemsee erzählt. Er kannte kein anderes Thema als seine feinen Handschuhe aus Ziegenleder ...«

Heinrich untersuchte den Handschuh. Kein Zweifel, es war eine feine Arbeit, die dem Besitzer teuer sein musste. Wenn es stimmte, was Ortrud erzählte ... wenn der Ortenburger Agnes entführt hatte ... wenn er es war, der ihn, Heinrich, am Donauufer niedergeschlagen hatte ...

Agnes war in Gefahr.

Heinrich richtete sich auf und schaute sich um. Die Umstehenden musterten ihn nicht direkt feindselig, nur Neugier lag in ihren Blicken.

»Hat jemand von euch etwas gesehen?«, fragte er. Große Hoffnung hatte er nicht.

Eine junge Frau schob sich nach vorne. »Gen Osten sind sie, zum Roselint-Tor«, sagte sie. Sie trug ein Kind auf dem Arm, pausbäckig und kaum älter als ein Jahr. Auch wenn sie barfuß lief, so wirkte sie doch gesund.

»Danke.« Erleichterung durchflutete Heinrich. Er griff in seinen Beutel, drückte der Jungfer ein Geldstück in die Hand, ein großes vermutlich, denn sie strahlte ihn an. Ein oberer Schneidezahn fehlte ihr.

»Sag, kannst du dich in der Zwischenzeit um diese Frau kümmern? Ich glaube, sie hat einen ordentlichen Schlag abbekommen. Ich zahl dir noch mal so viel, wenn du das tust.«

Einen Moment lang schienen ihre Augen gierig zu glitzern, dann nickte sie. »Sie kann mit zu uns kommen und in Vaters Bett liegen, wenn sie sich ausruhen mag. Wir wohnen da vorn.« Sie zeigte auf eine Haustür, die nur wenige Schritte entfernt war.

Heinrich war erleichtert. Eine Sorge weniger. Er half Ortrud auf die Beine, und die Zofe hakte sich bei der Jungfer ein und ließ sich wegführen. Heinrich riss sich von dem Anblick los.

Er hatte keine Zeit zu verlieren. Aber er durfte auch nicht das Risiko eingehen, sich allein auf den Weg zu machen. Sein Pferd hatte er in der Nähe des Doms angebunden und in der Eile dort vergessen. Der Junge – Friedrich hatte ihn Jakob genannt – hatte ihm auch gar keine Zeit dafür gelassen.

»Komm«, sagte Heinrich. Zurück zum Dom. Er brauchte Unterstützung. Wo war Welf, wenn man ihn brauchte?

Sie liefen zum Domplatz zurück. Inzwischen hatte sich die

Hochzeitsgesellschaft auf den Weg zur Pfalz gemacht. Dort, im großen Thronsaal, hoffte er Unterstützung für seine Suche nach Agnes zu finden.

Entführt vom Ortenburger Grafen.

Er fand sein Pferd, band es los und schwang sich in den Sattel. Dann streckte er die Hand nach Jakob aus, der hinter ihm aufs Pferd kletterte und die Arme um ihn schlang. Heinrich hieb dem Rappen die Fersen in die Flanken. Die Hufe klapperten unnatürlich laut auf dem Pflaster. Die Menschen sprangen beiseite, als sie vorbeitrabten. Fäuste wurden hinter ihm geschüttelt. »Mörderwelfe!«, hörte er einen vereinzelten Ruf. Aber das war's auch schon – sonst behelligte ihn niemand.

Im Gegenteil. Als er den Platz hinter sich ließ, schlossen sich ihm zwei Reiter an. Heinrich erkannte die beiden Ritter, die zuletzt stets Agnes' Begleiter gewesen waren. Er biss die Zähne zusammen. Nein, den Männern konnte er keinen Vorwurf machen. Wenn es stimmte, was sie erzählten und Ortrud bestätigt hatte, dann war es eher Agnes, der er Vorwürfe machen musste. Und ob die beiden Männer gegen eine Übermacht von sechs Rittern eine Entführung hätten verhindern können, wagte er zu bezweifeln.

Der Ortenburger schien große Ziele zu verfolgen. Und wenn der König ihm Agnes nicht zur Rechten gab – dann nahm er sie sich eben.

Heinrich wollte alles tun, um dies zu verhindern. Friedrich hatte recht – er liebte Agnes, und sie unglücklich zu wissen, das ertrüge er nicht. Nein. Er würde kämpfen.

Um Agnes. Und auch um ihre Liebe.

Friedrich blickte über die Gesellschaft, die sich im Thronsaal zum Hochzeitsmahl versammelt hatte. Es waren alle gekommen, mit denen er diesen Tag gerne feiern wollte.

Nur die beiden wichtigsten Menschen in seinem Leben fehlten. Agnes war verschwunden. Und Heinrich suchte sie.

»Mein König, Herr Friedrich«, hastig verneigte sich Burggraf Babo vor ihnen, nickte auch Adela kurz zu, die ihn aber nicht beachtete. »Es ist Zeit, das Essen auftragen zu lassen.«

König Konrad lehnte sich in seinem Sessel zurück. Er musterte die Gästeschar und runzelte die Stirn. Friedrich hatte es nicht gewagt, ihm von Agnes' Verschwinden zu erzählen. Warum? Er wusste es nicht. Natürlich hatte der König nach ihr gefragt.

»Agnes von Waibling ist nicht da«, stellte der König fest. »Und auch der räudige Welfenhund. Hab ihn doch vorm Dom gesehen, da hat er mit dir geredet.«

Friedrich antwortete nicht. Adela, die auf der anderen Seite des Königs saß, beugte sich vor.

»Vielleicht ist sie ja wieder mit ihm durchgebrannt«, bemerkte sie spitz. Friedrich warf ihr einen Blick zu. Diese Frau zu verstehen, würde ihn noch viel Zeit kosten.

»Stell dir vor, gestern war der Graf von Ortenburg bei mir. Hat um sie gefreit. Hat man schon mal so viel Dreistigkeit gesehen?« Der König lachte. Seine Halbbrüder, die mit ihnen an der Hohen Tafel saßen, stimmten in das Gelächter ein. König Konrad wedelte mit der Hand in Richtung Burggraf Babo. »Lasst schon auftragen. Einen König lässt man nicht warten, ebenso wenig einen Herzog am Tag seiner Hochzeit. – Schließlich habt ihr heute ja noch anderes vor, nicht wahr?«

Adela senkte den Blick. Sie war die einzige Frau am Hohen Tisch. Ursprünglich hatte Agnes neben Friedrich und seinem Neffen Berengar Platz nehmen sollen. Da sie nun fehlte, war Otto von Freising näher gerückt und begann über Berengars Kopf hinweg eine Unterhaltung mit Friedrich.

»Habe gehört, du hast dich ein bisschen umgeschaut«, sagte er leise. »Bei meinem Bruder in der Herzogspfalz hast du den Wittelsbacher besucht.«

Friedrich konnte nichts Verwerfliches daran finden, und das sagte er dem Freisinger Bischof auch.

»Ich sag es ja nur. Ich habe auch gehört, du suchst nach dem, der dem Welfen die kleine Beule zugefügt hat.«

Die Schweinsäuglein des Bischofs blitzten. Friedrich wollte etwas erwidern, doch die Tranchoirs wurden serviert, und ein Knappe goss dem Bischof Wein nach.

»Von einer kleinen Beule kann wohl kaum die Rede sein«, gab Friedrich zurück. Er beobachtete Berengar, der sich reichlich vom Kapaun vorlegen ließ. Die dicke Sauce war dunkelbraun, fast schwarz. Blutig. »Heinrich hat die Nacht über mit dem Tod gerungen.«

»Er hätte sich nicht in Dinge einmischen sollen, die ihn nichts angehen.« Otto von Freising beugte sich weiter vor. »Es hat uns genug Zeit gekostet, dem Ortenburger dein kleines Schwesterchen schmackhaft zu machen. Bedenken hatte er, es war eine Qual mit ihm, eine Prüfung, die uns der Herr wohl auferlegt hatte auf dem Weg zur Vorherrschaft in Bayern. Zu dumm nur, dass er ermordet wurde, ehe das Bündnis besiegelt werden konnte. Es ist das Glück deines Welfenfreundes, dass Graf Hermann von Ortenburg in dieser Sache so willig ist, uns zu folgen. Das sollte dich auch freuen, oder?«

Friedrich kam nicht dazu, die Bosheiten seines Onkels zu beantworten. Gerade hatten die letzten Knappen die Platten mit den Fleischgerichten hereingetragen, als die hohen Flügeltüren erneut aufgerissen wurden. Heinrich stampfte herein. Sichtlich wütend, wie Friedrich bemerkte. Bis auf Jakob, der hinter ihm blieb wie ein Schatten, kam er allein.

Also hatte er Agnes nicht gefunden …

Ohne sich darum zu kümmern, dass die Hochzeitsgesellschaft tuschelte und einige sich gar erdreisteten, mit dem Finger auf ihn zu zeigen, stieg er zur Hohen Tafel hinauf. Er knallte etwas Schwarzes in die Platte mit dem Schweinebraten, der direkt vor dem Platz des Königs stand. Sauce spritzte auf die dunkelblaue Tunika des Königs und fügte den silbernen Stickereien ein neues Fleckenmuster hinzu.

»Es freut mich, dass auch Ihr den Weg an die Hochzeitstafel Eures Vetters gefunden hat.« Nur mühsam wahrte König Konrad die Fassung. Er nahm kurzerhand das Tischtuch und wischte damit über die Tunika – was es aber nur schlimmer machte, denn damit arbeitete er die Sauce nur tiefer in den Samtstoff ein. »Möchtet Ihr Euch nicht setzen und mit uns speisen? Später wird getanzt – aber ach, Eure bevorzugte Tanzpartnerin hat sich leider verspätet. Vielleicht wisst Ihr ja, wo sie ist?«

»Allerdings. Ich weiß zumindest, bei wem sie ist.« Schneidend war die Stimme des Welfen. »Dieser Handschuh«, er hob den von Sauce triefenden Handschuh hoch, »wird uns nicht nur zeigen, wer es gewagt hat, mich vor zwei Tagen hinterrücks niederzuschlagen, sondern auch, wer den Grafen von Ortenburg am Vorabend seiner Hochzeit aus dem Leben riss.«

Ein Raunen ging durch die Anwesenden. Friedrich sah Heinrich an und versuchte, seinen Vetter allein mit Blicken zum Schweigen zu bringen, aber Heinrich, so kam es Friedrich vor, hatte zu den Ereignissen der letzten Tage schon zu lange geschwiegen.

Vielleicht war auch der Schlag, den er abbekommen hatte, so heftig gewesen, dass ihm der Verstand abhandengekommen war. Anders konnte Friedrich sich nicht erklären, warum Heinrich sich jetzt um Kopf und Kragen redete.

Bevor jedoch Friedrich eingreifen konnte, passierte etwas Überraschendes.

Adela stand auf. Sie wies mit zitterndem Finger auf Heinrich.

»Du«, sagte sie. »Du bist schuld an allem, was passiert ist! Es ist Deine Schuld!«

Dann wandte sie sich ab und schob sich am König vorbei, der ihr sprachlos nachstarrte.

Friedrich sprang auf, eilte ihr nach und fasste sie am Arm. Sogleich blieb Adela stehen. Sie schluchzte leise. Er war versucht, sie an seine Brust zu ziehen, ließ es aber.

Plötzlich war es im Saal totenstill. Auch der letzte Diener blickte zur Hohen Tafel hinauf.

»Benimm dich«, zischte Friedrich seiner Braut zu, doch sie ballte die Fäuste, stampfte mit dem Fuß auf und rief: »Dem Welfenherzog habt ihr zu verdanken, was passiert ist, und ebenso hat er sich selbst zu verdanken, dass man ihn töten wollte!«

»Was sagst du da?«

Adela schlug sich die Hand vor den Mund. Ihre Augen starrten Friedrich groß an, als würde ihr in diesem Moment erst bewusst, dass sie ein Geheimnis preisgegeben hatte.

Für einen Mann würde ich nicht in den Tod gehen …

Friedrich verstand plötzlich. Er starrte Adela an, die verlegen den Blick senkte. Sie wollte sich von ihm losmachen, doch Friedrich verstärkte seinen Griff.

»Was weißt du davon?«, flüsterte er.

Inzwischen hatte auch der König die Hohe Tafel verlassen und kam zu ihnen herüber.

»Erklär mir, was das hier soll, Friedrich! Erst taucht dein verrückter Vetter auf, und dann dreht dein Bräutlein durch, geradeso, als hätte dein Vetter sie aufs Kreuz gelegt, bevor sie …« Er sprach nicht weiter.

»Moment«, sagte Friedrich. Er überlegte. Doch hier ging es um Agnes' Rettung, er durfte keine Zeit verlieren. Er schob Adela zu einer Tür, von der er wusste, dass sie in einen Raum führte, in den sich der König manchmal mit seinen Beratern zurückzog. Es kümmerte ihn nicht, dass sich die Höflinge sogleich das Maul zerreißen und Gerüchte streuen würden, wie es ihnen gefiel. Er verzichtete darauf, jetzt den Eindruck zu erwecken, alles sei in Ordnung.

Sein Blick ging hinüber zu Heinrich, dem er zunickte. Von den unteren Tischen standen einige Personen auf, die einen zögernd, eine andere hatte es anscheinend eilig, zu ihnen zu gelangen.

Elisabeth, die Zofe von Adela, kam angewatschelt und

stellte sich schützend hinter die junge Frau, die mit hängenden Armen neben Friedrich stand, kein Wort sprach und nur wartete, was als Nächstes passierte.

Dann stand plötzlich Welf neben Heinrich, nahm den Handschuh aus der Sauce und schob mit der anderen Hand Heinrich in Friedrichs Richtung. Friedrich atmete auf, und stutzte sogleich, denn auch der junge Otto von Ortenburg stand plötzlich vor ihm, wie aus dem Boden gewachsen. Hochrot im Gesicht stammelte er: »Ich glaube ... ich denke, Ihr werdet ...« Dann verstummte er.

»Kannst du zur Aufklärung beitragen?«

Otto nickte. »Vielleicht«, flüsterte er.

Und selbst wenn nicht ... er hatte ein Recht, als Erster zu erfahren, was wirklich geschehen war.

So betraten sie den Raum. Er war gemütlich eingerichtet: Wandteppiche von üppiger Farbe, gepolsterte Stühle und ein hoher Kamin, in dem ein kleines Feuer flackerte. Welf betrat als Letzter den Raum und schloss die Tür. Draußen hörten sie, wie ein fernes Flüstern, dass die Spielleute den Saal betreten hatten und aufspielten.

Friedrich wandte sich an Adela.

»Erzähl mir alles«, sagte er. »Wer auch immer es war, er hat keine Schonung verdient.«

Adela begann zu weinen.

»Bitte, er hat es doch nicht gewollt!«, schluchzte sie. »Versteht ihr denn nicht, warum er es tun musste? Er hat mich bedroht, und er wollte mich retten ...«

Friedrich drückte Adela auf einen der Stühle, dann kniete er sich vor sie. »Erzähl es uns, ganz in Ruhe. Wer hat was nicht gewollt? Von wem sprichst du?«

Einen kurzen Moment war es bis auf Adelas Schluchzen still. Sie wischte sich mit dem Ärmel ihres Kleids über das Gesicht. Elisabeth schob sich neben Friedrich und warf ihm einen bösen Blick zu, als wäre er schuld an dem, was hier passierte.

Doch auch der König wollte nun wissen, was los war.

»Erzähl schon, Weib!« Er knallte die Faust auf den Tisch, an den er sich gesetzt hatte.

Adela zuckte zusammen, als hätte die Faust des Königs sie getroffen.

»Es ist, weil …« Wieder Schluchzen, sie flüsterte Unverständliches. Elisabeths Hand streichelte tröstend ihren Rücken.

»Weil?«, fragte Friedrich.

Sie hob den Kopf. »Ich war's. Ich hab den Ortenburger Grafen umgebracht.«

Kapitel 24

Plötzlich war es still. Aller Aufmerksamkeit richtete sich auf Adela, die zu Friedrich aufblickte und wiederholte: »Ja, so ist es gewesen. Ich habe ihn getötet.«

Friedrich spürte, wie sich in seinem Rücken die anderen näher heranschoben. Aus dem Augenwinkel bemerkte er Heinrich, der den Handschuh hielt. Friedrich richtete sich auf und trat zu Heinrich.

»Hör mir zu«, sagte Heinrich hastig. »Was du nicht weißt …«

Und er erzählte rasch. Unbewegt hörte Friedrich an, was Heinrich sagte. Welchen Sinn ergab das alles? Hermann von Ortenburg und Adela – was hatten die beiden miteinander zu schaffen? Warum hatte Adela den Vater des Ortenburgers ermordet – oder behauptete es zumindest –, und warum hatte Hermann nun Agnes entführt?

»Wir müssen hinter ihm her«, endete Heinrich seinen Bericht. »Wenn wir eilen, ist es noch nicht zu spät, und wir werden ihn abfangen. Welf und ich werden reiten, Welf hat es mir zugesichert. Mit seinen Männern werden wir den Ortenburger abfangen und Agnes zurückholen!« Seine Stimme war eindringlich.

»Gut.« Friedrich nickte.

Bevor er ging, übergab Heinrich ihm den Handschuh. Friedrich blickte zu Welf hinüber, der finster und entschlossen nickte.

Dann kehrte er an den Tisch zurück.

Die Tür öffnete sich und wurde hinter Heinrich und Welf wieder geschlossen. Doch jemand anderer hatte sich in den Raum geschoben. Friedrich begegnete dem Blick des Bischofs von Freising, der sich neben dem König an den Tisch setzte, gegenüber von Adela, die sich von Elisabeth trösten ließ.

»Es ist meine Schuld«, flüsterte Adela immer wieder.

Doch sie hatte sich, wie es Friedrich schien, halbwegs gefasst.

Letzter im Raum war der junge Otto von Ortenburg. Zu ihm trat Friedrich nun. »Geht in meine Kammer«, sagte er. »Ihr kennt den Weg? Dort werdet Ihr in der Truhe neben meinem Bett obenauf ein kleines Päckchen finden, einen blutigen Dolch, in Stoff gewickelt. Holt ihn.«

Denn nachdem der Mord vor wenigen Tagen scheinbar aufgeklärt gewesen war, hatte der Dolch niemanden mehr gekümmert. Friedrich hatte ihn an sich genommen, unsicher, was er damit tun sollte. Ihn der Familie des Wittelsbachers überstellen, sobald diese leidige Sache abgeschlossen war? Wobei sie ja erst nach der Bestrafung des Wittelsbachers »abgeschlossen« wäre. Also nach seinem Tod.

Der junge Ortenburger verließ eilig den Raum.

Friedrich hielt den Handschuh mit spitzen Fingern, ging hinüber zum Tisch und legte ihn dort hin. Klein genug, um einer Frauenhand zu passen. Aber warum sollte eine Frau einen Handschuh tragen?

Adela sah ihn an. Ihre großen Augen waren rot von den zahllosen Tränen, die sie vergossen hatte.

In diesem Moment hatte er das erste Mal eine Ahnung davon, was es hieß, mit einem Menschen für den Rest des Lebens verbunden zu sein, wie es das Ehegelöbnis von ihnen verlangte. Es fühlte sich an wie ein Brustharnisch, der sich zu eng um seinen Oberkörper schloss.

Er setzte sich ans Kopfende des Tisches, zwischen Adela und den König.

»Nun?«, sagte er leise. »Ich denke, du hast uns einiges zu erzählen.«

Adela nickte. Sie senkte den Blick auf ihre Hände, die auf der Tischplatte ruhten.

»Es ist alles meine Schuld«, flüsterte sie.

Und dann begann sie zu erzählen.

»Als ich Hermann das erste Mal begegnete, war ich ein kleines Mädchen. Gerade elf oder zwölf Sommer alt, aber ich wusste sogleich, dass ich nur mit ihm für immer glücklich sein könnte.«

Sie warf Friedrich einen Blick zu. »Verzeih«, flüsterte sie. »Damals wusste ich noch nicht, welches Glück mir beschieden sein würde …«

Friedrich machte eine Handbewegung, als wollte er ihre Worte beiseitewischen. »Erzähl weiter.«

»Ich mochte ihn sehr, und er mochte mich auch. Damals war er Knappe am Hof des Wittelsbachers, aber er sollte wenige Monate später auf die Burg seines Vaters zurückkehren. Danach haben wir uns lange nicht gesehen. Erst letzten Sommer, als er zur Vohburg kam … er war auf der Flucht, nachdem sein älterer Bruder bei einem Gefecht mit den Welfen umgekommen war. Mein Vater bot ihm Schutz unter seinem Dach. Hermann blieb den Winter über bei uns.«

Sie senkte den Kopf.

»Ich habe mich zu ihm hingezogen gefühlt, nachdem wir Wochen und Monate unter einem Dach verbrachten. Nicht wie man sich zu einem Bruder hingezogen fühlt oder zu einem Freund. Es war mehr.«

Friedrich rutschte unruhig auf seinem Stuhl hin und her. Das alles waren Dinge, die er eigentlich nicht hätte wissen wollen. Es widerstrebte ihm, sie jetzt zu erfahren, während der König mit am Tisch saß. Otto von Freising leckte sich die Lippen.

Friedrich versuchte, sich wieder auf Adela zu konzentrieren. Er blickte sie an, als wollte er sich ihr Gesicht einprägen.

»Als ich erfuhr, dass es mein Schicksal sein würde, dich zu heiraten, Friedrich …« Sie vergrub die Hände in den langen Ärmeln ihres Kleids. Verschränkte die Finger, sah wieder zu Friedrich hinüber, ehe sie erneut den Blick senkte.

»Es war einfach zu viel für mich. Ich wollte nicht heiraten – jedenfalls nicht dich. Hermann hätte ich sofort genommen, er hatte etwas verborgen Zärtliches, das ihn mir zu einem Freund machte ... Wir haben lange überlegt, was zu tun wäre. Sogar zu fliehen, überlegten wir, doch dann verwarfen wir auch das, denn ich wollte mich meiner Pflicht als Tochter und künftige Gemahlin eines Herzogs nicht entziehen.«

Sie seufzte.

»Als ich hier in Regensburg ankam, war Hermann noch nicht da. Ich hatte gehofft, ihn ein letztes Mal zu sehen, bevor wir für immer getrennt würden. Nach dem Tod meines Vaters kehrte er zurück zur Ortenburg ... kurz vor Ostern war das. Sein Vater nahm ihn wieder auf. Sie hatten sich versöhnt. Und dann ...« Sie atmete tief durch. »Es gelang mir, eine Verabredung mit Hermann zu treffen, nur wir zwei. Wir wollten ungestört sein, wollten voneinander Abschied nehmen. Ich blieb dem Fest bei seinem Vater fern. Wir hatten uns mittels meiner Zofe Elisabeth für den Abend am kleinen Stadttor verabredet, welches zur Insel hinüberführt.«

Friedrich lachte bitter auf. Er hielt nun auch den Kopf gesenkt und hörte einfach zu. Diese Insel schien auf Liebende eine merkwürdige Faszination auszuüben.

Ehe Adela fortfahren konnte, wurde die Tür geöffnet. Die Musik und der Lärm der Menschen im Festsaal wurden lauter, dann schloss sich die Tür wieder. Otto trat zu Friedrich und überreichte ihm den in das Tuch gewickelten Dolch. Friedrich dankte ihm mit einem Nicken, und Otto zog sich in den Hintergrund zurück.

Friedrich legte den verdeckten Dolch neben den Handschuh vor sich auf den Tisch.

»Erzähl weiter.«

»Als ich zum Stadttor kam, war Hermann noch nicht dort, und ich dachte ... ich dachte eben, es sei besser, auf der Insel auf ihn zu warten. Also ging ich durch das Tor – der Torwächter bemerkte mich nicht, er war besoffen wie ein Stier und lag in seiner Wachstube.« Verächtlich war ihre

Stimme plötzlich, hatte jene Sanftheit verloren, die ihren Bericht bislang geprägt hatte.

»Was passierte dann?«, fragte Friedrich sanft.

Sie seufzte. »Ich war zu früh. Und ich war nicht allein auf der Insel, aber das bemerkte ich zu spät. Es war ... Graf Otto war dort. Er hatte sein Fest verlassen, wer weiß, warum ...« Sie barg den Kopf in den Händen und weinte still.

Friedrich lehnte sich zurück. Er fing einen Blick von König Konrad auf, der ebenso ratlos wirkte, wie Friedrich sich fühlte. Was war Grund dafür, dass der Ortenburger sterben musste?

»Ich ging auf die Insel. Allein ... Als ich ihn sah, war es schon zu spät, und es war doch dunkel. Er sprach mich an und fragte mich, warum denn so ein hübsches Mädchen ...« Ihr versagte die Stimme. Elisabeth strich tröstend über ihren Rücken.

»Warum denn ... ein Mädchen, eine hübsche Bürgerstochter, für die er mich hielt, so allein am Donaustrand ... Ich wusste nicht, dass er Hermanns Vater war, dass er derjenige war, den Agnes heiraten sollte, das alles wusste ich doch nicht, ich war ihm nie begegnet, kannte nur die Geschichten über ihn. Ich wollte fortlaufen, doch statt zum Steg lief ich auf die Brücke zu ... Er holte mich ein und wurde zudringlich, wollte mir einen Kuss abtrotzen. Ich hab mich gewehrt, und ich glaube, da hab ich geschrien, weil ich Angst hatte. Und das war der Moment, als Hermann die Insel betrat. Er hörte mein Schreien, er sah mich mit einem Mann ringen. Was hätte er denn tun sollen? Er lief zu uns herüber, warf die Fackel dem Angreifer entgegen, der zurückwich in die Schatten der Brücke ... Und dann hatte Hermann einen Dolch in der Hand, ich weiß nicht woher, und er führte ihn gegen den scheinbar Fremden. So gezielt, als hätte er es tausendmal geübt. Er hat ihm den Dolch in die Brust getrieben!«

Adela schrie fast. Sie erhob sich halb vom Stuhl. Elisabeth drückte sie wieder herunter.

»Versteht Ihr? Er wollte es nicht tun, er wollte mich nur

retten! Er glaubte mich in Gefahr, und da tat er alles, um mir zu helfen! Wie könnt ihr ihn verurteilen für eine Tat, die er nur beging, um mich vor dem Schlimmsten zu bewahren?«

Der König machte eine knappe Handbewegung, als wollte er sie zum Schweigen bringen. Adela sank zurück auf den Stuhl, umklammerte mit ihren Händen die Armlehnen.

»Und was passierte dann?«

Friedrich versuchte, seine Stimme ruhig zu halten, aber es gelang ihm nicht. Etwas an dieser Geschichte war nicht *richtig*. Adelas Schilderung wirkte eingeübt, gerade so, als hätte sie sich diese Version wieder und wieder erzählt, bis sie selbst daran glaubte.

»Dann sank der Graf zu Boden. Und Hermann warf den Dolch weg. Wir ... waren starr vor Angst. Ich versprach ihm, nie ein Wort davon zu sagen, und er versicherte mir wieder und wieder, alles werde gut werden ... Es war meine Schuld, das hat er mir gesagt, und ja, ich fühle mich schuldig.« Sie dachte kurz nach. »Wäre ich nicht so unvorsichtig gewesen, hätte ich auf ihn gewartet ... dann wäre das alles vielleicht nicht passiert. Dann wäre sein Vater noch am Leben.«

Friedrich schob das Bündel über den Tisch.

»Ist das der Dolch, mit dem ...?«

Adela berührte das Tuch. Ihre Hand zitterte, als sie den Stoff beiseiteschob. Dann nickte sie und wandte den Blick ab.

»Ja«, flüsterte sie. »Das ist er.«

»Eines noch«, sagte Friedrich leise. »Der Ortenburger Graf wurde auf der anderen Seite der Brücke gefunden, ebenso der Dolch. Und es scheint mir nicht, als wäre seine Leiche bewegt worden, nachdem ... Warum wart ihr mit ihm jenseits der Brücke? Denn dorthin muss sein Sohn gelaufen sein, um dir zu helfen.«

»Das hat er auch getan ...«, flüsterte Adela. »Darum hat er nicht sehen können, wer da war. Und ich sah es auch erst, als ich die Fackel aufhob, die fast verloschen war, und sie Hermann gab, der in das Gesicht seines Vaters leuchtete ...

und dann wurde er blass. Sank auf die Knie und weinte bitterlich um seinen toten Vater. Gab mir die Schuld, und ja, er hat recht. Es war mein verführerisches Verhalten, es war meine Anwesenheit, die seinen Vater lockte.«

Sie schlug die Hände vors Gesicht. Weinte stumm.

Friedrich zog den Dolch wieder zu sich heran. An Adela war nichts Kokettes, sie hatte in seiner Gegenwart nie versucht, jemanden zu bezaubern – und sie hatte für ihn so wenig Anziehendes. Vermutlich war der Ortenburger davon überzeugt gewesen, das Recht zu haben, sich hin und wieder eine Bürgerstochter zu nehmen.

Er schämte sich für den Gedanken, doch er war heilfroh, dass Agnes diesen Mann nicht hatte heiraten müssen.

»Weißt du, woher er den Dolch hatte?«

Stumm schüttelte sie den Kopf.

»Vielleicht kann ich da helfen, mein Herr.« Der junge Otto trat vor. Blass war er – kein Wunder! Der Bruder ein Verräter und Mörder, der Vater tot, was blieb dem Jungen da noch anderes übrig, als im Boden zu versinken? Doch der junge Mann hielt sich tapfer aufrecht.

»Der Dolch stammt aus dem Besitz des Vitus von Wittelsbach«, sagte er mit heller Stimme. »Dieser schuldete – wie fast jedem in Bayern – auch meinem Bruder Geld. Mein Bruder wollte diese Schuld eintreiben, ich wusste nicht, warum genau er das plante, doch nun versteh ich vieles. Vermutlich wollte er fort mit Eurer Braut, Herr Friedrich, so sehr es mich schmerzt, das zu gestehen, und auch wenn Eure Braut diesen Teil der Geschichte nicht erzählt. Er hatte eine Verabredung mit dem Wittelsbacher, am Abend des Festes wollten sie sich in der Schenke treffen. Ich erfuhr davon, weil der Wittelsbacher sich mir am kommenden Tag anvertraute. Doch was zwischen den beiden genau gesprochen wurde – davon weiß ich nichts.«

Friedrich nickte. Er blickte zu Konrad hinüber. »Nun? Seht Ihr, dass es nicht der Wittelsbacher war, Onkel?«

»Das sehe ich wohl«, gestand König Konrad. »Aber das

erklärt nicht, warum Vitus von Wittelsbach uns gestanden hat, er sei es gewesen.«

Friedrich atmete tief durch. »Ich kann es erklären«, sagte er. »Als der Wittelsbacher von dem Mord erfuhr, geschah dies, weil der Ortenburger ihm davon erzählte. Sie waren gute Freunde, deshalb denke ich, der Wittelsbacher wusste auch um die tiefen Gefühle zwischen dem Ortenburger und Adela von Vohburg. Ich vermute, der Ortenburger gab seinem Freund gegenüber Adela die Schuld am Verbrechen. Und als es zur Anklage gegen den Wittelsbacher kam, wollte er die Liebste seines Freundes schützen – weil sie eine Frau ist. Und weil er mehr Ritterlichkeit im Leib hat als Hermann von Ortenburg.«

Er fröstelte. Das alles war so ungeheuer und unbegreiflich, dass es ihm wie eine ferne Fabel schien – erzählt, um moralisch zu erbauen, aber kaum der Wirklichkeit entsprungen.

»Lasst ihn holen, wenn Ihr die ganze Wahrheit hören wollt«, sagte er und stand auf. Er stellte sich ans Feuer und versuchte, seine klammen Finger zu wärmen. »Nun macht schon«, sagte er gereizt. »Bringen wir das hier zu Ende.«

Heinrich spürte das Dröhnen in seinem Kopf schon nicht mehr. Es verschwamm im Trommeln der Hufe.

Sie hatten das Roselint-Tor erreicht. Der Torwächter war aufmerksam gewesen, und als Welf ihn nach einem Reitertrupp mit einer edlen Dame fragte, nickte er und wies wild hinüber zu einem Pfad, der am Donauufer gen Osten führte.

»Danke, guter Mann!« Welf hob die Hand und trieb sein Pferd zu scharfem Galopp. Seine Männer folgten, ebenso Heinrich.

Es war Zufall, dass er das Pergament fand. Hätten sie noch eines letzten Hinweises bedurft, dass Agnes hier vorbeigekommen war – da war er. Heinrich zügelte seinen Rappen, sprang aus dem Sattel und hob das Pergament auf. Er las es, nickte. Ja. Er hatte Agnes und Friedrich davon sprechen hören, nur kurz – aber wenn es noch in Agnes' Besitz gewesen war, passte dieser Hinweis zu allen anderen.

»Dort entlang!«

Er hoffte, der Ortenburger hatte es nicht so eilig. Er hoffte, der andere fühlte sich in Sicherheit. Wenn er sich eilte, bestand kaum die Möglichkeit, ihn einzuholen. Er hatte einen großen Vorsprung.

Heinrich trieb seinen Rappen neben Welfs Grauschimmel.

Wir werden sie finden. Wir müssen einfach. Der Gedanke, Agnes könnte vom Ortenburger entführt, ihm von einem Priester zur Rechten gegeben werden ... Heinrich ballte die Fäuste, in denen die Zügel lagen. Der Rappe spielte mit den Ohren, denn er spürte wohl die Nervosität seines Reiters und versuchte sie zu deuten.

Sie tauchten in den von hellem Grün übergossenen Wald ein, schreckten die Tiere auf. Eine Bache brach mit ihren Frischlingen durchs Unterholz und verschwand linkerhand. Weiter! Da gabelte sich der Weg – führte zur einen Seite hinab ans Flussufer, an der anderen Seite jedoch in sanftem Anstieg einen Berg hinauf. Über der Donau thronte in einiger Entfernung ein Bergfried, die Mauern der Burg geschleift und die steinernen Gebäude seit Jahren verlassen. Auf dem Weg hierher hatte Heinrich diese Ruine vor wenigen Tagen gesehen, ohne weitere Gedanken daran zu verschwenden.

Dort hinauf – ein Versteck, das schwer einzunehmen war?

Oder hinab zum Fluss, über den man hinwegsetzen konnte, wenn man es geschickt anstellte und die Pferde zurückließ?

Heinrich ließ sich von seinem Instinkt leiten. Er schlug den Weg ein, der hinauf zur Burg führte.

Welf und seine Männer folgten ihm.

»Wir bekommen Besuch.«

Es hatte Agnes überrascht, als Hermann und seine Männer die Pferde den Berg hinauf lenkten. Hier oben saßen sie in der Falle. Die Mauern waren teils eingestürzt, teilweise ragten sie noch in den Himmel. Der Wehrgang aber, der sich an die letzten Mauerstücke klammerte, war völlig unbrauchbar. Dennoch hatte Hermann sie eine steile Stiege hinaufgetrieben.

Nur wenige Schritte in der Länge waren erhalten. Der Wehrgang war schmal, das Geländer teilweise eingestürzt. Hermann stieß Agnes vor sich her.

Sie hockte sich direkt an die kalte Mauer, zog die Beine an und schlang die Arme um ihre Knie. So saß sie da, blind für das, was draußen geschah, während Hermann durch eine Schießscharte spähte. Von hier oben konnte sie nicht entkommen.

Ihr Arm schmerzte, weil er sie so grob angefasst hatte. Dennoch hielt Agnes die Tränen zurück. Er sollte sie nicht weinen sehen. Keine Regung wollte sie zeigen. Vielleicht irritierte ihn das. Es war eine dumpfe Hoffnung, die ihre Gedanken durchdrang.

Was passierte jetzt? Wollte er ewig hierbleiben, bis die Reiter, die auf dem Waldpfad aufgetaucht waren, wieder verschwanden? Glaubte er tatsächlich, dass sie so etwas tun würden?

Agnes betete. Hoffentlich war es Heinrich, der kam, sie zu retten. Oder Friedrich oder andere Männer aus Regensburg, die sich auf ihre Fährte gesetzt hatten.

»Du bleibst hier oben.«

»Wo soll ich auch hin?«, fragte Agnes herausfordernd. Er starrte sie einen Augenblick wütend an, dann stieg er die Leiter wieder hinab.

Agnes kroch an den Rand des Wehrgangs und blickte in den Innenhof hinunter.

Einst war dies wohl eine stolze Burg gewesen, die sich auf dem Berg erhob und Reisenden von nah und fern zeigte, dass hier ein reicher Ritter sein Zuhause gefunden hatte. Bis die Höhenburg zerstört wurde und mit ihr das Dorf, an dessen Überresten sie auf dem Weg vorbeigekommen waren.

Zum ersten Mal bekam Agnes ein Gespür dafür, welcher

Art die Kriege waren, die im Reich zwischen Welfen und Zähringern, Babenbergern und Staufern geführt wurden. Diese Ruine war ebenso Zeugnis des Streits, der vor über einem Jahrzehnt begonnen hatte, wie es der Ortenburger war. Denn er war innerlich zerrissen wie das Land, kannte keine Heimat und kämpfte nur für sich.

Agnes kroch zurück an die Mauer. Vorsichtig richtete sie sich auf. Unter ihr knirschte es verräterisch, und die Planken, die auf den wenigen, verbliebenen Balken ruhten, quietschten leise, als wollten sie unter ihrem Gewicht bald nachgeben.

Es gelang ihr, über die Mauer zu schauen, ein Stück war herausgebrochen. Da unten war der Pfad, den sie heraufgekommen waren, merkwürdig schmal wirkte er aus dieser Höhe. Und dann sah sie einen Rappen, der den Kopf wild herumwarf, weil er kaum zu bändigen war.

»Heinrich«, flüsterte sie. Sie sank zurück, lehnte sich gegen die Mauer, legte den Kopf in den Nacken und blickte hinauf in den blauen Frühsommerhimmel.

Er war hier. Er würde sie retten, ganz bestimmt. So albern das auch klang, er war gekommen, sie zu retten.

Da kamen ihr doch die Tränen, obwohl sie es hatte verhindern wollen.

Sie spähte erneut über die Brüstung.

Unterhalb der Burg sammelten sich die Männer auf einer Lichtung. Es waren viele – mindestens zehn zählte Agnes. Unter ihnen entdeckte sie auch Heinrichs Onkel Welf. Vergeblich hielt sie Ausschau nach dem roten Schopf ihres Bruders.

Die Männer waren aus den Sätteln gestiegen und standen beisammen. Offensichtlich berieten sie, wie sie die Höhenburg stürmen sollten. Agnes lehnte sich wieder zurück. Wenn sie die Männer nur irgendwie warnen, sich irgendwie mit ihnen verständigen könnte …

Im Innenhof hatten sich die Männer des Ortenburgers ebenfalls versammelt. Sie fühlten sich einigermaßen sicher –

zwar stand das zerstörte Tor, das Brandspuren trug, weit offen. Doch nur ein Wahnsinniger würde über die schmale Brücke direkt auf das Tor zureiten, wenn er wusste, dass im Innenhof Feinde lauerten. Der Steg war zu schmal, um nebeneinander zu reiten, und wenn Heinrich und seine Männer hintereinander einritten, hätten die Gegner leichtes Spiel.

Agnes blickte sich suchend um. Die Mauer war am anderen Ende niedriger als hier vorne – dort waren ganze Teile herausgebrochen, zerstört und vermutlich von einem anderen Burgherrn fortgeschleppt worden, um seine eigenen Mauern damit zu vergrößern.

Wenn es einigen von Heinrichs Männern gelang, dort ungesehen in den großen Innenhof einzudringen … nur: wie sollte sie es ihnen mitteilen? Wie sich bemerkbar machen, ohne dass Hermann es sah oder hörte?

Sie blickte erneut zu den Männern vor den Mauern der Burg hinab. Sie hatten sich inzwischen zurückgezogen, waren im Schatten der Bäume verschwunden. Wenn Agnes angestrengt lauschte, hörte sie das Laub unter den Füßen der Männer rascheln, während sie sich durch das Unterholz bewegten. Ein Pferd schnaubte, Zaumzeug klirrte. All diese Laute wurden zu ihr herangetragen und klangen unnatürlich laut in ihren Ohren.

Die Männer versuchten also, eine weitere Möglichkeit zu finden, in die Burgruine zu gelangen.

Gut.

»Was schaust du so sehnsuchtsvoll dort hinunter, mein Herz?«

Agnes fuhr herum. Hermann von Ortenburg stieg die Leiter wieder herauf. In einer Hand balancierte er eine Schale, in der Brot und Bratenstücke lagen. Er stellte die Schale ab und zog sich das letzte Stück herauf.

Agnes rückte beiseite, um ihm Platz zu machen. Er schob sich neben sie. Ihre Arme berührten sich beinahe. Agnes konnte ihm nicht ausweichen.

Er hielt ihr die Schale hin, doch sie schüttelte nur stumm den Kopf. Wie sollte sie jetzt essen?

Hermann hatte Appetit. Er biss hungrig in das Fleischstück und wies damit über seine Schulter – dorthin, wo vor den Mauern Heinrich und seine Männer waren.

»Es wird Stunden dauern, bis es ihnen gelingt, diese Burg zu stürmen, vielleicht sogar Tage«, prophezeite er. »Wird besser sein, jetzt noch mal gut zu essen, bevor wir nichts mehr haben.« Wieder hielt er ihr die Schüssel hin. Diesmal nahm sie ein Stück vom kalten Braten und hielt es in der Hand, ohne davon zu kosten.

»Ihr seid es gewesen, der das Gedicht bei Dietmar von Aist in Auftrag gab«, sagte sie.

Er blickte sie einen Moment erstaunt an, doch dann wurden seine Züge, die von der Anstrengung zuvor verzerrt gewesen waren, weich. »Das hast du bemerkt, ja? Du hast es gelesen. Du weißt, welch großes Gefühl die Liebe sein kann.«

Er streckte die Hand nach ihr aus. Agnes wollte zurückweichen, doch neben ihr war nur Abgrund, hinter ihr die Mauer. Sie musste es geschehen lassen, wie seine Finger durch ihr Haar glitten.

»Ich hab immer gedacht, dass Adela es ist, die ich begehre und mit der ich mein Leben lang glücklich sein kann, auch wenn die Schuld am Tod meines Bruders auf mir lastet. Sie hat mir die Kraft zurückgegeben, als ich nach Ludwigs Tod auf die Vohburg floh.«

Agnes hielt den Atem an. Kalte Schauer liefen ihr über den Rücken, weil seine Berührung ihr so unangenehm war. Am liebsten wäre sie aufgesprungen, hätte ihn abgeschüttelt und geschrien. Doch sie schloss lediglich die Augen und versuchte, den Ekel zu verdrängen. Sie musste sich zusammenreißen, vor allem jetzt, wo der Ortenburger anfing zu reden.

Er schob sich das fettige, dunkle Haar aus der Stirn, warf den Kopf nach hinten.

»Ja, Adela … Sie hat's mir versüßt. Den Winter über auf

einer fremden Burg zu hocken, nicht zu wissen, was daheim geschieht. Dann kehrte ich zurück, nachdem Adelas Vater gestorben war – und musste zu meinem Entsetzen erfahren, dass mein Vater ein Bündnis mit dem Stauferkönig knüpfen wollte. Nein, das schmeckte mir nicht.« Er schüttelte den Kopf, biss in das Fleisch, kaute und schmatzte zufrieden. »Das änderte sich erst, als ich dich sah. Du, ja. Du warst die richtige Frau, um die Linie der Ortenburger fortzuführen, aber doch nicht mit meinem Vater. Binnen Jahresfrist hättest du ihm einen Sohn geboren, so viel traute ich seinen Lenden wohl zu.«

»Und darum musste er sterben …?« Agnes schluckte. Der Gedanke war ihr zuwider. Sie spürte Übelkeit in ihrem Hals aufsteigen.

Kauend schüttelte Hermann den Kopf. »Nicht ganz so. War nicht meine Absicht, es ergab sich eben. Beim Stelldichein mit Adela – sie wollte es doch so sehr, und was konnte es mir schon schaden – kam uns mein Vater dazwischen. War wohl einfach Pech. Er hielt sie für eine hübsche Bürgerstochter, und ich …« Er zuckte mit den Schultern. »Als Vater die Lage erkannte, nahm ich ihn beiseite.«

»Auf die andere Seite der Brücke …«

»Genau! Siehst du, das gefällt mir an dir, du bist klug. Wir stritten, weil er nicht wollte, dass ich im Revier des Bettelstaufers wilderte, und da hab ich ihm erzählt, wie's wirklich war mit Adela und mir. Das gefiel ihm nicht. Ich hatte der Kleinen sogar ein Gedicht schreiben lassen, wollte mir da etwas offenhalten für die Zeit nach dem Kreuzzug. Wer wusste schon, ob der Bettelstaufer lebend zurückkam?«

Agnes zuckte zusammen. Wie er von ihrem Bruder redete! Von Adela und seinem Vater ebenso verächtlich und feindselig, dass es ihr wehtat.

»Jedenfalls hatte ich den Dolch dabei, den Vitus mir gegeben hatte, um seine Schuld zu begleichen. Plötzlich hatte ich ihn in der Hand. Der Streit wurde immer schlimmer, ich drohte ihm, er verhöhnte mich … Das hielt ich nicht länger aus, und als er tot vor mir lag, da war's mir leichter ums Herz, weil ich wusste, dich würde er nicht bekommen. So kann's gehen … Magst du das noch?« Er nickte zu dem Stück Fleisch in Agnes' Hand.

Sie streckte es ihm hin, angewidert. Er nahm es, dabei berührten sich ihre Hände. Agnes zuckte zurück.

»So langsam solltest du dich dran gewöhnen, wenn wir uns nahe sind«, sagte er mürrisch. Seine gute Laune schien verflogen.

Agnes blickte hinab in den Hof. Die Männer des Ortenburgers standen herum und unterhielten sich. Einer schleppte ein Fass heran und begann, Bier zu verteilen. Sie lachten rau.

Müde schloss sie die Augen. Auch das war unerträglich. Schon waren die Bilder da. Sie stellte sich vor, wie es gewesen war, als Hermann von Ortenburg den Dolch gegen seinen Vater hob.

Doch eine Frage blieb noch.

»Wie habt Ihr den Wittelsbacher dazu gebracht, für Euch zu lügen?«

»Nichts leichter als das. Ich hab es ihm am nächsten Morgen erzählt, als er mit dickem Schädel aufwachte. Habe gesagt, es wäre Adela gewesen, die meinem Vater den Garaus gemacht hat. Und irgendwie war's ja auch so. Schöne Augen hat sie ihm gemacht, als ich auf die Insel kam. Hat mit ihm geschäkert, ohne zu wissen, wen sie vor sich hatte. Wär' ich nicht dazwischengegangen, hätte der Bettelstaufer in seiner Hochzeitsnacht wenig Spaß an ihr gehabt, so verständig, wie sie sich dann gegeben hätte.«

Den Spaß wird er ohnehin nicht haben, dachte Agnes. Jetzt wurde ihr manches klar. Warum Adela so aufgedreht gewesen war, als Agnes sie in der Tändlergasse traf – und warum sie danach so verzweifelte und nicht länger einen Gedanken daran verschwendete, Friedrich zu heiraten.

»Aber das ist ja nun nicht mehr wichtig.«

Er rutschte wieder näher. Agnes konnte nicht ausweichen.

Sie schloss erneut die Augen. Hörte, wie er die Reste vom Fleisch in den Innenhof warf. Dann nichts.

Seinen Atem auf ihrem Hals. Seine Stimme ihrem Ohr so nah. Geflüstert, und doch zu laut.

»Jetzt bist du mein …«

Seine Lippen an ihrem Hals, feucht. Seine Hände an ihrem Ausschnitt, wo sie ungeschickt am Stoff zerrten. Agnes wollte die Hände heben, ihn fortschieben, auf ihn einschlagen, wollte schreien, aber sie fühlte sich schwach. Wehrlos ließ sie es geschehen, drehte nur den Kopf weg. Ihre einzige Gegenwehr waren zwei Worte.

»Warum Heinrich?«, flüsterte sie.

»Was?«

Er ließ von ihr ab.

»Warum habt Ihr Heinrich umbringen wollen?«

Er runzelte die Stirn. Überlegte. Dann stand er auf, trat gegen die Schüssel, die im hohen Bogen in den Hof flog.

»Das ist es, was dich interessiert?« Er fuhr zu ihr herum. »Allein warum ich den dreckigen Welfenhund in die andere Welt hab befördern wollen? Keine Träne hast du um meinen Vater geweint in der Nacht der Totenwache, hast dich schon am nächsten Morgen dem Welfen wieder hingeworfen, hast es vermutlich schon vorher getan. Und bei mir stellst du dich an, als wärst du die Jungfer Maria, ein scheues Rührmichnichtan!«

Agnes umschlang ihre Knie mit den Armen und zog den Kopf zwischen die Schultern.

»Und dann willst du fort, mit dem Welfen. Ich hab's erfahren, wer kann das nicht wissen? Man muss blind sein, um nicht deine sklavische Ergebenheit zu sehen, mit der du ihn im Thronsaal des Königs anblicktest. Darum habe ich dich nicht aus den Augen gelassen. Aber du warst geschickt – hast den Jungen vorgeschickt, und ich wusste nicht, sollte ich ihm folgen oder vor Niedermünster ausharren. Es war richtig, dem Jungen nachzureiten – führte er mich doch nach St. Mang und bestätigte meinen Verdacht, dass du dich der Pflicht entziehen wolltest, mich zu heiraten. Der König hätte dich mir geben müssen, mir! Ich bin Erbe der Ortenburg, ich erbe, was einst meinem Vater gehörte, und dazu gehörst auch du!«

Er schrie, geiferte und fand kein Ende in seiner Tirade. Agnes wollte die Hände auf ihre Ohren legen, wollte nicht hören, was er sagte, doch sie zwang sich, stillzuhalten.

Sie wiegte sich vor und zurück.

»Da verstand ich, ich musste es verhindern, musste dem ein Ende bereiten, ein für alle Mal. Der Stein war leicht in meiner Hand und schwer am Kopf des Welfen. Er kippte um, und ich war sicher, sein Leben ausgelöscht zu haben. Überrascht es dich, dass ich es war?«

Er beugte sich über sie.

»Ich habe Euren Handschuh gefunden. Am Donauufer.«

Hermann richtete sich abrupt auf. Er strich sich das Haar aus der Stirn und verzog die Lippen. Seine Hände umkrampften einander.

»Der Handschuh, ja. Er wurde mir zu eng danach. Darum warf ich ihn fort. Ich lasse mir neue machen, sobald wir daheim sind. Dort, wo jetzt auch dein neues Heim sein wird, an meiner Seite. Du hast mich mit dem Sachsenherzog betrogen. Aber das hat nun ein Ende. Jetzt bist du mein, hörst du?« Seine Stimme wurde schrill. »Ich nehme mir, was der König mir verweigern wollte. Ausgelacht hat er mich, als ich um deine Hand anhielt! Das wird er mir büßen. Das werden sie mir alle büßen.«

Ein Rufen ließ ihn herumfahren und lauschen. Es kam aus dem Wald, von der Stelle, wo die Mauer zu einem Haufen Schutt zusammengebrochen war, der einem guten Kletterer Zugang zum Burghof ermöglichte.

Agnes blickte zu ihm auf. Starr stand der Ortenburger und lauschte. Eine Hand ruhte auf der Hüfte. Fast schien es, als wollte er einen Schritt machen.

Sie stürzte vor. Packte seine Knöchel und stieß ihn mit aller Kraft von sich.

Hermann von Ortenburg riss die Arme in die Höhe. Der linke Fuß aber rutschte ab, ehe er das Gleichgewicht zurückerlangte. Seine Knöchel glitten aus Agnes' Händen, als er schreiend stürzte.

Seine Männer fuhren zu ihm herum.

Das war der Moment der Unachtsamkeit, auf den Heinrich und Welf vermutlich gewartet hatten. Als der Schrei des Ortenburgers durch die Ruine gellte, griffen sie von beiden Seiten zugleich an. Fünf Reiter galoppierten den Pfad zum Burgtor hinauf, während die anderen Männer flink über die Mauerreste hinwegsetzten, hinter denen sie sich postiert hatten, und in den Hof stürmten.

Es kam zu einem kurzen Kampf. Agnes beobachtete, wie Heinrich, der die Reiter anführte, direkt auf Hermann von Ortenburg zuhielt, der im Dreck gelandet war und sich gerade aufrappeln wollte. Doch mit einem Satz war Heinrich aus dem Sattel gesprungen und hatte den Ortenburger, der vom Sturz wie betäubt war, hochgerissen.

Als seine Männer die Übermacht sahen und zudem den Ortenburger in des Welfen Hand, gaben sie sich schnell geschlagen, hoben die Hände und warfen ihre Schwerter von sich. Sie wurden von Welf und seinen Männern umringt. Heinrich stieß Hermann von sich, er wurde mit seinen Männern eingeschlossen.

»Wo ist sie?«

Das war der Moment, in dem Agnes ihre Stimme wiederfand. »Ich bin hier!«, rief sie, sprang auf, eilte zur Stiege und kletterte herab. Sie stand auf der vorletzten Stufe, als Heinrichs Arme sich um ihre Taille legten und sie hochhoben.

Er stellte sie vor sich auf den Boden, blickte sie an, und sie verlor sich in seinen dunklen Augen. In diesem Moment fiel aller Kummer, all der Dreck, den die Berührungen des Ortenburgers auf ihr hinterlassen hatten, von ihr ab.

»Es ist vorbei«, flüsterte sie.

Heinrich nickte.

»Er hat mir alles erzählt.«

»Das ist gut«, sagte er ruhig.

Erst dann nahm er sie in die Arme. Nicht stürmisch und wild, wie sie es erwartet hatte. Ganz sanft legten sich seine Arme um sie und hielten sie fest. Agnes schloss die Augen. Sie hörte sein Herz schlagen, spürte ihr Blut rauschen. Dieser Moment war Heimat, und an diesem Moment wollte sie sich von nun an festhalten, wann immer schlechte Zeiten für sie kamen.

Sie hatte Angst vor diesen schlechten Zeiten. Doch sie fürchtete sich nicht.

»Keine Angst«, flüsterte Heinrich beruhigend.

Da wusste sie: Alles würde gut werden.

Kapitel 25

So kehrten sie zurück nach Regensburg. Hermann von Ortenburg waren die Hände gebunden, er saß im Sattel seines Pferdes und sandte stumm erboste Blicke in alle Richtungen. Vor allem aber drehte er sich immer wieder zu Agnes um, die neben Heinrich am Ende des Zugs ritt. Welf führte das Pferd des Ortenburgers am Zügel. So wie der Ortenburger es auf dem Weg zur Burg mit Agnes gemacht hatte.

Erst langsam begriff sie, was er geplant hatte. Er hatte sie entführt. Er hatte sie heiraten wollen, gegen ihren Willen. Hätte er sie erst gehabt, wäre auch das Interesse des Königs an ihrer Person erloschen – denn was nützte ihm eine Nichte, ein Bankert dazu, die bereits ein Mann …

An diesem Punkt konnte sie nicht weiterdenken.

»Was ist? Du bist so blass.«

Agnes holte tief Luft. Ein Ring lag um ihren Brustkorb, eisenhart schnürte er ihr die Luft ab. Sie zügelte die Stute, und auch Heinrich brachte sein Pferd zum Stehen.

»Er wollte mich … er hätte mich …«

Sie konnte es nicht aussprechen.

Heinrich nickte. »Ich weiß«, sagte er leise.

Sie blickte starr geradeaus. Da ritt der Ortenburger, ein Stück vor ihnen, die Hände vor sich gebunden schaute er nach links und rechts, gerade so, als wäre die Welt wunderschön. Als hätte er nicht den eigenen Vater ermordet und versucht, Heinrich dasselbe anzutun …

»Was passiert jetzt mit ihm?«, fragte sie.

Heinrich zuckte mit den Schultern. »Er wird in den Karzer gesperrt. Verurteilt. Und dann … ja, vielleicht wird man ihn hängen. Vielleicht hat er Glück und wird nur geächtet.«

»Wie du das sagst … Als wäre die Acht eine Gnade für ihn. Ruhelos durch das Land zu ziehen und kein Zuhause zu haben, in jedem Fremden einen Feind zu wittern …«

Der Gedanke war schrecklich. Agnes trieb ihren Zelter mit sanftem Schenkeldruck an. Heinrich folgte ihr. Während die Gruppe der Reiter auf dem Pfad vor ihnen langsam kleiner wurde, ließen sie sich Zeit.

Vielleicht war es das letzte Mal, dass sie allein sein durften, ganz für sich.

»Wirst du mit mir nach Braunschweig gehen?«

Heinrich stellte eine Frage, die Agnes nicht hatte aussprechen wollen. Sie drehte den Kopf. Jetzt wirkte er wieder ernst, das Grimmige und Wütende war von ihm gewichen.

»Ich weiß es nicht. Ich würde so gerne ...«

»Ja«, sagte er. Ganz still.

Den Rest des Wegs schwiegen sie.

Dem Wittelsbacher hatten sie die Ketten genommen, doch zwei Bewacher standen hinter ihm, ein jeder hatte seine Hand auf den Oberarm des Gefangenen gelegt.

Denn frei war der Wittelsbacher noch nicht, nur weil ein anderer Verdacht aufgekommen war.

Heinrich Jasomirgott hatte davon erfahren, dass man nach dem Gefangenen geschickt hatte. Es war sein Karzer, aus dem sie Vitus von Wittelsbach ans Tageslicht gezerrt hatten, und der Babenberger Herzog fühlte sich als Herr über Stadt, Fluss und Karzer. Selbst das Ungeziefer im Karzer war seins.

Mittlerweile ging das Fest im Thronsaal unvermindert weiter, obwohl die Hohe Tafel beinahe leer war. Nur Berengar, berichtete Babo von Regensburg, saß allein dort oben und fühlte sich erhaben wie ein König.

»Er fühlt sich nicht nur so, er ist der König«, erwiderte Friedrich gereizt. »Geht zu ihm und leistet ihm Gesellschaft.« Ungeduldig winkte er den Burggrafen fort.

So waren sie versammelt. Adela am Tisch sitzend, hinter sich Elisabeth. Ihnen gegenüber saß der König, flankiert vom Freisinger Bischof und vom bayerischen Herzog Jasomirgott. Friedrich selbst saß weiterhin am Kopfende des Tischs.

Er wusste den jungen Ortenburger hinter sich, und vor ihm, am anderen Ende der Tafel, stand Vitus von Wittelsbach, dem keiner einen Sitzplatz angeboten hatte.

»Was wird das hier?« Sein Blick flackerte. Ging hin und her zwischen Adela und dem König. »Ich verstehe nicht …«

Adela sprach zuerst. »Hermann hat Euch belogen, Vitus. Er selbst hat … Er hat seinen Vater umgebracht.«

Da sie es einmal ausgesprochen hatte, fiel es ihr leichter, davon zu erzählen. Während sie sprach, beobachtete Friedrich Vitus. Der Wittelsbacher wurde blass. Wütend. Sprachlos.

Als Adela geendet hatte, schloss sie müde die Augen.

»Es tut mir leid. Ich weiß, ich hätte etwas tun müssen, um Euch aus dieser misslichen Lage zu befreien, aber … ich habe es nicht gewagt. Dann hätten sie doch meinen Hermann eingesperrt. Oder ihn gar …«

Sie weinte.

Friedrich hatte genug gehört. Er stand auf und trat zum Wittelsbacher. Mit dem blutigen Dolch zerschnitt er die Fessel.

Vitus von Wittelsbach rieb sich die Handgelenke. »Danke«, flüsterte er.

Friedrich nickte. Er gab den Dolch dem Wittelsbacher zurück. »Nach alledem denke ich, er gehört wohl Euch«, sagte er. Dann drehte er sich zu König Konrad um.

Sein Onkel saß unbewegt da. Friedrich spürte wohl, die Ereignisse der letzten Stunden hatten den König erschüttert. Er hatte den Mörder dingfest geglaubt, und nun musste er mit ansehen, wie ein sorgfältiges Konstrukt aus Lügen und Verrat in sich zusammenfiel.

»Herr Friedrich?« Elisabeth stand plötzlich vor ihm. »Was passiert jetzt mit meinem Täubchen? Was werdet Ihr mit ihr machen? Wird sie bestraft?«

»Nein, Elisabeth. Sie hat nichts getan, außer dass sie geschwiegen hat. An dieser Schuld trägt sie schon schwer genug, da will ich ihr nicht noch mehr aufbürden. Bring sie am besten in meine Gemächer – ich werde heute Nacht woanders schlafen.«

Wenn er Schlaf fand.

Was für eine Hochzeit ... Er schüttelte müde den Kopf. Elisabeth knickste hastig, eilte zu Adela und half ihr auf. Wie eine alte Frau schlurfte Adela aus dem Raum, ihr Schluchzen und die sanft gemurmelten Worte Elisabeths verhallten, als sich hinter ihnen die Tür schloss, die auf einen schmalen Gang führte. Von dort gelangte man über eine Treppe ungehindert zu den Gemächern im oberen Stockwerk.

Der junge Otto von Ortenburg stand am Feuer. Friedrich trat zu ihm und legte ihm eine Hand auf die Schulter. »Wenn es meinem Vetter gelingt, Euren Bruder zu fassen ...«

Ohne sich zu ihm umzudrehen, nickte der Jüngling. »Ich werde dann wohl Graf über die Ortenburg, ich weiß.«

Er drehte sich zu Friedrich um. »Glaubt mir, niemand versteht die Gerechtigkeit besser als ich. Ich liebe meinen Bruder, auch wenn wir alle Zeit wie Feuer und Wasser waren. Er war mir fremd und neidete uns stets, dass unser Vater Ludwig und mich bevorzugte. Er fühlte sich fremd in unserer Mitte. Vielleicht trieb ihn das, es mir nach Vaters Tod zu beweisen, indem er sich alles nehmen wollte – Eure schöne Schwester und die Ortenburg.«

»Werdet Ihr nach Outremer ziehen nach dieser Sache?«

Otto schüttelte den Kopf. »Ich werde hierbleiben. Es gibt jetzt Wichtigeres zu erledigen, als den Ruhm der Christenheit zu mehren. Wenn ich mich hier umsehe, gibt es dafür schon mehr als genug tapfere Männer.«

»Auf ein Wort, Friedrich.« Der König trat zu ihnen. Er wirkte müde.

Es hat ihn einiges gekostet, dachte Friedrich überrascht. Nicht nur, still zu bleiben, während Friedrich Adela befragte. Sondern auch jetzt fiel es seinem Onkel schwer, mit Friedrich zu reden und damit einzugestehen, dass er sich geirrt hatte.

»Kommt morgen zu mir, ich werde Euer Lehen bestätigen«, sagte er zu dem jungen Ortenburger. Dieser verstand den versteckten Wink und zog sich nach einer knappen Verbeugung zurück.

»Da hast du mich ziemlich vorgeführt, Friedrich«, begann der König das Gespräch.

»Das war nicht meine Absicht.«

König Konrad wiegte den Kopf. »Vielleicht nicht. Aber wir wissen beide, dass ich zur Regierung wenig tauge. Dein Vater hätte das richtige Feuer gehabt, und du hättest es auch.«

Friedrich wollte widersprechen. Wäre es nicht der König selbst gewesen, der dies sagte … Dem König widersprach man nicht, auch wenn er Wahrheiten aussprach, die beiden unangenehm waren.

»Ich hätte nicht Berengar zum König machen sollen.«

Ehe Friedrich protestieren konnte, hob König Konrad die Hand. »Genug«, sagte er. »Das ist kein Thema, das diskutiert werden muss. Ich hab's mit den Großen des Reichs verhandelt, und sie haben's mir gewährt. Es wird die Staufer weiterbringen. Ich hoffe nur, du wirst auch Berengar ein Ratgeber sein, wie du es mir bisher warst.«

»Immer.«

»Gut.«

Damit wandte König Konrad sich ab.

»Ach, noch eines, Friedrich. Ich sehe wohl meine Niederlage in dieser Sache ein. Du hast den Mörder gefunden – damit steht es dir auch zu, dass du entscheidest, wen Agnes heiratet. Sie ist nun in deiner Munt. Wenn es den Welfen gelingt, sie unversehrt zurückzubringen, kannst du sie geben, wem du willst. Meinetwegen auch dem Sachsenherzog. – Eine Bedingung aber habe ich.«

»Und die wäre?« Friedrich fröstelte plötzlich. Was konnte der König jetzt noch verlangen?

»Gib sie ihm nicht zur Rechten.«

»Er wird sie wollen, und sie ist ihm auch zugeneigt. Warum sollte ich sie ihm nicht geben dürfen, wenn sie einander so teuer sind?«

König Konrad nickte zu Otto von Freising und dem Bayernherzog Heinrich Jasomirgott herüber. »Kannst du's dir nicht denken? Ich mache mir den Welfen damit zum Freund, aber meine Brüder werden mir kaum verzeihen. Sie werden den Welfen auch weiterhin hassen. Daran wirst du nichts ändern, und ich kann das ebenso wenig.« Er überlegte kurz. »Sie ist seinem Stand nicht angemessen, auch wenn ihn das kaum stören wird. Nein, zur Rechten soll er sie nicht bekommen.«

»Zur Linken aber …?«, fragte Friedrich vorsichtig.

König Konrad nickte knapp. »Das mag gehen.«

Damit war das letzte Wort gesprochen. Der König kehrte zum Fest zurück, und seine Brüder schlossen sich ihm an. Als sich die Tür hinter ihnen schloss, war Friedrich mit Vitus von Wittelsbach allein.

Er trat an den Tisch. In der Zwischenzeit hatte ein Knappe eine Weinkanne und Becher gebracht, doch beides war unberührt geblieben. Jetzt goss Friedrich sich reichlich Burgunder ein und hielt die Kanne dann dem Wittelsbacher hin, der sie bereitwillig ergriff.

»Ihr habt einiges riskiert für mich. Ich stehe in Eurer Schuld.«

»Meine Hochzeit ist verdorben, aber das wäre auch ohne Euer Zutun so gewesen.« Vitus schenkte sich ebenfalls ein. Sie hoben die Becher, tranken einander zu.

»Das tut gut nach der kargen Kost im Karzer.« Wohlig seufzte der Wittelsbacher. Sie setzten sich an den Tisch, auf dem noch der Handschuh lag. »Dann hat er mich also betrogen. Schöner Freund …«

»Ich glaube, Hermann von Ortenburg ist nur sich selbst Freund.«

»Aber Ihr habt einen neuen Freund gewonnen in Bayern. Und der Welfenherzog auch. Er ist es doch, der Hermann nachsetzt?«

Ehe Friedrich antworten konnte, polterte jemand gegen die Tür, die auf den Gang führte. Welf kam herein, gefolgt von zwei Männern, die den Ortenburger zwischen sich führten.

Friedrich stand langsam auf.

Irr war der Blick des Ortenburgers, und als er Vitus von Wittelsbach sah, wollte er sich auf ihn stürzen, brüllte und zerrte, doch die Männer waren kräftig und konnten ihn bändigen.

»Jetzt gib Ruhe, du Hundsfott«, zischte Welf. Zu Friedrichs Erstaunen beruhigte sich der Ortenburger. Nur sein Blick ging hin und her, in jede Ecke, jeden Winkel des Raums, als suche er einen Fluchtweg.

Friedrich schluckte. »Wo …?«

Welf hob besänftigend die Hand. »Bevor du fragst: sie ist in Sicherheit.« Er zwinkerte Friedrich verschwörerisch zu. »Allerdings kann sie sich kaum von Heinrich lösen. Ich dachte mir, wir lassen den beiden noch ein wenig Zeit, bevor wir sie wieder trennen.«

»Gut.«

Welf schaute sich um. »Seid Ihr hier schon fertig? Ist alles gesagt?«

»Der König weiß um die Schuld des Ortenburgers. Er wird ihn der Gerichtsbarkeit von Regensburg übergeben. Am besten bringt ihr ihn in den Karzer der Herzogspfalz. Dann wird man ihn seinem Richter gegenüberstellen und verurteilen.«

Welf gab seinen Männern einen Wink.

»Agnes gehört mir!« Es waren die ersten Worte, die der Ortenburger sprach. »Mir! Mir! Mir!« Er riss an seinen Fesseln, versuchte sich von den Männern zu befreien, die ihn hielten. »Ihr werdet mich nie von ihr fernhalten, hört Ihr? Nie!«

Friedrich wandte sich ab.

Es war vorbei. Hätte er noch letzte Zweifel gehabt an der Schuld des Ortenburgers, so hätte dessen Verhalten ihn nun überzeugt.

Und damit blieb für ihn nur noch eines zu tun.

»Wo sind Agnes und Heinrich?«, fragte er Welf.

»Als ich sie das letzte Mal gesehen habe, waren sie im Stall. Aber ich vermute … vielleicht haben sie sich in den Garten zurückgezogen, der sich hinter den Stallungen erstreckt.«

»Lassen wir ihnen noch etwas Zeit. Erzähl mir, was genau sich zugetragen hat.«

Heinrich hatte kurz mit Welf geredet, dann war er zu ihr gekommen. Agnes spürte ihr Herz schneller schlagen, und einen Moment lang war sie sprachlos vor Glück.

Er hatte sie gerettet.

Nun durfte er sie nie wieder loslassen.

»Wohin gehen wir?«

Doch Heinrich führte sie wortlos aus dem Stall heraus. Durch eine kleine Pforte in der Mauer betraten sie einen stillen Garten.

Rosenbüsche wiegten ihre Knospen im Wind. Hundsrosen verströmten ihren süßen Duft. Das leise Summen von Hummeln und Bienen vermischte sich mit den fernen Geräuschen aus den Ställen.

Sie standen stumm an der Pforte. Agnes legte ihre Hand auf Heinrichs Arm. Er blickte sie an, und das Glück dieses Moments lag in seinem Blick.

»Da vorne ist eine Bank.« Sie zog ihn mit sich, um diesen Moment zu überwinden, in dem sie sich allzu gerne an ihn geschmiegt hätte. Sie sprang voran, und lachend folgte Heinrich ihr.

Atemlos sanken sie auf die Bank.

Heinrich ergriff ihre Hand. Er sagte nichts. Hielt nur ihre Hand und blickte sie an.

»Ich will nicht fort«, flüsterte Agnes. »Es ist vorbei, aber das heißt wohl, dass ich fort muss … Es findet sich keiner, der mich heiraten will. Nein, sag es nicht. Ich muss zurück nach Frauenwörth.«

»Ich wollte doch gar nichts sagen. Nur eines vielleicht:

mir ist es lieber, dich in Frauenwörth zu wissen als im Bett eines anderen.«

Agnes neigte den Kopf und bettete ihn an Heinrichs Schulter.

»Morgen werde ich nach Braunschweig reiten. Mein größter Wunsch wäre es gewesen, dich mitzunehmen und dort zu meiner Frau zu machen.«

Ehe Agnes antworten konnte, wurde die Pforte aufgestoßen. Sie fuhr zurück, als hätte sie sich an Heinrichs Nähe verbrannt. Doch es war nur Jakob. Er strahlte die beiden an und lief zu ihnen. Schmiegte sich an Agnes, als gehöre er schon immer zu ihr. Dann blickte er zu ihr auf, schlang die Arme um ihre Taille und drückte sie so fest, dass ihr die Luft wegblieb. Danach sprang er auf und tat dasselbe bei Heinrich.

»Er hat ein Gutteil dazu beigetragen, dich zu retten.« Heinrich erzählte in wenigen Sätzen, wie der Junge ihn gesucht und zu Ortrud geführt hatte. »Ohne ihn …«

»Sprich nicht mehr darüber«, sagte Agnes leise. Heinrich legte den Arm um sie und zog sie wieder an sich. Der Junge setzte sich ihnen beiden zu Füßen in das hohe Gras und grinste zu ihnen herauf. Er zupfte einzelne Halme aus, nahm einen breiten Halm zwischen beide Daumen und blies darauf einen schrillen Ton.

»Was machen wir mit ihm?«, fragte Agnes. »Nimmst du ihn mit nach Braunschweig?«

»Möchtest du das, Jakob? Willst du mit mir nach Braunschweig kommen und an meinem Hof ausgebildet werden? Willst du lernen, was ein Ritter wissen muss? Eines Tages kannst du Ministerialer in meinem Dienst werden und eine meiner Burgen verwalten.«

Jakob nickte eifrig. Heinrich wuschelte ihm durchs Haar.

»Gut, dann lauf! Im Moment bist du noch Pferdeknecht, und mein Rappe wird Durst haben.«

Schon sauste der Knabe davon. Die Pforte klapperte, als er sie hinter sich zuwarf.

»Kann er so Hohes erreichen?«, fragte Agnes. »Du vergisst, dass er stumm ist …«

»Stumm ist er, aber er ist nicht dumm. Außerdem kann er lesen und schreiben lernen wie jedes andere Kind, und seine Miene hat etwas so Beredtes, dass man ihn versteht, ohne dass er ein Wort sagt. Ja, ich denke, er kann es schaffen.«

»Ich werde ihn vermissen«, seufzte Agnes.

»Ich hoffe nur, du wirst mich vermissen, wie du ihn vermissen wirst«, flüsterte Heinrich. Er zog sie dichter an sich.

Agnes blickte zu ihm auf. Wie sollte sie ohne ihn weiterleben, wie in Frauenchiemsee glücklich werden?

»Ich gebe nicht auf.« Seine Stimme war kaum mehr als ein Windhauch. »Unsere Zeit wird kommen. Wir werden zusammen sein. Ich kämpfe für uns, Agnes.«

Ehe sie antworten konnte, legte er einen Finger auf ihre Lippen, schüttelte den Kopf. Dann neigte er sich zu ihr herab. Ihre Lippen berührten einander, und sie schmeckte ihn. Sie schloss die Augen und gab sich dem herrlichen Gefühl hin, ganz die Seine zu sein.

Die Zeit blieb stehen. Ach, was war schon Zeit? Es gab jetzt nur Heinrich und sie, sonst nichts und niemanden.

Ein Räuspern ließ sie auffahren.

Friedrich stand vor ihnen.

»Also, wenn ihr nicht mal warten könnt bis nach der Hochzeit …«

Heinrich stand auf. Behutsam strich Agnes über ihren Rock. Sie hielt den Blick gesenkt, doch Friedrichs Worte ließen sie aufmerken.

»Hochzeit?«

Friedrich zuckte mit den Schultern.

»Du solltest dich gut mit mir stellen, Vetter. Agnes ist jetzt in meiner Munt.«

Agnes konnte es nicht fassen.

Heinrich fand schneller die richtigen Worte. Er sprang auf. »Dann wirst du sie mir zur Frau geben? Wirst du Agnes und mir gestatten, dass wir heiraten? Darf ich sie heimführen?«

Friedrich nickte leicht. »Allerdings kann ich sie dir nur zur linken Hand geben. Das war die einzige Bedingung unseres Königs.«

Einen Moment schwiegen alle drei. Agnes dachte nach. Zur linken Hand also. Das bedeutete, dass sie mit der Eheschließung nicht in Heinrichs Munt überging. Sie wäre freier, erhielte die Morgengabe und könnte weiterhin über ihre eigenen Besitzungen verfügen …

»Wenn der König es so will …« Heinrich brach als Erster das Schweigen.

»Aber das ist wunderbar! Das ist …« Agnes sprach nicht weiter. Sie wusste nichts zu sagen.

Heinrich schlug Friedrich aus lauter Freude heftig auf die Schulter. »Das sind endlich mal gute Neuigkeiten! Und mir ist es egal, ob ich sie zur Rechten bekomme oder zur Linken – in meinem Herzen ist sie ohnehin.« Er wandte sich zu Agnes um, streckte ihr beide Hände entgegen, und als sie ihre Hände in seine legte, zog er sie von der Bank hoch. Dann presste er sie an sich, schloss sie in die Arme.

Agnes blickte zwischen Heinrich und Friedrich hin und her.

Doch in ihrem Glück vergaß sie nicht das Unglück ihres Bruders.

»Warum bist du überhaupt hier? Solltest du nicht auf deiner Hochzeit tanzen?«

Doch als sich Friedrichs Miene verfinsterte, fielen ihr plötzlich die Worte des Ortenburgers wieder ein. Sie schlug die Hand vor den Mund.

»Es tut mir leid …«

Friedrich setzte sich auf die Steinbank und sah weg.

»Heute ist wohl nicht für jeden von uns ein Glückstag.«

Er erzählte, was Adela gestanden hatte.

»Verstehst du, dass ich jetzt nicht zu ihr kann, um meine eheliche Pflicht zu erfüllen? Ohnehin wird im Saal noch gefeiert, bisher gibt es nur Gerüchte, die unter dem Tisch weitergereicht werden und die so recht niemand glauben will. Sie denken vermutlich, Adela und ich hätten uns fortgeschlichen, um …« Er machte eine unbestimmte Bewegung. »Diese Ehe steht unter keinem guten Stern. Ich werde sie zur Vohburg zurückschicken, und in wenigen Tagen werden wir nach Outremer aufbrechen.«

»Und was wirst du tun, wenn ihr zurückkehrt? Ewig wirst du nicht im Heiligen Land bleiben …«

»Dann werde ich mich wohl darum kümmern, ja. Aber mit ihr verheiratet sein? Mit ihr Kinder bekommen? Sie liebte einen anderen so abgöttisch, dass sie bereit war, dafür den Wittelsbacher in den Tod gehen zu lassen. Das ist ihre Schuld, die sie tragen soll. Mich graust's vor ihr. Sie ist nicht hässlich, sie ist nicht unfreundlich. Allein, sie macht mir Angst, auf eine unbeschreibliche Weise.«

Agnes löste sich aus Heinrichs Armen und setzte sich neben Friedrich. Er wandte sich ihr zu.

»Es kann nicht jede so sein wie du.«

Agnes schüttelte den Kopf. »Du vergisst, dass ich mit Heinrich fortgehen wollte.«

»Stimmt, ein rechter Sturkopf bist du. Aber nie hättest du das Elend anderer für dein Glück in Kauf genommen.«

Damit war alles gesagt. Sie schwiegen alle drei und hingen ihren Gedanken nach, bis Heinrich das Wort ergriff.

»Dann reiten wir nach Braunschweig. Morgen, wenn es recht ist.«

»Morgen schon!« Friedrich war nun doch beunruhigt. »So schnell wollte ich euch nicht ziehen lassen, aber ich kann's verstehen. Regensburg hat sich als rechte Enttäuschung für uns erwiesen.«

»Nein«, sagte Agnes. Sie blickte zu Heinrich auf. »Ein Gutes hat die Sache schon gehabt.«

Ihr Herz fühlte sich so frei und leicht wie seit Tagen nicht mehr.

Kapitel 26

Der Juni brach an und begrüßte kühl und windig all jene, die sich am frühen Morgen im Hof des Klosters Niedermünster versammelt hatten. Der Wind rauschte in den Kronen der Kastanien. Agnes, die besorgt in den Himmel schaute, zog fröstelnd den Umhang enger um ihre Schultern. Die Hitze war wohl vorerst vorbei – aber das Wichtigste war, dass es nicht regnete. Dieses kühle Wetter war allemal angenehmer für die Reise, die sie heute antreten würde.

Ortrud kam zu ihr, und Agnes legte den Arm um die Schulter ihrer Freundin.

»Siehst du, nun geht's los. Und alles wird gut.«

Ihre Abreise hatte sich verzögert. Ortrud hatte sich von dem Schlag erst erholen müssen, den sie abbekommen hatte, und Agnes hatte sich geweigert, ohne sie nach Braunschweig zu reisen. Alle Einwände Heinrichs, man könne Ortrud doch später nachholen, hatte sie beiseitegewischt. »Sie ist meine Freundin!«, hatte sie gesagt. Und damit war die Diskussion beendet.

Nicht dass Heinrich und sie sich gestritten hätten – nein, sie waren harmonisch in allem, was sie planten. Aber Agnes wollte nicht auf die Nähe der Freundin verzichten, mit der sie so viel durchgemacht hatte. Und Heinrich hatte nachgegeben, auch wenn der Bischof von Havelberg drängte, denn Ende des Monats mussten sie in Magdeburg sein.

Heute also reisten sie.

Jakob war schon früh am Morgen von St. Mang herübergekommen. Er hatte sich der beiden Zelter angenommen und sie gefüttert, getränkt und anschließend gesattelt. Die Stute, auf der Agnes bei ihrer Entführung hatte reiten müssen, war ihr vom jungen Otto von Ortenburg zum Geschenk gemacht worden. Sie hatte sie erst nicht annehmen wollen. Doch der junge Graf hatte darauf bestanden. Als er ihr gestern die

Stute brachte, hatte sie Zeit gefunden, ein wenig mit ihm im Klostergarten zu sitzen und zu plaudern.

Sie hatte ihn vorsichtig gefragt, was nun aus seinem Bruder würde.

Der junge Otto hatte mit den Schultern gezuckt. »Im Karzer sitzt er. Es geht die Rede, man wird ihn ächten, und dann interessiert's mich erst recht nicht, was aus ihm wird.«

»Und Ihr werdet nicht nach Outremer ziehen?«

»Mein Platz ist sicher hier. Ich habe mit dem Welfenherzog eine Abmachung getroffen …« Da war er rot geworden. »Euer zukünftiger Gemahl … Die Ortenburger werden weiterhin treu an Eurer Seite stehen und in Bayern für die Welfen kämpfen. Ich denke, das bin ich ihm schuldig, weil er den Mord an meinem Vater aufzuklären half.«

»Er tat es nicht allein – mein Bruder hat ebenfalls vieles dazu beigetragen.«

»Das stimmt. Doch er ist der Welfe unter den Staufern, Frau Agnes. Das wissen wir beide.«

Geradezu vergnügt hatte er bei diesen Worten gewirkt. Sie hatten noch ein wenig geplaudert, ehe sie auseinandergingen. Agnes hatte sich gefreut, mit der ruhigen Stute ein Andenken an diesen besonnenen, jungen Mann nach Sachsen zu bringen.

Und gerade als sie zu der Stute trat und ihr über die Blesse strich, ritt Friedrich mit seinem Gefolge in den Hof ein – der Welfe unter den Staufern. Er sprang aus dem Sattel, warf seinem Knappen die Zügel zu und eilte auf Agnes zu.

»Bin ich pünktlich?«, fragte er.

Agnes lachte. Sie legte ihm die Hand an die Wange. Müde sah ihr Bruder aus. Die letzten Tage hatten ihn viel Kraft gekostet.

Vor drei Tagen hatte er Adela zur Vohburg geschickt, mit Elisabeth und ihrem Gefolge. Dort sollte sie bleiben, bis er vom Kreuzzug zurück war und sich überlegt hatte, wie er mit ihr verfahren wollte.

Die Ehe war nicht vollzogen worden.

»Meinst du nicht, du solltest dich rasieren, großer Bruder?«

Die rötlichen Bartstoppeln fühlten sich unter ihren Fingern schon fast weich an.

»Wenn wir ohnehin auf Kreuzfahrt gehen ... da wird's unterwegs kaum Gelegenheit geben, sich zu rasieren, und es juckt schon gar nicht mehr.«

»Ach, du bist unausstehlich!« Spielerisch versetzte sie ihm einen Klaps.

Friedrich lächelte. »Also – ist alles bereit?«

Agnes nickte. Ein wenig beklommen war ihr in diesem Moment. Schließlich brach sie in ein neues Leben auf.

»Gut. Wir haben nicht viel Zeit, und Heinrich wartet vermutlich schon.«

Friedrich half Agnes in den Sattel. Ortrud hatte es schon allein geschafft, sich in den Sattel der braunen Stute zu ziehen, die ihr nicht so bedrohlich schien wie die anderen Pferde. Jakob saß hinter ihr, hielt sich an ihr fest und grinste. Ihm fehlte nun ein zweiter Schneidezahn, er verlor seine Milchzähne wie andere Haare.

Agnes nahm die Zügel auf. Zwei Packpferde trugen die wenigen Habseligkeiten und reichen Geschenke, die der König ihr gemacht hatte. Das war alles, was sie mit sich nahm. Ortrud und Jakob. Roland und Albrecht wollten sie ebenfalls begleiten und hatten Friedrich darum gebeten. Er hatte ihnen diese Bitte freimütig gewährt. Die beiden würden mit Heinrich gegen die Wenden ziehen.

Es war höchste Zeit, dass sie aufbrachen.

Heinrich wartete mit seinen Männern jenseits von Stadtamhof. Als Agnes an der Seite von Friedrich den kleinen Hügel hinaufritt, der sich hier zur Donau hinabneigte, sah sie ihn auf der Kuppe. Er saß im Sattel seines Rappen. Schwarz waren sie, und eine dunkle Wolke stand direkt über ihnen.

»Bist du sicher, dass du ihn willst?«

Sie lächelte Friedrich an.

»Ganz sicher.«

»Schade nur, dass ich bei Eurer Hochzeitsfeier nicht anwesend sein kann. Wie ich meinen Vetter kenne, wird er ein rauschendes Fest geben.«

»Wir werden ebenso groß feiern, wenn du wohlbehalten zurückgekehrt bist.«

Heinrich ritt ihnen entgegen. Hinter ihm warteten seine Leute. Unter ihnen der Bischof von Havelberg, der sich Agnes vor wenigen Tagen bereits als Beichtvater angedient hatte. Sie hatte höflich abgelehnt.

»Hier bringe ich dir meine Schwester Agnes von Waibling«, sagte Friedrich feierlich. »Ich gebe sie in deinen Schutz und deine Munt. Ich gebe sie dir zur Linken.« Er verstummte.

Agnes blinzelte. Ihr war etwas ins Auge geflogen, nein, in beide Augen. Hastig wischte sie die Tränen fort.

»Ich werde mich gut um sie kümmern.«

So standen sie beisammen. Friedrichs Pferd neben Agnes' Zelter, Heinrichs Rappe vor ihnen.

»Komm, Agnes«, sagte Heinrich. »Wenn wir noch ein Stück des Weges schaffen wollen, bevor es dunkel wird ...«

»Ja«, sagte sie. Dann gab sie dem Zelter einen sanften Schenkeldruck. Er trat vor, neben den Rappen. Agnes wendete das Pferd, blickte noch einmal Friedrich an.

Der Wind zerrte an ihrem Umhang. Ein Geschenk von Friedrich.

Er sah verloren aus. Niemand stand an seiner Seite.

Wann würde sie ihn wiedersehen? Ihren Bruder ... zu wenig Zeit hatten sie gehabt, einander in den letzten Tagen zu finden. Was ihr blieb, war dieses Bild von ihm. Auf dem Hügel, der hinter ihm zur größten Stadt im Reich hin abfiel.

»Komm heil zurück«, sagte sie leise. »Pass auf dich auf in Outremer. Und ...« Ach, sie hätte ihm noch so viel zu sagen ...

Friedrich nickte. »Ich werde zurückkommen«, versprach er. Dann wendete er sein Pferd und gab ihm die Sporen.

Gehorsam fiel der Fuchs in Galopp. Seine Männer schlossen zu ihm auf. Nur drei Pferde blieben – Ortrud mit dem Jungen, Albrecht und Roland.

»Es wird Zeit«, sagte Heinrich sanft. Sie schaute ihn an und nickte stumm.

Dann wendeten alle ihre Pferde.

Agnes blickte nicht zurück. Sie wusste, Ortrud und die Männer folgten ihr.

Folgten ihr in ein neues Leben an Heinrichs Seite.

ENDE

Tilman Röhrig

Riemenschneider

Historischer Roman. 624 Seiten. Piper Taschenbuch

Würzburg, 1492. Feierlich werden die Skulpturen von Adam und Eva vor dem Eingang der Marienkapelle enthüllt. Doch diesmal ist der Bildschnitzer Tilman Riemenschneider zu weit gegangen: Eine Bäuerin hat ihm Modell gestanden – nackt. Ein Skandal! Die Gemüter erhitzen sich. Dabei ahnt noch niemand, welch viel gewaltigeres Beben die Stadt in den nächsten Jahren erwartet, dass Reformation und Bauernkriege die bestehende Ordnung in ihren Grundfesten erschüttern werden. Bald muss auch Meister Riemenschneider um sein Leben kämpfen …

»Röhrig zeichnet nicht nur ein eindrucksvolles Bild des Künstlers Tilman Riemenschneider, sondern auch ein großartiges Panorama einer aufregenden Epoche deutscher Geschichte.«
Kölnische Rundschau

05/2366/01/L

Frédéric Lenoir, Violette Cabesos

Der Fluch des Mont-Saint-Michel

Historischer Thriller. Aus dem Französischen von Elsbeth Ranke. 592 Seiten. Piper Taschenbuch

Ein Sakrileg, begangen aus Hochmütigkeit, löst auf dem Mont-Saint-Michel im 11. Jahrhundert eine Serie von blutigen Morden aus. Wer ist der Täter, der den heiligen Ort am französischen Atlantik zum Erzittern bringt? Und welches schreckliche Geheimnis verbirgt sich hinter den Gott geweihten Mauern? Tausend Jahre später führen seltsame Träume die junge Archäologin Jeanne zum Mont-Saint-Michel. Sie versucht, das Rätsel des Felsens zu lösen, und bringt damit sich und ihre Kollegen in tödliche Gefahr.

»Der geniale Mix aus Thriller und Ordensgeschichte war in Frankreich ein Topseller – zu Recht!«
Woman

05/2365/01/R

PIPER

Dietlinde Schumy

Der Awarenfürst

Roman aus der Zeit Karls des Großen. 368 Seiten. Piper Taschenbuch

Der junge Erich von Friaul wird am Hof Karls des Großen zunächst belächelt, doch schon bald ist er ein Meister der Waffenkunst. Er freundet sich mit Pippin, dem Sohn des Frankenkönigs, an und verliebt sich in Rotraud, die schöne Königstochter. Doch der Spionageauftrag des Frankenherrschers beim Reitervolk der Awaren hält eine besonders harte Prüfung für ihn bereit. Wird er Andoro Tej, den Awarenfürsten, verraten können, der ihm mittlerweile zum Freund geworden ist? Glaubwürdig und einfühlsam zeichnet Dietlinde Schumy das Schicksal des jungen Ritters und läßt die atemberaubende Welt des Frühmittelalters in neuem Licht erstehen.

05/2225/02/L

Catharina Sundberg

Gebrandmarkt

Roman aus der Hansezeit. Aus dem Schwedischen von Wibke Kuhn. 368 Seiten. Piper Taschenbuch

Die Zeiten sind unruhig, als die junge Bürgersfrau Anne im Jahr 1391 aus Lübeck nach Stockholm reist. Mit ihrem Mann und dem Kind, das sie erwartet, will sie einen Neuanfang wagen. Doch Claus kommt bei einem Schiffbruch ums Leben, während Anne sich nach Stockholm retten kann, wo sie sich allein durchschlagen muss. Dabei sind ihr offenbar gefährliche Verfolger auf der Spur … Vor dem Hintergrund der Hansezeit in Schweden erzählt Catharina Sundberg die spannende und atmosphärisch dichte Geschichte einer jungen Frau, die im mittelalterlichen Stockholm ums Überleben kämpft.

»Liebe und Abenteuer im mittelalterlichen Stockholm, temporeich und süffig erzählt. Alle Leser, die gut lesbare Mittelalterromane mögen, werden Blut lecken!«

Svenska Dagbladet

05/2226/03/R